Christine Thomas
ROCK MY WORLD – Ein Typ zum Anbeißen

Foto: © A. Zelder

DIE AUTORIN

Christine Thomas ist verrückt nach Latte Macchiato und American Football. Sie liebt Lakritz, lange Spaziergänge und das Meer. Eine Sache gibt es allerdings, die sie noch mehr mag, und das sind Happy Endings. Da es im wahren Leben oft zu wenig davon gibt, schreibt sie ihre eigenen. Ihre Romane handeln von Freundschaft, Leidenschaft, Familie und der großen Liebe. Zusammen mit ihrem Schatz und einem albernen Goldfisch lebt sie abwechselnd in Köln und Frankreich.

Von der Autorin ist außerdem bei cbt erschienen:

ROCK MY WORLD – Ein heißer Sommer
(Band 1, 30992)

Christine Thomas

ROCK MY WORLD

Ein Typ zum Anbeißen

Der Verlag weist ausdrücklich darauf hin, dass im Text enthaltene externe Links vom Verlag nur bis zum Zeitpunkt der Buchveröffentlichung eingesehen werden konnten. Auf spätere Veränderungen hat der Verlag keinerlei Einfluss. Eine Haftung des Verlags ist daher ausgeschlossen.

 Dieses Buch ist auch als E-Book erhältlich.

Verlagsgruppe Random House FSC® N001967

2. Auflage
Originalausgabe Juni 2016
Gesetzt nach den Regeln der Rechtschreibreform
© 2016 by cbt Kinder- und Jugendbuchverlag
in der Verlagsgruppe Random House GmbH,
Neumarkter Str. 28, 81673 München
Alle Rechte vorbehalten
Umschlaggestaltung: Carolin Liepins
Umschlagfoto: © Shutterstock (Viorel Sima)
MI · Herstellung: AnG
Satz: KompetenzCenter, Mönchengladbach
Druck und Bindung: GGP Media GmbH,
Pößneck
ISBN: 978-3-570-31085-4
Printed in Germany

www.cbt-buecher.de

Prolog

Der Traum beginnt immer gleich. Ich bin wieder vierzehn und feuere meinen Bruder an, der in seinem Kart Kurve um Kurve nimmt, während er sich unaufhaltsam der Zielgeraden nähert. Niemand kann ihn aufhalten, das ist heute sein großer Tag.

Mein Herz pocht wie verrückt, ich bin so aufgeregt und gleichzeitig wahnsinnig stolz auf ihn. Das hat er sich so sehr gewünscht. Hat jahrelang trainiert, seine Freizeit geopfert und jede freie Minute auf der Rennbahn verbracht.

Als Lukas an mir vorbeiprescht und hinter der nächsten Biegung verschwindet, verändert sich der Traum. Die Sonne wird von dicken Gewitterwolken verdeckt, die sich wie ein Gebirge über uns auftürmen. Bei ihrem Anblick bleibt mir mein Freudenschrei im Hals stecken. Regen ist bei diesen Rennen gefährlich. Auch wenn das nicht die Formel 1 ist, fahren die Wagen mit hoher Geschwindigkeit und geraten bei Nässe schnell ins Schleudern.

Im nächsten Moment stehe ich nicht mehr auf dem Gras, sondern sitze mit Lukas im Auto. Er trägt auch nicht mehr seine Rennfahrerkluft, sondern Jeans und T-Shirt – die gleichen Sachen, die er beim Unfall getragen hat. Denn darum geht es in dem Traum. Um den Tag, der sein Leben und das von zwei weiteren Menschen beendet hat.

Ich weiß nicht viel übers Sterben, nur über das Zurückbleiben. Ich vermute, dass es so etwas wie einen Himmel gibt, einen Ort, an dem wir uns eines Tages wiedersehen. Irgendwie hatte ich immer das Gefühl, dass mein Bruder in guten Händen ist. Das ist allerdings ein kleiner Trost, denn ich vermisse ihn so sehr, dass mir alles wehtut. Manchmal ist es so schlimm, dass mir der Schmerz die Luft zum Atmen raubt. Das ist dann die Stelle, an der die Panikattacken einsetzen.

In den letzten Jahren bin ich eine Expertin in Sachen Überleben geworden. Das Kämpfen um jeden Tag ist mein Spezialgebiet. Atemübungen, Lektionen, wie ich mich erde und all meine Ängste in den Boden fließen lasse, haben lange Zeit mein Leben bestimmt. Das hat sich erst gebessert, als mein bester Freund Leon mir geholfen hat, meine Wut in Songs fließen zu lassen, sie auszudrücken, statt in mich reinzufressen. Und obwohl ich nicht von Berlin wegwollte, hat mir der Umzug nach L. A. gutgetan. Von wegen Tapetenwechsel und so.

Meinem Traum ist das egal. Er folgt eigenen Gesetzen, denn kaum sitze ich auf dem Beifahrersitz, stürzt eine Wasserwand auf uns herab. Meine Freude wird buchstäblich fortgeschwemmt, Angst quetscht meinen Brustkorb zusammen. Ich habe das Gefühl, keine Luft zu bekommen, und fange an zu hyperventilieren. Die Seiten des Wagens kriechen wie eine Ziehharmonika auf mich zu, mir kommt es vor, als würde ich in einer Sardinenbüchse sitzen.

Das ist der Moment, als uns ein Wagen rammt. Ein Schrei löst sich aus meiner Kehle und mein Blick fliegt zum Seitenfenster. Wir werden gegen eine schwarze Limousine geschleudert, die an uns vorbeiziehen will. Ein Mädchen sitzt auf der Rückbank, die kleine Hand gegen die Scheibe gepresst. Ihr Blick ist unergründlich, als würde sie versuchen, mir etwas zu sagen.

Nach dem Aufprall verhaken sich die Fahrzeuge, und wir geraten ins Schleudern, drehen uns um die eigene Achse, während wir auf den Straßengraben zudriften.

Mein Herz bleibt einen Moment lang stehen, um kurz darauf wie verrückt in meiner Brust zu trommeln, als wollte es herausspringen. Dann wende ich den Kopf und sehe zu meinem Bruder, der meinen Blick ruhig erwidert. Was ein bisschen merkwürdig ist. Sollte er sich nicht fürchten oder zumindest Zeichen von Stress zeigen? Stattdessen wirkt er vollkommen entspannt – er sieht nicht mal auf die Straße! Sein Blick liegt auf mir und ist ... voller Liebe. Mein Hals wird eng, und ich schlucke die aufkommenden Tränen runter, die sein Anblick bei mir auslöst.

Er war mein Bruder, mein Zwilling. Wir haben das gleiche kastanienfarbene Haar, das je nach Licht mal kupfern, mal golden wirkt, die gleichen moosgrünen Augen und das gleiche Lächeln. Stärker als die äußere Ähnlichkeit ist die Tatsache, dass wir immer wussten, was der andere denkt.

Im Traum habe ich jedoch keinen Schimmer, was in Lukas' Kopf vorgeht. Während sich der Wagen dreht und dreht, ziehen sich die Brauen meines Bruders zusammen.

»Du musst dich erinnern!«

In meinen Ohren rauscht es. Ich höre meinen stoßartigen Atem, selbst meinen galoppierenden Herzschlag, darum bin ich mir nicht sicher, ob ich ihn richtig verstanden habe. Die Frage scheint mir ins Gesicht geschrieben zu stehen, denn er überwindet die Fliehkraft, beugt sich zu mir und wiederholt mit drängender Stimme: »Du musst dich erinnern!«

Dann folgt der Aufprall gegen die Leitplanke, die unter der Wucht nachgibt, und ich fahre mit einem heiseren Schrei aus dem Bett.

Doch das ist noch lange nicht der Tiefpunkt. Es sind die wenigen Herzschläge zwischen Traum und Wirklichkeit, in denen ich glaube, Lukas wäre noch bei mir. Dass er jeden Augenblick durch die Tür stürmt, um mich zum Essen zu holen. Der Moment, in dem ich realisiere, dass das nicht geschehen wird, macht all meine Hoffnungen zunichte und katapultiert mich zurück in die Dunkelheit. In eine Welt ohne Lukas. Danach fühle ich mich wie ein Zombie, hohl und leer. Und ich frage mich, warum ich nicht mit ihm gestorben bin.

Wieso habe ich überlebt?

01

Das aufgekratzte Kichern meiner Freunde verliert sich in den palastartigen Gängen der Luxushütte, in der ich seit einem halben Jahr lebe. Der Palazzo gehört James Marshall, dem neuen Mann an der Seite meiner Mutter. Doch weder er noch meine Mom sind zu Hause, darum habe ich ein paar Freunde zu einer Pyjama-Party eingeladen. Eigentlich hatte meine Mutter versprochen, mit mir wegzufahren, nur sie und ich. Das sollte so ein Mutter-Tochter-Ding werden, damit wir mal wieder Zeit zusammen verbringen. Am Tag des Abflugs hieß es plötzlich, dass James ebenfalls mitkommt.

Was soll ich bitte schön mit zwei Turteltauben anfangen? Diese Reise war für Mama und mich gedacht und nicht als vorzeitige Flitterwochen. Also habe ich das Einzige getan, das mir übrig blieb, und mich von diesem Urlaub verabschiedet.

Meine Mutter hält sich für wahnsinnig schlau, mich kurz vor dem Abflug vor vollendete Tatsachen zu stellen, in der Annahme, ich würde diese Kröte schlucken. Und warum nicht, schließlich hat diese Nummer schon mal funktioniert. Nur war es damals umgekehrt. Max sollte mit uns nach L.A. ziehen, damit wir hier noch einmal von vorn anfangen können. Stattdessen hat sie ihn abserviert und gegen einen Multi-milliardär eingetauscht. James Marshall gehört halb Kalifornien, die halben Staaten oder die westliche Hemisphäre. So genau lässt sich das nicht feststellen, da er überall in der Medienindustrie die Finger im Spiel hat. Angefangen von Zeitungen über lokale Radiosender, TV-Studios bis zu den großen Fernseh- und Nachrichtensendern. In jedem Fall ist er stinkreich und kann sich alles kaufen, was man für Geld bekommen kann. Dazu gehöre ich nicht.

Doch zurück zu meiner Mutter und diesem elenden Urlaub. Ich meine, sie hat es versprochen! Aber heutzutage scheint ein Versprechen meiner Mom nichts mehr wert zu sein. Hollywood, mit seinen affektierten Tussis, die ihren Töchtern zum Geburtstag Silikonmöpse schenken, hat sie verändert. Manchmal weiß ich nicht, was in ihrem Kopf vorgeht, und das macht mir Angst.

Diese und ähnliche Gedanken beschäftigten mich, während ich die gewundene Scarlett-O'Hara-Treppe runterhüpfe. Mittlerweile verlaufe ich mich nicht mehr auf dem Weg zum Kühlschrank – hat ja nur ein paar Wochen gedauert. Es gibt mehrere Küchen, wobei ich die im Souterrain vorziehe. Das ist die für die Angestellten und gleichzeitig die größte. Ein Traum aus Edelstahl und Granit. Dort angekommen öffne ich den Subzero, eine Monstrosität, die die Amis Kühlschrank nennen, dabei ist das Teil größer als mein Kleiderschrank in Berlin.

Während ich Ben & Jerry's-Becher im Arm staple, wandern meine Gedanken zurück zu den letzten Tagen. Dem Weihnachtsfest und Max' Abreise. Es hat höllisch wehgetan, ihn loszulassen. Max ist mein wahrer Vater, der Mann, der mich großgezogen hat. Nicht James und auch nicht der Typ, der meine Mutter geschwängert hat, wer immer das war. Max hat meine Tränen getrocknet und mir Pflaster aufs Knie geheftet. *Er* hat mir Geschichten vorgelesen und mich fürs Schreiben begeistert. Leider musste er schon am ersten Feiertag zurück. Einen Tag später sind Mom und James in den Flieger zu den Virgin Islands gestiegen und schlürfen wahrscheinlich in diesem Augenblick Schirmchendrinks durch Strohhalme.

Mit Leon habe ich das letzte Mal kurz vor Weihnachten telefoniert. Er ist mein allerbester Freund auf dieser Welt, ein Nerd, wie er im Buche steht, und eine Seele von einem Menschen. Nach Lukas' Tod war er mein Fels in der Brandung, das einzig Beständige in einer Welt, die vor meinen Augen zerbröselt ist.

Leon war stocksauer, dass seine Eltern ihn gezwungen haben, mit ihnen in den Alpen Ski zu fahren. Er wollte nach L. A. – zu mir. Das war sein einziger Weihnachtswunsch. Doch Anfang Januar stehen bei ihm wichtige Prüfungen an, auf die er sich vorbereiten soll. Als ob er für so etwas lernen müsste, Leon ist ein Genie. Mathegleichungen fliegen ihm zu, wie anderen Leuten Krankheitserreger.

Ich hätte sonst was darum gegeben, ihn zu sehen. Und jetzt, da er im Engadin die Pisten unsicher macht, wäre es witzlos, nach Berlin zu jetten. Stattdessen habe ich den Teil meiner Freunde eingeladen, der nicht im Urlaub ist, und eine Übernachtungs-Party veranstaltet.

Was mich zu dem Grund zurückbringt, warum ich in der Küche bin. Nachdem wir uns den Bauch mit Sushi vollgeschlagen haben, sind wir bereit für Runde zwei. Als ich die gigantische Tür des Kühlschranks zukicke, stehe ich plötzlich Drake Marshall gegenüber. Hinter ihm entdecke ich seinen jüngeren Bruder Nash, der von einem Ohr zum anderen grinst.

»Da ist ja unsere Möchtegernschwester.« Nash zwinkert mir zu und schnappt sich eine Flasche Bourbon aus dem Vorratsregal. »Ich hab gewettet, dass du dich den Rest der Ferien in deinem Zimmer verkriechst und dir ausmalst, wie wir unter der Dusche aussehen.«

Sehr witzig, der Typ ist ein Brüller.

Er und Drake sind kurz vor Weihnachten hier aufgekreuzt. Nicht bloß über die Feiertage, das wäre ja zu einfach. Sie sind von ihrer Bostoner Eliteschule geflogen, angeblich weil sie irgendwelche Autos angezündet haben. Den Gerüchten zufolge waren das superteure Luxusschlitten von zwei Top-Spielern der gegnerischen Mannschaft. Dazu müsst ihr wissen, dass Drake und Nash so etwas wie Footballgötter sind, die an ihrer Schule wie Stars verehrt werden. Offensichtlich bestehen starke Rivalitäten zwischen den Mannschaften, deswegen drücken normalerweise alle Beteiligten sämtliche Augen zu, wenn sich die Spieler vor einem wichtigen Turnier austoben. Doch diese Nummer ging dem Direktorium ihrer Highschool dann doch zu weit. Zumal es nicht das erste Mal war, dass sich Drake und sein Bruder in Schwierigkeiten gebracht haben.

Wobei ich mich frage, warum die betroffenen Spieler nicht wie alle anderen im Mannschaftsbus zum Turnier gefahren sind. Möglicherweise war genau das der Anlass für den Coup der Marshall-Brüder, was weiß ich.

Jedenfalls sind sie jetzt hier und halten sich für das Zentrum des Universums. Wenn es nach ihnen ginge, müsste James jemanden einstellen, der vor ihnen herläuft und Rosenblätter streut. Na schön, das ist vielleicht ein bisschen übertrieben, aber um ehrlich zu sein, nervt mich ihre Überheblichkeit. Ich meine, kein gewöhnlicher Mensch kann deren Selbstbewusstsein haben, das ist nicht normal. Sie benehmen sich, als könnte ihnen nichts und niemand etwas anhaben, als stünden sie buchstäblich über dem Gesetz. Dass sie von ihrer Schule geflogen sind, scheint sie überhaupt nicht zu belasten. Dabei hat ihr Trainer alles versucht, den Rauswurf zu verhindern. Doch das Fass war voll, da war nichts zu machen.

Und da komme ich ins Spiel, schließlich habe ich die beiden jetzt an der Backe. Obwohl es nicht unbedingt wehtut, sie anzusehen. Na schön, die zwei sehen unfassbar gut aus, aber das ist auch die einzig gute Nachricht. Nash ist so alt wie ich, hat hellblondes Haar, mitternachtsblaue Augen und ein Lächeln, das Mädchenherzen zum Schmelzen bringt. Also, nicht meins, aber das von so ziemlich jedem anderen weiblichen Wesen. Selbst meine Mutter ist ihm verfallen. Er ist einen halben Kopf größer als ich, durchtrainiert mit dem festen Kern eines Sportlers. Da er James überhaupt nicht ähnlich sieht, gehe ich davon aus, dass er nach seiner Mutter kommt.

Drake dagegen ist das Abbild seines Vaters. Obwohl er nur ein Jahr älter als Nash ist, hat er überhaupt nichts Jungenhaftes an sich. Er ist groß, durchtrainiert und gebaut wie ein Boxer. Oder ein Linebacker, was er auch ist. Beim Football besteht sein Job darin, das Spiel der Defense zu koordinieren und optimalerweise den gegnerischen Quarterback auszuschalten.

Alles an Drake ist finster. Die Augen, das Haar, sein ganzer Ausdruck, inklusive der Blick, mit dem er mich in diesem Moment aufspießt. Er lacht nicht über den Witz seines Bruders, sondern betrachtet mich mit unbewegter Miene. Um ehrlich zu sein, hätte ich nichts dagegen, mich zu verkriechen, denn so wie er mich ansieht, habe ich das Gefühl, als wäre ich seine Nachspeise.

Nash liegt gar nicht so weit von der Wahrheit entfernt, denn de facto habe ich die beiden gemieden. Einerseits weil sie so tun, als wäre das ihr Haus, was genaugenommen auch zutrifft. Auch wenn es mir nicht schmeckt, aber letztlich bin ich der Eindringling, denn dies ist ihr Zuhause. Was es nicht besser macht.

Auf der anderen Seite schüchtern mich die Brüder ein. Sie haben eine Selbstsicherheit, von der ich nur träumen kann. Und hier bin ich, mit meinen Ängsten und Sorgen und dieser Wut im Bauch, die sich manchmal wie flüssige Säure anfühlt. Auf meine Mutter, die mich mit ihrer berechnenden Art langsam, aber sicher in den Wahnsinn treibt. Wut über die himmelschreiende Ungerechtigkeit, dass Max ganz allein in Berlin ist, obwohl er nichts getan hat, um das zu verdienen. Und Wut über Lukas' Tod, den ich nie überwunden habe. Nicht zu vergessen den Schmerz, aber das ist ein anderes Thema.

Was immer ich fühle, dies ist nicht der Zeitpunkt, mich zu verstecken. Drake und Nash sind wie Raubtiere, die Furcht wittern können. Zeige ich jetzt Schwäche, werden sie mit mir wie mit einer Maus spielen und mich jagen so lange ich hier wohne.

Was mich zurück in die Gegenwart bringt, denn Nash sieht

mich immer noch herausfordernd an. Er hat also gewettet, dass ich mit ausgerollter Zunge in meinem Zimmer hocke und sie mir nackt vorstelle? Wo sind die Kotz-Smileys, wenn man sie braucht?

»Den Gefallen kann ich dir leider nicht tun«, kontere ich, blicke kurz auf seinen Reißverschluss, bevor ich ihm wieder in die Augen sehe. »Ich hab 'ne Erdnuss-Allergie, und mehr als Peanuts hast du ja wohl nicht zu bieten.« Mit diesen Worten dränge ich mich an den beiden vorbei und verlasse die Küche. Das mit der Allergie ist gelogen, aber ich schätze, Nash versteht die Andeutung auf die männliche Anatomie, denn sein Hyänen-Lachen verfolgt mich bis zur Treppe.

In meinem Zimmer werde ich ungeduldig von Pam, Sally und Dexter erwartet. Meine Freunde hocken vor dem Balkonfenster auf dem Hartholzboden, umgeben von den leeren Pappschachteln des Take-Out-Sushis.

»Hey Baby!«, ruft Pam und wirft die rote Mähne zurück. »Wo zum Henker hast du gesteckt?«

»Pam wollte schon einen Suchtrupp losschicken«, bemerkt Dexter, der mir entgegenkommt und mich von zwei Eispackungen befreit, die gefährlich ins Wanken geraten sind. Unsere Dramaqueen hat sich in den Ferien von seinem Dreitagebart getrennt – den Gerüchten zufolge hat seine Mutter ihm ein Ultimatum gestellt. Trotz des braunen Strubbelhaars und der Ray Bans sieht er jetzt nicht mehr wie sein Idol George Michael aus, was ihn reizbar macht.

»Aber dann hätten wir vermutlich Pam suchen müssen, wer weiß, wo sie gelandet wäre«, ergänzt er und wirft Sally eine Packung zu.

»Wahrscheinlich in Drakes Bett!« Typisch Pam. Sie nimmt mir die restliche Eiscreme ab und ergänzt: »Ich meine, habt ihr seinen Arsch gesehen, der ist spektakulär!«

»Nicht nur der«, murmelt Dexter und versenkt seinen Löffel in einem Becher *Karamel Sutra*.

»Ich weiß! Jedes Mal wenn ich seinen Bizeps sehe, läuft mir das Wasser im Mund zusammen.« Pam seufzt und öffnet ihre Packung.

»Ich finde, er hat schöne Hände«, überrascht uns Sally mit ihrer Bemerkung. Normalerweise hält sie sich bei Gesprächen, die sich um männliche Körperteile drehen, zurück.

»Oh Baby, du hast ja so was von recht!« Pam schleckt den Deckel ab und wirft ihn in den Müll. »Von Drake würde ich mir jederzeit den Po versohlen lassen.«

Sally kichert, Dexter schnaubt, während ich nachdenklich in meinen Eisbecher starre. Ich komme nicht darüber hinweg, wie oberflächlich die Leute hier sind. Das ist keine Kritik an Pam, sie ist großartig und eine wunderbare Freundin. Es ist nur so, dass sie jedes Wort ernst meint, auch wenn es als Scherz rüberkommen soll. Versteht mich nicht falsch, ich will nicht behaupten, besonders tiefsinnig zu sein, aber wie Pam denkt hier so gut wie jeder. Ich war noch nie in einem Land, in dem Aussehen so eine wichtige Rolle gespielt hat wie in den Staaten. Und hier in Hollywood ist es besonders extrem. Bei Frauen zählen Möpse, Hintern und Beine, bei Männern sind es Muckies, allen voran Bizeps und Waschbrettbauch, sowie ein Hintern, mit dem man Nüsse knacken kann. Innere Werte werden wie ein Virus behandelt, noch dazu einer, der ansteckend ist.

Während ich meinen Gedanken nachhänge, wechseln meine Freunde das Thema, denn als ich mich wieder ins Gespräch einklinke, sind sie bei meiner Erzfeindin Nummer eins gelandet, Shelly Overman, auch bekannt als Shelly-Belly. Sie und ihre Klone, Charlize und Scarlett, haben mir das Leben an der Brentwood High in den ersten Wochen zur Hölle gemacht. Dabei war mein mit Schlampen-Bemerkungen vollgeschmierter Spind nur die Spitze des Eisbergs. Ihr Hass gegen mich ging so weit, dass ich nach der Schule meinen wunderschönen Mini Cooper mit eingeschlagenen Scheiben und roter Farbe verschmiert vorgefunden habe. Zumindest dachte ich damals, das wäre ihr Werk. Heute bin ich mir nicht mehr so sicher. Erstens ist das nicht ihr Stil, schließlich musste man sich dabei die Hände schmutzig machen. Außerdem hatte jemand *Das ist erst der Anfang* auf die Seite des Wagens gesprüht. Auf Deutsch. Darüber hinaus sind noch andere Dinge passiert, beunruhigende Dinge, die sie unmöglich getan haben kann. Wie zum Beispiel eine angeritzte Bremsleitung.

»… könnte man meinen, dass dir unsere Shelly-Belly leidtut«, unterbricht Pam meine Überlegungen«.

»Sie hat es nicht leicht.« Sally kratzt ihren Eisbecher aus und seufzt. »Ihre Mutter ist ein Alptraum und ihr Vater ist nie da.«

Sally ist das stille Wasser in unserer Runde. Fremden gegenüber ist sie zurückhaltend, aber wenn sie sich für jemanden erwärmt, hat man eine Freundin fürs Leben. Sie ist eine spindeldürre Elfe mit aquamarinfarbenen Augen und hellblondem Haar, das sie raspelkurz trägt.

»Na und? Wenn wir alle wegen Vernachlässigung zu Hooligans werden, wäre die Welt ein Trümmerhaufen.«

»Die Welt *ist* ein Trümmerhaufen«, brummt Dexter und greift sich einen ungeöffneten Becher.

Sally zuckt mit den Schultern und nimmt auf der Kingsize Couch Platz. »Ein bisschen komplizierter ist es schon.«

»Was weißt du über Shelly?« Es ist immer gut, seine Feinde zu kennen.

»Früher war sie echt nett«, beginnt sie, lehnt sich in die Kissen und schließt für einen Moment die Augen. »Wir standen uns einmal nah, wisst ihr.«

»Echt jetzt?« Das kommt von Dexter. Sally nickt und schenkt ihm ein schwaches Lächeln.

»Vom Kindergarten bis zum ersten Jahr an der Highschool war sie meine beste Freundin.«

»Auch du, Brutus«, murmelt Pam und öffnet einen weiteren Eisbecher. Wann hat die den ersten verspachtelt?

»Dir ist schon klar, dass das dein dritter ist«, bemerkt Dexter und heftet seinen Blick auf Pam.

»Bist du von der Kalorien-Polizei, oder was?«

»Wir hatten alle erst ein Eis, du futterst wie ein Schwein!«

Statt beleidigt zu sein, zwinkert Pam ihm zu. »Neidisch?«

»Auf was?«

»Na, auf meine Kurven, Baby, worauf sonst?«

»Könnten wir noch mal auf Shelly zurückkommen?«, frage ich mit Blick auf Sally. Wenn Pam und Dexter erst mal loslegen, kann das dauern.

»Warum seid ihr nicht mehr befreundet?«

»In unserem Freshman-Jahr sind Charlize und Scarlett auf die Brentwood gewechselt.« Sally blickt auf ihre Hände, sie wirkt traurig.

»Sie waren genau das, was Shelly immer sein wollte: Sex-bomben, denen die Schule zu Füßen liegt. Obendrein kamen sie aus den richtigen Familien und hatten einflussreiche Freunde. Shellys Mutter hat sie dauernd eingeladen und mich ...« Sie räuspert sich. Das *nicht* bleibt unausgesprochen.

»Ich habe immer angenommen, dass sich die Clique um Shelly dreht und nicht um die anderen beiden.«

»Das siehst du ganz richtig. Shelly hat um ihre Position in der Gruppe gekämpft und war dabei nicht gerade zimperlich. Ich glaube, dass Charlize und Scarlett ihre Popularität nicht besonders wichtig ist.« Sie zuckt mit den Schultern, als wäre das keine große Sache. Als wäre es egal, dass Shelly, mit der sie ihr ganzes Leben befreundet war, sie wegen zwei Barbies fallen gelassen hat, denen nicht mal was an ihrer Freundschaft liegt. »Das ist oft so bei Leuten, denen all das zufliegt, wofür andere hart kämpfen müssen«, ergänzt sie leise.

»Und warum ist es Shelly so wichtig?«

»Das liegt an ihrer älteren Schwester.« Das kommt von Dexter. Sally nickt.

»Gladdys Overman war die Königin der Brentwood«, fährt sie fort, »und hat Fußstapfen hinterlassen, die Shelly nicht ausfüllen kann.«

»Zum Beispiel?«, frage ich und hocke mich im Schneidersitz zu ihr aufs Sofa.

»Na ja, sie ist nicht gerade der sportliche Typ, aber Gladdys hat die Cheerleader angeführt und sie war gut. Außerdem ist Shelly eher eine durchschnittliche Schülerin, während ihre Schwester ein Stipendium für Stanford bekommen hat.«

Dexter nickt nachdenklich. »Gladdys war Miss Perfekt, während Shelly gerade so durchkommt.«

»Und woher weißt du das?«

Ein Lächeln breitet sich auf Dexters Gesicht aus. »Mein Bruder hat sie nach den Footballspielen ein paarmal flachgelegt.«

Ich wusste nicht mal, dass er einen älteren Bruder hat, aber das behalte ich für mich.

»Voll spannend«, brummt Pam und gibt vor zu gähnen. »Erzähl mir lieber, was aus deinem Loverboy geworden ist«, sagt sie an mich gerichtet.

Das ist das einzige Thema, über das ich auf keinen Fall reden möchte.

»Loverboy?«, fragt Sally. »Meinst du Conall?«

»Raoul!«, rufen Pam und Dexter wie aus einem Mund, sehen sich an und grinsen.

Raoul ist meine Achillesferse. Wir sind letzten Sommer zusammengekommen, und ich habe mir eingebildet, dass es etwas Ernstes zwischen uns ist. Nachdem Conall, mein verlogener Ex, mich mit meiner besten Freundin hintergangen hat, fällt es mir schwer, mich auf jemanden einzulassen. Aber Raoul war … anders. Zu ernst für sein Alter, schweigsam und irgendwie auch mysteriös. Er war Mitglied einer Gang, und wenn man sich seine Freunde ansieht, fällt es nicht schwer, sich das vorzustellen. Wie bei Drake ist alles an ihm dunkel, vom Bandera bis zu den Boots, was zugegebenermaßen ziemlich sexy ist. Aber er strahlt auch Gefahr aus, was ich sogar noch anziehender finde. In L. A. sind mir die Leute zu schön, geradezu ekelhaft perfekt. Raoul dagegen hat Ecken und Kanten und passt sich nicht an. Er hat die olivfarbene Haut der Latinos und ein scharf geschnittenes Gesicht mit hohen Wangenknochen. Das pechschwarze Haar trägt er gerade lang genug, dass er es sich hinters Ohr streichen kann. Arme und Brust sind mit Tattoos übersät, die auf Außenseiter wie eine Warnung wirken. Während sein Körper Härte ausstrahlt, sind seine Haselnussaugen weich und warm. Zumindest wenn ich in seinen Armen liege, was Lichtjahre her zu sein scheint.

Das Letzte, das er im November zu mir gesagt hat, war, dass ich ihn anrufen soll, wenn ich bereit bin, Verantwortung zu übernehmen. Und das von ihm!

Jedenfalls haben wir uns seitdem weder gesprochen noch gesehen. Die Pause geht auf meine Rechnung, keine Frage. Aber um ehrlich zu sein, fand ich die Szene, die er mir damals gemacht hat, komplett daneben. Noch dazu in einer Situation, in der ich angefangen habe, mir mein Leben zurückzuerobern. Verantwortung zu übernehmen, wenn man so will. Natürlich hätte ich ihm all das auch sagen können, aber ich fand, dass er nach seinem Auftritt zu mir kommen musste, nicht umgekehrt. Ich weiß, das klingt albern, aber das ist mir schnurz. Meine Freundinnen in Berlin haben mich verletzt und gedemütigt, Mädels, von denen ich dachte, dass sie mir nahestehen. Conall hat das Gleiche getan, und er hat behauptet mich zu lieben. Shelly-Belly hat mich vom ersten Tag an der Schule gedisst, obwohl sie mich nicht mal kennt. Und meine Mutter möchte keine Zeit mit mir verbringen, nicht mal eine Woche in den Ferien! Ich habe reichlich Mist eingesteckt. Wenn Raoul mich wirklich will, weiß er, wo ich wohne. Ich hab genug gekämpft, jetzt sind mal die anderen dran.

Etwas von meinem inneren Konflikt muss sich in meiner Miene widerspiegeln, denn sowohl Pam als auch Dexter rudern zurück.

»Na ja, Raoul kann Drake ohnehin nicht das Wasser reichen, oder, Baby?«, fragt sie in Dexters Richtung.

»Keine Chance«, erwidert er und schüttelt den Kopf.

»Drake ist kein bisschen wie Raoul!«

»Sag ich doch.«

»Er ist so …«, fahre ich fort, ohne auf ihren Einwurf einzugehen, »so …« Wie kann ich ihn und seinen blöden Bruder bloß beschreiben? »… so …«

»Na, was?«

»So ein Arsch!«

Nach einem kurzen Moment der Stille brechen meine Freunde in Gelächter aus.

»Das ist nicht witzig!«

»Nee, ist klar«, giggelt Pam.

»Die beiden lassen ihr Zeug überall rumfliegen!«

»Na und?« Dexter quetscht sich zwischen Sally und mir auf die Couch. »Ist ja nicht so, also müsstest du es wegräumen.«

»Außerdem stellen sie nichts zurück in den Kühlschrank. Nash trinkt ständig aus den Flaschen, selbst aus den O-Saft-Packungen. Das ist so was von ekelig.«

»Das macht Lissa auch andauernd«, wirft Sally ein und schenkt mir ein mitfühlendes Lächeln. Lissa alias Clarissa ist Sallys kleine Schwester.

»Seit er und sein Bruder hier aufgekreuzt sind, steht das Telefon nicht still, und nie ist es für mich!«

»Neidisch?«, fragt Dexter und zwinkert mir zu, worauf ich die Augen verdrehe.

»Dann ziehen sie Abend für Abend mit ihren Freunden los, kommen mitten in der Nacht mit einem Fang Frischfleisch zurück und hängen bis Sonnenaufgang im Mediaraum ab.«

»Also, jetzt bin *ich* neidisch!« Pam wirft den leeren Becher in den Papierkorb.

»Nash schleppt gleich mehrere Kichererbsen auf sein Zimmer«, fahre ich fort, »während Drake zumindest den Anstand hat, immer nur ein Mädel pro Abend zu vögeln.«

Nicht, dass ich ihnen hinterherspioniere. Zumindest nicht sehr viel. Na ja, was bleibt mir übrig? Mama lässt mich mit zwei männlichen Schlampen allein, die ich noch dazu kaum kenne.

»Wenn du so weitermachst, krieg ich 'nen Ständer von deinem Gequatsche«, bemerkt Dexter, woraufhin wir losprusten.

An diesem Abend löst sich etwas in mir. Es tut mir gut, unter Freunden zu sein, abzuhängen und über Belangloses zu reden. Nachdem mir Alex, meine beste Freundin in Berlin, ein Messer in den Rücken gerammt hat, fällt es mir schwer, mich anderen gegenüber zu öffnen. Was vermutlich auch der Grund dafür ist, dass aus Raoul und mir nichts wurde. Vertrauen ist nicht meine starke Seite. Obwohl ich zugeben muss, dass Alex nur die Kirsche auf der Sahne war. Dichtgemacht hab ich nach Lukas' Tod. Die darauf folgenden Hassmails der Netz-Trolle waren der Anlass, dass ich mein Twitter- und Facebook Profil gelöscht habe. Seit *Sorry Ass* letzten Herbst ein Hit wurde, liegen mir meine Freunde in den Ohren, mich endlich wieder im sozialen Netzwerk anzumelden. Dabei besitze ich noch ein YouTube und SoundCloud-Konto, die von Leon gepflegt werden. Was gut ist, denn irgendein Schlaumeier hat letzten Herbst versucht, sich in mein YouTube-Konto zu hacken. Wäre Leon nicht zufällig online gewesen, hätte der Typ es sogar geschafft. Stattdessen hat mein Freund dem Eindringling einen Wurm verpasst, der Daten von seinem Rechner auf Leons übertragen hat. Aber das ist eine andere Geschichte.

Im Verlauf des Abends überreden mich meine Freunde, mir zumindest ein Konto zuzulegen. Um ehrlich zu sein, hatte ich keine Ahnung, was es da draußen mittlerweile alles gibt. Im Musik-Bereich kenne ich mich ein bisschen aus, aber das ist bloß ein Mini-Ausschnitt des globalen Netzwerks. Pinterest, Instagram, YouNow und Spotify sind nur die Spitze des Eisbergs. Mich überfordern die Pros und Contras, darum greife ich auf Altbekanntes zurück und melde mich bei Facebook an. Das kenne ich und muss mich nicht komplett neu in die ganzen Funktionen einlesen. Nach nicht mal drei Stunden habe ich bereits 459 neue Freunde.

Wenn nur alles so einfach wäre.

02 Da Pam am nächsten Morgen die Frühschicht im Starbucks übernommen hat, muss sie zeitig los. Damit löst sie eine regelrechte Aufbruchswelle aus. Innerhalb von zwanzig Minuten sind meine Freunde verschwunden und lassen mich mit der Marshall-Brut allein. Das waren zwei richtig tolle Abende, so was sollten wir öfter machen.

Am nächsten Morgen schleppe ich mich unter die Dusche, in der Hoffnung wachzuwerden. Es hilft nicht wirklich, ich brauche Koffein. Also schlüpfe ich in Yoga-Klamotten und Flip Flops, wickle das feuchte Haar in ein Handtuch und suche die Küche auf. Die ist jedoch von James' Söhnen okkupiert. Schon wieder.

»Dieses Haus hat drei Küchen«, murre ich, als ich Nash mit dem Kopf im Kühlschrank erwische. »Warum müsst ihr euch ausgerechnet diese aussuchen?« Und warum laufe ich auf der Suche nach Essen jedes Mal den Brüdern vor die Füße?

Nash grinst, zieht eine Packung O-Saft aus dem Seitenfach und trinkt direkt aus dem Karton, ohne mich aus den Augen zu lassen. Echt jetzt?

Als er fertig ist, wischt er sich mit dem Handrücken über

25

den Mund und macht Anstalten, den Saft zurück ins Seitenfach zu stellen.

»Weißt du eigentlich, wie ekelhaft das ist?« Ich schnappe
mir die Packung und werfe sie in den Müll, um meinen
Standpunkt klarzumachen.

»Willst du wissen, wie sehr mich das interessiert?«

Als ich zum Kühlschrank gehe, um mir Milch zu holen,
stellt er sich dicht hinter mich, ich nehme an, um mich zu
provozieren. Mittlerweile kenne ich die beiden ein bisschen
und weiß, dass Nash der haptische Typ ist. Er ist laut, rotz-
frech und muss alles anfassen, während Drake eher im Hintergrund bleibt und beobachtet. Der ältere Marshall-Sohn ist
geduldiger als sein Bruder, es sei denn, er ist auf dem Football-
Feld, da hält er sich nicht zurück. Ich habe mir sagen lassen,
dass Drake wie eine Wand ist, an der niemand vorbeikommt.
Und obwohl Nash durchaus auf sich aufpassen kann, ist
Drake zur Stelle, wenn jemand seinem kleinen Bruder auf die
Pelle rückt. Und das passiert öfter, als ihren Eltern lieb ist. Ich
würde nicht behaupten, dass Nash ein Hitzkopf ist, aber bei
seiner unverschämten Art kann ich mir gut vorstellen, dass er
sich nicht nur Freunde macht.

»Und um deine Frage zu beantworten«, raunt er mir ins
Ohr, »diese Küche ist am besten bestückt.« Er beugt sich vor,
greift um mich und zieht eine Packung Milch aus dem Fach.
Dabei drückt er sein Becken gegen meinen Schenkel, wie um
mir zu zeigen, wie gut *er* bestückt ist. Anscheinend ist meine
Peanuts-Bemerkung doch nicht so gut rübergekommen.

»Aber ich war zuerst hier«, brumme ich, drehe mich und
bohre meinen Ellbogen in seine Rippen. Oops. Während er

röchelt, nehme ich ihm den Karton ab. Woher er weiß, wonach ich gesucht habe, ist mir ein Rätsel.

»Wieder falsch«, raspelt er und legt mir einen Arm um die Schulter. Anscheinend hat er sich schnell erholt, denn er fährt mit seiner Nase über meinen Haaransatz und nimmt einen tiefen Atemzug. »Wir haben hier schon gelebt, als du noch in einer Garage auf deiner Gitarre geklimpert und YouTube-Clips ins Netz gestellt hast.«

Hat mich da jemand gegoogelt oder was?

»Pfoten weg, du Vollpfosten!«

Er hat mir eine Haarsträhne hinters Ohr gestrichen, die aus dem Handtuch hervorlugt, und steht insgesamt viel zu nah bei mir.

»Nash!« Das kommt von Drake, der auf der Kücheninsel sitzt und einen Apfel samt Gehäuse verspeist. Er wirft seinem Bruder einen finsteren Blick zu, der daraufhin seufzt und einen Schritt zurücktritt.

»Wie ich sehe, ist sie kein Morgenmensch.« Nash zwinkert mir zu und gesellt sich zu seinem Bruder. Allerdings blockiert er damit nicht nur den Kaffeebereiter, sondern auch das Fach mit den Müslis. Im Stillen frage ich mich, ob er das mit Absicht macht.

»Und, haben dich deine Freunde die ganze Nacht über uns ausgequetscht?«

»Es mag ein harter Schlag für euer Ego sein«, erwidere ich, schubse ihn mit der Hüfte zur Seite und bereite mir einen Latte. Während die Milch aufgeschäumt wird, öffne ich das Fach mit den Kellogg's-Kartons. »Aber mein Leben dreht sich nicht nur um euch.«

»Jetzt vielleicht noch nicht. Spätestens wenn die Schule losgeht, hörst du auf, so zu tun, als wären wir dein schmutziges Geheimnis.«

Schnaubend fülle ich meine Schüssel mit *Cinnamon Jacks*, gieße Milch darüber und wende mich ihm zu.

»Apropos Geheimnis«, sage ich leise und beuge mich zu ihm. Aus den Augenwinkeln bemerke ich, wie sich Drakes Schultern bei dieser Geste anspannen.

»Hm?«, macht Nash und leckt sich die Lippen, den Blick auf meinen Mund geheftet.

»Du stinkst nach Wodka und Zigaretten.« Was eine faustdicke Lüge ist. Nash riecht nach Rasierwasser und ein bisschen nach Weichspüler – lecker. Aber ich würde eher Spülmittel trinken, als ihm das zu sagen. »Wann hast du das letzte Mal geduscht?«

Mit diesen Worten schnappe ich mir meinen Becher und trolle mich aus der Küche, gefolgt von Drakes leisem Lachen. Im Flur bleibe ich kurz stehen und atme tief durch. Warum lasse ich mich von den beiden bei unserem täglichen Schlagabtausch regelmäßig aus der Fassung bringen? Dabei ist es nicht mal Nash, der mich nervös macht, obwohl er derjenige ist, der sich seit Neustem bei jeder Gelegenheit an mich ranschmeißt, sondern Drake.

Bis eben war mir nicht klar, wie die Dynamik zwischen den Brüdern funktioniert. Es ist der Ältere, der im Stillen die Fäden zieht. Er hat Nash an der Leine, und wenn er aus der Reihe tanzt, pfeift Drake ihn zurück. Interessant.

Nach dem Frühstück gehe ich an den Strand und jogge, um

meine Gedanken zu klären. Normalerweise feiert Brady hier regelmäßig ab. Der blonde Strahlemann ist Quarterback an meiner Schule und zudem mein Nachbar. Da seine Familie derzeit seinen Bruder in San Francisco besucht, habe ich den Strand für mich. Das Laufen erdet mich und hilft mir, das Durcheinander in meinem Leben zu sortieren. Die leichte Brise wirbelt durch mein Oberstübchen, und bei jedem Ausatmen stelle ich mir vor, den Müll rauszulassen, der mich belastet.

In Berlin hatte ich ein Morgenritual, das mir bei meinen Panikattacken geholfen hat. Die Übung besteht darin, mich im Geiste mit der Erde zu verwurzeln und meine Ängste und Sorgen mit tiefen Atemzügen auszuatmen. In L.A. habe ich mich aufs Joggen verlegt. Manchmal stelle ich mir vor, dass ich, wenn ich nur schnell genug bin, meinen Problemen davonlaufe und sie einfach hinter mir lasse. Irgendwie funktioniert das auch, aber es reicht nicht, denn der zweite Schritt ist das Schreiben. Sobald ich den Kopf frei habe, durchfluten mich Ideen, und mir fliegen die besten Songs zu, ich muss sie nur noch zu Papier bringen.

Davon abgesehen hilft mir das Schreiben, einen Teil meines Zorns zu kanalisieren, den Schmerz, der seit Lukas' Tod mein ständiger Begleiter ist. Manchmal kann ich mich nicht mehr daran erinnern, wie sich das Leben ohne den Krampf in meinen Eingeweiden anfühlt.

Diesmal finde ich keine Inspiration am Strand, dazu ist bei mir zu viel los. Max ist abgereist, Mama hat mich einmal mehr veralbert und on top habe ich die Marshall-Brüder am Bein, die gerne Spielchen spielen. Und ausgerechnet jetzt erreiche ich Leon nicht, dabei kann er Schnee nicht mal ab. Ihn zieht es wie mich ans Meer. Er liebt die Weite, nicht die Berge.

Als ich zwei Stunden später in mein Zimmer trabe, ist es Mittag, und ich fühle mich neu belebt. Zwar hat mich nicht die Muse geküsst, aber die Bedrücktheit ist fort. Nach einer heißen Dusche durchforste ich meinen gigantischen Schrank nach Klamotten zum Wechseln, bis ich das unverwechselbare Facetime-Signal höre das von meinem iPad ausgeht. Im ersten Moment denke ich, es ist Leon, und strahle wie ein Honigkuchenpferd. Doch als ich den Anruf annehme, erscheint nicht das runde Gesicht meines besten Freundes, sondern die kristallblauen Augen von Conall Davis. Bevor ich James' Söhne getroffen habe, dachte ich, dass Conall der bestaussehende Typ ist, der mir je untergekommen ist.

Mit seinen einsfünfundachtzig ist er einen halben Kopf größer als ich. Er hat einen durchtrainierten Körper, den er gerne zeigt. Darum ist es kein Geheimnis, dass Brust und Arme mit Tribal-Tattoos übersät sind. Das struppige aschblonde Haar trägt er zur Freude seiner weiblichen Fans für gewöhnlich im Just-Fucked-Look.

Conall ist nicht nur mein Ex, sondern auch Leadsänger der Indie Band *Broken Dreams*. Wobei er nicht meine Träume zerbrochen hat, sondern mein Herz. Als wir in Berlin zusammengekommen sind, dachte ich, er wäre die große Liebe meines Lebens. Ihr wisst schon, die *Ich-schwebe-über-den-Regenbogen-in-die-Arme-meines-Prinzen*-Liebe, die man nur einmal im Leben trifft.

Was soll ich sagen – er war es nicht. Der Prinz, um genau zu sein, wobei ich mich frage, ob ich überhaupt zur Prinzessin tauge. Gerettet zu werden, ist eher nicht so mein Ding und meine Türen öffne ich lieber selbst. Vielleicht bin ich ja ein hoffnungsloser Fall, aber nach Raoul bin ich mir nicht mehr sicher, was ich will. Oder wen, wo wir schon dabei sind.

Was mich zurück zu Conall bringt. Nachdem ich in *Sorry Ass* mit ihm und unserer Beziehung abgerechnet habe, ging es mir besser, und wir sind so was wie Freunde geworden. Keine Ahnung, wie das passiert ist. Seit letztem November haben wir angefangen, regelmäßig über Facetime zu quatschen, und festgestellt, dass es uns guttut. Davon abgesehen schreibe ich Songs für ihn, die er und seine Band covern. Von seinem neuen Album *RockShock*, das vor zehn Tagen erschienen ist, stammen vier Lieder von mir.

Aber das ist nicht der Grund, warum er den Kontakt zu mir hält. Ich vermute, er verbringt deswegen gern Zeit mit mir, weil ich ihn mochte, bevor er ein Promi wurde. Als er nur Conall war, der Typ, in den ich mich verliebt habe, und nicht der sexy Leadsänger von *Broken Dreams*.

»Wie läuft's in Japan?«, frage ich und setze mich im Schneidersitz aufs Bett.

»Du hast jemand anderen erwartet.«

Das ist keine Frage.

»Ähm, das stimmt. Ich dachte, Leon würde sich melden, warum?«

»Dein Strahlen hat um 200 Watt abgenommen, als du mich erkannt hast.«

Wow. Für Conall ist das ziemlich aufmerksam. Normalerweise redet er gleich drauflos und erzählt mir einen Schwank seiner Tour-Geschichten, die zugegebenermaßen meistens echt witzig sind. Wenn ich so darüber nachdenke, mache ich bei Leon das Gleiche. Also, ohne den Teil mit der Tour und so. Innerlich seufze ich und lenke meine Aufmerksamkeit zurück auf Conall, der mich aufmerksam beobachtet.

»Alles klar bei dir?«

Schon wieder eine Frage, die er normalerweise nicht stellt.

»Alles im grünen Bereich. Es ist nur so, dass ich Max vermisse. Und Leon ist in Sankt Moritz Ski fahren …«

»Ich dachte, er hasst Schnee und alles, was damit zu tun hat.«

»Ich weiß!«, rufe ich, und diesmal ist mein Lächeln echt.

Wir quatschen fast eine Stunde, und ich bin überrascht, wie gut es ist, mit Conall zu reden. Wie Leon bildet er eine Verbindung zu meiner Vergangenheit, eine, die ich nicht mit meinen Freunden an der Highschool teilen kann. Er hat mich an meinem Tiefpunkt gesehen, als mein Bruder ums Leben gekommen ist und ich ein emotionales Wrack war. Was er in mir gesehen hat, weiß ich bis heute nicht. Aber ich bin froh, dass wir aus den Trümmern unserer Beziehung etwas Neues aufbauen konnten. Etwas mit Bestand, das den Hype um unsere Person überlebt hat.

Gegen zwei werden wir von Drake unterbrochen, der den Türrahmen ausfüllt. Buchstäblich. Keine Ahnung, wie lange er da schon steht, geklopft hat er jedenfalls nicht.

Apropos.

»Schon mal was von Anklopfen gehört oder habt ihr in Boston Perlenschnüre statt Türen?«

Obwohl er keine Miene verzieht, gefällt ihm Conalls dunkles Lachen nicht, das entnehme ich seiner Körperhaltung.

Seine Schultern spannen sich an und sein Kiefer mahlt. Doch die Anspannung verpufft so schnell wie sie gekommen ist, sodass ich mir nicht sicher bin, ob ich mir das Ganze bloß eingebildet habe.

»Nash und ich bestellen Pizza, was willst du für eine?«

Typisch für ihn, dass er nicht mal fragt, ob ich überhaupt eine möchte. Vielleicht hasse ich Pizza oder bin gegen Tomatensauce allergisch. Davon abgesehen irritiert mich die Art, wie er mich ansieht, bis mir auffällt, dass ich außer einem Handtuch nichts trage.

»Äh … nein danke«, gebe ich zurück, obwohl mein Magen anderer Meinung ist. Nennt mich feige, aber ich möchte nicht mit den beiden abhängen. Sie sind mir zu, nun ja, intensiv. Wenn sie nachher für ihre nächste Party abdackeln, werde ich mir etwas Essbares aus der Küche besorgen.

Doch statt sich vom Acker zu machen, liegt Drakes dunkler Blick abwartend auf mir.

»Du hast seit dem Frühstück nichts gegessen, auch nicht nach dem Joggen.«

»Wer bist du, mein Kindermädchen?«

»Brauchst du eins?«

Abermals lacht Conall, doch diesmal bin ich diejenige, deren Kiefer mahlt.

»Woher willst du wissen, dass ich nicht in meinem Zimmer gegessen habe?« In James' Haus verfügt jedes Schlafzimmer über einen Mini-Kühlschrank, wie in einem Hotel. Die Gästezimmer haben sogar eine Kitchenette, kein Scherz.

»Da deine Freunde in den letzten beiden Tagen wie eine Heuschreckenplage über alles Essbare in diesem Haus hergefallen sind, bezweifle ich, dass sich in deinem Zimmer auch nur ein Krümel befindet.«

»Das sagt der Richtige. Du und deine Kumpel sauft so ziemlich alles mit einer Promilleangabe drauf, selbst das Desinfektionsmittel aus dem Erste-Hilfe-Schrank!« Warum rechtfertige ich mich überhaupt und dann noch vor Drake?

Zu meiner Überraschung blitzt eines seiner seltenen Lächeln auf, was mich aus dem Konzept bringt. Conalls Räuspern holt mich zurück zu meinem Freund.

»Äh, ich ruf dich später zurück. Wann ist dein Interview im Frühstücksfernsehen?« Conall wirft einen Blick auf sein Handy, flucht und fährt sich mit einer Hand durchs Haar.

»Shit, in einer Stunde, ich muss los.«

»Okay. Dann Hals- und Beinbruch«, sage ich und grinse in die Kamera.

»Wann dürfen wir wieder mit einem Auftritt unserer famosen JazzMin rechnen?«

»Dazu muss ich erst mal neue Songs schreiben.«

Darauf kräuselt er die Stirn. »Hat dir dein Stiefvater nicht einen Plattenvertrag angeboten?«

»Er ist nicht mein Stiefvater!« Meine Antwort kommt schärfer raus, als ich vorhatte. James ist und bleibt ein Reizthema für mich. Das mit dem Plattenvertrag stimmt allerdings, aber ich hab ihn nicht unterschrieben. Laut der Papiere hätte ich mindestens zehnmal im Jahr in den Staaten auftreten müssen. Da ich nach *Sorry Ass* in Good Ol' Germany eine ziemliche Bekanntheit genieße, war zudem eine Europatour geplant. Gegen das Reisen habe ich nichts, doch im Moment ist mein Leben unruhig genug. Außerdem habe ich keine

Lust, das Schuljahr zu wiederholen. Davon abgesehen sehe ich mich eher als Texterin, nicht als Rampensau.

»Whatever. Honey, ich muss los, pass auf dich auf!«

Als ich die Verbindung beende, stelle ich fest, dass Drake näher gekommen ist.

»Was denn noch?«, frage ich und versuche, so aufzustehen, dass sich mein Handtuch vorn nicht öffnet.

»Der Typ ist scharf auf dich.«

Schnaubend gehe ich ins Bad und ziehe mir einen Bademantel über.

»Conall und ich werden ganz sicher nicht mehr zusammenkommen, darauf hast du mein Wort«, rufe ich durch die angelehnte Tür und kämme mein zerzaustes Haar.

Als wir im Sommer hierhergezogen sind, war es kastanienbraun mit natürlichen Highlights und ging mir bis zu den Schultern. Die kalifornische Sonne hat es ausgebleicht, sodass es jetzt eher golden ist. Da ich seit unserer Ankunft nicht beim Friseur war, ist meine Mähne ziemlich lang geworden, ein Umstand, den ich in diesem Augenblick verfluche, während sich der Kamm durch die Knoten kämpft.

»Hast du ihm das auch gesagt?«

»Ungefähr hunderttausend Mal!«

Sein dunkles Lachen verursacht mir eine Gänsehaut.

»Kann ich sonst noch was für dich tun?« Falls er den Wink mit dem Zaunpfahl registriert, lässt er sich nichts anmerken. Ich möchte mich anziehen, wann schwirrt er endlich ab? Ich meine, erst ignorieren er und sein Bruder mich und plötzlich macht Nash auf touchy-feely und Drake sorgt sich um meine Ernährung. Das kann eigentlich nur eins bedeuten.

Mit gespitzten Lippen stoße ich die Tür auf.

»Wann hat meine Mutter angerufen?«

Drake, der sich über meinen Schreibtisch gebeugt hat, richtet sich auf und hebt einen Mundwinkel.

»Wie kommst du darauf, dass ich mit Liz gesprochen habe?« Er kreuzt die Arme vor der Brust und sieht mich herausfordernd an. Nash wählt diesen Moment, um in mein Zimmer zu platzen.

»Verdammt, Drake, was ist jetzt mit der Pizza, ich bin am Verhungern.«

»Na toll, warum kommst du nicht einfach rein und machst es dir gemütlich!?«

»Ich dachte schon, du fragst nie, Prinzessin.«

Bevor ich Piep sagen kann, springt er auf mein Bett und versenkt das Gesicht in meinem Kopfkissen.

Ich hab das Gefühl, meine Augen springen aus dem Kopf. Es gibt ungefähr tausend Dinge, die ich ihm in diesem Moment an den Kopf werfen möchte. Davon abgesehen hat er mich Prinzessin genannt, so nennt mich sonst nur Leon. Doch ich spüre Drakes Blick auf mir, und das sagt mir, dass er meine Reaktion testet. Die beiden versuchen mich einzuschätzen, wie sonst soll ich mir ihr Verhalten erklären? Als sie hier eingezogen sind, haben sie mich wie Luft behandelt. Jetzt ändern sie offensichtlich ihre Taktik und versuchen mich aus der Reserve zu locken. Netter Versuch.

Schnaubend marschiere ich zu meinem begehbaren Schrank, schließe die Tür und ziehe mich hastig um. Heute ist es frisch draußen, darum entscheide ich mich für ausgeblichene Skinny Jeans, die meine langen Beine betonen, ein tailliertes weißes

Shirt mit V-Ausschnitt und Flip Flops. Das Outfit wirkt lässig und sexy zugleich, ohne zu signalisieren, dass ich mir besonders viel Mühe mit meinem Aussehen gegeben habe. Genau das ist die Botschaft. Als ich mein Ankleidezimmer verlasse, sind die Marshall-Brüder verschwunden und versemmeln mir meinen Auftritt, war ja klar.

Also schnappe ich mir Autoschlüssel und Handtasche und mache mich zur Garage auf. Wobei das vermutlich das falsche Wort ist, da James' umfangreicher Fuhrpark in einem extra Anbau untergebracht ist. Dank des Familienzuwachses haben sich Drakes schwarzer Hummer und Nashs steingraue Corvette dazugesellt.

So etwas wie Nashs Wagen habe ich vorher noch nie gesehen. Das Teil sieht wie eine Mischung aus Kampfjet und Stachelrochen aus. Dagegen wirkt mein BMW Offroader wie ein Bus. James hat mich gebeten, meinen Mini so lange stehen zu lassen bis wir herausgefunden haben, wer sich letzten Herbst an meinem Wagen zu schaffen gemacht hat. Zwar hatte er einen Verdacht, doch die Spur ist anscheinend ins Leere verlaufen. Nach der manipulierten Bremsleitung ging er so weit, mir einen Fahrer zu verpassen. Nicht, dass ich Calvin nicht mag. Aber wozu habe ich wochenlang für die Führerscheinprüfung gebüffelt, wenn ich am Ende wie Queen Elisabeth durch die Gegend kutschiert werde? Davon abgesehen fahre ich gern. Da ich meinem Aufpasser regelmäßig entwischt bin, lässt James mich mittlerweile wieder selbst fahren, vermutlich auch, weil mir länger nichts passiert ist.

Da ich im Grunde vor den Marshall-Brüdern geflohen bin, weiß ich nicht, wohin ich fahre, bis ich auf dem Parkplatz des

Starbucks in Lomita stehe, wo ich zweimal die Woche arbeite. Heute allerdings nicht, darum besuche ich Pam, die diesen Samstag eine Doppelschicht übernommen hat.

Pam ist der Typ, der keine Probleme hat, weil sie keine haben möchte. Sie trinkt gern, lacht zu laut und redet zu viel, jedoch selten über sich. Meistens trägt sie ausgeschnittene Blusen, die Teile ihrer Spitzen-BHs freilegen, ein Fakt, der die männliche Kundschaft nachhaltig an unseren Coffeeshop bindet. Ihre Freizügigkeit, gepaart mit ihrer kumpelhaften Unkompliziertheit, sind vermutlich auch der Grund, warum sie regelmäßig auf Dates unterwegs ist.

»Baby, bitte sag mir, dass du gekommen bist, um mich von meinem Elend zu befreien. Ich sterbe vor Langeweile!«

Tatsächlich ist um diese Zeit nicht viel los. Es ist der letzte Samstag, bevor die Schule beginnt, den nutzen unsere Gäste und hängen für gewöhnlich am Strand ab.

Während ich einen Cranberry-Bagel mit drei Bissen verspeise, redet sie ohne Punkt und Komma über die bevorstehenden Oscarnominierungen.

»Glaubst du, deine Mutter ist dabei? Im *Hollywood Reporter* steht, dass sie ein Geheimtipp ist.«

Da ich den Mund voll habe, lässt sie sich weiter über die vielversprechendsten Kandidaten aus, doch ich höre nur mit einem Ohr zu. Dass die Jury meine Mutter überhaupt in Erwägung zieht, ist neu für mich. In den letzten beiden Jahren habe ich eine regelrechte Allergie gegen Mamas Job entwickelt. Er war der Grund dafür, dass wir monatelang in den Schlagzeilen standen, von Reportern belagert und verleumdet wurden. Die Schauspielerei ist mir so zuwider, dass ich letztes

Jahr meinen Stundenplan geändert und den Drama-Kurs gegen *Ceramics* eingetauscht habe. Wenn man mit Ton arbeitet, hat man am Ende zumindest etwas, das man ansehen und ins Regal stellen kann. Bei der Schauspielerei bleibt einem nichts als die Kritik von Leuten, die selbst nie auf der Bühne standen. Und falls doch, sind sie gescheitert, sonst wären sie nicht bei den Rezensenten gelandet.

Innerlich seufze ich und spüle meine Bitterkeit mit einem Schluck Latte runter. Morgen kommen Mom und James zurück aus dem Urlaub, und ich habe keine Ahnung, wie ich mich meiner Mutter gegenüber verhalten soll. Manchmal kommt es mir vor, als müsste ich für jede glückliche Minute mit einer Stunde Hölle bezahlen. Ich meine, Weihnachten war wunderschön. James war supernett zu Max und hat sich nicht anmerken lassen, dass seine Anwesenheit ein bisschen peinlich ist. Ich habe Max alles gezeigt, meine Schule, Starbucks, den Strand. Und obwohl ich in einem riesigen Anwesen lebe, hat er es vorgezogen, im Hotel zu übernachten. Er kann es sich leisten, denn im Gegensatz zu Schauspielerinnen werden Drehbuchautoren im Alter gefragter, da Produktionsfirmen ihre Routine und Erfahrung zu schätzen wissen. Er hat mir von seinem neusten Projekt erzählt, eine Mini-Serie für Arte, die auf Réunion gedreht wird.

Jedenfalls war das eine tolle Zeit. Einen Tag später haut mich meine Mutter in die Pfanne. Schon wieder. Dabei dachte ich, dass sich unser Verhältnis in den vergangenen Wochen gebessert hätte. Ihr Film war im Kasten und sie wirkte zum ersten Mal seit Drehbeginn entspannt.

Nach der Urlaubs-Nummer würde ich am liebsten verschwinden und ihr die Ankunft vermiesen. Doch irgendwann muss ich ihr schließlich gegenübertreten, da bringe ich es lieber schnell hinter mich.

03

In dieser Nacht kann ich nicht schlafen. Ich träume von Lukas, einem Pick-up, der mit unserem Wagen kollidiert. Und einem kleinen Mädchen auf dem Rücksitz einer Limousine, das mir etwas sagen möchte. Bevor sie den Mund öffnet, werden wir ein weiteres Mal gerammt. Es kracht und wir schleudern gegen die Leitplanke. Stahl verbiegt sich und das Fahrzeug fängt Feuer. Als ich hochschrecke, hängt der Gestank von verbranntem Haar in meiner Nase und ich habe Lukas' letzte Atemzüge im Ohr.

Gott, wird das jemals aufhören?

Gegen vier gebe ich auf und schleiche zur Küche, um mir einen Tee zu bereiten. Ich brauche was Warmes im Magen, etwas, woran ich mich ein paar Minuten festhalten kann.

Als hätte er auf mich gewartet, hockt Drake auf der Frühstücksinsel, den Blick auf die Tür geheftet, auf mich. Ich verkneife mir jeden Kommentar zu der Tatsache, dass eine halb leere Flasche Rum neben ihm steht. Da Nash nicht bei ihm ist, gehe ich davon aus, dass er irgendeine Schnalle auf seinem Zimmer vögelt.

Bei der Vorstellung, dass Drake vermutlich auf ihn wartet,

um mit dem Saufgelage fortzufahren, sobald Nash seinen Reißverschluss hochgezogen hat, verziehe ich das Gesicht zu einer Grimasse, während ich den Wasserkocher fülle.

Normalerweise weiche ich Drakes bohrendem Blick nicht aus. Tatsächlich liefern wir uns seit einigen Tagen bei jeder Gelegenheit ein Blickduell, doch zu meinem Ärger sehe ich immer zuerst weg.

»Wir haben Tuck gestern auf einer Party getroffen«, beginnt er und füllt sein Glas. Damit kann er nur Tuck Morris meinen, den Basketball-Star unserer Schule. Wir sind zwar nicht direkt befreundet, da er nur mit den Sportlern abhängt, aber ich mag ihn. Außerdem hat er mir letztes Jahr ein paarmal beigestanden, als ich Hilfe brauchte.

»Er hat deine Startschwierigkeiten an der Brentwood erwähnt.«

Was die Untertreibung des Jahres ist. Als ich hier angekommen bin, habe ich mehr Ärger angezogen als andere während ihrer gesamten Schulzeit. Die Elite meiner neuen Streberanstalt hat mich auf Anhieb gehasst. Etwas später folgte der Presserummel nach meinem musikalischen Durchbruch, anschließend die Aufregung, weil ich mit Conall zusammen war, der zu der Zeit zum Rockstar avanciert ist. Danach ging das mit den Anschlägen los.

Von meinen persönlichen Dramen fange ich gar nicht erst an.

»Er hat Unfälle erwähnt«, ergänzt er leise und beobachtet, wie ich einen Teebeutel aus der Packung pfriemle und anschließend meinen Becher mit heißem Wasser fülle.

»Und das erzählst du mir, weil …?«, frage ich mit dem

42

Rücken zu ihm. Für einen Moment schließe ich die Augen und wärme meine eiskalten Hände am Becher.

»Ist es wahr?« Sein Rumatem verrät mir, dass er hinter mir steht. »Hat jemand deinen Wagen verwüstet?«

Ach das. Dann weiß er also nichts von der sabotierten Bremsleitung.

Langsam drehe ich mich zu ihm, lehne mit dem Po gegen die Anrichte und nippe vorsichtig am Becher.

»Warum fragst du nicht deinen Dad?« Diesmal weiche ich seinem Blick nicht aus.

»Ich frage dich.«

Bisher hat er sich bloß für die nächste Party interessiert, also was soll das.

»Das geht dich nichts an.«

Er beugt sich vor, stützt die Hände auf die Granitplatte hinter mir und schließt mich mit den Armen ein. Ich schätze, um mich zu bedrängen.

Doch da ist er an die Falsche geraten, ich werde nicht zurückweichen. Weder vor ihm noch seinem Bruder. Dafür stellt mein Herz seltsame Sachen an, es pocht wild in meiner Brust und mir wird ganz warm.

»Es geht mich etwas an, wenn du Probleme anschleppst, die meine Familie belasten. Denn dann wird dein Problem plötzlich zu meinem.«

Ich schlucke meine Überraschung runter, denn er ist der Wahrheit verdammt nahe gekommen. Nur, dass nicht ich diejenige mit den Problemen bin, sondern meine Mutter.

Etwas muss ich in meinem Blick gezeigt haben, denn er verengt die Augen zu Schlitzen und beugt sich weiter vor, bis sich unsere Nasenspitzen beinah berühren. Er riecht gut, stelle ich fest, was mich nach seiner durchzechten Nacht wundert. Nach Pinien, Gewürzen und Feuer. Nach Winter.

»Und?«, hakt er nach.

Eine Gänsehaut überzieht meine Arme und ich unterdrücke einen Schauder. Seine Nähe ist so … so …

Nashs Hyänenlachen zerreißt die Stille. Einen Moment später fliegt die Küchentür auf und Drakes Bruder spaziert herein. Als er mich sieht, setzt er ein breites Grinsen auf und breitet die Arme aus, wie um einen alten Kumpel zu begrüßen.

»Da ist ja meine Möchtegernschwester! Mit dir habe ich um diese Zeit nicht gerechnet.«

Mittlerweile sitzt Drake wieder auf der Theke und hat sich aufs Beobachten verlagert. Nash schnappt sich den Rum und nimmt einen Schluck direkt aus der Flasche, war ja klar.

»Wo ist Kelly?«, fragt Drake und nimmt ihm den Alk ab.

»Wer?«

»Dein Fick. Wo steckt sie?«

»Oh, die hieß Kelly?« Er kratzt sich die Stirn, als hätte er bis eben nicht gewusst, dass Mädchen Namen haben. Blödmann.

»Ich hab ihr ein Taxi bestellt, einen Schein in die Hand gedrückt und sie vor die Tür gesetzt.«

»Du gibst deinen Freundinnen Geld?« Das kommt raus, bevor ich mich davon abhalten kann.

»Prinzessin, ich bezahle sie nicht fürs Kommen, sondern damit sie wieder gehen.«

Ich versuche gar nicht erst, die Abscheu, die sich in meinem Gesicht ausbreitet, zu verstecken.

44

»Du bist so eine Schlampe!«

Nash bricht in hysterisches Gelächter aus und beugt sich kopfschüttelnd vornüber, als hätte ich einen Witz gerissen. Mit einem Schnauben stelle ich die Tasse in die Spüle und verlasse die Küche.

An was für eine Familie bin ich da geraten? Auf der anderen Seite – an wen sind die Marshalls mit Mama und mir geraten? Denn in einem Punkt hatte Drake recht, wir haben Ballast mitgebracht, jede Menge davon. Ich hoffe, dass sich die Dinge in diesem Jahr beruhigen, denn mein Bedarf an Drama ist erst mal gedeckt. Ein bisschen Ruhe wäre eine willkommene Abwechslung.

Ruhe ist mir jedoch nicht vergönnt. Am nächsten Morgen kommen meine Mutter und James wie ein Sturm über das Anwesen. Türen knallen, Rufe ertönen und schrilles Lachen hallt durch die Gänge. Das Haus füllt sich mit ihrer Entourage, Mamas Assistentin, James' Mitarbeiter inklusive der Sicherheitsleute sowie Hauspersonal, das vor ihrer Ankunft praktisch unsichtbar war.

Da ich mich die halbe Nacht hin und her gewälzt habe und erst gegen Sonnenaufgang eingenickt bin, reicht mir ein Blick auf das Chaos, und ich trolle mich zurück ins Bett und döse, bis meine Mutter gegen Mittag mein Zimmer betritt, als wäre es eine Bühne.

»Raus aus den Federn, Spätzchen, es gibt viel zu erzählen!«, singt sie und zieht die Vorhänge zurück.

»Na toll, du bist wieder zurück«, murmle ich ins Kissen und setze mich ächzend auf.

»Schmollst du etwa immer noch?«

Das ist der Knackpunkt mit meiner Mutter. Wenn sie wenigstens zugeben würde, dass sie Mist gebaut hat, wäre das Ganze nicht halb so schlimm. Dass sie stattdessen so tut, als wären ihre Manipulationsversuche meine Schuld, bringt mich jedes Mal gegen sie auf. So auch jetzt.

»Du hast echt Nerven, hier reinzuschneien und mir deine schräge Wahrnehmung aufs Auge zu drücken.« Ich ziehe die Knie zu mir heran und umfange meine Beine mit den Armen.

»Spätzchen, du bist immer so theatralisch.« Sie setzt sich zu mir auf die Bettkante und streicht ihr weizenblondes Haar zurück, das, wie mir auffällt, erheblich gewachsen ist, seit ich sie das letzte Mal gesehen habe. Das kann nur bedeuten, dass sie sich im Urlaub Extensions geleistet hat.

»James sagt, das liegt am Alter, ich hoffe, er hat recht.«

»Wenn das so ist, hoffe ich, dass sich deine Ignoranz auch irgendwann rauswächst.«

Damit schlage ich die Decke zurück und marschiere ins Bad. Hinter mir höre ich meine Mutter seufzen.

»Müssen wir uns immer streiten?«

»Keine Ahnung«, rufe ich zurück und drehe das Wasser der Dusche auf. »Sag du's mir.«

Nachdem ich mich in den heißen Strahl stelle, entspanne ich mich ein wenig. Meine Muskeln werden weich und ich kann besser atmen.

Ich bin noch hier. Ich bin noch hier. Ich bin hier.

Diesmal ist es nicht Angst, die mich mein Mantra aufsagen lässt, sondern Wut und Enttäuschung. Und Schmerz, immer wieder Schmerz.

Ich wünschte, es wäre einfacher, meine Mutter zu lieben. Ich möchte es so gern, aber sie macht es mir unfassbar schwer. Hätte sie sich entschuldigt, wäre die Sache für mich erledigt gewesen. Aber so zu tun, als wäre nichts gewesen! Als wäre ich ein schmollender Teenager, dessen Hormone durchknallen. Ohne mich.

Als ich das Bad verlasse, ist sie noch da.

»Jazz«, sagt sie leise und klopft auf die freie Stelle neben sich. »Setz dich einen Moment zu mir, ich möchte mit dir reden.«

»Mom, das ist jetzt echt der falsche Zeitpunkt. Wenn du etwas loswerden willst, raus damit. Aber erwarte nicht, dass ich mir deine Urlaubsstorys anhöre. So dreist bist nicht mal du.«

Zumindest hoffe ich das. Auf dem Weg zum Ankleidezimmer höre ich sie abermals seufzen. Nachdem ich mich in Jeansshorts gequetscht und ein hellgrünes Langarmshirt übergezogen habe, stelle ich mich mit vor der Brust verschränkten Armen vor sie.

»Also, was willst du?«

»Warum musst du es mir so schwer machen?«

Ungläubig lache ich auf. »Ich bin nicht diejenige, die durch das Leben anderer walzt. Die Menschen manipuliert und die Wahrheit verbiegt, um zu bekommen, was sie will.«

»In meinem ganzen Leben habe ich keine Menschenseele betrogen, wie kommst du nur darauf?«

»Frag Max, der hat bestimmt eine Meinung dazu!«

»Ich habe Max nicht hintergangen!«

»Das kannst du deinen neuen Golfklub-Freunden erzählen, aber mich kannst du mit deiner Empörung nicht einwickeln.

Du hast mich in dem Glauben gelassen, wir würden mit Max hierher ziehen. Im Flieger erfahre ich von deiner neuen Flamme und dass wir bei ihr wohnen werden. Jetzt ziehst du die gleiche Nummer ab, machst mir Hoffnung, dass es dir ernst mit dem Mutter-Tochter-Urlaub ist, damit wir endlich wieder Zeit miteinander verbringen. Dabei hattest du nie geplant, etwas mit mir zu unternehmen. Du wolltest mich bloß irgendwie in den Flieger bekommen, um mich abermals vor vollendete Tatsachen zu stellen und vor James und der Presse auf heile Familie zu machen.«

»Himmel, Kind, so war das nicht!« Kopfschüttelnd steht sie auf. Ihre blauen Augen schwimmen in Tränen, doch sie schluckt ein paarmal, drängt sie zurück. »Woher nimmst du nur diesen Zorn auf mich, ich verstehe das nicht.«

»Das ist ja das Problem! Du verstehst nur Dinge, die dich interessieren, und dazu gehöre ich schon lange nicht mehr.« Den letzten Satz schreie ich, und zu meinem Schrecken bin ich plötzlich diejenige, die weint.

»Spätzchen, ich …« Der Rest geht in ihrer Umarmung unter. Ihre dünnen Ärmchen drücken mich fest an sich, und für einen Augenblick erlaube ich ihr, mich zu halten. Doch dann fallen mir all die Lügen ein, ihre Täuschungsmanöver und was sie Max angetan hat. Unter Aufbringung meiner ganzen Willenskraft drücke ich die Unterarme gegen ihre Brust und schiebe sie von mir.

»So funktioniert das nicht«, sage ich heiser und brauche einen Moment, bis ich meine Stimme wiederfinde. »Mutter sein ist kein Hobby. Du bist es oder lässt es. Du kannst nicht immer dann ankommen, wenn du gerade Lust hast, dich mit mir zu beschäftigen oder wenn es in deinen Kalender passt.«

Sie schüttelt den Kopf. »Warum bist du so ... hart?«

»Wie kannst ausgerechnet du mich das fragen?« Sosehr ich es auch versuche, ich kann nicht verhindern, dass immer mehr Tränen kommen. Das Brennen in meiner Brust droht mich zu ersticken, denn obwohl ich meiner Mutter gegenüberstehe, sie anfassen kann, mit ihr rede, ist sie doch unerreichbar.

Lukas' Tod hat etwas in ihr gebrochen, die Mutter oder vielleicht den Mutterinstinkt. Was immer es war, der Bruch hat eine leere Hülle hinterlassen, und das schmerzt mehr, als ich sagen kann.

»Jazz«, sagt sie und ergreift meine Oberarme. »Ich wollte hierher, um neu anzufangen, verstehst du das nicht?«

»Mama, du kannst nirgendwo neu anfangen. Egal wohin du gehst, du bist überall dieselbe. Daran ändert auch L. A. nichts. Die Probleme, die du zu Hause nicht gelöst hast, kommen mit dir, begreifst du das nicht?«

»Aber in Berlin ...«

Ich trete einen Schritt zurück und mache eine wegwischende Handbewegung.

»Das Problem ist nicht Berlin oder die Umstände, sondern deine Weigerung, dich ihnen zu stellen. Du bist das Problem, Mama, es wird Zeit, dass du das einsiehst und etwas unternimmst.«

»Und was sollte das deiner Ansicht nach sein?« Ihr Ton ist um einige Grad abgekühlt. Sie faltet die Arme vor der Brust und spiegelt meine Pose. Ein sicheres Zeichen, dass das Gespräch für sie beendet ist.

»Geh zu einem Therapeuten und rede mit ihm.«

»Fängst du schon wieder damit an!«

Kurz schließe ich die Augen und schlinge die Arme um mich.

»Du wirst dich nie mit seinem Tod auseinandersetzen, oder? Er wird immer zwischen uns stehen und jede Beziehung verhindern.«

Warum muss ich das meiner Mom sagen, immerhin bin ich das Kind und sie ist die Mutter. Nicht zum ersten Mal kommen wir an diesen Punkt, und wie üblich bricht sie irgendwann ab und lässt mich stehen, so wie in diesem Augenblick.

»Wir reden, wenn du dich beruhigt hast«, sagt sie und setzt damit noch einen drauf. Als sie mir den Rücken zudreht, sehe ich, dass die Tür zum Flur offen steht. Im dunklen Gang kann ich James ausmachen, inklusive seiner Söhne. Das hier wird immer besser. Wie lange stehen die schon da und seit wann lässt meine Mutter die Tür auf?

Ich wünschte, ich könnte sagen, dass wir uns alle eingekriegt haben und es noch ein schöner Tag wurde. Aber das wäre gelogen. Tatsache ist, dass wir uns für den Rest des Tages aus dem Weg gehen. Selbst James' Söhne lassen sich nicht blicken, wahrscheinlich sind sie abgehauen. Ich verbringe Stunden am Strand und versuche, meine Gefühle in den Griff zu bekommen. Der Streit zeigt mir, wie nahe ich an der Klippe stehe. Normalerweise habe ich Leon, der mir hilft runterzukommen, oder zumindest meine Texte. Doch ich fühle mich total blockiert. Nichts, was mir durch den Kopf spukt, ergibt einen Sinn. Da sind nur Rot und Lärm und Gift. Also tue ich das Einzige, das mich erdet, ich schreibe es auf. Das ist kein Song oder ein Text, der eingängig ist. Ich stehe wieder ganz am Anfang, Wochen und Monate nach dem Tod meines Bruders. Eine Zeit, in der mich Worte verlassen haben und durch Emotionen ersetzt wurden. Was ich schreibe, könnte bestenfalls als Rap durchgehen, destillierter Hass, gepaart mit Verzweiflung und, nun ja, Selbstmitleid. Als mir Letzteres klar wird, beruhige ich mich ein wenig.

Ich kann weinerliche Leute nicht ausstehen, wie kommt es, dass ich in den Dünen liege und den Mond anjaule? So übel ist mein Leben schließlich nicht, ich bin nur gerade echt sauer auf meine Mutter. Jeder macht diese Phase durch, das ist normal, oder? Nächsten Sommer werde ich achtzehn, dann bin ich frei und kann tun und lassen, was ich will.

Dieser Gedanke hat etwas Erlösendes und endlich kann ich meinen Ärger loslassen und atme tief durch. Es ist, als würde sich mein Körper an mein Morgenritual erinnern, denn ohne nachzudenken, konzentriere ich mich auf meinen Atem, halte ihn einen Augenblick fest, und lasse ihn anschließend in einem langen Zug aus. Nachdem ich das einige Minuten wiederhole, fühle ich mich wieder wie ein Mensch und kann klar denken, bis Fußstapfen im Sand mich den Kopf wenden lassen.

Es ist Martinez, James' Fahrer und vermutlich auch Bodyguard, so genau bin ich noch nicht dahintergestiegen. In jedem Fall ist er in den ersten Wochen in L.A. so etwas wie mein Vertrauter geworden. Martinez ist ein gutaussehender Latino in den Vierzigern, mit scharf geschnittenen Gesichtszügen, dunklen Augen und pechschwarzem Haar. Er ist außerdem Raouls Vater, was die Sache ein bisschen verkompliziert.

Obwohl er nicht der Typ ist, der seinem Sohn den neusten Tratsch aus dem Hause Marshall auf die Nase bindet.

»*Chica*, was machst du allein hier draußen?«, fragt er und setzt sich zu mir ins Dünengras.

»Willkommen auf meiner Pity-Party.« Macht keinen Sinn, ihm etwas vorzumachen, er würde es mir ohnehin nicht abkaufen.

»Sag das nächste Mal jemandem Bescheid, damit ich dich nicht überall suchen muss.«

»Sorry«, murmle ich und setze mich auf.

»Hier«, sagt er und reicht mir eine braune Papiertüte.

Ein Lächeln schleicht sich in meine Züge. Ich kenne diese Tüten, die benutzt Antoine, wenn er mir eine seiner Köstlichkeiten für die Schule in die Hand drückt. Er ist Koch bei den Marshalls und verkörpert so ziemlich jedes Klischee, das man sich bei Köchen vorstellen kann. Zum einen spricht er nur französisch, ist die totale Diva, wenn es um Essbares geht, und ist frech wie Oskar. Ich mag ihn, Martinez anscheinend auch, denn ich habe die beiden ein paarmal in der Küche lachen hören.

»Er sagt, du musst alles aufessen, sonst gibt es keine Schoko-Mousse zum Nachtisch. Du hast dich den ganzen Tag nicht blicken lassen und sowohl Frühstück als auch Mittagessen ausfallen lassen.«

Was meinen knurrenden Magen erklärt. Nach Mamas Auftritt ist mir der Appetit vergangen, danach habe ich mich darauf konzentriert, nicht auszuflippen.

Wie üblich hat Antoine zu viel eingepackt, aber das macht nichts, ich habe einen Bärenhunger. Zuerst verspeise ich die

Ziegenfrischkäse-Tarte, danach die Spinatquiche und zum Schluss zwei Himbeerquark-Küchlein – yum! Das dritte gebe ich Martinez, der sich nicht zweimal bitten lässt.

»Wie geht es Raoul?« Ich weiß, ich sollte das nicht fragen, aber die Worte sind draußen, bevor ich sie aufhalten kann.

»Er hat viel zu tun.«

Ginge es nach mir, würde er sich auf nichts konzentrieren können, hätte blutunterlaufene Augen und wäre eine Zumutung für seine Umgebung, weil er immerzu an mich denken muss und den Mist, den er zu mir gesagt hat.

»Worüber habt ihr euch eigentlich gestritten?«

Darauf seufze ich tief und lang. Vielleicht auch, weil er gerade das letzte Stück Himbeerkuchen verputzt hat. Antoine kann kochen, das ist mal klar.

»Über das Konzert in *The Colony* Mitte November und das, was vorher passiert ist.« Ich zucke mit den Schultern und verstumme. Martinez scheint zu wissen, wovon ich rede, denn er bohrt nicht weiter nach. Raoul war auf Conall eifersüchtig, weil er uns Arm in Arm gesehen und die falschen Schlüsse gezogen hat. Wäre ich ein bisschen kommunikationsfreudiger, hätte ich das Missverständnis aufklären können, doch zu der Zeit war bei mir gerade echt viel los. Raoul hat mir vorgeworfen, ihn auszuschließen, und sich mit diesem saudämlichen Satz verabschiedet, über den ich einfach nicht hinwegkomme.

»Er hat gesagt, ich soll mich erst wieder bei ihm melden, wenn ich bereit bin, Verantwortung zu übernehmen.«

Martinez neben mir wird ganz still, dann wirft er den Kopf in den Nacken und lacht aus vollem Hals. Nicht gerade die Reaktion, die ich erwartet habe.

»Habe ich was Komisches gesagt?«

Martinez schüttelt den Kopf und wischt sich die Lachtränen aus den Augen.

»Este idiota«, sagt er, nachdem er wieder Luft bekommt.

Ich zerknülle die leere Papiertüte und werfe sie Martinez an
den Kopf. Nur, dass sie ihn nicht trifft. Seine Hand schießt
vor und fängt den Papierball, bevor er ihn erreicht.

»Wieso ist er ein Idiot?«, frage ich und ziehe eine Schnute.
»Und was ist so witzig?«

»Das waren meine Worte an ihn, als ich ihn aus dem Haus
geworfen habe.«

Darauf schweigen wir. Dass Raoul und sein Vater eine stei-
nige Vergangenheit hatten, wusste ich. Bevor Martinez in die
Sicherheitsbranche gewechselt ist, war er ein Cop und selten
zu Hause. Irgendwann ist Raoul in die Drogenszene gerutscht,
bis er im letzten Moment die Kurve bekommen und sich an
den eigenen Haaren aus dem Sumpf gezogen hat. Sein Vater
hat ihn dabei unterstützt, inklusive James, der ihn aus der
Gang gekauft hat. Seitdem steht Raoul in James' Schuld,
immerhin hat er ihm seine Freiheit zu verdanken und die
Chance auf einen Neustart ohne ein Vorstrafenregister von
L. A. bis Acapulco.

Obwohl Martinez danach nicht viel sagt, hat seine Gegenwart etwas Tröstliches. Wir sitzen noch eine Weile zusammen
und blicken auf die Brandung, bis er aufsteht und sich den
Sand von der Hose klopft.

»Du hast dich lange genug hier draußen versteckt. Komm
rein und zeig denen, aus welchem Holz du bist.«

Stellt sich die Frage, aus welchem Holz ich bin. Ich ergreife seine ausgestreckte Hand und lasse mich von ihm auf die Beine ziehen. Danach entscheide ich mich, früh schlafen zu gehen. Morgen fängt die Schule an, was bedeutet, dass ich um sieben aufstehen muss.

04

Als mich der Wecker am nächsten Morgen aus dem Schlummer holt, fühle ich mich erfrischt und seltsam leicht. Mein Schultag beginnt mit Homeroom, einer Stunde, in der unser Klassenlehrer Mr Wittman die Anwesenheit prüft sowie die Einhaltung der Kleiderordnung. An der Brentwood tragen die Mädels rote Schottenröcke und weiße Blusen, der Rest ist Verhandlungssache. An meiner alten Schule in Berlin war selbst die Länge der Kniestrümpfe vorgeschrieben, hier dagegen sagt niemand etwas, wenn die Mädchen in Netzstrümpfen und High Heels erscheinen. Die Jungs haben mit ihren Khakis und burgunderfarbenen Sakkos weniger Glück. Je nach Wetter kombinieren sie den Look mit weißen Hemden und roter Krawatte oder roten Poloshirts.

Normalerweise beende ich in Homeroom meine Hausaufgaben, da mich die besprochenen Themen kaum weniger interessieren könnten: Wer in welches Komitee gewählt wurde, wann die Wohltätigkeits-Football-Spiele stattfinden, oder wer dabei hilft, den Uni-Orientierungstag zu organisieren. Gähn!

Da heute der erste Schultag ist, habe ich nichts zu tun,

darum ziehe ich einen Block aus meiner Umhängetasche und schreibe Ideen für einen Song auf. Gestern war nicht mein bester Tag, aber die Stunden am Strand haben mich geerdet und das Gespräch mit Martinez war Balsam für mich.

Ich möchte über etwas schreiben, das größer ist als ich und mir hilft, über meine kleinlichen Probleme hinwegzusegeln. Ich möchte einen Lovesong schreiben, aber einen, der es in sich hat. Doch gerade als ich den ersten Vers aufschreiben will, kündigt schrilles Läuten das Ende der Stunde an. Mist.

»Jazz«, ruft Mr Wittman, bevor ich flüchten kann. »Hast du eine Minute?«

Da das offensichtlich eine rhetorische Frage ist, mache ich mir nicht die Mühe zu antworten, sondern packe Block und Stift zurück in die Tasche und sehe ihn erwartungsvoll an.

Mein Klassenlehrer ist ein Mittdreißiger mit kurzem blonden Haar, graublauen Augen und einer Schwäche für Kordsakkos. Heute ist es ein dunkelbraunes mit beigen Ellbogenflicken.

»Tja also«, beginnt er und zupft sich das Ohrläppchen, »ich habe heute Morgen mit Coach Matthews gesprochen. Einer seiner Schüler braucht Nachhilfe in Deutsch, sonst darf er nicht spielen.«

Matthews ist der Football-Trainer der Brentwood, das weiß ich von Tuck Morris. Da er nicht nur groß, sondern auch kräftig ist, spielt er neben dem Basketball auch in der Abwehr beim Football.

»Wer ist es?«, frage ich misstrauisch.

»Ist das wichtig?«

Irgendwie schon. Tuck würde ich jederzeit Nachhilfe geben,

er ist supernett und hat mir seit meiner Ankunft mehr als einmal den Rücken gestärkt. Wen kenne ich noch aus dem Footballteam? Da fallen mir nur Brady Jones, mein Nachbar, ein und sein bester Freund Jeff Madison. Brady ist eigentlich in Ordnung, obwohl er mir zu blond, zu blauäugig und zu selbstgefällig ist. Jeff dagegen macht auf Rebell und kommt mir immer ein bisschen falsch vor.

»Tut mir leid, aber ich habe keine Zeit für so was, ich arbeite nach der Schule«, sage ich und stehe auf. Dass ich nur noch zweimal in der Woche bei Starbucks bin, behalte ich für mich. Wenn Wittman mir nicht sagen möchte, um wen es sich handelt, muss es irgendein Vollpfosten aus dem Team sein, der nicht viel denken muss, sondern bloß dazu da ist, den Gegner mit Muskelkraft umzunieten. Nein danke.

Mein Lehrer räuspert sich.

»Du hattest keinen guten Start an der Brentwood«, beginnt er, als ich schon an der Tür bin. Ich drehe mich um und hebe die Schultern.

»Wenn du dem Jungen hilfst, bringe ich dich ins Social Committee.« Er hebt vielsagend die Brauen und nickt. Als ich nicht die gewünschte Reaktion zeige, runzelt er die Stirn.

»Es ist eine große Ehre, dort mitzuwirken. Dein Status an der Schule würde sich über Nacht ändern. Nur die besten Schüler und diejenigen, die sich durch großes Engagement auszeichnen, bekommen einen Platz in diesem Komitee.«

Und warum bietet er ihn mir dann an? Ich habe mich durch nichts ausgezeichnet, und meine Noten sind nicht die Einzigen, die gut sind. Sally schreibt nur As, das amerikanische Äquivalent zu einem glatten Einserdurchschnitt, und ihr wurde kein Platz angeboten. Zumindest nicht, dass ich wüsste.

Ich zucke abermals mit den Schultern, nicht zuletzt weil ich nicht weiß, was ich sagen soll.

»Ich überleg's mir.« Damit öffne ich die Tür und verschwinde im Gang.

»Ich erwarte deine Entscheidung bis Ende der Woche«, ruft er mir hinterher. Von mir aus kann er die Antwort sofort haben, aber die würde ihm nicht gefallen.

Nach Homeroom habe ich eine Stunde Mathe, danach Spanisch. In der kleinen Pause treffe ich meine Freunde in der Cafeteria. Einige hab ich seit den Ferien nicht mehr gesehen. Zack Montgomery schüttelt über etwas den Kopf, das Jasper Tyler ihm ins Ohr flüstert. Zack fällt an meiner Highschool in die Emo-Kategorie, Leute, die wir bei uns zu Hause als Gothic-Punk bezeichnen. Von seinen zahlreichen Piercings musste er sich jedoch trennen, von wegen Schulordnung und so. Einzig das Brauenpiercing haben sie ihm gelassen sowie die abgewetzten Springerstiefel. Ansonsten trägt er bevorzugt schwarz und weigert sich, die vorgeschriebene Krawatte umzubinden. Zack ist außerdem ein begnadeter Drummer. Wir haben Musik zusammen, genau wie Tyler. Letzterer spielt Bassgitarre und ist der jüngste Sohn von Steven Tyler. Crush alias Tyson McKenzie steht mit Dexter und Sally zusammen. Crush ist der typische Surferboy, mit ausgeblichenem Haar, definierten Armmuskeln und einer Easy-going-Art, die manchmal etwas nervt. Nicht viele wissen, dass er der Sohn des Kongressabgeordneten Vincent McKenzie ist. Ohne die Beziehungen seines Vaters wäre er vermutlich schon lange von der Brentwood geflogen, da Crush mehr als einmal beim Gras-rauchen auf dem Schulgelände erwischt wurde.

»Mann, da ist ja unsere Jazz«, begrüßt er mich mit einem Zwinkern und öffnet die Arme. Grinsend lasse ich mich von ihm drücken. Zack nickt mir zu und Tyler grinst von Ohr zu Ohr.

»Was hast du Weihnachten gemacht?«, fragt er und legt mir jovial einen Arm um die Schulter.

»Mein Dad aus Berlin hat mich besucht und ist eine Woche geblieben.«

»Cool«, sagt Tyler. Zack und Dexter nicken.

Nachdem wir unsere Feriengeschichten ausgetauscht haben, läutet es zur nächsten Stunde, English Writing. Keiner meiner Freunde ist in diesem Kurs, dafür meine Erzfeinde, Shelly, Scarlett und Charlize. Die drei sehen wie Paris-Hilton-Klone aus, allerdings mit mehr Sprühbräune, blonderem Haar und Silikon-Möpsen, die sie aus der Hölle von Körbchengröße 70A in den 85C-Himmel befördert haben.

Im Großen und Ganzen ist der Unterricht an der Brent-wood in Ordnung, obwohl das Niveau nicht mit meiner alten Schule in Berlin mithalten kann. Irgendwie überlebe ich die nächsten Stunden, ohne an Langeweile zu sterben, bis es zum letzten Kurs läutet, Musik. Dafür hat es sich gelohnt, den öden Tag durchzuhalten, denn das ist mein Lieblingsfach. Hier treffe ich Zack und Tyler wieder sowie Dane, unseren Mann am Keyboard. Dane stottert entsetzlich und ist extrem schüchtern. Ich nehme an, dass das Eine mit dem Anderen zusammenhängt, jedenfalls meldet er sich so gut wie nie zu Wort. Mit seinem blassen Gesicht und den rundlichen Formen sieht er ein bisschen wie ein Marshmallow aus, deswegen wird er oft unterschätzt. Wenn er allerdings in die Tasten haut, achtet niemand auf sein molliges Äußeres, denn Dane spielt wie Tony Banks, einen richtig coolen Progressive Rock.

Weil wir so gut harmonieren und zudem bei Schulveranstaltungen auftreten, erlaubt uns Mrs Brown, unsere Musiklehrerin, im Studio zu spielen und an neuen Songs zu arbeiten. Ab und zu gibt sie uns Hausaufgaben auf. Dann müssen wir unsere Beweggründe für einen Songtext darlegen oder warum wir einen bestimmten Rhythmus, Riff oder eine Tonlage gewählt haben. Ansonsten lässt sie uns im Grunde machen, was wir wollen.

Also ziehe ich meinen Block hervor und erkläre der Band, was ich im Sinn habe. Während Zack, Tyler und Dane an der Melodie feilen, gehe ich die Verse durch, die ich letzten Sommer am Strand begonnen und nie vollendet habe. Es ist der *I'm still here*-Song, der mir seit Wochen nicht aus dem Kopf geht.

> *I'm still here*
> *Still here*
> *Still here*
> *Sometimes it's more than I can bear*
> *All the pain, the hurt, the dread*
> *Still I am here*
> *Just partly dead*

Nach der Schule gehen wir zusammen zum Parkplatz und treffen auf den Rest der Bande, Crush, Dexter und Sally, die sich über irgendwas köstlich amüsieren. Hinter ihnen mache ich Drakes Hummer aus sowie die Brüder, die vom Football-team umringt sind. Als hätte er meinen Blick gespürt, wendet Drake den Kopf und sieht mich direkt an. Für einen Moment glaube ich, dass mein Herz einen Schlag aussetzt. Eine Gänse-haut überzieht meine Arme und ich halte instinktiv den Atem an. Die Intensität, mit der er mich ansieht, ist wie ein Traktor-strahl, dem ich mich nicht entziehen kann. Keine Ahnung, wie lange wir uns ansehen, mir kommt es wie eine Ewigkeit vor. In meinen Ohren rauscht es und ich kann meinen eigenen Herzschlag hören, kein Scherz! Dann nickt er kurz und wen-det sich wieder seinem Gesprächspartner zu. Erst als er mich aus seinem Röntgenblick entlässt, kann ich wieder atmen.

Glücklicherweise haben meine Freunde nichts von diesem bizarren Austausch mitbekommen, denn als wir sie erreichen, sagt Tyler: »Kommen zwei Pfeifen zum Konzert. Sagt die eine …«

Crush grinst. »Mann, was sind das denn für Tröten?«

Sally lacht so heftig, dass ihr Gesicht rot anläuft. Zack schüttelt den Kopf und steckt sich eine selbst gedrehte Ziga-rette an. Crush macht das Gleiche, obwohl ich den Verdacht habe, dass es sich um einen Joint handelt.

Unsere Clique ist ein Sammelsurium aus Eigenbrötlern und Außenseitern, die sich in Detention gefunden haben – so nennt man hier das Nachsitzen. Uns verbinden Loyalität, Musik und der Fakt, dass wir nirgendwo richtig reinpassen. Außerdem sind wir verrückt nach Anti-Witzen, je alberner, desto besser.

Mir ist klar, worauf Crush mit diesem Scherz anspielt. Mit

den Pfeifen meint er zweifellos die Marshall-Brüder. Nachdem sie in ihrem Freshman-Jahr rausgeflogen und mit ihrer Mutter nach Boston gezogen sind, war heute ihr Wiedereinstieg an der Brentwood. Drake ist Senior, für ihn ist es das letzte Schuljahr, Nash ist Junior wie wir. Die beiden zu vermeiden, hat sich als Kraftakt entpuppt, denn sie sind buchstäblich allgegenwärtig. Selbst wenn sie nicht anwesend sind, wird über sie getuschelt, gekichert und geseufzt. Wo sie auftauchen, ziehen sie eine Traube von Anhängern hinter sich her. Biegen sie in einen Gang, enden die Gespräche, und alle Blicke richten sich auf die Brüder.

Ich habe mir sagen lassen, dass Nash in meinem Englischkurs ist, obwohl er heute mit Abwesenheit geglänzt hat. Vermutlich musste er im Flur Autogramme geben oder so was.

»Was passiert eigentlich im Social Committee?«, frage ich niemand Bestimmten, um das Thema zu wechseln.

»Sag bloß nicht, dass du dich da reinwählen lassen willst.« Das kommt von Dexter, dessen braunes Strubbelhaar in alle Richtungen absteht.

»Mann, das kannst du vergessen. Eher sprengt Shelly die Schule, die haben nicht mal sie da reingelassen«, bemerkt Crush und zieht an seiner Ziggi.

»Eigentlich bin ich schon drin«, bemerke ich und umfange mich mit den Armen. Sallys Mund klappt auf, genau wie Dexters. Zack schnaubt und Crush bricht in wieherndes Gelächter aus.

»Mit wem musstest du schlafen, um einen der heiß begehrten Plätze zu bekommen?«

Ähm.

»Ich soll so 'nem Loser Nachhilfe geben, aber ich weiß nicht, ob sich das lohnt.« Fragend sehe ich von einem zum anderen. »Ich meine, die treffen sich jede Woche vor dem regulären Unterricht, also um sieben Uhr!«

»Jazz, das ist eine Riesenehre. Ich versuche seit zwei Jahren vergeblich, da reinzukommen«, sagt Dexter im Brustton der Empörung. »Der Typ muss wichtig sein, sonst würden sie dir nicht diesen Platz anbieten. Weißt du, wer es ist?«

Ich schüttle den Kopf.

Sally berührt mich an der Schulter. Mit ihrem blassen Gesicht, dem hellen Haar und den großen Augen sieht sie mehr denn je wie eine Elfe aus.

»Wenn du in deiner College-Bewerbung einen Platz im Social Committee nachweisen kannst, öffnet das Türen an Unis, die nicht nur auf Bestnoten achten, sondern auch soziales Engagement sehen wollen. Warum, glaubst du, sind so viele von uns in Aktivitäten eingebunden? Schülerzeitung, Theater, Sport, Pep Rallys, Dekokomitee, Spendenaktionen ...« Sie macht eine ausholende Handbewegung. »Das macht sich super in Bewerbungsschreiben.«

Während sie das sagt, fällt mir auf, dass ich noch nie darüber nachgedacht habe, auf eine amerikanische Uni zu gehen. Bisher hab ich nichts weiter gewollt, als die Schule hinter mich zu bringen, um so schnell wie möglich zurück nach Berlin zu fliegen. Zurück zu Max und Leon.

Was, wenn ich ein Auslandsjahr hier studieren würde? Das könnte mir später nützlich sein und sieht vermutlich auch gut in Bewerbungen aus. Leon könnte mitkommen, er ist ein Mathe-Genie, und bei seinen zahlreichen außerschulischen

Aktivitäten würde er überall mit Handkuss angenommen werden. Bei unserem nächsten Telefonat werde ich ihn darauf ansprechen. Das muss allerdings warten, denn er kommt erst Ende der Woche von seinem Alpentrip zurück.

Freitagmorgen können wir nur kurz quatschen, da seine Mutter die neuen Schuluniformen abholen will, die er noch einmal anprobieren muss. Er muss ganz schön gewachsen sein, anders kann ich mir das Klamotten-Problem nicht erklären. Seine Züge haben jedenfalls alles Mondgesichtige verloren. Wenn ich ganz genau hinsehe, kann ich sogar Ansätze eines Bartschattens erkennen. Nicht zu fassen, dass mein bester Freund erwachsen wird, und ich bin nicht da, um ihn deswegen aufzuziehen. Da wir uns kurzfassen müssen, lasse ich ihn über den Urlaub Dampf ablassen, eine Reise, auf die er lieber verzichtet hätte.

»Skifahren ist echt das Allerletzte«, motzt er und zieht eine Grimasse. »Egal was man anstellt, man schwitzt wie ein Schwein. Du quetschst dich in den Skianzug und schwitzt. Dann fährt dich der Shuttlebus zum Skilift und du schwitzt noch mehr. Anstehen in der prallen Sonne am Lift: Schwitzen – nicht zu vergessen das Skifahren selbst. Kaum kommst du unten an, bist du nass bis auf die Haut. Und dann will alle Welt in den feuchten Klamotten zum Après-Ski auf die Hütte. Wo ist denn da bitte schön der Spaß?«

Als ihn seine Mutter zum dritten Mal ruft, verschieben wir das Gespräch auf Sonntagnachmittag. Also Nachmittag bei ihm, bei uns ist es dann neun Uhr morgens.

In der Schule sage ich Mr Wittmann das Tutoring zu und

erfahre zu meinem Ärger, dass es sich bei meinem Schüler um Nash handelt. Was für ein Reinfall. Am liebsten hätte ich einen Rückzieher gemacht, doch ich bin nicht der Typ, der sein Wort gibt und es dann bricht.

»Wo und wann genau trifft sich dieses Komitee?«, presse ich durch zusammengepresste Zähne hervor. Wittman ist von meiner mangelnden Begeisterung für einen Moment sprachlos. Wahrscheinlich hat er geglaubt, ich würde Luftsprünge machen, einen der Schulpromis unterrichten zu dürfen.

»In der Aula, immer freitags vor der ersten Stunde. Vor Veranstaltungen auch mittwochs«, gibt er stirnrunzelnd zurück.

»Na toll«, brumme ich und mache mich zur Mathestunde auf.

Nash und ich in einem geschlossenen Raum. Das muss mein Glückstag sein. Warum musste er auch ausgerechnet Deutsch als Ausgleich zu seinen sportlichen Aktivitäten wählen? So wie er drauf ist, dachte er wohl, *German* wäre cool.

Das ist es auch, aber es ist auch verdammt schwer.

* * *

In der ersten Januarwoche ignoriere ich meine Mutter, was nicht besonders schwer ist, denn sie geht mir aus dem Weg. Das ändert sich, als die Oscar-Kandidaten bekannt werden und sie als beste Hauptdarstellerin nominiert wurde. Danach steht das Telefon nicht mehr still. Alle Welt ruft an, um zu gratulieren und James zu beglückwünschen, da sein Streifen zudem als bester Film aufgestellt wurde.

Dienstagabend trifft das Unvermeidliche ein und wir haben

unser erstes Familiendinner. James lädt uns in die *PUMP Lounge* ein, ein exklusives Restaurant in West Hollywood, für das man normalerweise Wochen im Voraus reservieren muss. Es sei denn, man ist ein Schwergewicht in Hollywood und heißt Marshall.

Wir werden zu einem Tisch in einer Nische der Terrasse geführt, der uns ein wenig Privatsphäre bietet und vor den Blicken der Gäste abschirmt. Riesige Olivenbäume dienen als zusätzlicher Sichtschutz, wofür ich dankbar bin. Nie zuvor hat mich die Gafferei der Leute derart genervt. Was nicht zuletzt an Mamas affektiertem Gehabe liegt, denn seit der Nominierung ist sie sogar noch weniger zu ertragen als üblich.

Bevor ich mir einen der gepolsterten Sessel aussuchen kann, bugsiert Nash mich so, dass ich zwischen ihm und seinem Bruder sitze. Drake nimmt am Kopfende Platz, ich zu seiner Linken, Nash lässt sich neben mir nieder. Uns gegenüber sitzen James und meine Mutter. Als mein fragender Blick auf Nash landet, sieht er wie ein Kater aus, der den Kanarienvogel gefressen hat. Seine Augen funkeln, und seine Mundwinkel zucken, als würde er jeden Moment in Gelächter ausbrechen. Drakes Ausdruck dagegen kann ich nicht deuten. Er hat eine Wand hochgezogen und wirkt beinah ausdruckslos. Zunächst verläuft das Essen friedlich. Getränke werden gebracht samt Gruß aus der Küche, der aus Ciabatta, Oliven und Trauben besteht. Danach gibt James die Bestellung auf und wir reden über seinen Film. Oder besser, meine Mom redet, alle anderen hören zu.

Insgeheim frage ich mich, wie der Streifen nominiert sein kann, wenn er nicht mal in den Kinos ist. Die Frage bleibt mir im Hals stecken, da ich Drakes Blick wie einen 1000-Watt-Scheinwerfer auf mir spüre. Erst wird mir heiß, dann kalt, schließlich kriege ich schwitzige Hände. Der Wunsch zu flüchten ist geradezu überwältigend, bis das H-Wort fällt. Am Tisch wird es plötzlich mucksmäuschenstill und diesmal ruht nicht nur Drakes Blick auf mir.

»Wie bitte?«, frage ich und versuche mich auf meine Mutter zu konzentrieren. Sie lacht nervös auf und spielt mit ihrer Serviette. James greift nach ihrer Hand und bedeckt sie.

»Spätzchen, ich sagte, James und ich werden heiraten. Er hat mir im Urlaub einen Antrag gemacht.«

05

Mein Mund klappt auf und ich sehe von einem zum anderen.

Erst jetzt fällt mir auf, dass sich die beiden wie verliebte Teenager anschmachten, wie konnte mir das entgehen? Irgendwie bin ich davon ausgegangen, dass sich jeder in Moms Nähe von ihrer gekünstelten Art abgestoßen fühlen muss, aber damit lag ich offensichtlich daneben.

Obwohl ich nicht viel gegessen habe, rebelliert mein Magen, und ich kann praktisch spüren, wie das Blut aus meinem Kopf weicht. Ich habe das Gefühl, in ein Vakuum gesaugt zu werden. Meine Ohren dröhnen, mein Hals fühlt sich raspeltrocken an.

Sprachlos starre ich die zwei an, die strahlen, als wäre eine Heirat die tollste Sache der Welt, während ich mich übergeben möchte.

Langsam erhebe ich mich und stütze die Hände auf den Tisch, da sich meine Knie wie Grütze anfühlen.

»Wie kannst du das tun?« Es sollte empört rauskommen, stattdessen flüstere ich, da meine Stimme versagt. Das Herz schlägt mir bis zum Hals, es fühlt sich an, als würde es jeden Augenblick aus meiner Brust springen.

Abermals lacht meine Mutter auf, in meinen Ohren klingt sie beinah hysterisch. »Jazz, lass die Witze und setz dich wieder.« Sie versucht es runterzuspielen, doch in ihren Augen sehe ich blanke Panik. Zu Recht. Sie hat Angst, dass ich ihr diesen Augenblick ruiniere, was meiner Meinung nach das Mindeste ist, was ich für sie tun kann.

»Mein Name ist Jasmin«, sage ich leise und versuche verzweifelt, von meinem inneren Karussell runterzukommen.

»Beruhige dich, Spätzchen!«

Das Gelächter ist aus ihrer Stimme verschwunden, Furcht hat seine Stelle eingenommen.

»Das kann nicht dein Ernst sein.« Meine Knie geben nach, und ich setze mich, bevor ich umfalle. »Du darfst ihn nicht heiraten.«

James räuspert sich. Er beugt sich vor und öffnet den Mund, um etwas zu sagen, doch meine Mutter legt eine Hand auf seinen Arm und stoppt ihn.

»Wie kann dich das überraschen? Ich liebe James und er liebt mich.« Sie schenkt ihm ein steinerweichendes Lächeln, und der Wunsch, mich zu übergeben, ist schier überwältigend.

»A-aber was ist mit Max?« Oh Gott, das wird sein Herz endgültig brechen. Mama wollte ihn nie heiraten, war strikt gegen die ganze Idee. Und nun das.

»Wir haben uns vor einem Jahr getrennt. Er lebt jetzt sein eigenes Leben, so wie ich meins.«

»Aber er … ist mein Vater!« Er liebt sie noch. Das wollte ich eigentlich sagen, aber nicht vor der Marshall-Familie.

»Er hat geholfen dich großzuziehen, er ist nicht dein biologischer Vater.« Es kommt mir vor, als wäre die Temperatur auf der Terrasse um mehrere Grad gefallen, selbst die Stimme meiner Mutter klingt wie ein Eispickel.

Abermals stehe ich auf. Ich wünschte, ich könnte klar denken, doch Schock und Zorn vernebeln meine Sinne. Ich meine, warum sagt sie so etwas, wenn sie genau weiß, dass Max bei Lukas und mir war, während sie durch die Weltgeschichte gejettet ist, um zu drehen. Was ja in Ordnung war, aber dann kann sie nicht so tun, als wäre Max ein Niemand!

»Alles, was ich weiß und was ich bin, habe ich Max zu verdanken.« Diesmal hat meine Stimme mehr Festigkeit.

Darauf lacht sie auf. »Ich glaube, ich hatte auch einen Anteil an deiner Erziehung.« Das Spätzchen-Gehabe ist fort, das hier ist die reale Elisabeth Winter. Das scheint auch den Marshall-Brüdern klar zu werden. Sie lehnen sich in ihren Sesseln zurück und genießen die Show.

»Wie gut kennst du James überhaupt? Was, wenn er wie du ist und dich fallen lässt, wenn du ihn am dringendsten brauchst?«

Nash gibt ein Prusten von sich, doch Drake bringt ihn mit einem Tritt unterm Tisch zum Schweigen. Ich wünschte, das würde bei meiner Mutter funktionieren.

»Ich kenne James lang genug, um zu wissen, dass er der Richtige ist.«

»Und was war Max für dich? Er war gut genug, dir durch die schlechten Zeiten zu helfen. Als es dir besser ging, hast du ihm einen Tritt verpasst und dir einen anderen gesucht!«

»Jazz!« Meine Mutter steht nun ebenfalls auf und wirft mir einen giftigen Blick zu. »Von wem hast du nur diese Sprache?«

»Das wüsstest du wohl gern!«

»Setz dich wieder, du verursachst eine Szene«, zischt sie, geht mit gutem Beispiel voran und nimmt Platz.

»Wenn du eine Szene vermeiden wolltest, hättest du mir deine Heiratspläne besser unter vier Augen anvertraut.«

Wie ich meine Mutter kenne, hat sie gehofft, eben das durch die Öffentlichkeit ihrer Ankündigung zu vermeiden. In Berlin hat meine Freundin Nicci auf diese Weise all ihre Beziehungen beendet. Ein schickes Essen in der Pizzeria, und ihre abgelegten Lover hatten keine Wahl, als klein beizugeben und sich mit gesenktem Haupt vom Acker zu machen.

Meine Mutter seufzt, mit einem Mal wirkt sie resigniert.

»Ich hatte vor, es dir nach unserer Reise zu sagen. Aber du hast dich so aufgeregt, dass wir nicht zusammen geflogen sind, und bist mir seit meiner Rückkehr aus dem Weg gegangen.«

»Ich frage mich, warum!« Mein Ton tropft vor Sarkasmus, doch der ist an meine Mutter verschwendet.

»Jasmin.« Jetzt schaltet sich James nun doch ein.

Versteht mich nicht falsch, ich habe nichts gegen ihn persönlich, im Grunde ist er kein übler Kerl. Ich kann mir sogar vorstellen, warum sich meine Mutter in ihn verliebt hat. Er ist um die einsneunzig, hat Schultern wie John Wayne und kurzes Haar im Salz-und-Pfeffer-Look. Seine dunklen Augen waren mir gegenüber immer freundlich, doch ich habe gesehen, wie sie zu harten Obsidianen werden, wenn sich jemand mit ihm anlegt. Anscheinend sieht er in mir keine Gefahr, denn trotz der angespannten Situation strahlen seine Augen Wärme, ja, sogar Mitgefühl aus.

»Es tut mir leid, dass du es so erfährst, ich dachte, Liz hätte dich auf unsere Hochzeit vorbereitet.« Obwohl er mich ansieht, schrumpft meine Mutter neben ihm ein wenig zusammen. »Ich erwarte nicht, dass du uns gratulierst, aber ich würde es begrüßen, wenn du dich für deine Mutter freust.«

»Super, Dad, das nennt man Eigentor«, murmelt Nash und rollt mit den Augen.

»Wie Max sich dabei fühlt, ist euch völlig egal, oder?«

»Jasmin.« Keine Ahnung, warum, aber James' Stimme hat etwas Beruhigendes. Das muss ihm bewusst sein, denn er arbeitet damit.

»Max hat sich mit der Situation arrangiert. Er weiß von der Hochzeit, deine Mutter hat ihn bereits informiert.«

Max weiß es schon? Oh Gott, er muss am Boden zerstört sein!

Nash neben mir schnaubt und diesmal handelt er sich einen warnenden Blick seines Vaters ein.

Ich habe mir angewöhnt, mein Gegenüber zu provozieren, wenn ich zornig oder verletzt bin. Dadurch kann ich noch wütender werden und alles rauslassen. Diese Technik hat mir Leon ans Herz gelegt. Allerdings ging es dabei um meine Songtexte, damit ich nichts zurückhalte, und nicht um reale Personen.

Jetzt jedoch kommen mir Tränen, während Zorn und Fassungslosigkeit miteinander ringen, denn James' Freundlichkeit nimmt meinem Ärger den Wind aus den Segeln. Ich schlucke sie runter und bringe meine ganze Willenskraft auf, nicht zu blinzeln, während ich James fest in die Augen sehe.

»Ihr könnt nicht heiraten, es ist zu früh. Ihr kennt euch doch erst …« Wie lange eigentlich? Ein Jahr, anderthalb?

»Wartet noch ein Jahr, okay? Was sind schon zwölf Monate, Mama hat mit Max zwölf Jahre zusammengelebt.«

»Wir möchten nicht mehr warten.« Meine Mutter hat ebenfalls Tränen in den Augen und plötzlich wird mir das alles zu viel. Ich muss hier raus, sonst sage oder tue ich etwas, das ich später bereuen werde – wenn das nicht schon längst passiert ist. Ich meine, meine Mom verkündet ihre Heiratspläne und ich versaue den Moment und starte vor versammelter Mannschaft einen Aufstand. Und nun ist sie in Tränen aufgelöst, weil ich nicht loslassen will.

Trotzdem, ich kann Max nicht gehen lassen, ich habe schon Lukas verloren. Wenn Mama heiratet, ist das die endgültige Trennung, danach gibt es kein Zurück mehr.

Was soll dann aus mir werden?

Statt zornig zu reagieren, wie es vermutlich jeder andere getan hätte, beugt James sich vor und lässt mich nicht aus den Augen.

»Ich werde dich nicht verlassen. Egal was aus deiner Mutter und mir wird, in meinem Haus wirst du immer einen Platz haben, einen Ort, an dem du dich zurückziehen kannst.«

Das ist mal wieder typisch. Der einzige Mensch, der aus meinem Leben verschwinden soll, verspricht mir, genau das nicht zu tun. Statt verständnisvoll zu reagieren, hätte er mir irgendwas an den Kopf werfen sollen. Die Tränen kommen mit einer Wucht, an der ich beinah ersticke.

»Nur keine Umstände«, bringe ich mühsam hervor. »Sobald ich volljährig bin, bin ich hier weg. Und glaubt mir, ich zähle die Tage!«

»Ich glaube, sie hasst ihre Mom fast genauso wie wir unseren Dad«, murmelt Nash neben mir.

Nashs Bemerkung ist wie eine Ohrfeige und katapultiert mich aus meinem Schockzustand. Ich hasse meine Mutter nicht. Ich hasse bloß die Tatsache, dass ich so hilflos bin. Dass ich all die Menschen verliere, die mir wichtig sind, und es gibt nichts, das ich dagegen tun kann. Ich hasse die Hoffnung, die Mama in mir weckt und die sie dann mit einer Handbewegung vom Tisch fegt. Und ich hasse meine eigene Schwäche und dass ich noch immer Hoffnung habe.

»Klasse, Dad, der Schuss ging ja ins Knie«, sagt Nash. Was danach am Tisch vor sich geht, bekomme ich nicht mit, denn ich renne aus dem Lokal, als wäre der Teufel hinter mir her. Ein Stuhl wird zurückgeschoben und ich höre meinen Namen. Im selben Moment stoße ich mit jemandem zusammen und treffe auf eine Wand aus Muskeln. Moschus umfängt mich und ich werde in eine Rasierwasserwolke eingeschlossen. Der schwere Duft benebelt mich einen Augenblick und mir wird schwindelig. Jemand ergreift meine Unterarme, um mich zu stabilisieren.

»Vorsicht, junge Dame«, sagt der Mann, in den ich gerannt bin. Etwas an ihm kommt mir seltsam vertraut vor, ist es der Akzent? Doch in meinem Kopf herrscht blankes Chaos, darum schenke ich ihm keine Beachtung. Ich murmle eine Entschuldigung und wanke aus dem Restaurant. Draußen angekommen springe ich regelrecht in die Limousine und bitte Martinez, mich nach Hause zu fahren. Als ich zurückblicke, sehe ich Drake durch die getönte Heckscheibe, der auf dem Gehweg steht, mir nachsieht, bis der Wagen aus seinem Sichtfeld verschwindet.

75

Ich sinke ins Polster der Rückbank und schließe für einen Moment die Augen. Drake ist mir hinterhergelaufen, warum? Hatte er vor, mich zur Schnecke zu machen, weil ich allen das Essen versaut habe?

Wieso bringt mich Mamas Ankündigung eigentlich so aus der Fassung? Hätte ich nicht darauf vorbereitet sein sollen, immerhin lebt sie seit einem halben Jahr mit James zusammen. Hatte ich ernsthaft angenommen, dass Max' Besuch daran etwas ändern würde? Mom und er waren bestenfalls höflich zueinander und das wahrscheinlich auch nur meinetwegen. Warum bin ich so geschockt?

Die Antwort ist einfach. Mama und Max haben viele Jahre zusammengelebt und sie hat nie ans Heiraten gedacht. Zwar hat sie sich von James einen Klunker an den Finger stecken lassen, aber insgeheim habe ich angenommen, dass sie nach ein paar Monaten mit James die Nase voll hat. Immerhin haben die beiden bis zum Umzug eine Fernbeziehung geführt. Wenn man zusammenlebt, kann man sich nicht mehr verstecken. Da fallen all die Dinge auf, die man vorher vielleicht noch vertuschen konnte. Ich hatte gehofft, dass Mama entdeckt, was sie an Max hatte, und zu ihm zurückgeht. Aber damit lag ich ja mal voll daneben.

»Habe ich etwas verpasst?«, fragt Martinez in die Stille.

»Nichts Besonderes. Ich hab mich bloß vor allen zum Affen gemacht.«

»Möchtest du darüber reden?«

Eine kurze Pause entsteht.

»Wusstest du, dass die beiden heiraten?«, frage ich mit dünner Stimme.

Sein Seufzen ist mir Antwort genug. Den Rest des Weges schweigen wir. Ich bin tief in Gedanken versunken, als der Wagen mit knirschenden Reifen vor dem Eingangsportal hält. Martinez dreht sich in seinem Sitz und betrachtet mich mit seinen dunklen Augen.

»*Chica*, es ist kein Geheimnis, dass du im Moment nicht gut auf deine Mutter zu sprechen bist.«

Was die Untertreibung des Jahres ist.

»Gib ihr eine Chance, okay?«

Ich lehne den Kopf zurück und nehme einen tiefen Atemzug. »Du hast keine Ahnung, worum du mich bittest.«

»Vielleicht nicht«, sagt er leise. »Aber ich habe beinah meinen Sohn an Mara verloren. Ich weiß, wie es ist, wenn man sich entfremdet.«

Mara ist die Kurzform für *Mara Salvatrucha* und steht für die mexikanische Mafia.

»Weißt du auch, wie es ist, einen Bruder zu verlieren?«, frage ich und blicke aus dem Seitenfenster. »Oder wie es sich anfühlt, wenn sich die eigene Mutter von dir abwendet? Wenn sie die Familie zerreißt und ihr eigenes Glück über das der anderen stellt?«

Es ist gemein, das zu sagen, Martinez kann schließlich nichts für meine Misere. Aber ich muss meinen Schmerz, der sich anfühlt, als würde er Löcher in meinen Magen brennen, mit jemandem teilen.

Zu meiner Überraschung nickt Martinez langsam. »Vielleicht war es unfair von deiner Mamà, dich hierher zu bringen. Möglicherweise war es aber auch ihre einzige Chance zu überleben.« Er hält einen Moment inne, bevor er leiser fortfährt.

»Ist dir je der Gedanke gekommen, dass sie es auch für dich getan hat?«

Mit diesen Worten steigt er aus dem Wagen und lässt mich in meinem Elend zurück. Die Wut ist verflogen, genau wie das Selbstmitleid. Ich komme mir wie die letzte Kakerlake auf diesem Planeten vor und schäme mich entsetzlich.

* * *

Am nächsten Morgen meide ich die Marshalls – also, mehr als üblich. Nicht aus Trotz, sondern weil ich ihnen nicht ins Gesicht sehen kann. Martinez' Worte haben mich die halbe Nacht verfolgt, bis mir klargeworden ist, dass ich all das bin, was ich meiner Mutter vorgeworfen habe. Ich denke auch bloß an mich und vergesse regelmäßig, dass ich nicht die Einzige bin, die unter der Situation in Berlin gelitten hat. Während des Unterrichts bin ich abwesend und verstecke mich in den Pausen in der Bibliothek. Ich habe keine Lust, in Drake und Nash zu rennen und mir meinen gestrigen Auftritt wie eine Torte ins Gesicht klatschen zu lassen.

Je mehr Zeit verstreicht, desto erbärmlicher kommt mir mein Auftritt im Restaurant vor. Was, wenn Martinez recht hat? Wenn der Umzug die einzige Möglichkeit für meine Mutter war zu überleben? Wenn sie es auch für mich getan hat. Aber was ist mit Max, hätte er nicht mitkommen können? Innerlich schüttle ich den Kopf. Max stellt eine zu starke Verbindung zu Mamas Vergangenheit dar. Er repräsentiert all das, was sie hinter sich lassen möchte.

Stellt sich die Frage, wo ich bei ihr stehe.

Nach der Schule warte ich eine Viertelstunde im Mädchenklo, um sicher zu sein, dass die Marshalls ihre Autogramm-stunde auf dem Parkplatz beendet haben. Danach fahre ich direkt zu Starbucks und trete meine Schicht an. Pam ist schon da, genau wie Marc, der Manager, der sich verabschiedet, als ich meine Schürze zugebunden habe. Viel ist um diese Zeit nicht los, darum dauert es keine fünf Minuten, bis Pam mich auf meine Geistesabwesenheit anspricht.

»Baby, was ist los, du hast schon mal besser ausgesehen.«

Nachdem sie zwei Caramel Frappuccinos ausgehändigt hat, frage ich leise: »Hast du schon mal Megamist gebaut und musstest dich danach entschuldigen?«

Pam grinst und wirft ihre roten Locken zurück.

»Versöhnungssex ist die beste Entschuldigung, mehr brau-chen Jungs nicht. Was anderes wollen die auch nicht. Versuch bloß nicht, dich mit denen auszuquatschen, darauf legen sie keinen Wert.«

Ein Junge vor der Theke räuspert sich. Oops, den hab ich übersehen. Den Pickeln nach zu urteilen, befindet er sich in der Hölle der Pubertät. Sein knallrotes Gesicht verrät mir zu-dem, dass ihm Pams Bemerkung nicht entgangen ist.

»Hast du auch eine Meinung dazu?«, frage ich, mehr als Scherz.

»Äh ...«, macht er und versucht, nicht auf Pams pinkfarbe-nen Spitzen-BH zu starren, der aus ihrem ausgeschnittenen Shirt lugt.

»Hi, Süßer«, sagt sie und beugt sich vor. »Siehst du etwas, das dir gefällt?«

Ich könnte schwören, dass selbst seine Wimpern rot an-laufen.

»Ähm …«, macht er abermals.

»Heute haben wir den *Cinamon Dolce Frappuccino* im Angebot und den *Caramel Ribbon Crunch*.«

»Ich, äh …«

Den Rest bekomme ich nicht mit, denn die Tür öffnet sich und meine Mutter betritt das Café. Sie trägt ein elegantes Etuikleid aus hellblauer Seide, weiße Heels und eine Clutch. Im ersten Moment glaube ich, ich sehe nicht richtig, Mom war noch nie hier. Ich wusste nicht mal, dass sie die Adresse kennt. Obwohl ihr Film nicht mal in den Kinos ist, sieht sie wie der Inbegriff eines Hollywoodstars aus, und mir wird klar, dass sie es schaffen wird. Ihren Durchbruch, um genau zu sein.

Pam scheint zu bemerken, dass ich neben ihr erstarre. Sie folgt meinem Blick und richtet sich auf.

»Oh«, sagt sie, als meine Mutter auf uns zustakst.

Die Extensions stehen ihr richtig gut. Das blonde Haar fällt in weichen Wellen über ihre Schultern und reicht ihr fast bis zum Po. Sie sieht überhaupt gut aus. Im Urlaub hat sie Farbe bekommen, die ihre Haut golden wirken lässt. Auch wenn sie im Moment ängstlich wirkt, strahlen ihre Augen wieder und sie macht einen vitalen Eindruck. Im Stillen frage ich mich, warum ich mich bei ihr automatisch auf das Negative konzentriere. Zugegeben, sie hat viele Beautytermine, aber sie ist auch keine zwanzig mehr und muss stärker auf ihr Äußeres achten als ihre jüngeren Kolleginnen. Und ja, ihre Art wirkt oft ziemlich aufgesetzt, aber ich bin auch nicht immer ehrlich, oder?

Als sie mich erreicht, drückt sie ihre Clutch gegen ihre Brust und schenkt mir ein trauriges Lächeln. Keine Ahnung, wie lange wir uns ansehen, bevor meine Unterlippe zittert und der Damm bricht. Plötzlich schlage ich die Hände vors Gesicht und breche in Tränen aus. Mitten im Starbucks, vor den Kunden und noch viel schlimmer, vor Pam.

»Oh«, macht sie abermals und blickt von mir zu meiner Mom. Ihre Augen füllen sich ebenfalls mit Tränen, dann umrundet sie die Theke und schließt mich in die Arme. Jetzt ist sowieso alles egal, also werfe ich mich an ihre Brust und heule wie ein Schlosshund. Ist mir einerlei, wer mich sieht und was sie von mir denken.

»Es tut mir leid«, schluchze ich, als ich wieder Luft bekomme.

»Nein, Spätzchen, mir tut es leid. Das muss ein Schock für dich gewesen sein.«

Kann man wohl sagen. »Ich wollte dir den Abend nicht versauen, ich war nur so …« Fassungslos? Erbittert? Verletzt?

»Schhht, ist gut«, murmelt sie und wiegt mich wie ein Kind. »Alles wird gut.«

Ich will ihr glauben und schmelze in ihrer Umarmung, bis ich im Hintergrund einen kleinen Tumult höre. Als ich den Kopf hebe, stelle ich fest, dass unsere Wiedervereinigung zur Unterhaltung der Gäste beiträgt. Drei Surfer haben sich von ihren Plätzen erhoben und pfeifen. Ein Pärchen am Ecktisch applaudiert genau wie die Studentengruppe, die die Bank am Eingang eingenommen hat.

Eine ältere Dame mit violettem Haar steht an der Theke und pfriemelt ein Taschentuch aus ihrer Handtasche, in die ein Kleinwagen passen würde.

Vorsichtig löse ich mich aus der Umarmung und räuspere mich.

»Sorry, Mom, ich, ähm, muss arbeiten.«

»Schätzchen«, sagt die alte Dame und betupft sich die Augen, »wegen mir brauchst du dich nicht beeilen, das könnte ich mir den ganzen Tag ansehen.«

Von den Surfern kommt lautes Gejohle und sie machen das Peace-Zeichen.

Das bringt mich zum Lächeln. Zugegeben dieser Auftritt war etwas peinlich, aber um ehrlich zu sein, geht es mir jetzt besser. Ich war den ganzen Tag bedrückt, und im Moment fühle ich mich, als ob ich nach Tagen unter Wasser zum ersten Mal wieder durchatmen kann. Wenn ich mir vorstelle, dass meine Mutter nach der Szene gestern Abend zu mir kommt … Das ist ihr bestimmt nicht leicht gefallen.

Nichtsdestotrotz bin ich froh, dass keiner unserer Stammkunden anwesend ist, oder noch schlimmer, irgendein Schlaumeier aus meiner Schule. Dann wäre die Szene jetzt totsicher auf YouTube zu sehen.

Wie sehr mich die angespannte Situation mit meiner Mutter belastet hat, wird mir klar, nachdem sie gegangen ist. Ich fühle mich von einer Riesenlast befreit, leichter. Das ändert sich, als ich nach meiner Schicht zum Parkplatz gehe und eine verblühte weiße Rose unter dem Scheibenwischer finde, die nach Moschus riecht.

Wer bei Verstand klemmt mir verwelktes Grünzeug an die Windschutzscheibe, noch dazu welches, das mit schwerem Rasierwasser eingesprüht wurde? Irgendwoher kenne ich den Geruch, kann ihn jedoch nicht zuordnen.

Ich frage mich, ob das etwas Gutes ist, doch mein Bauchgefühl weiß es besser.

06

Am nächsten Tag beschließe ich, mich für die Schule sexy anzuziehen, was ich länger nicht getan habe. Vermutlich, weil ich mich nach der Trennung von Raoul nicht gerade attraktiv gefühlt habe. Heute schon, darum entscheide ich mich für einen Britney-Spears-Schoolgirl-Look. Auf die Zöpfe verzichte ich, dafür binde ich mein Haar zu einem hohen Pferdeschwanz zusammen. Die eng anliegende weiße Bluse hat einen tiefen Ausschnitt mit Hemdkragen. Passend zum vorgeschriebenen Schottenrock trage ich bordeauxrote Heels und weiße Overknees, deren Bündchen in einer komplizierten Stickerei über dem Knie enden. Dazu verpasse ich mir Smokey Eyes und roten Lipgloss, danach kann's losgehen.

Antoine, unserem Küchenchef, fällt beinah die braune Papiertüte aus der Hand, als er mir mein Lunchpaket übergibt. Er schnauzt etwas Französisches, das nicht wie ein Kompliment klingt, und wendet sich kopfschüttelnd seinen Karotten zu.

Mit diesem Look kann man sich nicht in der Schule verstecken, was ich nicht vorhabe, und ich muss mich in der ersten großen Pause prompt der Inquisition stellen.

Brady, mein Nachbar, setzt sich an unseren Tisch und erkundigt sich, wo ich gestern war.

»Das war nicht mein Tag«, ist alles, was ich dazu sage. Bei Brady weiß ich nie, woran ich bin. In einem Moment ist er supernett und hilfsbereit, im nächsten kann ich froh sein, wenn er mich grüßt. Sein Freund Jeff kommt dazu und setzt sich auf Sallys Stuhl, die sich einen Tee besorgen wollte.

Seit ich die Marshalls kenne, kommen mir Jeff und Brady wie Abziehbilder von James' Söhnen vor. Während Brady auf Strahlemann macht, kleidet sich Jeff wie ein Outlaw – wie Drake. Leider wirkt diese Nummer an ihnen wie eine Show mit B-Besetzung, vor allem wenn man die Originale in Aktion sieht. Unterm Strich ist ihre Imitation ziemlich daneben.

»Hey, Jazz, wie läuft's?«, fragt Jeff und wippt auf die Hinterbeine seines Stuhls zurück, während sein Blick meinen Körper entlanggleitet. Ich verdrehe die Augen und kicke mit den Heels gegen sein Stuhlbein, sodass er nach vorn plumpst. Zack und Tyler lachen, Jeff nicht.

»Was willst du?«, frage ich und hebe die Brauen. Er kratzt sich den Nacken und verzieht einen Mundwinkel.

»Nächste Woche hab ich Geburtstag und feiere am Wochenende darauf. Hast du Lust vorbeizukommen?«

In diesem Moment betreten Drake, Nash und Tuck die Cafeteria, gefolgt von ihren Teamkollegen und Fans. Wie immer wenn die Marschall-Brüder irgendwo aufkreuzen, verstummen für einen Moment die Gespräche. Danach gehen das Getuschel und Gekichere los. Die Mädchen werfen das Haar zurück, arrangieren den Inhalt ihrer Blusen neu und ziehen ihre Lippen nach. Die Jungs sitzen gerader und versuchen insgesamt größer und cooler auszusehen.

Bradys Ausdruck verdüstert sich bei ihrem Eintreffen. Genau wie Jeffs, dessen Augen sich zu Schlitzen verengen.

»Mann, die beiden gehen mir vielleicht auf den Sack.«

Zu meiner Überraschung kommt diese Bemerkung von Zack, der mit seinem Messer ein Muster in den Tisch ritzt.

»Wem nicht«, sagt Brady und kreuzt die Arme vor der Brust.

»Du bist doch bloß sauer, weil Nash dich von der Quarterback-Position verdrängt hat«, sagt Tyler und nippt an einer Cola.

»Er hat mich nicht verdrängt«, schnauzt Brady und beugt sich vor.

Tyler zuckt mit den Schultern. »Ich hab gehört, du bist nur noch zweite Garnitur. Nash ist jetzt der neue Starting-Quarterback.«

Nashs Faust landet auf dem Tisch. »Das werden wir noch sehen! Erst muss diese Flasche den geforderten Notendurchschnitt bringen, bis dahin sitzt er auf der Bank!«

Sally, die mit ihrem Tee zurückgekommen ist, setzt sich auf die Tischkante und sagt leise: »Ich habe gehört, er hat nur Bestnoten, genau wie Drake.«

»Nicht überall«, brummt Brady und folgt dem Objekt seiner Ablehnung mit den Augen. »Weiß jemand, wer sein Tutor ist?«

Bei dieser Frage sitze ich automatisch etwas aufrechter. Sally sieht lächelnd zu mir, ein mutwilliges Glitzern in den Augen. »Ich hab so was gehört, aber es ist noch nicht bestätigt.«

Könnte ich mit meinem Blick Laserstrahlen abfeuern, wäre Sally jetzt eine qualmende Wasserstoffwolke. Ihr Grinsen wächst bei meinem Anblick, was weder Dexter noch Crush entgeht.

»Hey Mann, Jazz, sag, dass das ein Scherz ist!«, ruft Letzterer.

»Halt die Klappe!«, motze ich und versuche ihn mit meinem Blick zum Schweigen zu bringen. Brady öffnet den Mund, doch Nash kommt ihm zuvor. Mit einer Bewegung, die ich nicht kommen sehe, pflückt er mich von meinem Stuhl, setzt sich und platziert mich auf seinem Schoß. Für einen Augenblick wird es totenstill in der Pausenhalle.

»Jassi, Süße, was machst du hier bei den Losern?«

Ich presse die Lider zusammen und zähle im Geiste bis zehn.

»Was ist los, Schwesterherz, mit geschlossenen Augen kannst du mich deinen Freunden doch nicht vorstellen.« In seiner Stimme schwingt ein Lachen, offensichtlich amüsiert er sich köstlich.

»Mist«, sage ich, lehne mich zurück und werfe Nash einen säuerlichen Blick zu. »Ich dachte, wenn ich die Augen öffne, wärst du weg, aber so viel Glück hab ich wohl nicht.«

Crush lacht, selbst Zack schmunzelt. Brady nicht.

»Wer ist hier ein Loser?«

»Wem der Schuh passt«, murmelt einer der Umstehenden.

Ich versuche, mich aus Nashs Griff zu winden. »Lass mich los und such dir gefälligst einen eigenen Stuhl.« Nash beugt sich vor und flüstert in mein Ohr:

»Ich habe den besten Platz hier, den gebe ich nicht kampflos auf.«

Ich habe nicht vor, mich von ihm vor versammelter Schule vorführen zu lassen. »Wenn du nicht artig bist, musst du heute Abend ohne Nachtisch ins Bett«, sage ich in tadelndem Ton. Die Zaungäste lachen, selbst Nash grinst und zwinkert mir zu.

»Nash!« Das kommt von Drake, für den sich die Menge teilt, als wäre er Moses, der durchs Rote Meer marschiert. Obwohl er nur ein Wort sagt, liegt sehr viel mehr darin, als den Umstehenden bewusst ist. Mir entgeht die leise Zurechtweisung nicht, zumal ich den Ausdruck seiner Augen mittlerweile besser deuten kann. Drake würde seinen Bruder nie vor anderen zusammenfalten, dennoch kommt die Botschaft an.

Ich höre Nash leise seufzen, dann steht er auf und gibt mir einen Klaps auf den Po, bevor er mich zurück auf den Stuhl setzt. Ich revanchiere mich und boxe ihn in die Seite.

»Au!«, ruft er und reibt sich die Stelle, grinst und zwinkert mir abermals zu.

»Wen nennst du einen Loser!«, ruft Brady ihm hinterher. Als Antwort zerreißt Nashs Hyänenlachen die Stille der Pausenhalle. Mit einem Mal wird mir klar, dass Brady selbst Nashs hysterische Art zu lachen kopiert hat. Vor der Ankunft der Marshall-Brüder war das Bradys Markenzeichen. Das Lachen ist ihm in der Zwischenzeit allerdings vergangen.

* * *

Am nächsten Tag nehme ich zum ersten Mal am Social Committee-Treffen teil, das tatsächlich um sieben Uhr morgens stattfindet.

In der Nacht hat mich ein Albtraum von einem Fahrzeug

geweckt, das unseren Wagen rammt und in einen Graben stößt. Diesmal hat das kleine Mädchen gegen das Seitenfenster gehaucht und mit dem Finger zwei Worte geschrieben: *Erinnere dich.*

Woran soll ich mich erinnern, an den Unfall? Als ob ich den vergessen könnte! Lukas hatte in einem der letzten Träume eine ähnliche Botschaft für mich. Auch er wollte, dass ich mich erinnere, und wie das kleine Mädchen hat er das nicht weiter ausgeführt. Warum sind Träume an den wichtigen Stellen immer so ungenau?

Danach war an Einschlafen nicht mehr zu denken. Aus diesem Grund habe ich gerade mal vier Stunden Schlaf abbekommen und so sehe ich auch aus. Meine Augenringe schimmern selbst durch drei Concealer-Schichten bläulich, deswegen kleide ich mich heute etwas offenherziger, um die Blicke meiner Mitschüler abzulenken. Ein schwarzer BH unter der dünnen weißen Bluse hat noch immer funktioniert. Dazu schwarze Overknees und schwarze Heels von Peter Kaiser, die ich aus Berlin mitgebracht habe. Um nicht wie Shelly anzüglich rüberzukommen, hänge ich mir dünne Silberkettchen um, die mein Dekolletee verdecken, schließlich soll der Wonderbra nur angedeutet werden. Das Haar lasse ich lufttrocknen, sodass es in weichen Wellen über meinen Rücken fällt.

Das Meeting ist erschreckend unspektakulär. Hier werden so spannende Dinge besprochen wie die Tatsache, dass die Highschool-Footballsaison in diesem Jahr aufgrund der Feierlichkeiten zur Gründung Kaliforniens nicht im Februar endet, sondern im März. Gähn.

Charlize ist Teil des Teams und natürlich Scarlett, war ja klar. Die zwei stecken die Köpfe zusammen, vermutlich um sich das Maul über mich zu zerreißen – Schocker! Abgesehen von den beiden kenne ich nur Maia, Sallys Freundin, die in meinem Keramik-Kurs ist. Dann sind da noch drei Jungs, dem Aussehen nach Seniors, die ich noch nie gesehen habe und deren Namen ich vergesse, nachdem sie mir vorgestellt wurden. Da die guten Sachen schon vor Monaten vergeben wurden, wie die Organisation des Schul-Oscarballs oder die Orga der sportlichen Aktivitäten, muss ich mich mit den Resten abgeben.

Peter Callahan, der Leiter des Komitees, bietet mir die Organisation des College-Access-Days an, was übersetzt so viel heißt wie Uni-Orientierungstag, der im April stattfinden wird.

Ob das eine gute Idee ist? Ich bin nicht gerade ein Ass in Sachen Ordnung schaffen. Ich meine, seht euch mein Leben an. Mehr muss ich dazu wohl nicht sagen.

»Du musst das nicht allein machen.« Maia nickt mir aufmunternd zu. »Du leitest das Orga-Komitee bloß und koordinierst deine Gruppe.« Sie reicht mir eine Liste Freiwilliger, die mir zur Verfügung stehen. Als ich die ganzen Namen sehe, wandern meine Brauen in die Höhe.

Du liebe Zeit, sind die Leute hier enthusiastisch. Die müssen die Extrapunkte wirklich dringend auf ihrem Bewerbungsschreiben brauchen, anders kann ich mir diesen Ansturm an Helfern nicht erklären.

Danach spricht sich schnell herum, dass ich der Neuzugang im Social Committee bin. Mr Wittman hat nicht übertrieben, denn plötzlich sind die Leute scheißfreundlich zu mir.

In der großen Pause fängt Brady mich an der Essensausgabe ab und führt mich zu seinem Tisch in der Mitte der Cafeteria. Erst denke ich, dass er sich mit mir über den Uni-Tag unterhalten will, doch er hat nichts dergleichen im Sinn. Er ist stinksauer.

»Ist es wahr, dass du Nash Nachhilfe gibst?«

Als Antwort zucke ich mit den Schultern und beiße die Spitze meines Croissants ab.

»Das ist ein Witz, oder?«, macht er mich an. Keine Ahnung, wie ich je glauben konnte, Brady wäre ein Sunnyboy. Seit die Marshalls wieder zurück sind, hat er nur noch schlechte Laune. Was zeigt, dass sein freundliches Gehabe bloß Show war.

»Was interessiert's dich?«

»Der Typ ist die Pest, wie kannst du ihm helfen?«

Abermals hebe ich die Schultern. »Ich habe Wittman zugesagt, bevor ich wusste, wer es ist.«

»Dieser Verlierer hat vor, mich von der Quarterback-Position zu verdrängen. Er glaubt, nur weil er Marshall heißt, kann er hier einmarschieren und ...«

»Du bist ein lausiger Führer und ein mittelmäßiger Spieler, darum bist du raus.«

Innerlich seufze ich und schließe die Augen. War ja klar, dass Nash ausgerechnet in diesem Augenblick aufkreuzen muss.

»Und du bist eine miese Ratte, die ihre Beziehungen nutzt, mich vom Platz zu stellen«, fährt Brady ihn an. Nash wirft den

90

Kopf zurück und fällt in schrilles Gelächter. Die Gespräche in der Cafeteria sind komplett verstummt, alle Augen sind auf unseren Tisch gerichtet.

»Ist das deine aktuelle Ausrede für dein Versagen auf dem Feld?«

»Wer ist hier der Versager?«, schnappt Brady mit bebender Stimme. Jeff und zwei weitere Freunde haben sich neben ihn gestellt, um ihn zu unterstützen. »Ich brauche jedenfalls keinen Tutor. Wenn du den Deutschtest versenkst, bleibst du auf der Bank. Rate mal, wer dann spielt!«

Grinsend legt Nash mir einen Arm um die Schulter. »Ich habe einen Experten in Sachen Fremdsprachen«, sagt er mit funkelnden Augen. »Vielleicht üben wir danach ein bisschen Französisch, was meinst du, Schwesterherz?« Er zieht mich in seine Arme, beugt sich zu meinem Ohr und flüstert, ohne Brady aus den Augen zu lassen: »Findest du immer noch, dass ich nach Wodka und Zigaretten stinke?«

Brady macht einen Satz nach vorn, doch Tuck und das halbe Basketball-Team stehen plötzlich wie eine Wand aus Muskeln vor Nash. Der lacht abermals, dann jault er auf, als ich meinen Absatz in seinen Fuß ramme.

»Halte mich gefälligst aus deinen dämlichen Spielchen raus«, schnauze ich und marschiere aus der Pausenhalle, gefolgt vom Gegröle der Sportteams. Kein Wunder, schließlich sehen sie nicht jeden Tag, wie Nash fluchend auf einem Bein durch die Cafeteria hopst.

Am darauffolgenden Samstag räche ich mich. Während Nash mit seinen Buddys im Mediaraum abhängt, schmuggle ich einen pinkfarbenen BH in seine weiße Schmutzwäsche, werfe das Ganze in die Maschine und lasse sie auf neunzig Grad durchlaufen. Ha!

Sonntagmorgen quatsche ich über Facetime mit Leon, der mich mit dem neusten Alex-Nicci-Drama füttert. Wie es aussieht, waren beide hinter demselben Kerl her. Alex hat den Kürzeren gezogen, und das ist etwas, worin sie nicht gut ist, denn plötzlich tauchten kompromittierende Fotos ihrer ehemaligen Freundin auf Facebook und Twitter auf. Kommt mir irgendwie bekannt vor.

Danach telefoniere ich fast eine Stunde mit Max. Ab nächster Woche dreht er in der Nähe von Madagaskar. Bei der Serie geht es um moderne Piraterie und eine Touristen-Gruppe, die auf eine Insel flüchtet, um den Männern zu entkommen, die ihr Schiff gekapert haben. Während er mir von dem Projekt erzählt, leuchten seine Augen, und mich beschleicht der Verdacht, dass es jemand Neuen in seinem Leben gibt. Möglicherweise eine der Schauspielerinnen, denn er scheint sich auf den Dreh zu freuen.

Auch wenn mir der Gedanke einen Stich versetzt, hoffe ich um seinetwillen, dass er jemanden kennengelernt hat. Nach der bitteren Zeit, die hinter ihm liegt, hat er es verdient, glücklich zu sein.

Am Montag meide ich in der Pause die Cafeteria. Auf eine Fortsetzung des Brady-Nash-Dramas kann ich verzichten. Derzeit geraten die beiden ständig aneinander, das nervt vielleicht, das könnt ihr mir glauben.

Also fische ich Antoines Lunchpaket aus meinem Spind, und da es heute windstill ist, gehe ich raus aufs Football-Feld. Dort setze ich mich auf die Tribüne und sehe einer Gruppe

Jungs zu, die sich Bälle zuwerfen. Sie tragen seltsame Trikots, zumindest was die Farbe angeht. Die meisten Footballspieler sind überdurchschnittlich groß und wie Schränke gebaut, darum wirkt es umso drolliger, wenn sie rosa Shirts tragen und, nun ja, rosa Shorts. Während ich an einem Hähnchenflügel knabbere, erkennt mich einer der Spieler. Er steckt zwei Finger in den Mund und pfeift. Ich glaube, das ist Jim Morris, Tucks kleiner Bruder. Da geht sie hin, meine Ruhe. Noch hätte ich Zeit abzuhauen, aber das sieht zu sehr nach Flucht aus, und ich möchte nicht unhöflich sein, denn Jim ist echt nett. Also bleibe ich, wo ich bin, und erwarte das Unvermeidliche.

Als die Gruppe näher kommt, sehe ich, dass Nash unter ihnen ist. Dieser Mistkerl trägt meinen pinkfarbenen BH über einem eingelaufenen Shirt, und plötzlich wird mir klar, dass die Jungs die verfärbten Klamotten aus der Waschmaschine anhaben. Meine Mundwinkel zucken, nur mit Mühe unterdrücke ich ein Lächeln. Man kann Nash einiges nachsagen, aber er hat einen gesunden Humor und genug Rückgrat, über sich selbst zu lachen.

Tuck, Jim, Nash und zwei weitere Spieler, deren Namen ich vergessen habe, setzen sich mit einem breiten Grinsen zu mir auf die Tribüne.

»Nette Kostüme«, kommentiere ich ihr Outfit. »Repräsentiert ihr die Schwulen-Minderheit des Teams, oder habt ihr euch dazu durchgerungen, eure weibliche Seite auszuleben?«

Nash bricht in sein Hyänenlachen aus, in das der Rest miteinfällt. Ihr Lachen ist ansteckend, darum kichere ich kurz darauf mit ihnen. Einmal angefangen kann ich nicht mehr aufhören. Unter uns, die Typen sehen zum Schießen aus. Stellt euch durchtrainierte Sportler mit Waschbrettbäuchen und Riesenbizeps vor, Armen, dicker als meine Oberschenkel. Verpackt in pinkfarbene Trikots, die noch dazu viel zu klein sind. Ein Brüller, sag ich euch, und es sieht irgendwie auch süß aus.

Nash zieht meinen BH aus und lässt ihn provozierend vor meiner Nase baumeln. Als ich danach greife, bringt er ihn außer Reichweite und schüttelt den Kopf.

Mit einem *ts ts ts* lässt er ihn kopfschüttelnd in der Tasche seiner Trikothose verschwinden und tätschelt sie mit einem arroganten Lächeln. Dann beugt er sich zu mir und flüstert: »Wenn du ihn zurückwillst, musst du ihn dir holen.«

Schon klar. Ich wische mir die Lachtränen aus den Augen und beobachte, wie der Rest der Mannschaft in den Original-trikots aufs Feld trabt, angeführt von Drake. Selbst aus der Distanz kann ich seinen stählernen Blick auf mir spüren und mir wird unnatürlich warm. Mein Herzschlag verdoppelt sich, und ich weiß nicht, wohin mit meinen Händen. Zeit zu verschwinden. Als ich aufstehe, greift Nash nach meinem Arm.

»Am Freitag ist der Deutschtest.«

Mist, das Tutoring habe ich total vergessen.

»Dann lass uns heute Abend mit dem Pauken anfangen.«

Er zwinkert mir zu und joggt in seinen rosa Klamotten zurück aufs Feld. Ich weiß nicht, ob mir seine gute Laune gefällt. In jedem Fall sollte ich mich vom Acker machen, denn unter Drakes durchdringendem Blick breche ich in Schweiß aus. Ich spüre seine Augen auf mir liegen, bis ich die Zuschauertribüne verlasse und außer Sichtweite bin. Erst dann bleibe ich stehen und nehme einen tiefen Atemzug, um mein wild pochendes Herz zu beruhigen.

Was hat dieser Typ, dass mein Puls durch die Decke geht und ich Schwindelanfälle bekomme, sobald er meinen Weg kreuzt?

07 Nach der Schule machen Nash und ich Nägel mit Köpfen. Wir setzen uns an den Esstisch, breiten unsere Bücher aus und besprechen seine To-do-Liste. Ich bin froh und auch erleichtert, dass er den Zwischenfall im Restaurant nicht erwähnt. Ginge es nach mir, würde ich diese Episode aus meinem Gedächtnis streichen. Dass weder Drake noch Nash darauf rumreiten, wundert mich. So, wie ich die zwei kennengelernt habe, wäre das genau ihr Ding. Stattdessen verhalten sie sich, als wäre die Sache nie passiert. Womöglich ist an den beiden mehr dran, als ich ihnen auf den ersten Blick zugestanden habe. Wäre nicht das erste Mal, dass ich mit meiner Einschätzung danebenliege.

Da ich meine Sache gut machen will, habe ich mir Prüfungsbögen aus dem Internet ausgedruckt, die ich mit Nash durchgehe. Dass er nicht dumm ist, weiß ich, das Problem ist, dass er *German* langweilig findet und deswegen immer wieder abschweift. Nach einer Stunde ist klar, dass ich mit meiner Strategie nicht weiterkomme: Mein Auto, dein Auto, unsere Autos – lahm! Wenn wir etwas erreichen wollen, muss Plan B her, und zwar pronto. Also formuliere ich die Übungen um.

»Ein BMW ist cool, ein Porsche ist cooler ...«

»Meine C7 ist die Coolste!«, fällt er mir ins Wort.

»C7?«

Ungläubig schüttelt er den Kopf.

»Corvette Stingray! Das ist ja nur das beste Auto, das je gebaut wurde.«

Wäre das ein Comic, würde über meinem Kopf ein Strauß Fragezeichen aufblitzen. Dennoch nicke ich, als wüsste ich, wovon er redet.

»Äh, genau, und jetzt auf Deutsch.«

Nachdem ich Themen wähle, die ihn interessieren, geht es besser, zumal er sich endlich konzentriert.

»Mein Mercedes, dein Mercedes, unser Mercedes«, konjugiere ich.

»Ich fahre eine geile Karre, du fährst eine geile Karre, wir fahren eine ...«, unterbricht er mich und grinst.

Seine rasche Auffassungsgabe ist ein Plus beim Lernen, zumal er dabei ziemlich kreativ wird.

»Meine Schwester hat heiße Wäsche, ihre Mutter hat heiße Wäsche ...«, zieht er mich nach einer weiteren Stunde Büffelei auf. Während ich mich um eine ernste Miene bemühe, biete ich ihm Paroli.

»Nash trägt BHs und steht auf Rosa«, beginne ich auf Deutsch und grinse herausfordernd.

»Und Jazz liebt es, Leuten in den Hintern zu treten«, fährt Nash fort, woraufhin ich lache, was vermutlich seine Absicht war.

»Und Drake liebt es ...« Doch ich komme nicht dazu, den Satz zu beenden.

»Was ist mit mir?«, fragt eine dunkle Stimme hinter uns, die mir kleine Schauer über den Rücken jagt.

»Da bist du ja, ich dachte schon, du hast mich vergessen!« Nash springt auf und wirft den Kuli auf den Tisch.

»Hey, wir sind noch nicht fertig!«

»Sorry, Prinzessin, aber wir haben was zu erledigen.« Er beugt sich vor, küsst meinen Scheitel und läuft die Treppe rauf, zwei Stufen auf einmal nehmend.

Stirnrunzelnd sehe ich ihm nach, dann wende ich mich Drake zu, der mit verschränkten Armen gegen den Türrahmen lehnt und mich beobachtet.

»Was ist so wichtig, dass er alles stehen und liegen lässt?«

Drakes Mundwinkel heben sich. Wie immer trägt er Schwarz bis auf das graue T-Shirt, das wie aufgesprüht wirkt. Durch die verschränkten Arme sieht sein Bizeps aus, als würde er jeden Augenblick den Ärmel seines Shirts sprengen. Bei Jeff oder Brady würde diese Pose wie Aufschneiderei wirken, aber Drake scheint sich nicht mal bewusst zu sein, dass seine Muskeln auf diese Weise stärker zur Geltung kommen.

Und die sind nicht das Einzige an ihm, das sexy ist. Das Haar ist vom Wind zerzaust, es sieht aus, als wäre er am Strand gewesen. Zudem hat er einen Bartschatten, der ihn älter aussehen lässt als seine achtzehn Jahre.

»Dafür gibt es normalerweise drei Gründe«, unterbricht er meine Gedanken, die auf das Cover eines Chick-Porns gehören. »Ein Mädel, ein Spiel oder eine Prügelei.«

»Er hat eine Freundin?«, frage ich stirnrunzelnd. Kann ich mir gar nicht vorstellen, ihm klebt jeden Tag eine andere Braut am Arm.

Drake lacht, aber es klingt hart. »Das habe ich nicht gesagt.«

Warum frage ich auch. Da er mich weiter taxiert, schiebe ich die Bücher zusammen und versuche, so zu tun, als wäre er nicht da. Als hätte ich keine Schmetterlinge im Bauch und als würde mein Herz nicht gegen meinen Brustkorb hämmern. Was ist nur mit mir los, der Typ kann mich nicht mal leiden!

Als Nash in Ripped Jeans und festen Schuhen die Treppe runterspringt, ist klar, dass die Jungs nicht auf eine Party gehen. Das nächste Spiel findet erst kommende Woche statt, was bedeutet ...

»Wen wollt ihr vermöbeln?«

Nash grinst, Drake verzieht einen Mundwinkel, was so was wie sein Markenzeichen zu sein scheint.

»Dem Team der Carlton Academy gefällt nicht, dass wir zurück sind«, sagt Nash, bevor sein Bruder es verhindern kann.

»Na und? Mir gefällt auch nicht, dass ihr zurück seid, aber deswegen ziehe ich mir keine Springerstiefel an und mach auf Rambo.«

Nash lacht schrill und schüttelt den Kopf. »Du gefällst mir immer besser. Und keine Bange, ich werde niemandem verraten, dass du genau das am liebsten tun würdest.« Mit einem Zwinkern macht er sich davon.

»Letztes Wort, Fetischist«, murmle ich und sammle die Stifte ein, bis mir auffällt, dass Drake noch immer den Türrahmen ausfüllt.

»Willst du mitkommen?«

Die Frage überrascht mich, und ich bin versucht, sein Angebot anzunehmen. Dann sehe ich das mutwillige Glitzern in seinen Augen und schüttle den Kopf.

»Ich, ähm, muss noch meinen Englisch-Aufsatz fertigschreiben.« Das ist komplett gelogen, aber wen interessiert's.

Drake stößt sich von der Tür ab und tritt auf mich zu.

»Du brauchst keine Angst zu haben, wir passen auf dich auf.«

»Hab ich nicht!« Das kommt energischer raus als gewollt. Drake beugt sich über mich, und es braucht meine ganze Willenskraft, nicht vor ihm zurückzuweichen. Sein forschender Blick hält mich für einige Herzschläge gefangen.

»Du hast vor allem Angst. Vor mir, Nash – vor wem noch?« Obwohl seine Stimme leise ist, hat sie einen bedrohlichen Unterton. Ob er mir gilt oder den Leuten, die mir Angst machen, kann ich nicht sagen.

»Ich fürchte mich vor niemandem«, sage ich, doch es kommt gepresst raus. Ohne Vorwarnung tritt er einen weiteren Schritt vor, sodass ich zwischen ihm und dem Esstisch eingeklemmt bin.

»Hey …«

Keinen Schimmer, was ich sagen wollte, denn als er seine Hand flach auf mein Brustbein legt, schnappe ich nach Luft. Drake schließt die Augen, während sich meine weiten und mein Herz ein Crescendo veranstaltet.

Ich bin noch hier. Ich bin noch hier. Bin noch hier.

Bisher hat er mich noch nie berührt, was wohl der Grund für meine heftige Reaktion ist. Doch die befürchtete Panikattacke bleibt aus. Drakes Wärme geht auf mich über und mit ihr seine Ruhe. Mein manisch pochender Puls beruhigt sich wie durch Zauberhand, sodass ich mich gegen ihn lehne, statt vor ihm zurückzuweichen. Sein Pinienduft umhüllt mich, verbindet sich mit seinem Cologne zu einer einzigartigen Mischung, die den unverwechselbaren Drake-Duft ausmacht. Am liebsten hätte ich geseufzt.

Fragt mich nicht, warum ich so sonderbar reagiere. Mir ist klar, dass ich ihn wegschubsen und mit einem lockeren Spruch abspeisen sollte oder so was. Normalerweise hätte mich seine dreiste Art wütend gemacht, stattdessen entspanne ich mich.

Schwach zu sein ist ein Luxus, den ich mir in letzter Zeit nicht leisten konnte. In diesem Moment habe ich das Gefühl, verschnaufen, einmal innehalten zu können.

Drake lehnt seine Stirn gegen meine und atmet tief durch.

»Dein Herz verrät dich«, murmelt er und zieht die Hand von meinem Brustbein, um mich mit beiden Armen zu umfangen. Sein Körper strahlt Hitze aus und schirmt mich gleichzeitig ab. Ich fühle mich sicher, was absurd ist, dennoch möchte ich am liebsten loslassen, wenn auch nur für einen Augenblick.

Als seine Lippen über meine Stirn fahren, zerreißt Nashs ungeduldiges Hupen die Stille, und endlich komme ich zu mir. Ich drücke die Unterarme gegen seine Brust, doch der Typ scheint nur aus Muskeln zu bestehen, er bewegt sich keinen Zentimeter.

»Hast du vielleicht doch Angst?«, flüstert er, die Lippen dicht an meinem Ohr.

»Warum sollte ich. Ich stehe bloß nicht auf Spieler.«

Ich würde sonst was darum geben, mit den Fingern über

seinen Dreitagebart zu streichen. Wie sich die Stoppeln wohl anfühlen, hart oder weich?

Abermals hupt Nash, diesmal energischer.

»Mein Bruder ist der Spieler«, bemerkt Drake. Er lehnt sich zurück und betrachtet mich, während ich in seine dunklen Augen starre. Erst jetzt fällt mir auf, dass sie nicht bloß braun sind, sondern haselnussfarben mit goldenen Sprenkeln. Ein äußerer goldgelber Ring umfasst die Iris, so etwas habe ich vorher noch nie gesehen.

Als ich befürchte, seinem Blick nicht mehr standhalten zu können, huscht ein Lächeln über seine Züge, die mit einem Mal ganz weich werden. Als würde ihm das selbst gerade bewusst werden, erscheint seine typische undurchdringliche Maske, und die Wärme seiner Augen weicht Gleichgültigkeit. Es ist, als hätte jemand das Licht ausgeknipst. Wie es aussieht, ist der Moment der Offenheit vorüber. Ohne ein weiteres Wort wendet Drake sich ab und verlässt mit langen Schritten das Esszimmer.

Es vergehen Minuten, bevor ich mich rühren kann. Und selbst danach wanke ich mit weichen Knien auf mein Zimmer. In Zukunft werde ich um den älteren Marshall-Bruder einen Bogen machen. Der Typ ist zu gefährlich für mich und mein angeschlagenes Herz. Instinktiv spüre ich, dass Drake die Macht hätte, mich noch tiefer zu verletzen, als es Conall oder Raoul möglich war. Das muss ich um jeden Preis verhindern.

Stellt sich die Frage, wie ich das anstellen soll. Ich bin ein Mensch aus Fleisch und Blut, und Raouls Ablehnung hat Narben hinterlassen plus ein zerbeultes Ego. Einen Spieler brauche ich so dringend wie eine Wurzelbehandlung. Denn egal was er behauptet, für Drake bin ich bloß eine Gelegenheit, sich die Langeweile zu vertreiben. Von Nash abgesehen, respektiert er niemanden, nicht mal seinen Vater. Wie könnte ich ihm je vertrauen?

* * *

Was die beiden angestellt haben, erfahre ich erst am nächsten Abend. In der Schule ist aus Nash nichts rauszubekommen. Beim Tutoring in der großen Pause löchere ich ihn mit Fragen, doch er zwinkert mir bloß zu und fragt mich irgendeinen Quatsch zum Oktoberfest und ob die Mädels in Deutschland Dirndl tragen. Wo sind die Augenroll-Smileys, wenn man sie braucht? Klar, in Berlin tragen alle Dirndl, besonders im Oktober, das weiß doch jeder!

Als ich von meiner Starbucks-Schicht komme, finde ich die Brüder im Mediaraum sowie Tuck und zwei weitere Teammitglieder, Josh und Jason Harris, die sich auf der L-förmigen Couch lümmeln. Irgendwas im Fernsehen scheint sie köstlich zu amüsieren. Als ich den Raum betrete, sehe ich, was.

»… wurden auf dem Parkplatz der Carlton Academy die Sicherheitskameras mit schwarzer Farbe besprüht, sodass die Tat nicht gefilmt wurde«, sagt eine Nachrichtensprecherin mit Betonfrisur und blickt mit ernster Miene in die Kamera. »Der Direktor der Schule hat bestätigt, dass die Umkleidekabine des Footballteams mit hunderten Luftballons gefüllt wurde, die mit anstößigen Botschaften beschmiert waren.«

Josh prustet los. »Da stand *Get lost, Pussies!* Das ist nicht anstößig, sondern eine Aufforderung.«

»Für die Mannschaft der Carlton Academy bedeutet das

den Ausfall eines Trainingstages, was vermutlich die Absicht der Eindringlinge war.« Als Nächstes erscheint das Bild eines roten Maseratis, der mit weißen Flocken gefüllt ist. Es sieht aus, als hätte jemand eine Ladung Schnee reingekippt.

»Falls Zweifel bestanden, gegen wen sich diese Aktion richtet, wurden diese durch einen zweiten Übergriff ausgeräumt, der nach Polizeiangaben zeitgleich stattgefunden hat. So wurde das Cabrio des Quarterbacks mit Styroporkugeln gefüllt. Im Verdacht steht eine lokale Gang ...« Der Rest geht in Nashs ohrenbetäubendem Gelächter unter, in das die anderen mit einfallen.

»Was für Weicheier!«, ruft Harris. »Trainieren nicht, weil die Umkleide mit heißer Luft gefüllt ist.«

Ich muss zugeben, ich kann mir ein Grinsen nicht verkneifen. Woher nehmen die nur ihre Ideen? Ich meine, Styroporkugeln! Die laden sich statisch auf und saugen sich wie Zecken an der Oberfläche fest. Der Besitzer des Wagens kann ihn erst mal zum Reinigen geben und hoffen, dass nichts zurückbleibt. Kopfschüttelnd trolle ich mich auf mein Zimmer und ziehe mich um. Unterwegs sammle ich hier und da kleine weiße Kügelchen vom Boden auf und werfe sie in den Müll.

Vor Nashs Deutschtest geben wir noch einmal richtig Gas und lernen intensiv. Ich finde, dass er seine Sache gut macht. Darum bin ich zuversichtlich, als er Freitag nach der Pause zu seiner Prüfung verschwindet. Natürlich nicht, ohne mir vor versammelter Mannschaft einen fetten Schmatzer auf den Mund zu geben – was angeblich Glück bringen soll. Schon klar.

Für ihn hängt viel davon ab, denn das Ergebnis entscheidet, ob er nächste Woche gegen die Carlton Academy spielen darf oder nicht. Deswegen nehme ich seinen Vorstoß sportlich, zumal er mir danach die Stirn küsst, was irgendwie süß ist.

Samstagabend hole ich Pam von Starbucks ab und fahre mit ihr zu Jeffs Fete. Sie ist zwar nicht eingeladen, aber Jeff hat gesagt, dass ich Freunde mitbringen darf. Unnötig zu erwähnen, dass er die Marshall Brüder ausdrücklich davon ausgeschlossen hat. Meiner Ansicht nach ist es ein Eigentor, die Stars der Schule dauerhaft vor den Kopf zu stoßen. Damit stellen er und Brady sich nur ins Abseits, aber mich fragt ja niemand.

Jeff wohnt in den Hollywood Hills oberhalb des Canyon Parks in einer Hütte im Bauhaus-Stil, die nur aus Beton und Glas zu bestehen scheint. Mir wäre es hier zu kalt, dafür hat man einen super Blick auf das Valley und die flackernden Lichter des Sunset Boulevards.

Während der Fahrt erzählt Pam, dass ihr ein Gast heute fünfzig Dollar Trinkgeld hinterlassen und sie zu einem Date eingeladen hat. Sie ist so aufgedreht dass sie ohne Punkt und Komma redet, bis wir in Jeffs palmenumsäumte Auffahrt einbiegen. Da die Zufahrt auf beiden Seiten von den Luxusschlitten der Gäste zugestellt ist, setze ich Pam vor dem Haus ab, wende und fahre zurück zum Tor. Ich habe keine Lust, mich zuparken zu lassen und bis zum Morgengrauen darauf zu warten, dass sich jemand erbarmt und mich rauslässt. Als ich zurückkomme, ist Pam verschwunden, was mich nicht überrascht. Geduld gehört nicht zu ihren Stärken. Dafür stoße ich im Flur auf Shelly-Belly, die von ihrer Clique umringt ist. Dass sie hier sind, wundert mich, schließlich ist es kein Geheimnis, dass weder Jeff noch Brady Fans unserer Oberzicke sind. Brady und Shelly waren bis vor einem Jahr ein Paar. Glaubt man den Gerüchten, hat Shelly sich an Jeff rangeschmissen, als sie hackevoll war. Unnötig zu erwähnen, dass Brady das nicht so gut aufgenommen hat.

Seit dem Zwischenfall mit meiner Mutter habe ich mir vorgenommen, netter zu meinen Mitmenschen zu sein. Da Shelly und ihre Minions eine zu große Herausforderung darstellen, versuche ich, jeden Kontakt mit ihr zu vermeiden. Doch bevor ich ihr ausweichen kann, stellt sie sich mir in den Weg und stemmt die Hände in die Hüften.

»Das ist doch wohl ein Scherz«, schnappt sie und sieht mich von oben bis unten an. »Wer zum Henker hat diese Tussi eingeladen?«

Okay, vergessen wir das mit den Nettigkeiten.

»Willst du damit sagen, das hier ist nicht der Zicken-Ball von Beverly Hills?«, frage ich und sehe sie mit großen Augen an.

»Dir wird das Lachen noch vergehen!« Charlize ist vorgetreten und funkelt mich angriffslustig an.

Letztes Jahr habe ich Shelly in einem Wutanfall die Nase gebrochen. Charlize kam mit einem blauen Auge davon, buchstäblich, wofür ich mir von der Schuldirektion eine Woche Nachsitzen eingebrockt habe. Eine lächerliche Strafe, wenn man bedenkt, was ich mir geleistet habe. Andererseits haben mich Shelly und ihre Anhänger wochenlang verfolgt und gemobbt, von daher hat die Schulleitung sämtliche Augen zugedrückt und meinen Anfall als eine Art ausgleichende Gerechtigkeit eingestuft, die sich die Mädels selbst eingebrockt haben. Dass ich seit diesem Vorfall ganz oben auf ihrer Abschussliste stehe, versteht sich von selbst.

»Hat hier gerade jemand Zicken erwähnt?«

Tuck Morris steht hinter mir und legt mir einen Arm um die Schulter.

»Mit diesen Schnitten solltest du dich nicht sehen lassen, Jazz.« Er schenkt mir ein freches Lächeln. »Die ruinieren deinen Ruf.«

»Besser Zicke als schwul, wie dein kleiner Bruder!«, ruft Shelly ihm mit hochrotem Kopf hinterher. Oh boy.

Unsere Bienenkönigin hat noch mehr zu sagen, glücklicherweise geht ihre Tirade im Grollen der Bässe unter. Ich hätte nie gedacht, dass Rap mal zu etwas taugt.

Das Haus ist rappelvoll, darum bin ich dankbar für Tuck, der mich hinter sich schiebt und mit seinem Körper abschirmt, während er sich einen Weg durch die hüpfende, tanzende und johlende Menge bahnt.

Da sich die Getränke in der Küche befinden, ist hier das Epizentrum der Feier. Die Partylöwen versammeln sich an der Wasserstelle, kippen Wodka Shots und reißen Bräute auf. Die Türen zur Terrasse stehen offen, und hier entdecke ich Pam, die zusammen mit Dexter und Crush auf einer Teakholzbank sitzt und einen Joint raucht.

Ich könnte jetzt auch einen gebrauchen. Das Gedränge, gepaart mit der Hitze und dem Hip-Hop-Mist, der aus den Boxen dröhnt, verursacht mir Kopfschmerzen. Das sind die Momente, in denen ich wünschte, wieder vierzehn zu sein, bevor mein Leben den Bach runtergegangen ist. Vor drei Jahren wäre ich auf die Theke gesprungen, einen Becher Bier in der Hand, und hätte bis zum Morgengrauen abgefeiert.

Tuck scheint mein Unbehagen zu spüren. Er besorgt uns eine Flasche Tequila, Salz und eine Limone, die er in Scheiben schneidet. Danach füllt er ein Glas bis zum Rand und drückt es mir in die Hand. Als ich es ihm abnehme, streut er sich Salz auf den Handrücken und hält ihn mir grinsend entgegen. Ich zögere keine Sekunde, schlecke das Salz auf, kippe den Drink wie Wasser weg und beiße in die Limone. Das wiederholen wir noch zweimal, bis sich Wärme in mir ausbreitet und ich mich entspanne. Endlich.

Nach dem dritten Drink kommt Brady dazu, der mir einen Arm um die Taille legt und mich zu Tucks Unmut in die hüpfende Menge in den Salon zieht. Die nächsten beiden Stunden verbringen wir tanzend. Wenn man unsere skurrilen Bewegungen überhaupt so nennen kann. Wir schütteln unsere Hintern, wippen mit den Köpfen und lachen wie zwei Irre auf Ecstasy. Einmal bemerke ich, dass Shelly Dolche in unsere Richtung starrt, doch das ist mir egal. Ich kann mich nicht erinnern, wann ich das letzte Mal so gelöst war, und genieße es in vollen Zügen.

Plötzlich packt mich jemand von hinten und wirft mich über die Schulter. Das schrille Lachen sagt mir, dass Drake und Nash gekommen sind. Nicht gut. Bradys Partylaune ist wie fortgewischt, als Nash mich absetzt und mir einen Klaps auf den Po gibt.

»Let's paaaartay!«, ruft er, schlingt einen Arm um meine Schultern und zieht mich mit sich in die Küche. Wie von selbst sucht mein Blick Drake, der an jedem Arm zwei Cheerleaderinnen hat. Er schüttelt sie nicht ab, doch der Blick seiner dunklen Augen liegt wie eine Frage auf mir.

Was soll das, braucht er seit Neuestem meine Erlaubnis, um sich zu amüsieren? Obwohl ich dachte, dass er einen besseren Geschmack hätte. Cheerleader sind nicht gerade die hellsten Lichter, das weiß doch jeder. Aber vermutlich ist er nicht wegen ihres überragenden Intellekts mit ihnen zusammen. Was ich nicht verstehe, ist der Stich, der mich beim Anblick dieser Gänse durchzuckt.

Mit gerunzelter Stirn lasse ich mich von Nash zur Theke führen, auf der nun ein Fass steht. Die Ankunft meiner Fast-Brüder hat mich seltsam ernüchtert, was nicht unbedingt etwas Schlechtes ist. Wie in Bradys Fall, der aussieht, als würde er jeden Augenblick explodieren.

Man muss kein Genie sein, um zu wissen, dass die Marshall-Brüder gekommen sind, um für Ärger zu sorgen. Wahrscheinlich wollen sie Jeff provozieren, der klargestellt hat, dass weder Drake noch Nash in seinem Haus willkommen sind.

Da ich keine Lust habe, mich von ihnen zwischen die Fronten werfen zu lassen, löse ich mich aus Nashs Griff, greife mir eine Flasche Evian und mache mich auf die Suche nach Pam. Sie ist noch immer auf der Terrasse, dem Anschein nach ziemlich voll. Ihre Augen sind gerötet, und sie lacht ausgelassen über etwas, das Crush ihr ins Ohr geflüstert hat.

»Baby!«, ruft sie und winkt wie verrückt. »Setz dich zu uns, und erklär uns noch mal, warum wir auf diese lahme Feier gekommen sind.« Ihre Pupillen wirken riesig, was bedeutet, dass sie nichts getrunken, sondern geraucht hat. Mein Verdacht bestätigt sich, als Crush mir grinsend einen Joint anbietet. Kopfschüttelnd lehne ich ab, setze mich neben ihn und trinke aus meiner Wasserflasche, bis sie fast leer ist. Da ich heute fahre, habe ich zwischen den Songs bereits eine Flasche Mineralwasser geleert, um den Alk rauszuspülen. Wenn ich jetzt Gras rauche, kann ich die Rückfahrt vergessen.

»Wo ist Dexter?«, frage ich und sehe mich um. Er war nicht auf der Tanzfläche und in der Küche habe ich ihn auch nicht gesehen.

Pam hebt die Schultern. »Vermutlich tuscht er sich die Wimpern.«

»Kommst du nächstes Wochenende zum Qualifikationswettbewerb zur Zuma Beach?«, wechselt Crush das Thema und steckt sich die Selbstgedrehte an.

»Was für ein Wettbewerb?«

Pam verdreht die Augen. »Nächsten Herbst findet die Surfweltmeisterschaft auf Fuerteventura statt, und unser Crush hier hat gute Chancen, daran teilzunehmen.« Sie legt ihm kumpelhaft den Arm um die Schulter, mopst ihm die Ziggi, zieht daran und gibt sie ihm zurück. Läuft da was zwischen den beiden?

»Gehst du?«, frage ich und sehe von einem zum anderen.

»Um nichts in der Welt würde ich mir heiße Typen in hautengen Neoprenanzügen entgehen lassen, du etwa?«

Crush bricht in wieherndes Gelächter aus, dem ich mich nicht entziehen kann.

»Na ja, vielleicht komme ich auch ein bisschen wegen unseres Supertalents«, bemerkt Pam und grinst.

»Klar, um meinen Knackarsch zu bewundern.« Er zwinkert ihr zu. »Das geht schon in Ordnung, ich hab nichts gegen Sexismus.«

Pam wirft ihm eine Kusshand zu und greift nach einer Flasche Old Ispwich, die ich bis eben nicht bemerkt habe. Sie ist so gut wie leer. Kann es sein, dass die beiden den ganzen Rum intus haben?

»Da fällt mir ein Witz ein«, beginnt Pam, nachdem sie einen Schluck direkt aus der Flasche genommen hat. »Kommen zwei Surfer zum Strand, sagt der Hai ...«

»... Essen auf Rädern«, ruft Crush. Pam brüllt vor Lachen. Im nächsten Moment beugt sie sich vor und übergibt sich auf den Hartholzboden.

08

»Fuck!«, ruft Crush und springt mich fast an. Doch ich bin bereits auf den Beinen und streiche Pams Haar zurück. Sie stöhnt, genau wie die Umstehenden, die in die Küche flüchten, als wäre eine Bombe explodiert. Crush beugt sich vor, die Hände auf die Knie gestützt, und lacht wie von Sinnen.

»Hey!«, rufe ich und werfe das Feuerzeug nach ihm. Überraschenderweise treffe ich sogar. Er reibt sich die Stirn und sieht mich vorwurfsvoll an.

»Geh rein und besorg ein feuchtes Handtuch und mehr Wasser, okay?«

»Mann, das hättest du auch sagen können, ohne handgreiflich zu werden.« Wie auf ein Stichwort betritt Dexter die Terrasse, wirft einen Blick auf Pam und macht auf dem Absatz kehrt.

Ich hatte keine Ahnung, dass meine Freunde so zartbesaitet sind. In jedem Fall sind sie keine große Hilfe. Dummerweise kann ich nicht weg, um den Kram selbst zu besorgen, denn Pam stöhnt zum Steinerweichen. Umso erleichterter bin ich, als Dexter zwei Minuten später mit einer Rolle Küchentücher und zwei Flaschen Evian zurückkommt. Eine leert er vor Pam, um die Sauerei wegzuspülen. Mit der anderen befeuchte ich die Tücher und wische Pam über das verschwitzte Gesicht.

»Es geht wieder«, keucht sie und setzt sich vorsichtig auf. Ich reiche ihr die Wasserflasche, die sie sich krallt, um sich den Mund auszuspülen.

»Was zum Geier hast du getrunken?«, fragt Dexter und setzt sich zu uns.

»Frag mich lieber, was ich *nicht* gesoffen habe«, gibt sie schwach zurück. Da ich meinen Tequila mit literweise Wasser verdünnt und den Rest auf der Tanzfläche verbrannt habe, ist das mein Signal aufzubrechen.

Vorsichtig lege ich Pam einen Arm um die Schulter und helfe ihr aufzustehen.

»Na, dann komm, du Schnapsnase, ich bring dich nach Hause.« Dexter stützt sie auf der anderen Seite und zusammen lotsen wir sie zur Auffahrt. Um dem Gedränge im Haus zu entgehen, wandern wir über die Terrasse an der Außenseite der Villa entlang.

Trotz meines vorausschauenden Parkens bin ich von zwei Fahrzeugen eingekesselt – Drake und Nash, war ja klar. Dexter flucht, tritt gegen Nashs Reifen und reißt am Türgriff. Zu unserer nicht geringen Überraschung öffnet sich die Fahrertür.

»Dieser arrogante Arsch hält sich wohl für unverwundbar.« Dexter schüttelt den Kopf und deutet auf die Mittelkonsole. Ich folge seinem Blick und schnaube. Jeder an der Schule weiß, wem die auffällige Corvette gehört, und dass es gesünder ist, den Wagen in Ruhe zu lassen. Aber deswegen den Schlüssel stecken zu lassen, ist schon ein starkes Stück.

Dexter grinst. »Weißt du, wie man diesen Schlitten fährt?«

Ich zucke mit den Schultern, als wäre das keine große Sache. In Wahrheit mache ich mich bei dem Gedanken, diesen Kampfjet zu lenken, beinah nass. Es ist ja nicht so, als hätte ich viel Erfahrung. Den Führerschein hab ich zwar seit einem halben Jahr, doch zwischendurch hat mich Calvin immer wieder durch die Gegend kutschiert. Darum hab ich ein mulmiges Gefühl, den Wagen zu nehmen. Hoffentlich ist Nash gut versichert.

Nachdem wir Pam auf den, Beifahrersitz geschnallt haben, seufzt Dexter und streicht sehnsüchtig mit der Hand über das Wagendach.

»Ich würde meine Ray-Ban-Sammlung dafür geben, um diesen Schlitten zu fahren.«

Ich hätte kein Problem damit, dass er sich hinters Steuer setzt, doch die Corvette ist ein Zweisitzer.

»Wenn wir das nächste Mal einen Wagen klauen, darfst du hinters Steuer, versprochen!« Mit diesen Worten umarme ich ihn und schenke ihm ein schwaches Lächeln. »Danke für deine Hilfe«, sage ich schließlich und steige ein. Wie beim X3 steckt man den Schlüssel nicht ins Schloss, sondern legt ihn ins Fach vor der Gangschaltung. Danach drücke ich den Startknopf, der den Wagen mit einem sanften Schnurren zum Leben erweckt, was mich überrascht. Ich hätte röhrenden Lärm erwartet, ähnlich wie Nashs Lachen.

Die Amis lieben Automatik, ich nicht, darum bin ich froh, dass der Sportwagen über ein Siebengang-Handschaltgetriebe verfügt. Sieben Gänge, wie cool ist das denn, mein BMW hat bloß sechs.

Pam sieht mittlerweile nicht mehr ganz so grün im Gesicht aus, was mich erleichtert. Sie hat die Scheibe halb runtergelassen und atmet befreiter.

»Ich komme mir wie ein Vollidiot vor«, wispert sie mit geschlossenen Augen.

»Als wir in L. A. gelandet sind, habe ich James vor die Füße gereihert.«

Darauf lacht sie leise und wendet sich mir zu.

»Im Ernst?«

Ich nicke und werfe ihr einen schnellen Seitenblick zu. »Hab mich im Flieger volllaufen lassen, die hätten mich fast nicht durch den Zoll gelassen.«

»Davon hast du mir nie erzählt.«

Kein Wunder, immerhin ist das nichts, worauf ich stolz bin. Schon gar nicht möchte ich meine Kotz-Geschichten in Umlauf setzen. Doch das behalte ich für mich und hebe die Schultern. »War ziemlich peinlich.«

»Kann ich mir vorstellen. Hoffentlich hat niemand ein Bild von mir geknipst«, stöhnt sie. Ich hätte nicht gedacht, dass Pam um ihr Image besorgt ist. Auf mich wirkt sie immer so unbekümmert.

Als ich in den Santa Monica Boulevard einbiege, setzt sich eine Polizeistreife hinter uns und signalisiert mir, rechts ranzufahren. Das muss mein Glückstag sein.

Verkehrskontrollen in den Staaten laufen anders ab als bei uns in Deutschland. Hier bleiben die Cops immer hinter dem zu kontrollierenden Fahrzeug. Durch die Waffenfreiheit ist die Polizei zudem deutlich vorsichtiger, manchmal sogar aggressiv. Was man im Fernsehen sieht, ist oft nicht übertrieben, es kann tatsächlich vorkommen, dass Bullen mit gezogener Waffe zum Wagen kommen und dich auffordern, die Hände gut sichtbar ans Steuer zu legen. Darum sollte man tunlichst nicht zum Handschuhfach greifen, das würde als Provokation aufgefasst werden. Immerhin könnte sich darin eine Knarre befinden. Das weiß ich von Martinez, der mir nach unserer Ankunft die ersten Fahrstunden gegeben hat. Er hat mir auch gesagt, dass man keine schnellen Bewegungen machen und immer höflich bleiben soll. Er weiß das deswegen so genau, da er selbst Polizist war, bevor er nach einer Verletzung in die Sicherheitsbranche gewechselt ist.

»Shit, shit, shit!« Pam kramt in ihrer Tasche und wirft etwas aus dem halb heruntergelassenen Wagenfenster auf die Straße.

Als wir auf dem Seitenstreifen halten, joggt einer der Cops zurück und sammelt Pams Kram vom Grünstreifen auf.

»Fuck!«, flucht sie abermals. Da kann ich ihr nur lebhaft beipflichten. Wenn das Zeug das ist, wofür ich es halte, haben wir ein Problem. Zwar ist es in Kalifornien mittlerweile legal, Gras zu rauchen, aber man muss über einundzwanzig sein und darf nicht mehr als eine Unze bei sich haben, was über den Daumen gepeilt dreißig Gramm sind. Pams Gesichtsausdruck nach zu urteilen, hatte sie deutlich mehr dabei.

»Oh Gott«, flüstert sie und greift nach meinem Arm. »Was mache ich denn jetzt?«

Ich habe sie noch nie so aufgelöst gesehen.

»Was war das?«

»Marihuana.«

»Wie viel?«

»Ungefähr hundertfünfzig Gramm.«

Na toll.

»Du wirst eine gemeine Geldstrafe zahlen müssen, mehr wird vermutlich nicht passieren, also beruhige dich.«

Doch sie denkt nicht daran, sondern schüttelt wild den Kopf.

»Jazz, dafür wandere ich in den Knast!«

»Quatsch.«

»Ich wurde schon zwei Mal mit Gras erwischt. Der Richter hat gesagt, das nächste Mal sperrt er mich ein.« Pam zittert am ganzen Körper, ihre Zähne schlagen wie Kastagnetten aufeinander. Bei ihrem Anblick zieht sich mein Herz schmerzhaft zusammen. Als ich mich zu ihr beugen will, um sie in den Arm zu nehmen, weiten sich ihre Augen.

»Sie kommen«, flüstert sie, und ich folge ihrem Blick. Die beiden Beamten haben vermutlich das Kennzeichen durch den Computer gejagt und wissen, wem der Wagen gehört. Zumindest reime ich mir das zusammen, denn als sie auf uns zukommen, liegt ihre Hand auf dem Waffenholster, als wären wir gesuchte Autodiebe.

Ich lasse die Scheibe runterfahren und sage mit fester Stimme: »Guten Abend, Officer. Gibt es ein Problem?«

Der Mann ist um die einsachtzig, durchtrainiert mit einem Blick, der Erfahrung signalisiert. Ich schätze ihn auf Mitte dreißig, obwohl das im Zwielicht der Straßenbeleuchtung schwer zu sagen ist.

»Guten Abend, M'am. Bitte zeigen Sie mir Ihren Führerschein und die Fahrzeugversicherung.«

In den Staaten identifiziert man sich in der Regel mit dem Führerschein, nicht mit dem Personalausweis wie bei uns. Hat man keinen, bekommt man eine ID Card.

Automatisch drehe ich mich zum Rücksitz, um nach meiner Tasche zu greifen, bis mir einfällt, dass es keinen gibt. Dann erinnere ich mich, dass ich meine Sachen bei Jeff gelassen habe, was bedeutet, dass ich mich nicht ausweisen kann.

»Ähm ...«, sage ich und sehe den Mann verlegen an. »Ich fürchte, ich habe meine Handtasche bei einem Freund vergessen.«

Der Kollege klopft gegen Pams Scheibe und hält eine durchsichtige Beweismitteltüte in die Höhe, in der Pams Grasbeutel und ein Feuerzeug stecken.

»Gehört das Ihnen?«, fragt er, nachdem sie die Scheibe ganz runtergelassen hat.

»Mir?«, fragt sie schrill und räuspert sich. Nicht gut, denke ich und nehme einen tiefen Atemzug. Jetzt bloß nicht die Nerven verlieren.

»Das haben Sie auf die Straße geworfen. Und bevor Sie es leugnen, es wurde mit der Frontkamera gefilmt.«

Himmel, sind die Bullen hier gut ausgerüstet.

»Oh, das«, sage ich und wende mich dem Cop zu, der vor meiner Wagentür steht. »Das gehört mir.«

Die dunklen Augen des Streifenpolizisten verengen sich. Er zieht eine schmale Halogentaschenlampe hervor und leuchtet mir in die Augen. Der Officer an Pams Seite macht das Gleiche bei ihr, dann nickt er seinem Kollegen kurz zu. Das ist nicht gut. Wahrscheinlich haben Pams Pupillen immer noch die Größe von Radkappen.

Wie zur Bestätigung öffnet er die Beifahrertür und tritt einen Schritt zurück.

»Bitte steigen Sie aus, M'am«, sagt er, sein Ton verheißt nichts Gutes.

Dass ich recht behalten soll, stellt sich zwanzig Minuten später heraus, als Pam und ich auf dem Rücksitz der Streife zum Revier gefahren werden. Pam weint leise während der Fahrt und ist durch nichts zu beruhigen. Ich habe sie noch nie in so einem katastrophalen Zustand gesehen, was mich einigermaßen aus der Fassung bringt.

Auf dem Revier werden unsere Daten aufgenommen, Fingerabdrücke abgenommen und Fotos für die Akte geschossen. Willkommen im amerikanischen Rechtssystem. Anschließend wird uns Blut abgezapft und wir werden abermals befragt. Ich bleibe bei meiner Version, Pam dagegen schweigt sich aus, wozu ich ihr geraten habe. Wenn sie bereits vor Gericht stand, ist sie kein unbeschriebenes Blatt und braucht dringend einen Anwalt.

Danach dürfen wir jemanden anrufen, und obwohl mir als Erstes Martinez einfällt, entscheide ich mich anders.

»Qué!«, fragt die dunkle Stimme, nach der ich mich wochenlang gesehnt habe. »Wer ist da?«

»Raoul?«, sage ich leise. Dass ich ihn überrasche, sagt mir die Pause, die daraufhin folgt.

»Jasmin?«

»Äh, ja, ich bin's.«

»Was ist passiert?« Wie gut er mich kennt. Kein *Wie geht es dir?* oder *Schön, dass du anrufst!* Ich sollte mich melden, wenn ich bereit bin, Verantwortung zu übernehmen, stattdessen rufe ich ihn an, nachdem ich im Knast eingecheckt habe.

»Tja also, Pam und ich wurden verhaftet.«

Pause. »Auf welchem Revier seid ihr?«

Er fragt das, als ob ich jeden Tag von den Bullen mitgenommen werde und er mich regelmäßig rausholt. Nachdem ich das Präsidium durchgegeben habe, legt er ohne ein weiteres Wort auf. Na, das ist ja toll gelaufen.

Pam hat niemanden benachrichtigt. Als ich sie frage, warum, sagt sie, dass es niemanden gibt, den sie anrufen könnte. Nach dieser Bombe muss ich erst mal schlucken, ihre Worte sind ein Schock. Wie ist das möglich? Ich dachte, ich kenne Pam, aber damit lag ich ja wohl falsch. Seit heute weiß ich, dass sie ein Drogenproblem hat, immerhin stand sie deswegen schon zweimal vor einem Richter. Und wie es aussieht, ist sie ganz allein auf dieser Welt. Warum ist mir das vorher nicht aufgefallen? Wenn ich darüber nachdenke – sie bringt nie Freunde zu den Spielen oder Partys mit. Selbst bei Starbucks tauchen keine Bekannten von ihr auf, von ihren Einweg-Dates mal abgesehen. Seltsamerweise war ich noch nie bei ihr, ich weiß nicht mal genau, wo sie wohnt. Pam ist älter als ich, hat die Schule mit sechzehn abgebrochen und lebt allein. Mehr Infos hat sie bisher nicht rausgerückt.

Keine Ahnung, ob ich im Erdboden versinken möchte, weil ich so wenig von ihr weiß, oder ob ich sie schütteln will. Ich meine, wieso redet sie nie über sich und ihre Lebensumstände? Warum stürzt sie sich ständig in bedeutungslose Flirts, statt mit jemandem, den sie wirklich mag, eine Beziehung einzugehen? Wenn ich mit ihr darüber reden will, winkt sie ab oder reißt Witze darüber. Was Infos angeht, ist sie wie Sand, der einem ständig durch die Finger rinnt. Am Ende bleibt nichts zurück außer Krümel. Bisher habe ich mich damit abgefunden, aber das wird sich ab sofort ändern.

Eine halbe Stunde später kommt nicht Raoul zu meiner Rettung, sondern Martinez. Besten Dank auch, denke ich und knirsche mit den Zähnen. Ich dachte, mein Ex wäre mehr auf Zack, immerhin wurde er selbst mehrmals verhaftet. Ich meine, deswegen habe ich ihn schließlich angerufen. Er sollte wissen, was zu tun ist, hat Erfahrung mit der Polizei. Wenn Martinez von dieser Sache weiß, wird es James als Nächster erfahren und danach meine Mutter.

Doch das erwartete Donnerwetter bleibt aus. Stattdessen nimmt er mich in den Arm und drückt mich fest an sich.

»*Chica*, was machst du für Sachen?«, fragt er leise.

Das wüsste ich selbst gern.

»Komm, du bist eiskalt, ich bring dich nach Hause.« Das klingt gut, dennoch trete ich einen Schritt zurück.

»Ich kann nicht ohne Pam gehen, sie ist noch in der Zelle.«

»Ich fürchte, sie muss die Nacht hier verbringen.«

»Auf keinen Fall!«

»Wir kümmern uns um sie, darauf hast du mein Wort. Sie hat eine ziemlich dicke Akte, darum muss ihre Kaution vom Richter festgelegt werden und den erreichen wir heute Nacht nicht mehr.«

»Aber sie hat nichts getan!«

»Hundertfünfundvierzig Gramm Marihuana, und das nicht zum ersten Mal, ist keine Kleinigkeit.«

»Sie hat Angst, Martinez, ich kann sie hier nicht zurücklassen.« Jetzt flehe ich beinah.

»Heute erreichen wir nichts mehr, morgen schon.«

Damit legt er mir eine Hand zwischen die Schulterblätter und führt mich aus dem Revier. Draußen halte ich nach Raoul Ausschau, doch er ist nicht da.

»Warum ist er nicht gekommen?«, frage ich, nachdem wir losgefahren sind. Es ist nicht nötig zu erklären, wen ich meine.

»Raoul wäre dir keine Hilfe bei der Polizei, im Gegenteil. Sein Name steht für Ärger und würde dich …«

Er bricht ab und schüttelt den Kopf. Schon klar. Bei Raouls Vorstrafenregister würde mein Name im Zusammenhang mit einem ehemaligen Gangmitglied nicht gut aussehen, zumal ich behauptet habe, die Drogen wären von mir.

»Was hat er gesagt?«

»Nicht viel. Das musste er auch nicht. Nash hat mich zuerst informiert.«

»Nash?«

»Die Polizei hat sich bei ihm wegen seines Wagens gemeldet.«

Das hier wird immer besser.

Wie zur Bestätigung stehen Drakes Hummer und mein schwarzer BMW im Hof vor dem Eingangsportal. In der Halle treffe ich auf die Brüder, James und meine aufgelöste Mutter.

»Drogen!«, schleudert sie mir entgegen, kaum dass ich einen Fuß ins Haus gesetzt habe. Sie ist in einen Seidenbademantel gehüllt und hatte offenbar bereits geschlafen. Kein Wunder, es ist halb zwei am Morgen.

Nash dreht sich zu ihr und überrascht nicht nur mich mit seinen nächsten Worten.

»Sie nimmt keine Drogen. Jeder außer dir scheint das zu wissen.«

»Nash.« James' Stimme klingt wie Stahl, doch meine Mutter scheint die Beleidigung nicht mal bemerkt zu haben.

»Wie kannst du so sicher sein?«, fragt sie und zieht den dünnen Seidenmantel enger um sich.

»Weil ich ihr Zimmer durchsucht habe.«

Mir fallen beinah die Augen aus dem Kopf.

»Du hast *was*?«

Nash zuckt mit den Schultern und grinst schief.

»Reg dich ab, das war, bevor ich dich kannte. Ich musste schließlich wissen, mit wem ich es zu tun habe. Heiße Wäsche übrigens, du hast einen guten Geschmack.«

Der spinnt doch! »Dazu hattest du kein Recht!«

»Du hast in Jazz' Sachen gewühlt?«

Meine Mutter klingt so empört, wie ich mich fühle. James bedeckt seine Augen mit einer Hand und schüttelt den Kopf.

»Vielleicht sollten wir das woanders besprechen.« Die ruhige Stimme gehört zu Drake, der sich bisher rausgehalten hat.

»Ich verstehe das nicht, was hattest du im Zimmer meiner Tochter verloren?«

»Irgendwer muss doch auf sie aufpassen, während ihr euch auf St. Thomas eine Woche Bettruhe verordnet.«

»Nash!« James' Kiefer mahlt.

»Mon Dieu, quelle émeute!«, schnauzt Antoine, der in Hausschuhen und weinrotem Samtbademantel in die Halle schlurft. »Wer soll bei diesem 'ärm schlafen, s'il vous plaît?«

123

In dieser Aufmachung sieht er weniger wie der Smörrebröd-Koch der Muppets aus, sondern ähnelt mehr dem Weihnachtsmann. Fehlt nur noch der Bart. Sein entrüsteter Blick landet auf meiner Mom, die sich nicht zwischen Empörung und Verärgerung entscheiden kann.

»Madame ist ja complètement énervée!« Er hakt sie unter und führt sie Richtung Küche. »Wir trinken jetzt eine Tasse thé und überlassen les enfants Mr James.«

Ich hatte keine Ahnung, dass dieser Schweinehund Englisch spricht. Der kann was erleben, wenn er mir das nächste Mal mein Lunchpaket in die Hand drückt.

»Er hat Jazz' Sachen durchwühlt«, beschwert sich meine Mutter, die sich von ihm aus der Halle führen lässt. Als wäre das mein größtes Problem, also ehrlich.

»Das wundert mich nicht, Madame, dieser Bengel ist *un fléau* der schlimmsten Sorte!«

Da kann ich ihm lebhaft beipflichten, Nash ist wirklich die Pest. Bei der Vorstellung, dass er seine Finger in meinen Panties hatte, möchte ich es Pam nachtun und mich übergeben.

09 Nachdem sie außer Sichtweite sind, fährt James sich mit einer Hand durch das kurze Haar.

»Darüber reden wir noch«, bemerkt er mit Blick auf seinen jüngsten Sohn. »Geht auf eure Zimmer, ich muss mit Jazz reden.«

Er legt mir eine Hand auf die Schulter und navigiert mich in den Gang, der zu seinem Arbeitszimmer führt. James' Büro liegt im Ostflügel mit Blick auf die getrimmten Gärten des Anwesens.

Der Raum ist dunkler als der Rest des Hauses, mit tabakbraunen Landhausdielen und holzvertäfelten Wänden. Vor dem wuchtigen Mahagoni-Schreibtisch gruppieren sich zwei Sessel und ein Chesterfield-Sofa aus dunkelgrünem Leder. Das dezentrale Licht verleiht dem Raum etwas Heimeliges und mildert meine Anspannung ein wenig, die seit der Verhaftung an meinen Nerven zerrt.

Bevor er die Tür schließt, quetschen sich Drake und Nash durch den Spalt. Letzterer lässt sich demonstrativ in einen Sessel plumpsen und legt die Füße auf den Tisch. Drake lehnt sich mit der Schulter gegen den Türrahmen und fordert seinen Vater mit düsterem Blick heraus. James macht ein Gesicht, als hätte er Essig getrunken, dann wendet er sich mir zu. Mit einer Geste bietet er mir einen Platz an, doch ich ziehe es vor zu stehen. Ich muss mich bewegen, die Rumsitzerei auf dem Revier, gepaart mit Pams Angstattacke, hat mich rastlos gemacht.

Arme Pam. Sie ist ganz allein in einer Zelle mit Bordsteinschwalben, Junkies und Leuten, die wirklich was auf dem Kerbholz haben. Was muss sie gerade durchmachen?

»Was ist passiert?«, fragt James und setzt sich auf die Schreibtischkante. In seinem Blick liegen weder Ärger noch Vorwurf.

Langsam atme ich die Luft aus, von der ich nicht mal wusste, dass ich sie angehalten habe. Und dann erzähle ich ihm von Jeffs Feier und dass es Pam nicht gut ging. Dass ich sie nach Hause bringen wollte, aber mein Wagen eingeparkt war. Und wie ich mir Nashs Corvette ausgeliehen habe. An dieser Stelle schnaubt Nash, doch sein Vater bringt ihn mit einem Blick zum Schweigen. Oder war es Drake? Egal.

Danach beschreibe ich die Sache mit den Cops und bleibe dabei, dass es mein Gras ist.

»Du hattest also ein Päckchen Marihuana bei dir«, hakt James nach. Ich nicke, kann ihn dabei jedoch nicht ansehen.

»Woher hattest du es?«

Äh …

»Jemand auf der Feier hat es mir gegeben.«

»Geschenkt oder verkauft?«

Darauf falle ich nicht rein, niemand gibt Gras einfach so ab.

»Gekauft.«

»Für wie viel?«

Oops. Meine Gedanken laufen auf Hochtouren, während Hitze in mein Gesicht steigt. Mist, ich habe keinen blassen Schimmer, was das Zeug kostet.

Es ist lange her, dass ich was geraucht habe, und in Berlin habe ich es immer von jemandem angeboten bekommen, meistens Alex. Da es in Kalifornien legal ist, kann es nicht so teuer sein, oder?

»Fünfzig Dollar?«, sage ich und könnte mir die Zunge abbeißen, dass es wie eine Frage rauskommt.

Nash wirft den Kopf in den Nacken und lacht wie ein Irrer, selbst Drake grinst. Ich schätze mal, ich lag daneben.

»Ich meinte hundertfünfzig«, sage ich hastig und versuche zu retten, was zu retten ist.

»Prinzessin, für den Shit musst du aktuell rund tausend Mäuse auf den Tisch legen!«

Im Ernst? Ich kann nicht verhindern, dass mein Mund aufklappt. Gleichzeitig frage ich mich, woher Pam so viel Geld hat.

»Du behauptest also«, fährt James, ungerührt von Nashs Ausbruch, fort, »dass du auf Jeffs Party Drogen für fünfzig Dollar gekauft hast, die den zwanzigfachen Marktwert haben?«

Verdammt, der Typ ist gut.

»Also, ich, … Es waren hundertfünfzig Dollar …« Ich massiere meine Stirn. Ich muss nachdenken, und zwar schnell. »Und das Zeug war, ähm, übrig, niemand wollte es.«

Abermals lacht Nash – langsam geht er mir auf die Nerven.

»Auf einer Hausparty voller halb betrunkener Gäste war

niemand bereit, mehr als fünfzig Dollar, entschuldige, *hundertfünfzig*, für ein Paket feinstes Marihuana zu bezahlen?«

Ich hebe die Schultern. »Keine Ahnung, warum es keiner wollte, vielleicht hatten sie schon genug?«

James lächelt und lehnt sich zurück. »Es ist ohnehin egal, der Test wird zeigen, ob es dir gehört oder nicht.«

Mein Hals wird trocken.

»W-was für ein Test?«

»Da wäre zum einen der Bluttest, der klären wird, ob Drogen in deinem Blutkreislauf waren.«

»Aber ich hab nichts genommen«, werfe ich ein, doch James fährt fort, ohne auf meinen Einspruch einzugehen.

»Da du dabei bleibst, dass es deine Drogen sind, werden sich deine Fingerabdrücke auf dem Päckchen finden, meinst du nicht?«

Mein Gesicht muss mich verraten, denn mit einem Mal ist mir zum Heulen zumute. Die werden keinen Abdruck von mir finden, dafür reichlich von Pam. Oh Gott, sie wird im Knast bleiben, weil ich zu blöd bin, mir eine glaubwürdige Geschichte auszudenken.

»Jasmin.« James' warme Stimme holt mich zurück ins Hier und Jetzt. Ohne dass ich es gemerkt habe, ist er zu mir getreten und drückt mich vorsichtig aufs Sofa.

»Und jetzt erzählst du uns, was wirklich passiert ist.«

»Ja, und zwar ohne den Bullshit-Teil«, bemerkt Nash und hebt vielsagend die Brauen. Blödmann.

Na toll, was jetzt? In den letzten zwanzig Minuten habe ich mich gründlich vor den Marshalls zum Deppen gemacht. Schon wieder. Ich wage kaum, Drake in die Augen zu sehen, was muss er von mir denken? Und warum ist mir das so wichtig?

Da ich ohnehin keine Chance habe – irgendwann kommen die Testergebnisse, dann hat es sich ausgelogen –, sage ich diesmal die Wahrheit.

Meine Mutter wählt diesen Augenblick, um mit einem dampfenden Becher Tee ins Büro zu treten, den sie vor mir abstellt. Zu meiner Überraschung setzt sie sich nicht zu James, der mir gegenüber im Sessel Platz genommen hat, sondern lässt sich neben mir nieder und ergreift meine Hand.

»Spätzchen, du bist ja eiskalt. Trink das.«

Der Tee hilft tatsächlich, wer hätte das gedacht? Die Wärme dringt in mich und hilft mir, meine Geschichte zu beenden. Als ich fertig bin, schüttle ich seufzend den Kopf. »Ich werde meine Aussage nicht ändern, sonst bleibt Pam im Gefängnis.«

Meine Mutter öffnet den Mund, um zu widersprechen, wie ich annehme, doch kein Wort kommt heraus. Aus den Augenwinkeln sehe ich, wie James ganz leicht den Kopf schüttelt, woraufhin sie ihn wieder schließt.

Ich bekomme den Austausch nur am Rande mit, da ich von Drakes durchdringendem Blick abgelenkt bin. Seit er den Raum betreten hat, lässt er mich nicht aus den Augen, und das ist fast schlimmer als James' Verhör. Ich wünschte, ich wüsste, was in ihm vorgeht, was er denkt. Von mir, um präzise zu sein. Gleichzeitig ärgere ich mich darüber, dass mich das interessiert. Sollte mir das nicht schnuppe sein?

»Jasmin«, sagt James leise und unterbricht meine Überlegungen, »wie alt bist du?«

Was ist denn das für eine Frage?

»S-siebzehn?«

Er nickt. »Weißt du, wie alt Pamela ist?« Er wartet meine Antwort nicht ab, sondern fährt fort. »Sie ist neunzehn, zwei Jahre älter als du. Wie kommst du darauf, für ihre Entscheidungen verantwortlich zu sein?«

Ich stelle den Becher auf den Tisch und umfange mich mit beiden Armen. Wie kann ich ihm das erklären? Erstaunlicherweise ist es Nash, der mir zu Hilfe kommt.

»Dad, das verstehst du nicht«, sagt er und beugt sich vor, die Unterarme auf den Knien. »Das nennt man Loyalität.« Er dreht sich zu mir und zwinkert kurz, bevor er sich wieder an seinen Vater wendet. »Sie und dieser rothaarige Feger sind ganz dicke. Außerdem war diese Pam für unsere Jazz da, als der Rest ihr den Stinkefinger gezeigt hat.«

Unsere Jazz. Das fühlt sich überraschend gut an.

»Wozu bezahle ich eigentlich Unsummen für Privatschulen, wenn ihr am Ende wie Rapper aus dem Valley redet?«, fährt James seinen Sohn an, bevor er sich wieder an mich wendet.

»Du bist nicht für Pamelas Leben verantwortlich. Sie ist volljährig und muss für ihre Fehler geradestehen. Du tust ihr keinen Gefallen, wenn du für sie in die Bresche springst. Das nächste Mal bist du vielleicht nicht zur Stelle. Dann fährt sie womöglich unter Drogen- oder Alkoholeinfluss und verursacht einen Unfall. Beendet ein Leben. Möchtest du das?«

Wie von selbst wandern meine Gedanken zu Lukas und das Blut weicht aus meinen Wangen.

»James!«, schnappt meine Mom, die sich neben mir versteift.

Mein Bruder hatte nichts getrunken, als er sich hinters

Steuer gesetzt hat. Dennoch war es verantwortungslos. Die Kartrennen haben ihn übermütig werden lassen, anders kann ich mir nicht erklären, warum er sich mit knapp fünfzehn Jahren mitten in der Nacht bei Wind und Wetter ins Auto gesetzt hat, und das bei dem Berliner Verkehr.

»Jasmin.« James' sanfte Stimme holt mich zurück in die Gegenwart. »Ich werde Pam helfen, mein Anwalt wird sich morgen früh mit dem Richter in Verbindung setzen.«

»Ehrlich?« Überrascht sehe ich auf.

»Sie ist deine Freundin und hat sonst niemanden, oder?«

Ich nicke.

»Dann wäre das geklärt. Allerdings«, sagt er, als ich den Mund zum Dank öffne, »wird sie um eine Therapie nicht herumkommen.«

Damit habe ich kein Problem, im Gegenteil.

»Okay«, sage ich leise. »Solange sie nicht hinter Gittern bleiben muss.«

»Edward vertritt die Familie seit Jahren.«

Nash macht ein Geräusch, das wie ein Grunzen klingt.

»Er wird alles Notwendige tun, um deine Freundin vor dem Gefängnis zu bewahren. Aber ich werde ihr nur dann helfen, wenn du deine Aussage widerrufst und Pamela ein umfassendes Geständnis ablegt.«

Das dürfte kein Problem sein. Pam hat nur deswegen geschwiegen, weil ich ihr gesagt habe, dass sie ohne Anwalt keine Angaben machen soll. Sie war vor Angst wie gelähmt und hätte ohnehin kein Wort rausgebracht.

Ich komme nicht darüber hinweg, wie wenig ich über sie weiß. Warum redet sie nie über sich und ihre Probleme? Für mich war sie immer die lustige Ulknudel, die nichts und niemanden ernst nimmt. Da lag ich ja mal voll daneben.

»Im Gegenzug wird sie eine Therapie absolvieren. Das bedeutet, dass sie dreißig Tage eine Einrichtung besuchen und das komplette Programm durchlaufen muss.«

»Es muss aber ein offenes Therapiezentrum sein, Pam muss arbeiten, sie braucht den Job.«

»Das lässt sich einrichten. Versäumt sie jedoch eine einzige Sitzung oder kommt zu spät, ist der Deal geplatzt, und sie wandert für neunzig Tage ins Gefängnis.«

Ich nicke, auch weil mir nichts anderes übrig bleibt. Das Ganze schmeckt mir nicht, aber ich weiß, dass es das Richtige ist. Mama lehnt es seit Jahren ab, einen Therapeuten zu sehen, weigert sich, über Lukas' Tod zu reden. Was das mit ihr gemacht hat, sehe ich jeden Tag. Am Ende ist unsere Familie daran zerbrochen, so etwas wünsche ich niemandem.

Was immer Pam belastet und sie dazu veranlasst, regelmäßig Gras zu rauchen, ich hoffe, sie lernt, darüber zu reden, und vertraut sich mir an, wenn sie so weit ist.

Als James mir zunickt, um zu signalisieren, dass das Gespräch beendet ist, fühle ich mich seltsam leicht. Das ist das erste Mal seit einer Ewigkeit, dass ich mich als Teil einer Familie fühle. Und das ist ein verdammt gutes Gefühl. Egal was ich von James und seinen Söhnen halte, heute waren sie für mich da. Möglicherweise ist das der Grund, warum ich Nash erlaube, mir den Arm umzulegen und mich aus dem Büro zu ziehen. Vielleicht ist es auch die fortgeschrittene Zeit, denn als ich die Tür zu meinem Zimmer schließe, ist es Viertel nach drei. Wie in Trance klettere ich auf mein Bett, ohne mir die

Mühe zu machen, mich auszuziehen, und vergrabe das Gesicht im Kissen.

Und dann kommen die Tränen. Ob aus Erschöpfung oder weil Pam die Nacht im Knast verbringen muss, weiß ich nicht. Ich weiß nur, dass sich ein Knoten in meinem Bauch löst. Die Anspannung der Nacht fordert ihren Tribut und ich weine mich in den Schlaf.

Sonntagmorgen weckt mich meine Mutter mit einem üppigen Frühstück am Bett. Genaugenommen ist es Mittag, zumindest behauptet das die Anzeige auf meinem Handy. Als ich die Leckereien auf dem Tablett betrachte, läuft mir das Wasser im Mund zusammen: ofenfrische Croissants, Himbeertarte, kleine Obsttörtchen sowie ein Karamell-Latte.

Habe ich schon erwähnt, dass ich Antoine liebe? Wenn ich nach jeder Festnahme so belohnt werde, lass ich mich morgen wieder verhaften.

»Danke, Mom«, sage ich und stürze den Latte runter. Dann husche ich ins Bad und stelle mich unter die Dusche. Erst danach bin ich bereit für Antoines Köstlichkeiten. Mama sitzt am Kopfende des Bettes und nippt an einer Teetasse. Sie trägt ein pastellfarbenes Seidenkleid mit einem hellblauen Cardigan, der perfekt zu ihren Augen passt. Ihre Heels liegen achtlos neben dem Bett. In Berlin hat sie sich zu Hause nie so schick gemacht, da lief sie in Yogapants und T-Shirt rum.

»Wie geht es dir, Spätzchen?«

Schwer zu sagen. Mir kommt die letzte Nacht wie ein Traum vor. Dabei fällt mir ein …

»Was ist mit Pam?«

»James' Anwälte haben sie ohne Zahlung einer Kaution freibekommen, nachdem sie die Papiere für die Tagesklinik unterzeichnet hat.«

»Wo ist sie jetzt?«

»Calvin hat sie nach Hause gefahren, damit sie sich frisch machen kann, danach sind sie zur Klinik.«

»Zusammen?«

Sie nickt. »Er hat sie begleitet, um ihr mit den Formalitäten zu helfen.«

Wie zum Beispiel der Bezahlung, aber das spricht sie nicht aus. Jetzt blecht James nicht nur für unsere Familie, sondern auch für unsere Freunde. Eigentlich müsste mir das unangenehm sein. Doch es hilft Pam, darum fühle ich nichts als Dankbarkeit.

Während ich frühstücke, reden wir über dies und das und vermeiden wie so oft die wichtigen Themen, aber das ist mir egal. Wir brauchen beide eine Auszeit und die nehmen wir uns. Mom mit Tee, ich mit Latte und Süßkram.

Den Rest des Tages verbringe ich am Strand und telefoniere gegen Abend mit Pam, die wie ausgewechselt wirkt. Ihr altes Ich ist zurück, doch diesmal höre ich andere Dinge heraus, die mir vorher entgangen sind. Zum Beispiel das leichte Zögern, bevor sie antwortet, wo sie gerade ist. Als müsste sie erst darüber nachdenken ob es sich lohnt zu schwindeln. Und das fehlende Zögern auf die Frage, wie es ihr geht: »Na, fantastisch!« Klar. Nach einer Nacht im Knast würde es jedem fantastisch gehen. Pam lügt, ohne mit der Wimper zu zucken, und weicht aus, wenn man wissen will, was wirklich los ist.

Früher habe ich ab und zu auch mal gekifft, aber das war

auf Partys, manchmal auch bei Freunden. Dann haben Alex, Nicci und ich uns einen Joint geteilt und den Rest des Abends über Albernheiten gekichert. Wir haben es nie übertrieben und es nicht auf jeder Fete getan. Es half uns zu relaxen und den Druck der Schule für ein paar Stunden zu vergessen. Manchmal war es Liebeskummer oder Familienstress, wenn Mama zu Dreharbeiten unterwegs war. Mich regelmäßig zuzudröhnen kam mir nie in den Sinn.

Pam muss sehr einsam sein, wenn sie ihr Heil in der Flucht sucht. Denn das war es für mich, ein Entkommen auf Zeit. Aber wenn du zurück bist von deinem Easy-going-Trip, sind deine Probleme noch da. Nichts hat sich verändert, darum hat es mich nie gereizt, mich ständig zu bekiffen.

Hoffentlich sieht Pam das ein. Davon abgesehen hoffe ich, dass sie mir genug vertraut, irgendwann darüber zu reden. Ich möchte für sie da sein, aber aus Erfahrung weiß ich, dass man niemanden gegen seinen Willen retten kann.

Nicht mal die eigene Mutter.

10

Keine Ahnung, wie Shelly von meinem Trip in den Knast erfahren hat. In jedem Fall ist die Story draußen, bevor ich Montagmorgen meinen Spind erreiche. Dass ich angestarrt werde, kenne ich, auch Getuschel hinter meinem Rücken ist nichts Neues. Aber diesmal sind die Blicke anders, als würden mich die Leute in einem neuen Licht sehen. Sie betrachten mich, als wäre ich ein kolumbianischer Drogendealer, der jahrelang unentdeckt unter ihnen gelebt hat. Anders kann ich mir die schmalen Augen und das überhebliche Grinsen meiner Mitschüler nicht erklären.

Mein Verdacht bestätigt sich in der großen Pause, als aus Getuschel offener Spott wird und die Ablehnung geradezu greifbar ist. Was ich daran nicht begreife, ist, warum die Leute so darauf abfahren. Hier gehen die oberen Zehntausend von Hollywood zur Schule, die Elite von L.A. Was interessiert es die, ob ich auf YouTube einen Hit lande oder von den Bullen angehalten werde? Big Deal! Es sei denn, sie wollen mich nicht hierhaben und nutzen Shellys Flurfunkpropaganda, mir diese Tatsache unter die Nase zu reiben. Wieso ich eine derartige Bedeutung für diese Leute habe, ist mir ein Rätsel. Ich habe jedenfalls nichts getan, um sie zu provozieren.

»Und, Jazz, wie war's hinter Gittern?«, fragt Charlize, die sich hinter mich in die Schlange für die Essensausgabe einreiht. Eine gute Position, um mir das Messer in den Rücken zu rammen.

»Bist du wirklich auf den Strich gegangen?«, fragt Scarlett, so laut, dass man sie bis in die hinterste Reihe der Cafeteria hören kann.

»Sie wurde beim Dealen erwischt.« Das kommt von Shelly, die sich zu ihren Freundinnen gesellt und sich das gebleichte Haar über die Schulter wirft.

»Nachdem oder bevor sie ihrem Freier einen Blowjob gegeben hat?«, erkundigt sich Charlize und verschränkt die Arme vor der Brust. Die drei haben mich eingekesselt, ich komme weder vor noch zurück.

»Sorry, wenn ihr Puffgeschichten hören wollt, fragt eure Daddys. Haben die eure Mütter nicht sogar geheiratet?«

Bevor die Mädels reagieren können, höre ich gellendes Gelächter. Als Nächstes werde ich gepackt und Nash wirft mich über die Schulter. Johlend rennt er durch die Cafeteria und gibt mir einen Klaps auf den Po.

Ich glaub's nicht, dieser Arsch! Dass ausgerechnet er meine Demütigung perfekt macht, kann ich nicht fassen.

»Lass mich runter, du Penner!«

»Keine Chance, Prinzessin, du gehörst mir.«

»Lass mich sofort los oder es passiert was!«

Ich bin überrascht, dass er meiner Anweisung folgt. Doch anstatt mich gehen zu lassen, nimmt er mein Gesicht in die

Hände und gibt mir einen Schmatzer auf den Mund. Fragt mich nicht, warum ich so sauer bin. Wutträmen brennen in meinen Augen, doch statt ihnen nachzugeben, hole ich aus und haue Nash eine runter. Mitten in der Cafeteria, in der es mit einem Mal mucksmäuschenstill geworden ist. Zu meiner Überraschung wirft Nash den Kopf in den Nacken und lacht, als hätte ich etwas Witziges getan.

»Oh Mann, du gefällst mir!« Er legt mir einen Arm um die Schulter und drückt mich gegen seine harte Brust.

»Was ist nur mit dir los?« Meine Stimme klingt gedämpft, da ich in sein Shirt spreche.

»Wir haben bestanden, Prinzessin«, flüstert er dicht an meinem Ohr. Falls mir das etwas sagen soll, kommt die Botschaft nicht an. Mein leerer Gesichtsausdruck scheint mich zu verraten.

»Wir haben ein C+ im German-Test rausgeholt«, ergänzt er und strahlt wie ein Honigkuchenpferd. Ein C+ ist das Äquivalent zu einer 3+ in Deutschland, also nicht gerade berauschend. Ich hatte gehofft, dass es besser für ihn läuft.

»Und das ist gut?«

»Ich hab vorher noch nie bestanden!«

Okay, das erklärt einiges.

»Das heißt, ich werde am Freitag gegen die Carlton Academy antreten, während unsere Mandy die Bank mit ihrem Arsch poliert.«

Lacher werden laut, jedem ist klar, wen er mit Mandy meint.

Brady schiebt seinen Stuhl zurück, die Hände zu Fäusten geballt.

»Und du, Prinzessin, hast geholfen, diesen Blender aus dem Team zu kicken«, verkündet er der lauschenden Menge.

Ehrlich, Leute, ich weiß nicht, womit ich das verdient habe. Hab ich in einem früheren Leben Tiere gequält? Oder war ein Sektenführer, der hier und heute für seine Sünden bezahlen muss? Als ich mich von ihm lösen will, verstärkt sich Nashs Griff um meine Schultern.

»Halt mich gefälligst aus deinen Querelen raus«, zische ich.

Er neigt den Kopf, bis seine Lippen beinah mein Ohr berühren.

»Du gehörst jetzt zur Familie. Bezieh Stellung, und zeig dem Rest dieser erbärmlichen Marionetten, wer du wirklich bist.« Aus seiner Stimme ist jeder Humor gewichen, er meint das ernst.

»Und deswegen soll ich mich von *dir* manipulieren lassen?« Diesmal löse ich mich mit mehr Kraft von ihm und stoße mit beiden Händen gegen seine Brust, sodass er zurücktaumelt.

»Ich lasse mich von dir nicht wie ein dressierter Pudel vorführen. Denn weißt du was?« Ich nicke zu unserem Publikum. »Ich bin weder deren noch deine Marionette.«

Mit diesen Worten verlasse ich die Pausenhalle mit einem Puls, der durch die Decke geht.

In der Englischstunde danach ignoriere ich sowohl Nash, der mir Papierkügelchen mit hingekritzelten Botschaften zuwirft, als auch die giftigen Blicke des Trio Infernale. Zu meiner Kunstklasse jogge ich regelrecht und in der zweiten großen Pause verschwinde ich in der Bibliothek. In den ersten Wochen an der Brentwood habe ich mich hier oder unter einem Baum hinter dem Schulgebäude vor den Attacken meiner Hassgemeinde versteckt. Wie in alten Zeiten, denke ich und schlage frustriert mein Mathebuch auf.

Doch ich kann mich auf nichts konzentrieren. Ich meine, es ist ja nicht so, als hätte ich ein Problem damit, Stellung zu beziehen, und Nash ist eigentlich ganz in Ordnung. Seit dem Zwischenfall mit Pam mag ich ihn sogar richtig gern. Allerdings reicht mir eine manipulative Mutter. Ich brauche nicht noch zwei Schlaumeier, die glauben, sie könnten mich lenken wie eine Drohne.

Tief in Gedanken versunken, höre ich nicht, wie der Stuhl neben mir zurückgezogen wird. Ich bemerke meinen Besucher erst, als mir der harzige Duft von Holz und Rauch entgegenschlägt. Drake.

»Was willst du?«, frage ich und blättere die Seite um.

»Das Buch ist verkehrt herum«, sagt er, ein Lachen in der Stimme.

Na toll, der Klassiker. Ich drehe es um, dann bemerke ich meinen Fehler – er hat mich bloß hochgenommen. In jedem Fall weiß er, dass ich nicht gelesen habe, und hebt eine Braue, was ziemlich arrogant aussieht. Und irgendwie auch heiß. Obwohl alles an ihm heiß ist, selbst im kränklichen Neonlicht der Bibliothek. Das dunkle Haar ist zerzaust, aber nicht, weil er es gestylt hat, sondern vom Sport. Er gibt keinen Pfifferling um sein Aussehen, was ihn für mich umso anziehender macht.

Drake betrachtet mich, als würde er ein Buch lesen. Dabei mähen seine dunklen Augen durch meine Schutzmechanismen wie eine Sense durch Heu. Sein Blick geht tiefer und lässt sich weder von meiner gepuderten Oberfläche beeindrucken noch der Scheißegal-Haltung. Im Grunde müsste ich mich unter seinem Laserblick winden, doch das Gegenteil ist der Fall, ich entspanne mich. Vielleicht weil ich intuitiv weiß, dass ich mich bei ihm nicht verstellen muss. Mich nicht stärker, klüger oder witziger machen, oder meine Schlagfertigkeit wie einen Schild vor mir hertragen, der mich vor äußeren Angriffen schützt.

Während wir uns anstarren, verändert sich etwas. Seine Augen werden weicher, sein Blick wandert wie eine Liebkosung über mein Gesicht. Innerlich wird mir ganz warm und ich tue es ihm nach und lasse meine Augen über seine Züge gleiten. Eine kleine Narbe teilt die linke Braue im letzten Drittel. Die gleiche Narbe spiegelt sich auf der Oberlippe, als hätte jemand ein Messer gezogen und ihn mit der Spitze gerade noch erwischt. Falls er noch andere Male hat, werden diese von seinem Bartschatten verdeckt. Die Stoppeln wecken jedes Mal in mir den Wunsch, mit den Fingern darüber zu fahren, nur um zu sehen, wie sie sich anfühlen.

Als hätte sie einen eigenen Willen, strecke ich die Hand aus, um eben das festzustellen, halte dann aber mitten in der Bewegung inne, weil mir klar wird, was ich vorhabe.

Drake entgeht die Bewegung nicht. Statt mich auszulachen, schließt er die Augen und wird ganz still. Mein Herz pocht bis zum Hals, während ich vorsichtig mit den Fingerspitzen über sein Kinn fahre, das in der Mitte eine kleine Einkerbung hat.

Sie sind weich, stelle ich überrascht fest und lächle. Drake öffnet die Augen, und Hitze durchflutet mich, als hätte er ein Feuer in mir entfacht. Oder ist es sein Feuer, das auf mich übergesprungen ist? Statt meine Hand zurückzuziehen, fahre ich mit den Fingerspitzen über seine Unterlippe, die überraschend seidig ist. Bei der Vorstellung, wie sie sich auf meiner

Haut anfühlt, überzieht eine Gänsehaut meine Arme, und mein Herzschlag vervielfacht sich.

Vielleicht hat er gespürt, was ich vorhabe, möglicherweise kann er auch Gedanken lesen. In jedem Fall öffnet er den Mund und fährt mit der Zunge über meine Fingerkuppen. Mir entweicht der Atem und mit einem Mal steht mein Körper in Flammen. Das hier ist heißer als Sex. Unsere Berührungen sind Andeutungen, eine Art Was-wäre-Wenn.

Dann fällt mir ein, wo wir uns befinden, und ich erstarre. Hier kann jederzeit jemand in unser – was immer das werden soll – reinplatzen. Also ziehe ich die Hand zurück oder versuche es zumindest. Bevor ich weiß, was er vorhat, beugt sich Drake vor und hievt mich auf seinen Schoß. Seine Arme liegen wie Stahlseile um meine Taille, während sein Mund einen Herzschlag von meinen Lippen entfernt ist.

Die plötzliche Nähe schwemmt jeden klaren Gedanken fort und damit meine Vorsicht und all meine Bedenken, als Drake sich vorbeugt, bis sich unsere Lippen berühren. Er zögert, wie eine Frage. Als ich nicht protestiere, zieht seine Zunge eine heiße Spur über meine Unterlippe. Ich schlucke geräuschvoll, während er mit verführerischer Langsamkeit wieder und wieder über den Saum streicht, knabbert, saugt, bis ich mich öffne. Als unsere Zungen verschmelzen und sich unsere Lippen in einem gemeinsamen Rhythmus bewegen, hätte ich am liebsten geseufzt. Die Leichtigkeit, mit der er sich diesen Kuss gestohlen hat, sollte mich schockieren. Stattdessen schließe ich die Augen und vertiefe den Kuss, denn Mann, der Junge kann küssen, das steht mal fest!

Drake gibt ein Geräusch von sich, das wie ein Knurren

klingt. Es vibriert durch meinen Körper und löst kleine Schauer aus, die ich bis in die Zehenspitzen spüre. Instinktiv rücke ich näher zu ihm, schmelze regelrecht gegen seine Brust und umfange sein Gesicht mit beiden Händen. Das scheint Drakes Zeichen, zu sein die Samthandschuhe auszuziehen. Denn als hätte er einen Schalter umgelegt, wird der Kuss fordernder. Seine Hand wandert tiefer, verschwindet unter meinem Rock und gleitet die Außenseite meines Schenkels entlang, bis sie auf der Rundung meines Pos liegen bleibt.

Holy Moly! Die einzige Barriere zwischen seiner Hand und meiner Haut ist die hauchdünne Spitze meines Panties. Bei dem Gedanken bekomme ich einen Herzklabaster, und ich gebe ein seltsames Geräusch von mir, ein Mix aus Wimmern und Stöhnen.

Habe ich erwähnt, dass Drake ein fantastischer Küsser ist? Und dann schmeckt er auch noch so gut, ein bisschen rauchig und nach Kaffee – yummy! Ich habe das Gefühl zu schweben, fühle mich leicht und irgendwie auch, na ja, schön. Nicht äußerlich, sondern als würde er in mein Herz schauen und mich nehmen, wie ich bin, mit all den Rissen und Sprüngen.

Nicht zu fassen, wie gelassen Drake normalerweise rüberkommt, und wie heiß er in diesem Moment ist. Während Nash in einer Tour Röcken hinterherjagt, ist Drake wie Granit, an dem sich die Mädels die Zähne ausbeißen. Er lässt zu, dass sie sich auf Partys an ihn hängen, ab und zu schläft er mit einer, wobei ich keinen Schimmer von seinen Kriterien habe. Auf einen bestimmten Typ ist er jedenfalls nicht festgelegt. Noch nie habe ich gesehen, dass er eine von ihnen küsst oder mit nach Hause nimmt. Oder sie ansieht, wie er mich gerade ansieht – mit diesem hungrigen Blick, der Stahl zum Schmelzen bringen könnte.

Seine Hand drückt meinen Po ganz leicht, dann wandert sie tiefer. Mit unerträglicher Langsamkeit streicht er mit den Fingerspitzen über die sensitive Haut meines Schenkels, gleitet auf und ab, während sein Daumen die Innenseiten meiner Beine streift.

Noch mal: Holy Moly, das fühlt sich fantastisch an! Seine Fingerspitzen sind rau, vermutlich vom Training, und jagen Hitzeschauer durch meinen Körper. Ich bin wie elektrisiert. Ein quälendes Pochen geht von einem Punkt zwischen meinen Schenkeln aus, und bevor ich es verhindern kann, entweicht mir ein leises Stöhnen.

Das Knallen einer Tür lässt mich zusammenfahren. Drake dagegen ist die Ruhe selbst. Kein Wunder, wenn wir in dieser Pose erwischt werden, steht er wie der Held des Tages da, während ich meinem Namen als Boxenluder alle Ehre mache. Auch wenn ich keine Ahnung habe, wie ich zu diesem Ruf gekommen bin.

Wahrscheinlich wird ihm bewusst, in welch missliche Lage ich gerate, sollte uns jemand beim Fummeln erwischen. Mit einem bedauernden Seufzer beugt er sich vor und setzt mich zurück auf meinen Platz. Ein paar Regale weiter hören wir eine Gruppe Mädchen tuscheln, die anscheinend eben die Bücherei betreten haben.

Normalerweise wäre das Drakes Stichwort, der Moment, wo er ein »Sorry, Babe«-Gesicht aufsetzt, aufsteht und mich mit einem Augenzwinkern zurücklässt. Stattdessen fährt er sich mit einer Hand durchs Haar und wirkt beinah verlegen.

Um die Peinlichkeit der Situation zu überspielen, ordne ich die Bücher vor mir genau wie das Chaos in meinem Kopf. Leichter gesagt als getan. Das Blut rauscht in meinen Ohren, und meine Haut kribbelt an den Stellen, an denen er mich berührt hat. Fast kommt es mir vor, als würde ich seine Hände noch auf mir spüren.

»Was ist eigentlich mit Nash los?«, frage ich, ohne nachzudenken. Es ist das Erste, das mir einfällt, um die Stille zu überbrücken. Im nächsten Moment würde ich mir am liebsten das Mathebuch vor die Stirn klatschen. Ich kann nicht glauben, dass ich das gerade gesagt habe, nicht nach dem Kuss und allem. Vermutlich stehe ich unter Schock.

Drakes Augen funkeln, ich frage mich, was ihm durch den Kopf geht. Dann bemerke ich, dass seine Mundwinkel zucken, anscheinend findet er mich witzig. Er reibt sich übers Kinn und räuspert sich.

»Das ist seine Art, dir auf den Zahn zu fühlen.«

»Willst du damit sagen, das war ein Test?«

Er nickt.

»Er möchte wissen, was du von uns willst und ob du versuchst, uns für deine Zwecke einzuspannen.«

Echt jetzt?

»Aber ich will überhaupt nichts von euch!«

Weiße Zähne blitzen auf, als er lächelt. »Deswegen hast du den Test auch bestanden.« Er wippt auf dem Stuhl zurück und hält einen Finger in die Höhe.

»In der ersten Woche haben wir dich ignoriert, und du hast nichts unternommen, das zu ändern. Danach hat Nash sich an dich rangeworfen und du hast keine Facebookgruppe des-

145

wegen gegründet und das Ganze ausgewälzt. Wir haben darauf gewartet, dass du Bilder von uns ins Netz stellst, von unserem Zimmer, den Betten, unserer schmutzigen Wäsche.«

Ich pruste los, bis ich seinen Gesichtsausdruck sehe und mir das Lachen im Hals stecken bleibt. Drake hält meinen Blick gefangen, und ich begreife, dass diese Dinge tatsächlich passiert sind. Oh Gott!

»Davon abgesehen lässt du dich von ihm nicht verarschen, ich glaube, das hat ihn am meisten beeindruckt«, ergänzt er leiser.

»Du meinst das eben in der Pausenhalle?«

Abermals nickt er.

Ich brauche einen Augenblick, bis mir klar wird, was er gerade gesagt hat, dann schnürt sich mein Hals zu. Sie testen mich. Provozieren mich und sehen, wie weit sie gehen können. Ich bin ein solcher Volltrottel! Wie konnte ich annehmen, Drakes Kuss hätte etwas zu bedeuten? Ich hab noch viel zu lernen, das steht mal fest. Vor allem muss ich mein Herz besser vor Mr Pokerface schützen, sonst erlebe ich ein zweites Conall-Desaster.

»Du musst unheimlich stolz auf dich sein«, sage ich in frostigem Ton. In Wahrheit ist mir zum Heulen zumute. »Den letzten Test hab ich ja wohl vergeigt.« Mit dem Rest Würde, der mir geblieben ist, ziehe ich meinen Stuhl zurück und mache Anstalten aufzustehen. Im nächsten Moment liegt seine Hand an meinem Oberarm und er beugt sich zu mir.

»Das war kein Test.«

Ich räuspere mich und schlucke den Kloß herunter, an dem ich zu ersticken drohe.

146

»Ich hab dir schon mal gesagt, dass Nash der Spieler ist. Ich spiele nur auf dem Feld.« Wie um seine Worte zu bekräftigen, zieht er mich näher zu sich und legt seine Lippen auf meine, leicht wie Schmetterlingsflügel. Langsam fährt er meinen Mund entlang und gibt mir einen zarten Kuss.

Ich gebe es nicht gern zu, aber bei dieser sanften Berührung schmilzt das Eis in meinem Bauch und meine Anspannung weicht.

»Du hast nicht nur ihn beeindruckt«, flüstert er gegen meinen Mund, lehnt sich zurück und streicht mir eine lose Haarsträhne zurück.

Ein Fluch lässt uns auseinanderfahren. Das heißt, ich zucke zurück, Drake wendet lediglich den Kopf. Die Stimmen der Mädchen werden lauter, dem Geräusch nach sind sie jetzt im Nachbargang.

»Du kannst ihn nicht daten!«

Von allen Leuten an dieser Schule muss ausgerechnet Shelly diesen Moment zerstören, ich glaub's nicht. Drake legt mir einen Finger auf die Lippen. Das muss er mir nicht zweimal sagen. Leise sammle ich die Bücher ein und stopfe sie in meine Tasche.

»Warum nicht?«, jammert Scarlett. »Er ist heiß.«

»Ja, und er ist schwarz, also lass die Finger von ihm.«

»Er stammt nicht gerade aus dem Ghetto«, springt Charlize ihrer Freundin zu Hilfe. »Er wohnt an der Manhatten Beach, sein Vater ist Investmentbanker.«

»Was macht das für einen Unterschied, er ist *schwarz*, also schlag dir Tuck aus dem Kopf!«, schnappt Shelly.

Für einen Moment schließe ich die Augen und schüttle den

Kopf. Warum wundere ich mich überhaupt über Shellys Haltung. Mit meiner Weigerung, mich ihren Regeln zu unterwerfen, gefährde ich ihre heile Welt. Wieso sollte es Tuck besser gehen?

In jedem Fall habe ich genug gehört, darum stehe ich auf und hebe fragend die Brauen. Drake lehnt sich in seinem Stuhl zurück und verschränkt die Hände hinter dem Kopf, den Mund zu einem grausamen Lächeln verzogen. Offensichtlich genießt er die Show.

Keine Ahnung, warum ich von seiner Reaktion enttäuscht bin. Habe ich ernsthaft erwartet, er würde mich zur nächsten Stunde begleiten? Aber klar doch. Händchenhaltend mit einem verklärten Lächeln im Gesicht.

Drake ist kein Boyfriend-Material, zumindest habe ich noch nie gesehen, dass er einem Mädchen besondere Aufmerksamkeit geschenkt hat. Also warum zum Henker habe ich mich von ihm küssen lassen? Und wieso möchte ich es gleich wieder tun? Hätte ich genügend Grips, würde ich ihn mir aus dem Kopf schlagen und ihn wie einen Grippevirus meiden.

Dummerweise kann ich für den Rest des Tages an nichts anderes denken als daran, wie sich seine Lippen auf meinen angefühlt haben. Und erst seine Hände … Der Kuss war unerwartet und so sanft. Nie hätte ich gedacht, dass er derart behutsam küsst. Als würde er jede Sekunde genießen. Ich muss nur daran denken, schon setzt mein Herz einen Schlag aus, um gleich darauf einen Zahn zuzulegen.

Im Geiste verpasse ich mir eine Kopfnuss. Drake ist tabu! Er hat das Potential, mich und mein Herz in tausend Einzelteile zu zertrümmern und in den Boden zu stampfen. Das darf ich nicht riskieren. Doch kaum schließe ich die Augen, spüre ich seine rauen Hände meine Schenkel entlanggleiten und den dunklen Blick, der etwas Hartes in mir zum Schmelzen bringt.

Verdammter Mist, ich darf mich nicht verlieben, schon gar nicht in Drake Marshall!

11

Am Nachmittag muss ich arbeiten, da sich Brandon kurzfristig krankgemeldet hat. Ich teile meine Schicht mit Pam, die ich seit unserer Festnahme nicht mehr gesehen habe. Sie ist blasser als sonst und hat violette Ringe unter den Augen. Schätze mal, dass sie am Wochenende nicht viel Schlaf bekommen hat. Da wir keine Gelegenheit zum Quatschen haben, dankt sie mir auf eine für Pam untypische Art und gibt mir einen Schmatzer auf den Mund. Was ist das nur mit L.A. und der Knutscherei? Reicht sich niemand mehr die Hand? In jedem Fall will sie nicht darüber reden. Sie entschuldigt sich, dass sie mich in ihren Kram mit reingezogen hat, »Baby, das war ja so was von daneben!«, danach macht sie Dienst nach Vorschrift.

Im Stillen frage ich mich, ob ich sie dazu bringen sollte, sich mir anzuvertrauen. Ihr ein bisschen Druck machen, um herauszufinden, was sie bedrückt. Aber ich bin nicht der Typ, der sich anderen aufdrängt. Alles, was ich tun kann, ist ihr zu signalisieren, dass ich da bin, wenn sie jemanden braucht. Dass sie nicht allein ist. Doch kaum haben wir den Vorratsraum verlassen, setzt sie ein breites Lächeln auf und schlüpft in ihr Pam-Kostüm, der flirtende Scherzkeks.

Ich schätze mal, ich muss einen günstigen Moment abwarten und sie kalt erwischen. Vielleicht können wir mehr zusammen unternehmen. Ins Kino gehen oder Indisch essen. Dummerweise mag Pam weder das eine noch das andere. Abends brezelt sie sich auf und tanzt in den Klubs von Downtown L. A., bis der Arzt kommt.

»Baby, ich will Spaß haben! Filme sehe ich mir auf DVD an und esse dabei Pizza.«

Bevor ich eben das vorschlagen kann, also einen DVD-Abend, wendet sie sich mit einem strahlenden Lächeln dem nächsten Kunden zu.

»Hey Kleiner, du siehst aus, als könntest du einen Mokka vertragen«, schnurrt sie und blendet mich aus. Meine Frage bleibt mir im Hals stecken. Gleichzeitig bewundere ich die Art, wie sie unsere Gäste um den Finger wickelt. Nie im Leben hätte ich dem Schlipsträger auf der anderen Seite des Tresens so einen Satz serviert. Doch bei Pam wirkt es ganz natürlich. Vielleicht ist das ja das Problem. Sie ist eine zu gute Schauspielerin und täuscht selbst ihre Freunde mit ihrem Lächeln und den strahlenden Augen. Was sich dahinter verbirgt, habe ich am Wochenende gesehen, zumindest einen kleinen Ausschnitt. Pam unternimmt alles, um mich abzulenken, damit ich überall hinsehe, nur nicht in ihre dunklen Ecken.

Ich kann nicht behaupten, dass ich sie nicht verstehe. Sich seine hässliche Seite in allen Facetten anzusehen, die man vor anderen verbergen möchte, vor allem jedoch vor sich selbst, ist unfassbar schwierig. Ich kann ein Lied davon singen, darum lasse ich sie in Ruhe. Gebe ihr den Raum, den sie braucht, damit sie sich sicher und nicht bedrängt fühlt.

Apropos. Seit ich die vertrocknete Blume unter meinem Scheibenwischer gefunden habe, parke ich so, dass ich den Wagen vom Café aus im Blick habe. Wer immer mir verdorrtes Gestrüpp ans Auto heftet, ist ab sofort nicht mehr anonym. Ausgerechnet an diesem Tag haben wir so viel zu tun, dass ich beinah nicht mitbekomme, als sich ein Mann mit vor der Brust verschränkten Armen gegen die Fahrertür meines X3 lehnt.

Um ein Haar rutscht mir das Kännchen mit der aufgeschäumten Milch durch die Finger. Ich starre ihn wie einen Geist an, denn genau das ist dieser Typ. Ein Schreckgespenst aus der Vergangenheit. Allerdings ist es eine Weile her, seit ich ihn das letzte Mal gesehen habe. Als er meinen Blick einfängt, nickt er kurz, dann dreht er sich um und schreibt etwas auf die Seitenscheibe der Fahrertür. Ich muss ein Foto von ihm knipsen, um sicher zu sein, dass er es wirklich ist. Doch meine Hände zittern zu stark, außerdem liegt meine Tasche mit dem Handy im Spind des Lagerraums. Vorsichtig berühre ich Pam an der Schulter, die einem Touristen einen Coffee-Traveler für den Strand übergibt. Pam hat ihr Handy immer für Kunden griffbereit, die Interesse an einem Date signalisieren und ihre Rufnummer hinterlassen möchten.

»Pam.« Ich deute zu dem Typen an meinem Wagen. Sie folgt meinem Blick und ihre Brauen fahren zusammen.

»Hat dieser Trottel keine Visitenkarte oder warum schreibt der seine Nummer auf dein Fenster?«

»Kannst du ein Bild davon machen?«

Sie zögert keine Sekunde, zieht das Smartphone aus der Schürzentasche und knipst munter drauflos.

»Hey, Sam!« Sie drückt mir das Handy in die Hand und winkt einer Studentengruppe im Eingangsbereich zu. »Kannst du der Pappnase da draußen für mich in den Arsch treten? Der befummelt sich an dem Wagen, das kann ich nicht mitansehen!« Die Gäste brechen in Gelächter aus, und der Typ, der Sam heißt, grinst von Ohr zu Ohr.

»Für dich immer, Zimtschnecke!« Er bahnt sich einen Weg durch seine Gruppe, doch als er auf den Parkplatz joggt, ist der Kerl verschwunden.

Die Bilder kann ich vergessen, sie sind verwackelt und körnig. Außerdem dreht er der Kamera den Rücken zu, sodass nicht viel von ihm zu sehen ist. Zur Sicherheit sende ich sie an meinen Messanger für den Fall, dass ich sie später für irgendwas gebrauchen kann.

»Reg dich nicht auf«, sagt Pam und legt mir einen Arm um die Schulter. »Wenn er einen Marker benutzt hat, kriegst du das Geschmiere mit Alkohol wieder weg. Wenn nicht, zahlt das die Versicherung.«

Obwohl die Flut der Gäste gegen Abend abnimmt, kann ich mich nach diesem Vorfall auf nichts mehr konzentrieren. Pam bietet mir an, den Schaden zu begutachten, doch ich möchte die Konfrontation so lange wie möglich hinauszögern. Bei Schichtende bin ich derart nervös, dass Pam mir dabei helfen muss, die Schürze aufzubinden, deren Knoten ich mit meinen zittrigen Fingen nicht gelöst bekomme.

»Baby, ich bin nicht blöd, weißt du.« Sie wirft die Sachen in den Wäschekorb und stützt die Hände in die Hüften. »Kritzeleien am Wagen würden dich nie so aus der Fassung bringen, also was ist los? War das ein Ex von dir?«

»Nicht von mir.«

Sie runzelt die Stirn, schweigt jedoch. Danach begleitet sie mich zum Auto und versucht, die Nachricht zu entziffern. Da sie auf Deutsch verfasst wurde, wird sie daraus nicht schlau.

»Was steht da?«

Ich lese den kurzen Text, einmal, zweimal und schließe die Augen.

»Es hat gerade erst begonnen«, sage ich leise und erinnere mich an die erste Botschaft, die jemand auf meinen Mini gesprüht hat: *Das ist erst der Anfang* – ebenfalls auf Deutsch. Langsam atme ich ein und aus.

Ich bin noch hier. Ich bin noch hier. Ich bin hier.

Allmählich dämmert es mir, wer mich seit Wochen verfolgt. Wer meinen Mini Cooper demoliert und die Bremsleitung des BMWs perforiert hat. Das hier ist weder das Werk frustrierter Schulzicken noch eines Dealers, dessen Kundin meine Mutter einen Job weggeschnappt hat. Letztere war James' Theorie, die jedoch im Sand verlaufen ist.

Falls ich richtigliege, habe ich es mit jemandem zu tun, der nichts zu verlieren hat. Weil ihm bereits alles genommen wurde.

Fragt mich nicht, warum ich niemanden einweihe, nicht mal Martinez. Ich schätze, ich muss meine Vermutung erst mal verdauen, sie in mir bewegen. Immer wieder sehe ich mir die Griesel-Fotos an, aber sie zeigen nur einen dunklen, verwackelten Rücken. Im Grunde kann man nichts erkennen, was bedeutet, dass ich nichts habe, das meine These bestätigt. Und ich kann es niemandem sagen, solange ich Zweifel habe.

Mama würde ausflippen, dieser Typ ist ihre Nemesis. Er hat unser Leben zerstört, seinetwegen sind wir aus Berlin geflohen. Was, wenn er uns gefolgt ist?

Innerlich schüttle ich den Kopf. Das macht alles keinen Sinn. Mein erster Impuls ist, Leon anzurufen, doch er hebt nicht ab. Ein Blick auf die Uhr verrät mir, dass er noch mindestens zwei Stunden in der Schule feststeckt. Mist.

Nach einer heißen Dusche liege ich die halbe Nacht wach und versuche mich zu beruhigen, doch in meinem Kopf herrscht blankes Chaos. Gegen halb drei knipse ich das Licht an, rutsche auf den Boden und gehe meine Atemübungen durch, um von meinem inneren Karussell runterzukommen. Wie es aussieht, will sich mein Körper nicht beruhigen lassen. Es dauert nicht lange, und ich umfange mich mit beiden Armen, wippe vor und zurück und schnappe nach Luft wie ein Fisch auf dem Trockenen.

So findet Drake mich, als ich kurz davorstehe zu hyperventilieren. Ich bin so weggetreten, dass ich nicht mal höre, wie er mein Zimmer betritt. Zwei Arme legen sich um meine Mitte und ich atme seinen harzigen Winterduft ein. Im nächsten Moment werde ich in die Luft gehoben und aufs Bett gesetzt. Mit sanfter Gewalt drückt er meinen Oberkörper nach vorn. Nash muss ebenfalls in der Nähe sein, ich höre ihn im Hintergrund fluchen. Ich nehme an, er war im Bad, denn ein feuchtes Gästehandtuch bedeckt meinen Mund und erschwert mir das Atmen. Was gut ist, denn mein Blut ist voller Sauerstoff und es fehlt nicht viel und ich kippe um. Nach einer Weile beruhige ich mich, mein Atem kommt nicht mehr stoßweise und ich nehme meine Umgebung besser wahr.

Eine Hand reibt über meinen Rücken, jemand spricht beruhigend auf mich ein – Drake. Nash tigert vor dem Bett auf und ab. Er sieht blass aus und irgendwie auch sauer. Keine Ahnung, was ich davon halten soll, in jedem Fall funktioniert mein Hirn wieder, und ich setze mich langsam auf.

»Hast du so was öfter?«, fragt Drake. Seine Stimme klingt gepresst. Ich schüttle den Kopf. Das letzte Mal hatte sich ein verkleideter Reporter Zugang zu unserer Wohnung verschafft. Als ich kapiert habe, dass er nicht gekommen ist, um den Strom abzulesen, bin ich buchstäblich ausgerastet. Max hat unseren Hausarzt angerufen, der mir etwas zur Beruhigung gespritzt hat.

Danach stand für mich fest, dass ich nie wieder die Kontrolle verlieren würde. Ich wollte mich nicht noch einmal in einer Situation wiederfinden, in der ich in vollem Panikmodus einem Arzt ausgeliefert bin. Noch dazu jemandem, der mich mit Psychopharmaka vollgepumpt und eine Wagenladung Medikamente dagelassen hat. Einer Fünfzehnjährigen!

Das Meditieren hat geholfen, doch im letzten halben Jahr habe ich meine Übungen nur noch sporadisch durchgeführt, und auch nur dann, wenn die Hütte brannte. Schreibtechnisch habe ich auch so gut wie nichts auf die Reihe bekommen, meine Songtexte sind halbherzig und ohne echte Leidenschaft. Und mein bester Freund Leon war in letzter Zeit schlecht zu erreichen. Dann kam Mama mit ihren Heiratsplänen und nun der Typ auf dem Parkplatz. Ich schätze mal, dass mein System die Notbremse gezogen hat.

»Was ist passiert?« Drake hockt vor mir und lässt mich nicht aus den Augen.

Abermals schüttle ich den Kopf.

»Ähm, danke für alles und so, aber ich wäre jetzt gern allein.«

»Hast du sie noch alle«, ruft Nash und baut sich vor mir auf. »Wenn Drake dich nicht gehört hätte, wärst du an deiner Panik krepiert!«

Drake wirft seinem Bruder einen finsteren Blick zu, der daraufhin schnaubt, aber zumindest die Klappe hält.

»Sie zittert am ganzen Körper, wir sollten ihr 'ne Decke umlegen oder so was.«

Nash hat recht. Meine Zähne klappern geräuschvoll aufeinander, während ich schweißgebadet bin. Drake flucht und packt mich in meine Bettdecke, während Nash mir ein Glas mit einer goldenen Flüssigkeit in die Hand drückt. Ich frage nicht, was es ist, sondern stürze das Zeug in einem Schluck herunter. Erst brennt mein Hals, dann breitet sich eine wohlige Wärme in mir aus, die ich bis in die Fußspitzen spüre.

Ursprünglich hatte ich vor, den Brüdern zu zeigen, wie taff ich bin und dass ich nicht auf ihre »Wir sind die Größten«-Show reinfalle. Gerade nach dem Vorfall in der Bibliothek wollte ich Drake beweisen, dass er mich nicht einwickeln kann. Dass ich stärker bin als er. Und jetzt sitze ich hier wie ein zitterndes Häufchen Elend, schlürfe Bourbon und lasse mich von Drake in eine Decke hüllen. Das nenne ich mal einen grandios gescheiterten Plan.

Drake ergreift meine Arme und dreht mich so, dass ich ihn ansehen muss. Ich wünschte, er würde das lassen, denn seine Nähe hat eine verheerende Wirkung auf mich. Mein Hirn schaltet auf Leerlauf, und ich habe dieses lächerliche Bedürfnis, meine Nase in sein Shirt zu vergraben, um den unverwechselbaren Drake-Duft zu inhalieren. Doch obwohl er ein echter Hingucker ist, ist es nicht das Äußere, das mich anzieht. Wir haben eine Tonne gutaussehender Jungs an der Brentwood, da ist er nicht der Einzige.

Es gibt diese Momente, in denen er die Maske fallen lässt, mich reinlässt und mir erlaubt, tiefer zu blicken. Dann sehe ich die gleiche Wut, die gleichen Ängste und den gleichen Schmerz, den ich von mir kenne. Als würden wir etwas teilen, das uns verbindet. Eine gemeinsame Erfahrung, was erklären würde, warum ich mich in seiner Gegenwart so wohl fühle. Er ist wie ein Pol, auf den ich wie durch Zauberhand zudrifte.

Ich sehe jemanden, dessen Vertrauen missbraucht und der wie ich benutzt und veralbert wurde. Der gescheitert ist, am Boden lag und wieder aufgestanden ist. Der sich den Schmutz abgeklopft und noch mal von vorn angefangen hat.

Wenn ich in Drakes Augen blicke, sehe ich mich selbst.

»Was. Ist. Passiert?«, reißt er mich aus meinen wirren Gedanken, von denen ich nicht sicher bin, ob sie einen Sinn ergeben. Bei meinem Glück sind wir bloß zwei Neurosen, die vom Wahnsinn des anderen fasziniert sind.

»Ich möchte nicht unhöflich sein, aber ich hatte bloß 'ne Panikattacke. Keine große Sache.«

»Was du nicht sagst.«

»Was willst du hören?«, frage ich erschöpft und rutsche zum Kopfende meines Bettes, die Decke fest um mich geschlungen. Drakes Deckung ist wieder hochgezogen, genau wie meine.

»Wie wäre es zur Abwechslung mit der Wahrheit?«

»Du hast uns zu Tode erschreckt!« Nash steht auf der anderen Seite des Bettes und richtet den Finger wie eine Anklage auf mich. »Ich dachte, du kratzt ab!«

»Nimmst du etwas gegen deine Angstzustände?«, fragt Drake leise. Er meint Pillen, keine Frage. Ich werde den Eindruck nicht los, von den Brüdern in die Zange genommen zu werden. Also drücke ich den Rücken durch und sehe erst Nash, dann Drake an.

»Ich hatte eine miese Woche inklusive Verhaftung, okay? Und die Heiratspläne unserer Eltern machen es nicht einfacher.«

Drakes pointierter Blick liegt auf mir. Ich seufze übertrieben, dann rubble ich mir mit beiden Händen durchs Gesicht. »Ich hasse Tabletten, darum nehme ich nichts. Danke, dass ihr mir geholfen habt, aber ich möchte jetzt wirklich allein sein.«

»Du warst allein, als wir dich gefunden haben.« Das kommt von Nash. Ich lasse den Kopf hängen und atme tief durch. Wie schlimm kann diese Nacht noch werden?

»Gab es einen Anlass?« Drakes Stimme klingt sanft, doch darauf falle ich nicht rein.

»Hat dich jemand bedroht?«, hakt Nash nach, und ich begreife einmal mehr die Dynamik der beiden. Drake ist der Lenker hinter Nash, sozusagen die Legislative. Nash ist die ausführende Gewalt, Drakes verlängerter Arm, obschon Nash eigene Ziele verfolgt, die anscheinend nicht im Widerspruch zu denen seines Bruders stehen. Zwischen den beiden herrscht ein starkes Band, sie vertrauen einander blind. Sie wissen, dass der andere ihnen nichts vormacht oder für seine Zwecke einspannt. Sie bilden eine Einheit, ähnlich wie Lukas und ich eine waren. Mein Bruder und ich haben wie die Marshalls eine geschlossene Front gegenüber Außenstehenden gebildet, zwischen uns kam niemand.

Bei diesem Gedanken fühle ich mich schwer und gleichzeitig leer.

»Es ist nichts«, sage ich leise. »Geht jetzt bitte, ich bin müde.«

Nash beugt sich vor. »Damit ist das Thema aber nicht vom Eis!«

»Die Kuh«, korrigiere ich automatisch.

»Was?«

»Man nimmt die Kuh vom Eis.« Für einen Moment presse ich die Lider zusammen und schüttle den Kopf. »Vergiss es.«

Nash schnaubt abermals und marschiert zur Tür. Allerdings nicht ohne mir einen letzten grimmigen Blick zuzuwerfen. Nachdem er fort ist, beugt Drake sich über mich, die seelenvollen Augen auf mich gerichtet.

»Ich habe geglaubt, du würdest uns mittlerweile vertrauen.« Seine Mundwinkel folgen der Schwerkraft und plötzlich sieht er sogar noch finsterer als sein Bruder aus. »Mein Fehler«, ergänzt er und lässt mich mit wild pochendem Herzen zurück.

Als die Tür hinter ihm ins Schloss fällt, schlage ich die Hände vors Gesicht und atme tief durch. Einmal, zweimal, dreimal.

Versteht ihr jetzt, was ich meine? Wie soll ich nach diesem Satz wissen, was er für mich empfindet? Als ich mich ihm in der Bibliothek geöffnet, ihn geküsst habe, dachte ich, das wäre ein Anfang. Ich hatte das Gefühl, das zwischen uns wäre etwas

Besonderes. Und dann, nachdem wir uns so nahe waren, zieht er sich zurück und tut so, als wäre der Kuss nie passiert. Vor diesem Hintergrund ist dieser Satz wie eine Ohrfeige. Wie kann er von mir erwarten, dass ich ihm nach dieser Nummer vertraue, zumal ich die meiste Zeit nicht mal weiß, wo er ist! On top erzählt er mir, dass sie mich allen möglichen Tests unterzogen haben. Woher soll ich bitte schön wissen, ob es ihnen diesmal ernst ist, oder ob das bloß ein weiterer Versuch ist, mir auf den Zahn zu fühlen?

Frustriert ziehe ich ein Kleenex aus der Box und putze mir geräuschvoll die Nase. Ist vermutlich besser so, ich habe auch ohne Drake genug Stress. Mein Trouble-Barometer ist längst durch die Decke gegangen, ich brauche kein neues Problem, das mein Leben zusätzlich verkompliziert. Ich komme auch ohne Drake zurecht, schließlich war ich jahrelang allein, das macht mir nichts aus.

Das zumindest versuche ich mir den Rest der Nacht einzureden.

12

Am nächsten Tag verschlafe ich und komme zu spät zum Unterricht. Mr Wittman trägt's mit Fassung. Für ihn bin ich das neue Wunderkind, das den ach so wichtigen Quarterback durch die Prüfung gebracht hat und damit ins Stadion. Das Spiel ist am Freitag und meine Mitschüler sind deswegen ganz aus dem Häuschen. Die Gänge summen vom Gerede der Leute, mit jeder Stunde greift die Aufregung wie ein Fieber um sich. So muss es bei uns in Berlin sein, wenn Hertha gegen Bayern München spielt im, ähm, Championship Finale oder so. Nicht, dass das jemals geschehen wird, aber man darf ja wohl noch träumen.

In jedem Fall ist das Spiel gegen die Carlton Academy eine große Sache. Details dazu schnappe ich in der Cafeteria auf, während ich mich für mein Essen anstelle. Hier erfahre ich, dass das gegnerische Team eine der stärksten Privatschulen auf dem Footballfeld ist. Sie haben superwichtige Preise gewonnen, unter anderem die *State Championship Trophy*, für die so ziemlich jeder Highschool-Spieler einen Mord begehen würde.

Obwohl mir der Sportkram ziemlich schnuppe ist, bin ich froh, dass die Leute ein neues Thema haben und mir eine

Verschnaufpause gönnen. Trotzdem bin ich weder blind noch blöd, darum entgeht mir nicht, dass Shelly & Co. mit chronisch zusammengepressten Lippen an ihrem Prinzessinnen-Tisch sitzen und mich mit zu Schlitzen verengten Augen beobachten. Wann immer sie mir zu nahe kommen, tauchen wie aus dem Nichts Tuck und seine Freunde vom Basketball-Team auf und schirmen mich gegen die Bienenkönigin ab. Selbst Crush fällt auf, dass Drake unsere Queen allein mit seinem Blick zum Schweigen bringt. Dexter liebt das Spektakel, Zack ist genervt.

»Diese Dumpfbacken spielen sich auf, als würde ihnen die Schule gehören.«

»Sie gehört ihnen doch«, erwidert Dexter, woraufhin eine Diskussion darüber entbrennt, ob Schüler so viel Macht haben sollten.

»Hey, da fällt mir ein Witz ein.« Alle am Tisch stöhnen, nur Crush grinst von Ohr zu Ohr. »Kommen zwei Playboys ins Altersheim. Sagt der eine …«

»Wo geht's zum Bingo!«, beendet Zack den Satz, ohne aufzusehen.

»Das ist nicht lustig«, bemerkt Tyler, unsere Bassgitarre, und kämpft mit einer Tüte Chips, die sich nicht öffnen lassen will.

»Das ist ja der Sinn von Antiwitzen, du Hirni.« Das kommt von Dexter, der ihm die Packung abnimmt und mit den Zähnen aufreißt.

»Dann hätte er sagen sollen: Wo geht's zur Party. *Das* wäre witzig.« Er blickt von Dexter zu Crush. »Versteht ihr, Altersheim – Party – voll daneben und so?«

Sally erbarmt sich und prustet los. Zack grunzt etwas, während Crush loswiehert.

Normalerweise wäre das die ideale Gelegenheit, mich auf andere Gedanken zu bringen und mit meinen Freunden rumzualbern. Doch ich bin abgelenkt und kann den Witzeleien nicht wirklich folgen.

Die halbe Nacht habe ich mich gefragt, was ich tun soll. Wenn ich James erzähle, was ich auf dem Starbucks-Parkplatz gesehen habe, oder besser, wen ich *geglaubt* habe zu sehen, wird er es höchstwahrscheinlich meiner Mutter sagen, und sie ist noch dabei, sich von meiner Festnahme zu erholen. Den Gedanken, sie mit meiner Vermutung noch mehr runterzuziehen, kann ich nicht ertragen. Endlich passiert mal etwas Gutes in ihrem Leben. Sie ist total aufgeregt wegen der bevorstehenden Oscarverleihung, und da ich bei ihr etwas gutzumachen habe, hab ich ihr einen Shoppingtag am Rodeo Drive versprochen. Nicht gerade meine Lieblingsbeschäftigung, aber das ist meine Art, mich bei ihr zu entschuldigen.

Doch das ist nicht das Einzige, das mich wachgehalten hat. Ich meine, wieso habe ich Drake geküsst? Es ist schließlich kein Geheimnis, dass er noch nie eine feste Freundin hatte. Und ich habe keine Lust, eine weitere Kerbe an seinem Bettpfosten zu sein. Mehr bin ich für ihn sowieso nicht. Denn egal was ich für ihn empfinde, Drakes Signale verwirren mich. Versteht mich nicht falsch, ich habe nicht erwartet, dass er mir Blumen bringt und mich zum Essen ausführt. Aber zumindest, dass er meine Nähe sucht. Doch die meiste Zeit weiß ich weder was er und sein Bruder treiben, noch wo sie es treiben – oder mit wem.

Am nächsten Morgen werde ich um halb acht von Leons Klingelton geweckt. Mit einem Hechtsprung lande ich auf meinem iPad und öffne Facetime. Seit der Episode auf dem Parkplatz versuche ich, ihn zu erreichen. Zum Teufel, er weiß noch nicht mal, dass ich verhaftet wurde.

»Erinnerst du dich an den Hacker, der dein YouTube-Konto knacken wollte?«, beginnt er ohne Einleitung. Ähm, o-kay. Auch eine Art, ein Gespräch zu starten. Dann fällt mir auf, dass er nicht wie üblich lächelt. Er wirkt angespannt. Was hat er eben gesagt? In Gedanken spule ich zurück. YouTube. Hacker. Da klingelt was, also nicke ich.

»Und weißt du auch noch, dass ich ihm einen Wurm auf die Festplatte gepflanzt habe, der rund 200.000 Dateien auf meinen Rechner übertragen hat, bevor der Typ bemerkt hat, was los ist und die Verbindung gekappt hat?«

Abermals nicke ich. »Hast du nicht gesagt, die Daten wären geschützt?«

»Das war das Problem. In den Ferien hatte ich endlich Zeit, ein Programm zu schreiben, das die Passwörter umgeht und die Daten aus den gesicherten Ordnern zieht.«

Wow, ich hatte keine Ahnung, dass er so was kann. »Davon hast du keinen Piep gesagt.«

»Ich wollte erst sichergehen, dass es funktioniert.« Er kratzt sich die Stirn und zerzaust sein aschblondes Haar. »So etwas wie dieses Programm habe ich vorher noch nie geschrieben, darum war es für mich eher eine Versuchsreihe als ein Proto-typ.«

»Und hast du was rausbekommen?« Die Antwort sehe ich in seinem Blick, der nichts Gutes verheißt.

»Ich weiß, wer er ist.« Seine Stimme ist leise und klingt kein bisschen nach Leon.

Mein Hals schnürt sich zu, ich schüttle den Kopf, als könnte ich damit seine nächsten Worte aufhalten und das Ganze ungeschehen machen.

»Prinzessin, ich fürchte, Iwanow ist noch nicht fertig mit euch.«

Und mit diesem Satz gehen all meine Hoffnungen den Bach runter. Dimitri Iwanow, der Kerl, der mir tote Blumen unters Wischblatt steckt und mir Nachrichten auf die Scheibe kritzelt. Derselbe Mann, der vermutlich meine Bremsleitung manipuliert und meinen Mini Couper mit roter Farbe beschmiert hat.

Dimitri Iwanow, der Albtraum aus Berlin, der uns nach L. A. gefolgt ist.

»Shit«, flüstere ich, und dann erzähle ich ihm alles.

Leon hat mir eine Woche gegeben. Wenn ich James bis dahin nicht in die neue Entwicklung eingeweiht habe, wird er es tun. Er meint auch, dass ich meine Mutter erst mal raushalten soll. Kein Wunder, schließlich saß er in der ersten Reihe und hat live und in Farbe miterlebt, welchen Schaden Iwanow bei meiner Mom angerichtet hat. Ich weiß, es klingt herzlos, so über jemanden zu reden, der Frau und Kind bei einem Autounfall verloren hat. Doch alles hat seine Grenzen. Iwanow wollte weder Gerechtigkeit noch hat er Mamas Entschuldigung akzeptiert. Alles, was er wollte, war Rache, und die bestand darin, meine Mutter zu zerstören. Ihre Karriere, die Familie, ihr Leben. Punkt eins und zwei hat er abgehakt, bevor wir geflohen sind, jetzt will er ihr den Rest geben. Und was würde meine Mutter gründlicher ruinieren, als ihr einziges Kind zu verlieren?

***

Je näher das Spiel am Freitag rückt, desto explosiver ist die Stimmung an der Brentwood. Selbst gebastelte Girlanden mit Bildern unseres Football-Teams schmücken die Gänge, Poster prangen an jeder Ecke mit Sprüchen wie: *FALCONS RULE!* oder *FALCONS BEAT DRAGONS!* Was die Vermutung nahelegt, dass der Drache das Symbol der Carlton Academy ist. Auf einem Plakat pickt ein überdimensionaler Falke einem Drachen die Augen aus. Etwas morbide für meinen Geschmack, aber das behalte ich für mich.

Donnerstagnachmittag ist der Tiefpunkt meiner Woche erreicht. Seit der Panikattacke hat Drake mich ignoriert, was nicht dazu beiträgt, dass ich mich besser fühle. Davon abgesehen habe ich keinen blassen Schimmer, wie ich James die Sache mit Iwanow verklickern soll, immerhin habe ich keine handfesten Beweise. Je mehr Zeit vergeht, desto unsicherer werde ich, ob ich ihn überhaupt gesehen habe. Draußen war es dunkel, und alles, was ich erkennen konnte, war ein Mann, der mir den Rücken zudreht. Und das durch ein Schaufenster aus zwanzig Metern Entfernung. Wenn ich mit dem Finger auf ihn zeige, sollte ich sicher sein, und dazu brauche ich Fakten. Die Fotos sind nutzlos. Und dass er der Hacker ist, bedeutet lediglich, dass er sich in Sachen Internetkriminalität schuldig gemacht hat. Doch dafür gibt es nur Leons Wort, und der ist mein bester Freund. Sehr glaubwürdig. Zudem hat

Leon ihm im Gegenzug einen Wurm implantiert und Daten von Iwanows Rechner gestohlen, von daher fällt eine Anzeige flach.

Aber zurück zu James. Ich habe meine Zweifel, dass Mama ihn in die Iwanow-Sache eingeweiht hat. Die Frage lautet also, ob er überhaupt davon weiß, und wenn ja, wie viel? Nach der Verhaftungs-Nummer stehe ich wahrscheinlich nicht gerade ganz oben auf seiner Vertrauenswürdigkeits-Liste. Was bedeutet, dass ich Iwanow in flagranti erwischen muss – wie zum Geier soll ich das anstellen?

Diese und andere Gedanken gehen mir durch den Kopf, als ich nach der Schule den Parkplatz überquere. Das ist vermutlich der Grund dafür, warum mir die Gruppe entgeht, die in der Nähe meines Wagens eine hitzige Diskussion führt. Erst als ich beinah in sie hineinrenne, klinke ich mich zurück in die Gegenwart und stutze. Die üblichen Verdächtigen haben einen Pulk gebildet und pöbeln sich an. Bradys Kopf hat die Farbe reifer Tomaten angenommen, er sieht aus, als würde er jeden Augenblick auf Nash losgehen. Die Art, wie Nashs Mundwinkel zucken, sagt mir, dass er Bradys Ausbruch genießt. Er scheint geradezu darauf zu warten, dass er zum Schlag ausholt. Die Chancen dafür stehen allerdings schlecht. Jeff und Tyler stehen neben dem wütenden Ex-Quarterback und halten ihn mit vereinten Kräften zurück. Den Trikots nach zu urteilen, kommen sie vom Training, das offensichtlich nicht so gut gelaufen ist. Zumindest für Brady.

»... verstehe diesen Scheiß nicht. Du nimmst das Spiel nicht mal ernst. Du nimmst niemanden ernst!«

»Es ist ihm wichtig genug, dass er sich einen Tutor für den

Deutschtest nimmt«, gehe ich dazwischen. Fragt mich nicht, was mich geritten hat. Ich hätte in meinen Wagen steigen und abhauen sollen.

»Erst ändert er die Abläufe, jetzt die Aufstellung, als wäre er der verdammte Trainer!«, blafft Brady und zeigt mit dem Finger auf Nash.

Dass ich Brady eine Zeit lang gemocht habe, kommt mir in diesem Augenblick wie ein Gerücht vor. So wie er sich aufführt, habe ich das Gefühl, dass er langsam aber sicher durchdreht. Ich meine, es ist bloß ein Spiel, richtig?

»Jeff ist unser bester Wide Receiver«, fährt er fort, »doch Mister *Ich-weiß-alles-besser* übergeht ihn und wirft ihm keine Pässe mehr zu.«

Nashs Lächeln ist eisig. »Jeff ist die erbärmlichste Entschuldigung für einen Wide Receiver, die mir je untergekommen ist.« Er tritt einen Schritt auf Brady zu. »Jim Morris ist zehnmal besser. Aber er ist schwarz, darum verschwendet er wertvolle Spielzeit auf der Bank, weil er nicht in dein abgefucktes Wertesystem passt.«

Brady hört nicht zu. Er ist auf einen Kampf aus, seit Nash ihn vom Feld verdrängt hat.

Ein bisschen kann ich seinen Frust verstehen. Bradys älterer Bruder ist ein Star in der NFL Profiliga. Ich kann mir gut vorstellen, dass seine Familie große Erwartungen an ihn hat. Stellt sich die Frage, warum sie ihn nicht an der Carlton Academy angemeldet haben, die ein besseres Sportprogramm vorzuweisen hat als die Brentwood. Es sei denn, Bradys Leistungen waren von Anfang an dürftig, und seine Eltern waren realistisch, was seine berufliche Laufbahn angeht. In dem Fall hätte er an der Brentwood mehr Auswahl auf anderen Gebieten.

Bevor ich dem Gedanken weiter nachgehen kann, kommt es zu einem Gerangel, und mehrere Dinge geschehen gleichzeitig. Jeff, der Brady bis eben gehalten hat, stößt einen Wutschrei aus und macht einen Satz nach vorn. Er rennt praktisch in Drakes Faust und kippt wie ein gefällter Baum um. Doch das ist nicht das Ende vom Lied. Ich springe vor, um Jeffs Platz einzunehmen, doch Brady sieht seine Chance, einen Treffer zu landen, und holt aus. Keine Ahnung, was danach geschieht, denn sein Ellbogen trifft meine Schläfe, und ich sehe den Boden auf mich zukommen.

Jemand fängt mich auf, Flüche werden laut, danach bricht die Hölle los. Ich höre etwas krachen, als Nächstes landet Brady neben seinem Freund. Etwas entfernt schrillt eine Pfeife. Dem Gebrüll nach kommt der Trainer mit seinem Assistenten auf den Parkplatz gejoggt. Er bellt Befehle, während er sich einen Weg zu den am Boden liegenden Spielern bahnt, die allmählich wieder zu sich kommen.

Schließlich beugt er sich über mich und grunzt. Ich muss blass aussehen, denn er weist jemanden an, mich zur Schul-Krankenschwester zu bringen. Erst jetzt bemerke ich, dass ich in Drakes Armen liege.

Echt jetzt? Vom ganzen Team muss ausgerechnet er mich auffangen?

Unruhig zapple ich, ich möchte lieber selber laufen, doch Drake denkt nicht daran, mich runterzulassen.

»Halt still«, sagt er leise und drückt mich fester gegen seine Brust. Vielleicht hat er auch gesagt, ich sei schrill – wegen dem Piepen im Ohr und der ganzen Herzklopfsache kann ich ihn kaum verstehen.

Normalerweise würde ich mich nicht beschweren, von einem wandelnden Mädchentraum durch die Schule getragen zu werden. Aber verdammt noch mal, er hat mich geküsst und danach wie Luft behandelt. Schlimmer noch, er hat mir den Rücken zugekehrt, nur weil ich ihm den Auslöser meiner Panikattacke nicht verraten wollte. Als hätte er ein Recht dazu. Ich meine, hallo, wir haben kaum drei Sätze miteinander gewechselt. Wie kommt er darauf, dass ich mich an seiner Schulter ausweine?

Beinah atme ich erleichtert auf, als er mich im Krankenzimmer absetzt und etwas Distanz zwischen uns bringt. Nicht viel, aber immerhin. Mrs Wallis geht einige Tests mit mir durch, leuchtet mir danach mit einer kleinen Stablampe in die Augen und verkündet, dass maximal eine Beule zurückbleiben wird. Eine Sorge weniger.

Nach der Untersuchung zwingt sie mich, zwei Aspirin zu nehmen, danach fühle ich mich fit genug, nach Hause zu fahren. Den Beginn meiner Starbucks-Schicht habe ich verpasst, doch Marc hat mir am Telefon versichert, dass das Café so gut wie leer sei und ich nicht kommen muss. Das Geld könnte ich gebrauchen, doch ich nehme die Auszeit dankbar an.

Im Eingangsbereich von James' Palazzo fliegt mir seine erhobene Stimme entgegen. Da die Tür zum Arbeitszimmer offen steht, ist es nicht schwer, ihn zu verstehen.

»... ist dein Abschlussjahr, Drake. Bleib gefälligst sauber und halte dich aus Schwierigkeiten raus!«

»Dad, reg dich ab«, unterbricht Nash ihn, aber sein Vater ist noch nicht fertig.

»Diesmal konnte ich euch raushauen, aber das ist heute das letzte Mal, habt ihr verstanden?«

Darauf herrscht einen Augenblick Schweigen.

»Drake, wenn du Football ernst nimmst und dein Stipendium fürs College behalten willst, musst du dich zusammenreißen. Die Scouts von Tennessee und Alabama kommen morgen, unter anderem wegen Nash. Euer Trainer hat euch nur deswegen nicht vom Spiel ausgeschlossen, weil er euch braucht. Nächstes Mal habt ihr vielleicht nicht so viel Glück.«

»Brady hat Jasmin k. o. geschlagen.«

Drakes Stimme klingt ruhig, dennoch kann ich den unterdrückten Zorn raushören.

»Deswegen seid ihr nicht suspendiert worden. Jeff Madison hat den ersten Schlag ausgeführt, die Sache mit Jazz war ein Unfall.« Eine kurze Pause entsteht, und ich stelle mir vor, wie James seinen Söhnen grimmige Blicke zuwirft.

»Es reicht nicht, dass du topfit bist, Drake. Deine Noten müssen tadellos sein, genau wie dein Verhalten. Erlaubst du dir noch mal so einen Zwischenfall, kannst du die Unterstützung des Colleges und damit die Profiliga vergessen.«

Drakes Erwiderung verstehe ich nicht, doch sie scheint seinen Vater nicht zu beschwichtigen. Er fährt in ärgerlichem Ton fort: »Und jetzt zu dir, Nash. Was willst du nach der Highschool anfangen? Als Playboy verdient man nichts, das kostet nur Geld. Geld, übrigens, das du nicht besitzt ...«

»Dad ...«

»Komm mir jetzt nicht mit dem Treuhandfonds, den bekommst du erst mit fünfundzwanzig. Was willst du bis dahin machen? Wenn du eine der Cheerleaderinnen schwängerst, kannst du ...«

Okidoki, das ist mein Stichwort zu verschwinden. So habe ich James noch nie erlebt, zumindest nicht wenn er mit einem Familienmitglied redet. Hoffentlich ist er nie sauer auf mich, mit seiner Stimme hätte man Glas schneiden können.

Den Rest des Nachmittags verbringe ich am Strand und schaffe es sogar, ein paar Zeilen zu schreiben. Doch ich bin nicht bei der Sache. Morgen findet das Spiel statt, es wäre dreist, nicht hinzugehen. Die ganze Schule schaut zu, selbst Tyler, obwohl ihn Football nicht die Bohne interessiert. Zack und Crush lassen sich das Spektakel ebenfalls nicht entgehen. Allerdings geht Zack nur hin, weil er hofft, dass Nash *endlich mal was aufs Maul bekommt* – seine Worte, nicht meine. Ich dachte eigentlich, Zack wäre besser auf ihn zu sprechen, nachdem er Brady ein Veilchen verpasst hat, aber Pustekuchen.

Am Freitag ist an Unterricht nicht zu denken. Nach der großen Pause geben die Lehrer auf und lassen zu, dass wir mit unseren Nachbarn quatschen. In der sechsten Stunde habe ich Geography, doch anstatt mit uns die Bodenschichten im Mittleren Westen durchzugehen, breitet Mr McGregor *USA Today* aus und liest, während im Klassenraum Wetten auf unser Team abgeschlossen werden.

Zu Hause schlüpfe ich in ausgewaschene Jeansshorts und ziehe mir ein dunkelgrünes T-Shirt über, das die Farbe meiner Augen widerspiegelt. Da es abends auffrischt, binde ich mir ein Sweatshirt für später um die Hüfte. Meine Mähne bändige ich in einem hohen Zopf, ein bisschen Mascara, etwas Lip-gloss, und ich bin bereit für die Show.

Das Spiel ist, das muss ich einfach zugeben, spektakulär.

Obschon ich Laie in Sachen Football bin, kann ich mich dem Bann des Matches nicht entziehen. Mit Pam zu meiner Linken und Dexter zur Rechten, verfolge ich die ersten Spiel-züge der Gegenmannschaft. Carlton hat ein offensiv ausgerich-tetes Team mit einem erfahrenen Quarterback, Jo Jennings, der seine Leute wie ein Profi übers Feld dirigiert. Er wirft lange Pässe und hat ein gutes Auge für seine Receiver, denn er weiß immer, wo sich die Jungs befinden – selbst wenn er ihnen den Rücken zukehrt. Soweit ich das beurteilen kann, ist ihre einzige Schwäche die Abwehr, und da kommt Drake ins Spiel.

Nachdem ich ihm eine Viertelstunde zugesehen habe, wie er Jos Spiel auseinandernimmt, ist klar, warum er in die Profi-liga gehört. Als *Middle Linebacker* ist Drake der Quarterback der Defense. Sein Job besteht darin, die Spielzüge des geg-nerischen Quarterbacks vorauszusehen und zu unterbinden. Und Mann, er ist gut.

Ich habe bereits etliche Spiele der Brentwood gesehen, aber das heutige toppt alles. Drake ist der geborene Führer, seine Männer folgen ihm blind. Ihre Spielzüge wirken wie aus einem Guss, sie bewegen sich als Einheit. Egal wohin Jo den Ball pfeffert, unsere Leute werfen sich dazwischen und fangen einen Großteil seiner Pässe ab.

Als Linebacker reicht es nicht, bloß groß und stark zu sein, um den Gegner zu blockieren. Man muss strategisch denken und Züge erkennen, bevor sie ausgeführt werden. Drake ist ein Meisterstratege und koordiniert sein Team, als hätte er sein Leben lang nichts anderes getan. Dass er dabei den Quarterback ein paarmal umnietet, scheint eher ein Nebeneffekt seines Jobs zu sein.

Als Nash am Zug ist, versucht die Carlton Academy Drakes Taktik anzuwenden, doch im Gegensatz zu Jo ist der jüngere Marshall flexibler. Er bewegt sich schneller und ist nicht auf hohe Pässe angewiesen. Davon abgesehen wird er von seinen Leuten besser geschützt als Jo. So dringt er Yard für Yard ins gegnerische Feld, bis er die Redzone erreicht, das ist der Bereich unmittelbar vor der Endzone, wo er den Ball mit kurzen Pässen auf seinen Runningback nach Hause bringt. Wenn seine Leute zu gut gedeckt sind und Nash eine Lücke sieht, bringt er den Ball selbst über die Linie und schenkt dem Team auf diese Weise allein im ersten Quarter zwei Touchdowns.

Es wird ein hartes Spiel, das im letzten Viertel zu einer Schlacht mutiert. Die Spieler gehen rücksichtslos aufeinander los und fressen buchstäblich Gras. Am Ende hält es niemanden auf den Sitzen. Wir hüpfen auf und ab und schreien uns die Hälse wund. Feuern unser Team an, tun alles, um sie zu Höchstleistungen anzuspornen.

Zum Schluss wird das Match durch ein Field Goal entschieden, sodass wir mit drei Punkten Vorsprung gewinnen.

Was für eine Show! Ich inhaliere die aufgekratzte Energie, lache und juble mit meinen Freunden und falle wildfremden Leuten um den Hals. So leicht habe ich mich schon lange nicht mehr gefühlt. Es tut gut, für ein paar Stunden meine Probleme zu vergessen und den Sieg unserer Mannschaft zu feiern. Das scheint nicht nur mir so zu gehen. Selbst Pam, die nicht mal auf unsere Schule geht, freut sich über das Ergebnis, als hätten ihre Brüder gewonnen.

Ihr scheint es besser zu gehen, aber reden möchte sie noch immer nicht, vor allem nicht darüber, woher sie das Gras hat. Im Moment bleibt mir nichts anderes übrig, als ihr zu signalisieren, dass ich ein offenes Ohr für sie habe und für sie da bin, wenn sie mich braucht. James' Anwalt hat es so gedeichselt, dass aus einer Verhandlung eine Anhörung wird, die zudem nach Abschluss ihrer Therapie stattfinden wird. Nettes Timing. Solange Pam sich nicht in neue Schwierigkeiten bringt oder gegen die Auflagen verstößt, ist sie auf der sicheren Seite. Das hat James mir versprochen.

Insgeheim wundere ich mich, wie gelassen er damit umgeht. Max wäre ausgeflippt und hätte mir verboten, mit jemandem wie Pam abzuhängen. Von Mom ganz zu schweigen. Selbst in Kalifornien, wo Drogen mittlerweile zugelassen sind, ist so etwas kein Kavaliersdelikt. Ich schätze mal, dass James durch seine Söhne Schlimmeres gewohnt ist und deshalb so locker reagiert. Anders kann ich mir sein Verhalten nicht erklären.

Die Anklage gegen mich wurde übrigens fallen gelassen. James hat sogar dafür gesorgt, dass meine Akte verschwindet, ist das zu fassen? Keine Ahnung, wie er das hinbekommen hat, aber ich vermute, das hat mit einer großzügigen Spende für den Rentenfonds der Polizei zu tun sowie der Tatsache, dass ich minderjährig bin und zudem aus Europa komme. Von wegen fremde Länder, fremde Sitten und so.

Meine Mutter ist in dieser Sache auffallend still, daher nehme ich an, dass die zwei über mich reden. Wie ich Mom kenne, spart sie sich die Gardinenpredigt bis nach der Oscarverleihung auf, immerhin wollen wir morgen shoppen gehen. Eine übellaunige Tochter im Schlepptau macht dabei so viel Spaß wie ein Platzregen.

13 Dexter ist heute unser Fahrer, darum kann ich auf Tucks After-Game-Party bechern, bis der Arzt kommt. Nicht, dass ich etwas in der Art plane, dafür steckt mir die Begegnung mit den Gesetzeshütern noch zu sehr in den Knochen. Dennoch ist es gut zu wissen, dass ich heute keine Rücksicht nehmen muss.

Tuck Morris wohnt nördlich von uns an der Manhattan Beach in einer palmenumsäumten Villa im spanischen Kolonialstil. Die Anlage, inklusive des Infinity-Pools, ist von zahllosen Bodenscheinwerfern beleuchtet, die das Gelände in ein malerisches Licht setzen.

Als Dexter, Pam, Sally und ich vor dem Anwesen parken, ist die Feier bereits in vollem Gang. Unser Team ist noch nicht da, dafür die gegnerische Mannschaft, was mich ein bisschen irritiert. Sollten die nicht auf ihrer eigenen Fete abhängen? Darüber fällt mir auf, dass ich noch nie auf einer der After-Partys war, die mit dem Freitagsspiel einhergehen.

Wie auf den meisten Feiern ist das Gedränge in der Küche am größten. Tucks Hacienda ist wie ein Loft geschnitten und hat einen offenen Grundriss. Eine Frühstücksbar grenzt die Küche vom Rest des Partybereichs ab. Darauf steht ein Bierfass sowie zahllose Flaschen mit Hochprozentigem, wie Tequila, Wodka, Sambuca und Rum. Schnapsgläser werden gefüllt, Limonen geschnitten, während gellende Musik durch die Lautsprecher wummert.

Obwohl das Carlton Team das Spiel verloren hat, sind die Jungs erstaunlich gut drauf und feiern, als hätten sie heute einen Sieg errungen. Ob das einer dieser schrägen Football-Kodexe ist? Sie heben die Gläser, rufen »*Dragons rule, Dragons dominate, Dragons terminate!*«, und trinken auf Ex.

Ähm, dazu sage ich jetzt mal nichts. So wie ich das sehe, haben die Dragons heute die Flügel gestutzt bekommen.

Jo Jennings, der aschblonde Quarterback, hat soeben einen Bodyshot mit einer Cheerleaderin beendet, die noch immer in ihrer Uniform steckt. Im Gegensatz zu Tuck, der mir auf Jeffs Party das Salz auf seinem Handrücken präsentiert hat, lässt sich das Mädel von Jo den Ausschnitt abschlecken. Die Limone stiehlt er ihr mit einem Kuss aus den Lippen. Klingt pervers, macht aber halb besoffen irre Spaß.

Jo scheint gut drauf zu sein. Nachdem er die Limone vernascht hat, zwinkert er der Cheerleaderin zu, die unter seinem Blick dahinschmilzt, und imitiert unter lautem Getöse seiner Mannschaft einen Pass. Er holt aus und wirft den unsichtbaren Ball Richtung Esszimmer. Dort greifen sich seine Kameraden ans Herz und fallen um, als wäre eine Bombe eingeschlagen. Ich muss zugeben, das sieht zum Schießen aus, und ich falle in das Gelächter der Umstehenden ein.

Als mein Blick wieder auf Jo landet, ist er in ein Gespräch mit der Cheerleaderin vertieft, die ihn ansieht, als wäre er ihr Lebensmittelpunkt. Bevor ich die Augen verdrehen kann, drückt Dexter mir einen Drink in die Hand. *Cachaça*, mal was anderes. Pam, Sally und ich leeren unsere Gläser in einem Zug, Dexter bleibt bei Wasser. In diesem Sinn geht es weiter, bis wir genug intus haben und in den Poolbereich strömen, um zu tanzen. Pam kippt nur zwei Gläser, Sally stoppt bei drei. Ich mache nach dem dritten ebenfalls eine Pause und leere eine halbe Flasche Wasser, bevor ich zurück auf die Tanzfläche gehe.

Nach dieser Woche kann ich die Party gut gebrauchen, um für ein paar Stunden Drake, Iwanow und den ganzen Ballast zu vergessen. Das Adrenalin des Spiels hat mich aufgeputscht, dazu kommt der Alkohol, der mir schon immer geholfen hat, lockerer zu werden. Im Moment brauche ich das. Das Abtanzen, das Lachen und die Leichtigkeit, die es braucht, um loszulassen.

Als der DJ einen langsamen Song auflegt, verziehe ich das Gesicht und drängle mich aus dem Pulk. Doch ich komme nicht weit. Ein Arm legt sich um meine Taille und ich werde gegen eine feste Brust gedrückt. Überrascht sehe ich auf und blicke in die moosgrünen Augen von Jo Jennings. Er setzt ein verführerisches Lächeln auf, das ich nach kurzem Zögern erwidere.

Es ist kein Geheimnis, dass sich Quarterbacks für den Nabel der Welt halten, darum bin ich nicht so blöd, auf Jos Flirterei reinzufallen. Okay, vielleicht gehe ich ein bisschen darauf ein, aber ich nehme ihn nicht ernst. Für ihn bin ich bloß irgendein Mädel, dem er beim Slowdance auf die Pelle rücken kann.

Zu meiner Überraschung bleiben seine Hände, wo sie sind,

eine in meinem Rücken, die andere in meinem Nacken. Keine Fummelei, kein Randrücken und erst recht kein peinliches Kreisen des Beckens, das auch dem letzten Naivchen signalisiert, wie er sich den Rest des Abends vorstellt.

Er hält mich fest im Arm, den Kopf zu mir hinabgebeugt, während er *She will be loved* von Maroon 5 summt. Er hat eine angenehm tiefe Stimme, die mich entspannt.

»Hast du einen Namen?«, fragt er über mein Ohr gebeugt.

»Du zuerst«, erwidere ich, um seinem Ego einen Dämpfer zu verpassen. Es funktioniert. Erst sieht er mich ungläubig an, dann lacht er auf, als hätte ich einen Witz gerissen. Ich sag's ja, alle Quarterbacks sind arrogante Bastarde, er ist keine Ausnahme.

»John Jennings«, sagt er formell und reicht mir die Hand.

Ich schüttle sie. »Jasmin Winter«, erwidere ich, dann werden wir von Pfiffen und Wolfsgeheul unterbrochen. Unser Team ist eingetroffen, wurde auch Zeit. Applaus brandet auf, Rufe werden laut, dann klatscht die Menge, bis sie einen gemeinsamen Rhythmus findet und Kriegsrufe schmettert.

»Fly, Falcons, fly, the Dragons have to die!«

Das lassen sich die Carltons nicht zweimal sagen. Ihre Antwort kommt prompt: »Run, Falcons, run, the Dragons aren't done!« Buh-Rufe werden laut, dann antwortet unser Team:

»The Dragons have no fire – the Falcons will go higher!«

Die Menge bricht in Gelächter aus. Unser Team erreicht die Küche und dringt von dort aus in den Außenbereich.

Jo hat mich näher zu sich gezogen, doch ich glaube, eher aus Reflex, als aus Flirtgründen. Sein Lächeln wirkt gemeißelt, wie es aussieht, findet er es nicht so lustig, erst das Spiel zu verlieren und sich anschließend von einem Sprechchor ver-albern zu lassen.

Drake und Nash sind von ihrem üblichen Pulk Bewun-derern umgeben, doch Drakes Augen scannen die Menge, bis sie auf mir liegen bleiben. Sein Kiefer spannt sich an und seine Augen werden schmal. Ich frage mich, ob er Jo nicht mag oder die Tatsache, dass er den Arm um mich gelegt hat.

An Jos Stelle hätte ich ihn zurückgezogen, Drake sieht aus, als würden ihm jeden Augenblick Feuerbälle aus den Augen schießen. Doch Jos Aufmerksamkeit gilt Drakes Bruder, der uns ebenfalls bemerkt hat. Nashs Mund verzieht sich zu einem boshaften Grinsen, das so schnell verschwindet, dass ich mir nicht sicher bin, ob ich es wirklich gesehen habe. Bevor ich weiß, was er vorhat, ist er bei mir, wirft mich über die Schulter und klopft mir auf den Hintern.

»Jazz, du sexy Biest, hast du meine Pässe gesehen?«

Hat er mich gerade *sexy Biest* genannt? Als Antwort boxe ich ihm in den Rücken. Vorsichtig setzt er mich ab, dann sehe ich das Glitzern in seinen Augen, und was immer ich ihm an den Kopf werfen will, stirbt auf meinen Lippen. Allmählich verstehe ich, wie Nash tickt und im Moment ist er auf Blut aus. Doch er will mich raushalten, darum hat er mich von Jo getrennt.

Drakes Agenda dagegen ist für mich ein Buch mit sieben Siegeln. Keine Ahnung, warum er Jo ansieht als hätte er sei-nen Hummer zerbeult. Und dann geht mir ein Licht auf.

»Oh mein Gott«, platzt es aus mir heraus. »Du warst das mit den Styropor-Kugeln im Auto!«

Memo an mein Hirn: Schalte demnächst einen Filter ein!

Als ob das meine Worte rückgängig machen kann, schlage ich eine Hand vor den Mund, während sich Jos Kopf wie in Slow Motion zu mir dreht.

»Wie war das?«, fragt er gefährlich leise und fixiert mich mit seinem Blick. Die Gespräche im Pool sind verstummt, das Gelächter verebbt. Selbst die Musik kommt mir leiser vor, als wüsste der DJ, dass hier gleich die Post abgeht.

»Äh …«, stammle ich auf der Suche nach Worten. »Ich hab's in den Nachrichten gesehen.« Doch Jo hört mir gar nicht zu. Sein Blick landet auf Drake, der plötzlich an meiner Seite ist und mich so beiläufig hinter sich schiebt, dass es niemand bemerkt. Jetzt schirmt er mich vor Jo und dem Carlton-Team ab, das mitbekommen hat, dass die Stimmung umgeschlagen ist, und sich hinter seinen Anführer stellt. Die meisten sind allerdings ziemlich abgefüllt, sodass sie in Nashs Gelächter mit einfallen, als er den Kopf in den Nacken wirft und in sein Hyänenlachen ausbricht.

»Jo, alter Knabe«, sagt er kopfschüttelnd und setzt ein falsches Lächeln auf, »obwohl dein Team ein Haufen Blender ist, das sich durch die letzte Saison gemogelt hat, bist du einer der wenigen Quarterbacks, die ich respektiere. Versau es nicht, indem du dich an unser Mädchen ranmachst.«

»Nash!«, zische ich und versuche, mich an Drake vorbeizudrängen, vergebens.

»Das ist zu deinem Besten, Prinzessin. Was deine Freunde angeht, hast du einen erbärmlichen Geschmack. Sieh dir Brady an und was aus dem geworden ist.«

»Du bist mit Brady Jones zusammen?« Das kommt von Jo.

»Bin ich nicht! Wir sind Freunde, okay?« Nicht zu fassen,

dass ich mich vor Nash und der halben Footballmannschaft rechtfertige. Davon abgesehen war ich gerade dabei, mich zu amüsieren, ich brauche diesen Macho-Mist nicht. Also zupfe ich an Drakes Shirt, der sich wie eine Wand aus Muskeln vor mir aufgebaut hat. Er wendet den Kopf, und etwas in meinem Gesichtsausdruck lässt ihn seine Position wechseln, denn er dreht sich mir zu und hebt fragend die Brauen. Ich schüttle leicht den Kopf. Was immer er und Nash planen, sollen sie verschieben. Heute Abend möchte ich einfach nur Spaß haben.

Anscheinend kommt die Botschaft an, denn er nickt unmerklich und gibt seinem Bruder ein Zeichen.

»Soll das ein Witz sein?« Nash sieht angepisst aus, doch Drake hat bereits einen Arm um mich gelegt und führt mich zurück ins Haus.

Wow, das war einfach.

Während Drake mich durch die Menge schiebt, versuche ich die Tatsache zu ignorieren, dass seine Hand auf meiner Hüfte einen Brandfleck hinterlässt. Hitze pulsiert durch meinen Körper und mein Herz rast.

Die Mädels, die wir passieren, starren ihn an, als wäre er die Erfüllung ihrer feuchten Träume, was ich ein bisschen merkwürdig finde. Drake macht kein Geheimnis daraus, dass er nichts Festes sucht. Mit ihm bekommt man *einmal-und-nie-wieder* oder nichts. Warum sind sie so scharf darauf, wie ein Kleenex benutzt und weggeworfen zu werden? Wahrscheinlich gehören sie zu der Sorte, die glaubt, ihn ändern zu können. Ihn zu zähmen und das ganze Bla, damit er aus lauter Dankbarkeit eine Beziehung mit ihnen eingeht.

Wo das ja schon so oft funktioniert hat.

Ich komme nicht dazu, in meinem Sarkasmus zu baden, denn ohne zu wissen, wie das passiert ist, bin ich plötzlich mit Drake im Badezimmer. Die Tür schließt sich hinter uns und er hebt mich auf die Marmorablage vor der verspiegelten Wand.

Oh-oh. Bei meiner Schwäche für Drake kommt es nicht gut, wenn wir zusammen in einem Raum sind. Allein. Dass er wie ein hungriger Wolf aussieht, macht es nicht besser. Die dunklen Augen wirken im gedämmten Licht des Badezimmers beinah schwarz. Die Lider sind auf Halbmast und seine Lippen umspielt ein leises Lächeln. Habe ich erwähnt, dass wir allein sind?

Ich öffne den Mund, um etwas zu sagen, als er sich zwischen meine Beine schiebt und mein Gesicht in die Hände nimmt. Ich habe vergessen, was ich sagen wollte, mein Hirn hat sich ohne Vorwarnung abgeschaltet. Macht nichts. Wenn er mir so nah ist wie in diesem Augenblick, fällt es mir sowieso schwer, einen klaren Gedanken zu fassen. Außerdem stimmt etwas nicht mit meinem Puls. Entweder habe ich einen Herzstillstand, oder es schlägt so schnell, dass es zu einem Crescendo kumuliert ist. Es hilft auch nicht, als er sich vorbeugt und mit dem Daumen über meine Lippen streicht. Eine Berührung, die mir unter die Haut geht, und ehe ich es verhindern kann, entweicht mir ein Seufzer. Unnötig zu erwähnen, dass ihm das nicht entgeht.

»Wieso bist du so stur?«, fragt er, beugt sich vor und küsst meine Unterlippe. Ganz leicht, fast liebevoll. Von seinem Körper geht eine sengende Hitze aus, die mich zusammen mit seinem Winterduft einhüllt. Ich lehne meine Stirn gegen seine und nehme einen tiefen Atemzug. Welche geheime Magie wendet er bei mir an, dass ich mich ihm nicht entziehen kann? Wenn ich das wüsste, könnte ich zumindest eine Strategie entwickeln, sie abzuwenden. Obwohl ich nicht sicher bin, ob ich das wirklich will.

Als ich mich zurücklehne, hat Drake die Hände auf der Ablage links und rechts neben mir aufgestützt, sodass ich eingekesselt bin. Er sieht mich mit diesem dunklen Blick an, der meine Zunge verknotet und meinen ganzen Körper in Alarmbereitschaft versetzt.

»Warum hattest du Montagnacht eine Panikattacke?« Seine Stimme ist tief und gleichzeitig samtweich. Aber irgendwie auch lauernd. Ich sehe ihn erst verklärt, dann verwirrt an, bis mir klar wird, dass er mir keine Sauerei ins Ohr geflüstert hat. Meine Brauen ziehen sich zusammen. Was hat er gerade gesagt?

»In der Nacht. Was ist da passiert?«

Oh Mann, ich glaub's nicht! Während ich auf einem Einhorn über den Regenbogen galoppiere, will er mich bloß aushorchen. Ich versuche ihn wegzudrücken, um Abstand zwischen uns zu bringen und mein Hirn auf Normaltemperatur runterzukühlen. Aber genauso gut hätte ich versuchen können, die Wand zu verschieben. Also wende ich den Kopf, um zumindest seinem Adlerblick zu entkommen. Doch dies ist Drake, da habe ich keine Chance. Mit Daumen und Zeigefinger ergreift er mein Kinn und dreht mich so, dass ich ihn ansehen muss. Seufzend hebe ich den Blick.

»Wieso willst du das wissen?«

Er zuckt mit den Schultern, als wäre das kein Ding. Sein Blick sagt etwas anderes.

»Ich weiß gern, was los ist.«

Also schön, warum nicht. Ist sowieso egal.

»Ich habe geglaubt, jemanden zu sehen, bin mir aber nicht sicher.«

»Jemanden?«

Jetzt bin ich diejenige, die mit den Schultern zuckt.

»Einen Exfreund?«

Darauf schnaube ich. »Conall ist in Japan.« Oder war es zumindest. Mittlerweile müsste er in Südafrika sein.

»An den dachte ich auch nicht.« Sein Ton ist hart, darum blicke ich auf und sehe ihn fragend an. Dann begreife ich, wen er meint.

»Raoul?«, frage ich überrascht. »Den habe ich seit Monaten nicht gesehen.« Ich wünschte, ich würde ruhiger klingen oder zumindest nicht verletzt. Doch meine Stimme verrät mich, und ich sehe abermals weg, damit er die Wahrheit nicht in meinen Augen lesen kann. Raoul fehlt mir. Seine Nähe und das Gefühl, jemanden an meiner Seite zu haben, dem ich vertraue.

Falls ich angenommen habe, dass für Drake die Sache damit erledigt ist, lag ich falsch. Abermals umrahmt er mein Gesicht mit den Händen, während er mich nicht aus den Augen lässt. Dann, als hätte er eine Entscheidung getroffen, beugt er sich vor und küsst mich. Öffnet meinen Mund mit der Zunge, die über meine Unterlippe streicht, und dringt in mich ein, als wäre das die natürlichste Sache der Welt. Da es sich genauso anfühlt, lehne ich mich ihm entgegen und umfange ihn mit beiden Armen. Ein wohliger Ton entweicht mir, als ich seine Hand in meinem Rücken spüre und er mich gegen seine Brust drückt, bis kein Blatt zwischen uns passt.

Dummerweise passen auch keine Zweifel zwischen uns, denn als er anfängt, mit den Fingern meinen Rücken auf- und abzufahren, bin ich hoffnungslos verloren. Dass Drake ein guter Küsser ist, wusste ich, darum sollte mich die Art, wie er mich küsst, diese verzehrende Intensität, nicht so unvorbereitet erwischen. Ich gebe Geräusche von mir, von denen ich nicht wusste, dass ich so was machen kann. Ein genussvolles Stöhnen, gepaart mit einem leisen Wimmern. Instinktiv schlinge ich die Beine um seine Hüfte und presse mich gegen seinen festen Körper. Spüre das Spiel seiner Muskeln und genieße die Kraft unter dem dünnen Stoff seines Shirts, die in diesem Augenblick auf mich fokussiert ist. Nicht, dass er mich festhalten müsste, ich hänge wie ein Koala an ihm und habe nicht vor, ihn in absehbarer Zeit loszulassen.

Drake macht einen Laut, der wie ein Knurren klingt, und setzt meinen Körper augenblicklich unter Strom. Meine Hand vergräbt sich in seinem Haar, während wir uns küssen, als hinge unser Leben davon ab.

Ich weiß, warum *ich* so ausgehungert bin, aber wieso er? Sollte er dieses Küssen-Ding nicht gelassener angehen, mich vielleicht sogar aufziehen, weil ich mich derart an ihn ranwerfe? Stattdessen zeigt er die gleiche Gründlichkeit, die er auf dem Feld an den Tag legt, und küsst mich um den Verstand, während mein Körper in Rauch aufgeht. Dass ich den Beweis seiner Erregung spüre, der sich gegen die Innenseite meines

Schenkels drückt, trägt nicht dazu bei, meinen Hunger zu drosseln, im Gegenteil.

Diesmal stöhnt Drake auf. Schwer atmend legt er seine Stirn gegen meine. Eine Hand liegt auf meiner Wange, während die andere über die Vorderseite meines Shirts fährt, bis sie den Saum erreicht und darunter verschwindet.

Die Berührung seiner rauen Fingerspitzen auf meiner Haut sendet Schockwellen durch meinen Körper. Quälend langsam wandert seine Hand nordwärts, schlüpft unter meinen BH und wandelt die Schockwellen in pure Lust.

Als wir uns diesmal küssen, brauche ich mehr. Ich muss ihn spüren, will ihn ganz nah bei mir haben. Darum tue ich es ihm nach und lasse meine Hände unter sein Shirt verschwinden. Mit wild pochendem Herzen gleiten meine Finger über samtige Haut und feste Muskeln. Ich erkunde jeden Zentimeter und fahre mit den Fingerspitzen die feine Haarlinie entlang, die im Saum seiner Jeans verschwindet. Als ich schon denke, dass es nicht besser werden kann, fühle ich seine freie Hand auf der Innenseite meines Schenkels, die sich quälend langsam nach oben arbeitet. Ich trage superkurze Shorts, darum verschlägt es mir für einen Augenblick den Atem, als zwei Finger unter dem ausgefransten Saum verschwinden.

Holy Moly! Ich kann mich nicht erinnern, wann ich das letzte Mal so erregt war. Etwas Stählernes in mir wird ohne Vorwarnung ganz weich, knickt ein, und das ist der Moment als ich mich fallen lasse.

Ich habe das Gefühl, sicher und gut aufgehoben zu sein, weiß ohne den Hauch eines Zweifels, dass Drake mich auffangen wird. Was immer ich an Ängsten mit mir herumschleppe, in Drakes Armen lösen sie sich auf. Ich lasse zu, dass er mich berührt, erst vorsichtig, wie um meine Reaktion zu testen. Dann öffne ich die Schenkel für ihn, und das ist alles, was er an Bestätigung braucht. Als hätte er das schon hundertmal getan, legen sich seine Finger auf die quälend pochende Stelle zwischen meinen Beinen und üben genau den richtigen Druck aus. Ich beiße in seine Schulter, um ein Stöhnen zu unterdrücken. Ich will mehr, brauche mehr. Also beuge ich mich zurück, ziehe sein Shirt über den Kopf und werfe es auf den Boden. Meine Lippen fahren über seine granitharte Brust, Drakes Haut fühlt sich an, als würde sie brennen. Dass ich den gleichen Effekt auf ihn habe, wie er auf mich, setzt eine Armee von Glückshormonen in mir frei, die wie Brausepulver in meinem Bauch kribbeln.

Während seine Finger ihre Magie entfalten, schließe ich die Augen und gebe ein langgezogenes Stöhnen von mir, das vom Hämmern der Bässe geschluckt wird.

Drake flucht leise. Im nächsten Moment verschwindet mein T-Shirt, der BH folgt, dann liegt sein Mund auf meiner Brust.

Oh. Mein. Gott.

Ich fühle mich, als hätte ich Gras geraucht. Schwindelig und ein bisschen high.

»Sieh mich an, ich will dich sehen.« Drakes Stimme klingt rau. Er beugt sich über mich, eine Hand liegt in meinem Rücken und hält mich in Position, während die andere wahre Wunder vollbringt.

Trotz meines inneren Aufruhrs schaffe ich es irgendwie, die Augen zu öffnen. Drake wirkt verschwommen, darum blinzle ich ein paarmal, bis sich meine Sicht klärt und ich mich an seinem seelenvollen Blick festhalte. Er scheint das einzig Feste in einer Welt zu sein, die sich vor meinen Augen verflüssigt.

»Komm für mich, Babe.« Sein Mund fährt über das Zentrum meiner Brust, saugt, beißt, dann fallen meine Lider abermals zu und Sterne explodieren vor meinem inneren Auge. Ein Feuerwerk aus Gefühlen und Farben, die mich aus meiner engen Welt in ein anderes Universum katapultieren.

»Aaaaahhhhhh!«

Als ich komme, bin ich nicht leise, und es dauert eine Weile, bis ich wieder auf der Erde lande und meine Füße festen Boden spüren. Doch Drake hat keine Eile. Selbst nachdem mein Höhepunkt abgeklungen ist, drückt er mich an sich und murmelt leise in mein Ohr. Ich bin zu weit weg, um ihn zu verstehen, doch seine Stimme hat eine beruhigende Wirkung auf mich. In jedem Fall habe ich das Gefühl, gestorben und im Himmel erwacht zu sein. Als er mich diesmal küsst, ist er zärtlich, doch bevor ich den Kuss erwidern kann, fliegt die Tür auf, und das Kichern mehrerer Mädchen füllt den Raum.

Könnte mich bitte jemand erschießen?

14 »Wow, Entschuldigung!«, das kommt von Charlize, die kein bisschen bedauernd klingt. Was bedeutet, dass sie und die anderen Nervensägen die ganze Zeit vor der Tür gestanden und unser Intermezzo mitangehört haben.

Nicht zu fassen, dass ausgerechnet meine Erzfeindinnen diesen Augenblick zerstören müssen. Mein einziger Trost ist, dass ich mich hinter Drakes breitem Rücken verstecken kann, der mich vor den dreien abschirmt.

»Zieht Leine, hier ist besetzt.« Drakes Ton ist arktisch, ich erkenne ihn kaum wieder.

»Kein Problem«, giggelt Shelly. »Wir sind in der Küche, wenn du mit der fertig bist.«

Echt jetzt? Als sich die Tür hinter ihr schließt, stöhne ich gegen seine Brust, diesmal allerdings nicht vor Lust.

»Wieso hast du nicht abgeschlossen?« Zu meiner Überraschung vibriert sein Körper unter meinem Kinn. Er lacht?

»Sorry, Kleines«, sagt er und küsst meine Schläfe. »Ich dachte, das hätte ich.«

Ich stöhne erneut, doch er hebt mein Gesicht an und küsst die Nasenspitze.

»Mach dir keinen Kopf, sie konnten dich nicht sehen.« Er bückt sich und reicht mir BH und Shirt, danach schlüpft er in sein eigenes. Ich ziehe mich hastig an und kämpfe plötzlich mit der Peinlichkeit des Moments. Der Rausch von eben ist verpufft und meine Landung im Hier und Jetzt ist hart.

Wie konnte ich es so weit kommen lassen? Ich meine, das hier ist Drake, was muss er von mir denken? Was unterscheidet mich von Shelly & Co., Mädels, die mit ihm für eine schnelle Nummer während einer Party verschwinden, um ihm danach in der Schule Schmachtblicke zuzuwerfen, und auf eine Wiederholung hoffen.

Ich kann gar nicht schnell genug aus dem Badezimmer verschwinden, doch Drakes Arm versperrt mir den Weg.

»Nicht so eilig.« Ich spüre seinen Blick, kann ihn jedoch nicht erwidern. »Was ist los?«

Kopfschüttelnd drücke ich gegen seinen Arm. »Lass mich gehen.« Die Worte kommen gepresst raus.

»Nicht, bevor du mit mir redest.«

»Es ist nichts.« Frustriert schüttle ich den Kopf. »Ich … ich kann nur nicht glauben, dass ich das gerade getan habe.« Dass ich verzweifelt genug war, mich auf Drake Marshall einzulassen.

»Eigentlich habe ich das meiste gemacht.« In seiner Stimme liegt ein Lächeln, und als ich ihn ansehe, wird mir klar, dass er sich köstlich amüsiert. Die lästigen Tränen kommen ohne Vorwarnung, doch ich drücke sie fort. Anscheinend nicht schnell genug, denn Drake ergreift meine Oberarme und zieht mich zu sich.

»Was ist mit dir?« Das Lachen ist aus seiner Stimme verschwunden, doch das macht es nicht besser. Mein Hals zieht sich zusammen, ich bringe die nächsten Worte kaum raus.

»Ich hatte Sex auf einer Fete. In einem Bad.« Diese etwas verspätete Erkenntnis trifft mich irgendwo in der Magengegend.

Drakes Mundwinkel hebt sich, doch ich bin noch nicht fertig.

»Mit jemandem, der mich nicht mal kennt!« Und für den so was offensichtlich nichts Besonderes ist. Drake und Nash schleppen jedes Wochenende Bräute ab und entsorgen sie, sobald sie haben, was sie wollen. Im Rausch war mir das egal. Nachdem ich von meinem Hoch zurück auf der Erde bin, komme ich mir wie der letzte Idiot vor.

Für Reue ist es jetzt allerdings zu spät. Wobei ich nicht den Sex bereue, der war fantastisch und irgendwie auch befreiend. Was ich nicht begreife, ist, wie ich mich Drake ohne mit der Wimper zu zucken hingeben konnte – bei seinem Ruf! Denn nicht nur er kennt mich nicht, auch ich habe keinen Schimmer, wer er ist und was er von mir will. Und wie muss das erst für Außenstehende wie Charlize aussehen? Wäre die Situation umgekehrt, wäre ich angewidert. Sollte ich nicht mehr Selbstachtung haben, mehr Kontrolle über meine Gefühle?

Während ich noch darüber nachdenke, legen sich Drakes Arme um meine Taille, und er drückt mich an sich.

»Wie kommst du darauf, dass ich dich nicht kenne?«

Soll das ein Witz sein? Ich hebe den Blick und sehe ihn entgeistert an.

»Was ist meine Lieblingsfarbe?«

»Grün«, antwortet er, ohne zu zögern. Hm. Das war zu einfach.

»Lieblingsessen?«

»Italienisch. Pizza und Lasagne.«

Na schön, das war auch zu leicht, schwerere Geschütze müssen her. Als ich den Mund öffne, um die nächste Frage zu formulieren, kommt er mir zuvor.

»Du liebst Karamell-Latte und französische Tarte. Bist loyal zu deinen Freunden und stehst zu ihnen, selbst wenn sie dich in Schwierigkeiten bringen.« Seine Hand fährt über meinen Rücken und ich entspanne mich ein wenig.

»Du hängst an deinem besten Freund Leon, doch der ist nicht da, deswegen fühlst du dich einsam und bist oft am Meer. Die Weite hilft dir, deiner inneren Enge zu entkommen, doch der Ozean macht dir auch Angst, darum gehst du nie schwimmen. Er ist nicht kontrollierbar, und mehr als alles andere brauchst du Sicherheit, denn die wurde dir genommen.«

Mein Mund klappt auf, doch kein Wort kommt raus. Ich kann nicht fassen, dass er das gesagt hat. Im Lärm meiner Gedanken fällt es mir schwer, einen geraden Satz zu formulieren, aber das muss ich auch nicht, Drake ist gerade erst warm geworden.

»Was du brauchst, ist ein Anker, doch du machst den Fehler, ihn außen zu suchen, statt in dir. Das Texten hilft dir, dich zu erden, darum frage ich mich schon eine Weile, wann du deinen letzten Song geschrieben hast.«

Als er fertig ist, starre ich ihn an, ich bin sprachlos. Ich wäre gern angepisst, weil es für ihn offensichtlich ein Kinderspiel ist, mich zu durchschauen. Doch ich kann mich nicht dazu überwinden, sauer zu sein. Was er eben gesagt hat, berührt mich auf unterschiedlichen Ebenen. Nicht mal Leon kennt mich so gut, geschweige denn meine Mutter. Mein Bruder war der Einzige, der wusste, was in mir vorgeht – und umgekehrt. Wir mussten es nicht mal aussprechen, ein Blick genügte.

Was Drake geschafft hat, habe ich seit Lukas' Tod nicht mehr empfunden, eine tiefe Verbundenheit. Und das ausgerechnet mit einem Wichtigtuer wie Drake Marshall. Nur, dass er kein Wichtigtuer ist. Keine Ahnung, was er ist, ich weiß nicht mal, wer er ist, was es umso schlimmer macht.

Meine geweiteten Augen müssen mich verraten, denn er streicht mit den Fingerspitzen über meine Wange, ein Funkeln in seinem Blick.

»Woher …?«, setze ich an, dann schüttle ich den Kopf. Woher kennt er mich so gut, möchte ich fragen. Weshalb weiß er all diese Dinge über mich? Meine schlimmsten Ängste und meine Sehnsucht nach Halt. Wie kann er diese Sachen in so kurzer Zeit herausgefunden haben?

Und wieso zum Teufel mag er mich trotzdem?

»Du bist nicht halb so kompliziert, wie du glaubst«, beantwortet er meine unausgesprochenen Gedanken.

Das Hämmern einer Faust gegen die Badezimmertür reißt mich aus meiner Schockstarre.

»Werdet mal fertig da drinnen, hier unten gibt es nur drei Bäder und die erste Etage ist tabu!«

Dem schrillen Klang nach tippe ich auf Scarlett, obwohl das durch das Dröhnen der Bässe schwer zu sagen ist.

»Ich kann da nicht raus.« Meine Stimme ist ein Flüstern, ich bin nicht mal sicher, ob er mich gehört hat.

Wenn die Weiber herausfinden, mit wem Drake im Bad rumgemacht hat, werden meine Schultage zum Spießrutenlauf. Ich meine, sie haben mich vorher schon eine Schlampe genannt, aber das hier toppt alles. Was gibt es Schlimmeres als Sex mit seinem zukünftigen Stiefbruder? Ganz zu schweigen von Ort und Zeit.

Dass ich einer Panik nahe bin, scheint mir im Gesicht zu stehen, denn Drake zieht mich an sich und küsst meinen Scheitel. Für einen Moment erlaube ich mir, schwach zu sein, schließe die Augen und vergrabe die Nase in seinem Shirt. Mit einem tiefen Atemzug inhaliere ich seinen sauberen Duft nach Winter und, nun ja, Drake. Sein Herz pocht kraftvoll und ruhig gegen meine Brust, was eine entspannende Wirkung auf mich hat. Mein Atem beruhigt sich, und ich genieße die Art, wie seine Hände über meine Arme fahren. Als hätte er alle Zeit der Welt. Unsere Herzschläge verschmelzen, werden zu einem, und ohne dass ich sagen kann, wie das passiert ist, geht seine Ruhe auf mich über, und ich gebe ein leises Seufzen von mir.

Abermals pocht es an der Tür. Ich höre Kichern, dann bewegt jemand den Türknauf.

»Shit«, flüstere ich und verstärke den Griff um Drakes Arm. Diese Lästerschwestern werden wir nicht mehr los, die campen wahrscheinlich die ganze Nacht vor der Tür, nur um zu sehen, wen Drake flachgelegt hat.

»Lass uns die romantische Route nehmen«, sagt er und nickt zum Fenster.

Oh. Okay, das ist natürlich auch eine Möglichkeit. Warum bin ich nicht selbst darauf gekommen? Mit routinierten Griffen räumt er die Ablage leer, schiebt das Fenster nach oben und macht eine einladende Geste. Ich lasse mich nicht zweimal bitten. Gemeinsam steigen wir auf die Fensterbank, doch bevor ich runterhüpfen kann, legt er mir den Arm um die Taille und hebt mich nach draußen, als würden wir vom Dach springen und nicht aus dem Erdgeschoss klettern.

Selbst im Garten ist der Partylärm allgegenwärtig. Zwischen dem Wummern der Musik trägt der Wind das Gelächter der Teams zu uns, die anscheinend noch immer den Poolbereich in Beschlag nehmen. Aufgekratztes Kreischen mischt sich mit dem Gejohle der Jungs, das aus der Küche kommt. Würde mich nicht wundern, wenn sich die Gänse das Maul über Drakes neuste Eroberung zerreißen, die er im Badezimmer gegen die Kacheln vögelt.

Drake ergreift meine Hand und führt mich durch den Garten zu seinem Hummer. Kaum sitze ich im Wagen, frage ich mich, was ich hier zu suchen habe. War nicht der Sinn unserer Flucht, zurück zur Feier zu gehen, ohne zusammen gesehen zu werden?

Auf der anderen Seite kann ich mir nicht vorstellen, den Rest der Party so zu tun, als wäre nichts geschehen. Nicht nach dem, was im Bad passiert ist – was Drake zu mir gesagt hat. Von daher scheint ein Rückzug die beste Lösung zu sein.

Während der Fahrt schweigen wir. Da ich nervös bin und nicht weiß, wohin mit meinen Händen, sende ich Pam eine Nachricht über den Messenger. Ich schreib ihr, dass ich eine Mitfahrgelegenheit gefunden habe und auf dem Weg nach

Hause bin. Ich sage nicht, mit wem, das spare ich mir für später. Dann simse ich Dexter, dass er ein Auge auf Pam haben soll. Keinen Alk und erst recht kein Gras, sonst verstößt sie gegen ihre Auflagen. Danach stelle ich mein Smartphone aus und denke nach.

Warum bringt Drake mich nach Hause? Hätte er sich nicht im Garten von mir verabschieden sollen, um mit einem seiner Groupies da weiterzumachen, wo er bei mir aufgehört hat? Aber das wäre eher Nashs Art, oder?

Allmählich dämmert es mir, dass ich nicht halb so viel über Drake weiß, wie ich geglaubt habe. Kein schöner Gedanke, nachdem er mich eben wie eine Zwiebel geschält und mein Innerstes nach außen gestülpt hat. Dass ich nicht weiß, was in seinem Kopf vorgeht, nagt an mir. Warum muss er ständig eine Maske tragen, die jeden außer seinen Bruder ausschließt? Und wieso hat er mich heute einen Blick hinter die Kulissen werfen lassen? Was hat sich geändert?

Was sich bei mir geändert hat, weiß ich. Normalerweise mache ich nicht mit Typen rum, die ich kaum kenne. Ich bin einsam und vermisse Raoul, der sich seit meinem Anruf nicht bei mir gemeldet hat. Kann er seine Gefühle per Knopfdruck ausschalten oder wie macht er das? Bei mir funktioniert das jedenfalls nicht. Ich vermisse unsere Nähe, vermisse *ihn* und habe seit unserer Trennung im Herbst andere Jungs nicht mal angesehen.

Offensichtlich ist das seit heute vorbei. Wie ich das finde, weiß ich nicht, vor allem aber verstehe ich nicht, warum ich ausgerechnet mit Drake etwas anfangen musste. Der ältere Marshall ist voller Gegensätze. Im Moment macht er mich nervös, und das, obwohl er normalerweise eine himmlische Ruhe verbreitet. Irgendwas stimmt nicht mit mir, das steht mal fest.

Obwohl die Manhattan Beach dreißig Minuten von unserem Zuhause in den Palos Verdes entfernt ist, schafft Drake die Strecke in einer Viertelstunde. Ist mir recht, ich bin derart kribbelig, dass ich mich auf meine Hände setzen muss, um ihn nicht zu berühren. Darum bin ich dankbar, als er in unsere Auffahrt einbiegt. Doch statt vor dem Eingangsportal zu halten, fährt er zu dem Riesenanbau, den James Garage nennt. Als er den Wagen hält, um das Öffnen des Tors abzuwarten, nutze ich die Gelegenheit und hüpfe aus dem Auro.

»Danke fürs Mitnehmen«, rufe ich über die Schulter und jogge durch die Dunkelheit zum Mücheneingang.

Schon klar, das ist feige, und ja, damit habe ich bestenfalls einen Aufschub gewonnen. Denn eines ist mir heute Abend klar geworden. Drake will mehr von mir, sonst hätte er mich nicht vor den Blicken der Mädels geschützt. Wären wir erwischt worden, hätte er nichts verloren, ich dagegen alles.

Doch bevor ich nicht weiß, was ganz genau *ich* möchte, werde ich mich von ihm fernhalten. Oder, na ja, es zumindest versuchen.

***

Da der nächste Tag ein Samstag ist, ist das auch kein Problem. Nach einem Spiel stehen die Brüder nie vor Mittag auf, danach ziehen sie los und kommen erst spät in der Nacht zurück – wenn überhaupt.

Heute steht der große Shopping-Tag mit meiner Mutter

an. Wäre ich ein normales Mädchen, würde ich mich schon die ganze Woche darauf freuen, mich auf ihre Kosten in Schale zu werfen: neues Kleid, Schuhe und 'ne passende Clutch. Nicht zu vergessen die Accessoires wie Schmuck, Handschuhe und einen Schal.

Aber ich bin nicht normal. Ich bin ein typischer Online-Shopper, auch wenn Pam behauptet, das wäre wie Masturbieren. Laut meiner Freundin ist nur Real-Life-Shopping wahrer Sex, obwohl sich mir die Logik darin nicht erschließt. Wozu soll ich mir Blasen an den Füßen holen, wenn ich die gleichen Klamotten per Mausklick bestellen kann und dann auch noch geliefert bekomme? Pam sagt, es geht um das Erlebnis, aber ich weiß mit meiner Zeit Besseres anzufangen. Davon abgesehen ist das rausgeworfenes Geld. Ich meine, hallo, das ist ein Oscar-Outfit! Bei welcher Gelegenheit kann ich das nach der Show noch anziehen? Soll ich vielleicht bei der nächsten After-Game-Party im Ballkleid reinschneien und bis Mitternacht Frösche küssen? Auf die Schulbälle gehe ich nicht, da wir bei diesen Gelegenheiten mit unserer Band spielen.

Unterm Strich läuft das Ganze auf einen Mutter-Tochter Tag hinaus. Wobei ich mich frage, warum wir nicht in den Spa gehen können und gut ist?

Andererseits kann Mama sich solche Extravaganzen jetzt leisten, das möchte sie mit jemandem teilen. Für ihren letzten Film hat sie mehr Kohle bekommen als während ihrer gesamten Karriere in Deutschland. Obwohl ich den Verdacht habe, dass sie nicht mit ihrer, sondern James' Karte blechen wird. Im Grunde gehe ich bloß mit, um Abbitte für meinen miesen

Auftritt im Restaurant zu leisten. Und, nun ja, weil sie meine Mutter ist und wir kaum noch etwas gemeinsam unternehmen. Aus mir unerfindlichen Gründen ist das heute unheimlich wichtig für sie, darum knipse ich ein Lächeln an und marschiere in ihr Arbeitszimmer.

15 Der Rodeo Drive ist nicht nur eine der beliebtesten Einkaufsmeilen in Beverly Hills, sondern auch die prominenteste. Er wird vom Wilshire Boulevard in einen nördlichen und südlichen Abschnitt geteilt, wobei der Norden die berühmte Postleitzahl 90210 hat. Unter Insidern sind diese fünf Ziffern das eigentliche Wahrzeichen der Stadt und nicht der Hollywood Schriftzug. Wundert mich nicht, schließlich wurde eine komplette Fernsehserie danach benannt. Wie es der Zufall will, war James einer der Co-Produzenten, aber das ist eine andere Geschichte.

Ein Kaufhaus sucht man hier vergeblich, obwohl *The Rodeo Collection*, das kurz RC genannt wird, ähnliche Dimensionen hat. Wenn man in Beverly Hills von Marken spricht, sind damit nicht Levis oder Esprit gemeint, sondern Chanel, Tiffany und Louis Vuitton.

Obwohl ich aus einer Großstadt komme, muss ich zugeben, dass ich beeindruckt bin. Berlin ist riesig, laut und, nun ja, schmutzig. Der Rodeo Drive dagegen wirkt geradezu geleckt und ist wie ein geschlossenes Universum, das eigenen Gesetzen folgt. Eines davon lautet, dass man nicht glotzt, sondern so tut, als gehöre man dazu. Keine leichte Aufgabe, wenn man aus einer Stadt kommt, deren größte Verkaufsattraktion das KaDeWe ist.

Zu meiner Erleichterung hat es meine Mutter auf das RC abgesehen. Das bedeutet, dass wir uns auf der Jagd nach Klamotten nicht die Hacken wundrennen, sondern auf wenigen Etagen alles haben, was wir brauchen. Inklusive Verschnauf-Oasen in Form von Cafés und Restaurants im Innenhof.

Man muss sich das RC wie ein palmenumsäumtes Dorf im Kolonialstil vorstellen, das aus exklusiven Edelboutiquen besteht, die über kleine Gärten miteinander verbunden sind.

Nachdem Martinez uns bei Dolce & Gabbana abgesetzt hat, fackelt meine Mutter nicht lang. Sie ergreift meine Hand und stöckelt in den Laden, als würde sie darin wohnen. Wie es aussieht, bin ich nicht die Einzige, die anpassungsfähig ist. Vor einem Jahr hätten wir uns nicht mal ein T-Shirt in diesem Schuppen leisten können, da Mama in Deutschland keine Jobs mehr bekommen hat.

»Am besten fangen wir mit deinem Kleid an, Spätzchen, das entscheidet, welche Schuhe und Accessoires du brauchst.«

Meine Mutter ist in ihrem Element, ihre Augen strahlen und wirken blauer denn je. Heute ist sie kaum geschminkt, Mascara, etwas Rouge und einen dezenten Lippenstift, der zu ihrem Trägerkleid aus rosa Viskose passt. Sie sieht deutlich jünger aus als sechsunddreißig. Wüsste ich es nicht besser, würde ich sie auf Ende zwanzig schätzen. Was ein bisschen schräg ist, wenn man bedenkt, dass James bereits auf die fünfzig zugeht.

»Was ist mit deinem Kleid?«

Darauf lächelt sie. »Das suchen James und ich auf der Modenschau nächste Woche im Beverly Wilshire aus.«

Wow. Seit wann geht sie zu Modenschauen, noch dazu, um sich einen Fummel für einen Abend auszusuchen? In jedem Fall kürzt es unseren Einkaufstrip enorm ab. Kleid und Schuhe kaufen – wie lange kann das dauern? Würde ich bei Zalando shoppen, wäre das Problem in zwanzig Minuten gelöst.

Auf der anderen Seite befinde ich mich hier im Luxusmarkenparadies, das ist eine ganz neue Kategorie für mich nach den eher bodenständigen Outlet Stores in Berlin Spandau: Jimmy Choos, TOD's und Prada, so weit das Auge reicht. Es gibt Schlimmeres, als hier zu shoppen.

Also schenke ich meiner Mom ein Lächeln, von dem ich hoffe, dass es ungezwungen rüberkommt. »Klingt nach einem guten Plan.«

Die Erleichterung, die sich in ihren Zügen ausbreitet, ist unbezahlbar. Mann, ich bin echt eine miserable Tochter. Es braucht wirklich nicht viel, um meine Mutter glücklich zu machen, darum greife ich nach ihrer Hand und betrete mit ihr das Disneyland der Reichen und Schönen. Später werde ich Leon davon erzählen, da haben wir stundenlang was zu lachen. Oder ich schreibe einen Song darüber, wer weiß. In jedem Fall lasse ich meine Muffel-Haltung auf der Straße, als wir die Mall betreten, und versuche, diesen Tag zu genießen.

Tatsächlich ist es nicht halb so schlimm, wie ich befürchtet habe. In der ersten Stunde scannen wir die Läden auf der Suche nach einem Stil, der zu mir passt, aber dennoch dem Anlass gerecht wird. Von wegen: Rocker-Barbie meets Glamour-World. Schließlich möchte ich immer noch wie ich selbst aussehen, nicht wie eine verkleidete Version.

Doch es fängt schon mit der Farbe an. Meine Mutter möchte, dass ich etwas Buntes trage, weil das angeblich zu meinem Alter passt. Ich dagegen suche was Schwarzes. Auf diese Weise kann ich das Kleid vielleicht noch mal tragen, Schwarz geht immer, oder? Am Ende werden wir bei Valentino fündig.

Ich habe scheißfreundliche Verkäuferinnen erwartet, die mir mit ihrem falschen Lächeln auf die Nerven gehen, doch in Wahrheit ist das Personal echt nett. Diana, die uns durch die Boutique führt, versteht sofort, was ich will, und bringt uns auf Anhieb drei Kleider, die mir allesamt gefallen. Zwischen den Anproben bekommen wir Getränke gereicht, Tee für Mama und einen doppelten Espresso für mich. Wir einigen uns auf ein ärmelloses Abendkleid aus anthrazitfarbener Seide, das von zwei Lagen Chiffon bedeckt ist. Kleine Sternchen sind mit einem Silberfaden auf den hauchdünnen Stoff gestickt, die das Kleid wie einen Nachthimmel schimmern lassen. Ich liebe es! Der Rest ist Formsache, denn selbstverständlich hat Valentino die passende Clutch, Handschuhe und ein schickes kleines Bolero-Jäckchen. Tatsächlich verbringen wir zwei angenehme Stunden in dem Laden, die in Rekordzeit vergehen. Als wir zurück in den Arkaden sind, fühle ich mich nicht nur gut beraten, sondern auch wunderschön.

Klar, es ist bloß ein Kleid, aber Mann, was macht das für einen Unterschied! Heute Morgen habe ich mir meiner Mutter zuliebe ein hellgrünes Sommerkleid übergezogen. Es ist kein Geheimnis, dass sie mich gerne in Kleidern sieht. Normalerweise hätte ich dazu hochhackige Sandalen getragen, aber bei der Aussicht auf den Shoppingtag habe ich mich für pailletten-besetzte Flip-Flops entschieden. Kurzum, ich sehe wie das typische Mädel von nebenan aus. In dem Valentino-Kleid bin ich ein Star. Und das ungeschminkt, mit offenem Haar.

Nach einem leichten Lunch im Innenhof der Mall schlen-dern wir auf der Suche nach passenden Schuhen durch die Gänge. Mir ist ein Paar bei Gucci ins Auge gefallen, meine Mutter hatte welche bei Dior entdeckt. Also trennen wir uns und beschließen, eine Auswahl in den Anprobe-Bereich zu bringen. Natürlich hätten wir auch einen der eifrigen Helfer darum bitten können, aber das wäre fast wie Online-Shop-ping. Ich meine, wo ich schon mal hier bin, möchte ich mir auch selbst etwas aussuchen. Denn in einem hätte Pam recht: Es ist ein komplett anderes Erlebnis loszuziehen und sich die Sachen vorher anzusehen. Das Kleid roch so neu und der Stoff war zart wie Spinnweben. Er hat sich fantastisch angefühlt, wie eine zweite Haut.

Auf dem Weg zu Gucci kommt mir die Idee, meiner Mut-ter eine Kleinigkeit zu besorgen. Ein Dankeschön für diesen Tag und auch, weil ich es ihr nicht immer leicht mache. Der letzte Streit steckt mir noch immer in den Knochen, sowie die Tatsache, dass ich nicht nur mich, sondern auch meine Mut-ter blamiert habe. Wenn ich meine Starbucks-Kohle aus diesem Jahr zusammenwerfe, reicht es für einen Schal von Hermès.

In der Boutique ist die Entscheidung schnell gefallen. Ein rotes Tuch aus Seidentwill fällt mir sofort ins Auge. Also mache ich kurzen Prozess, gehe zur Kasse und zücke meine Karte. Während ich bezahle, kribbelt mein Nacken, und ich habe das unbestimmte Gefühl, beobachtet zu werden. Das hatte ich schon beim Essen, doch sobald ich mich umsehe, ist da niemand.

Mit der Lacktüte in der Hand schlendere ich durch das Atrium und passiere eine Vitrine mit Louboutins. Das sind die Schuhe mit der berühmten roten Sohle und den Eispickel-Absätzen. Auf einem Bord neben der Showvitrine werden die Heels wie Kunstwerke präsentiert. In Natura sehen sie mit ihrer Plateau-Sohle und den endlosen Absätzen wie eine Waffe aus, darin zu laufen muss eine Kunst sein. Ich habe kein Problem mit Heels, hier in L.A. trage ich sie regelmäßig, selbst zur Schule. Aber alles über elf Zentimeter wäre mir zu riskant. Ein verstauchter Knöchel macht keinen Spaß, vor allem, wenn man vor versammelter Mannschaft umknickt und sich zum Trottel macht. Dennoch reizt es mich, sie anzuprobieren, diese Schuhe sind die ultimative Herausforderung, ein sprichwörtlicher Fehdehandschuh an das weibliche Geschlecht.

Als sich diesmal das Kribbeln einstellt, mache ich einen Mann aus, der sich im Glas der Vitrine spiegelt. Sein Blick ist auf mich geheftet, die Hände sind zu Fäusten geballt.

Vor einem halben Jahr hätte ich das mit einem Schulterzucken abgetan. Doch in der Zwischenzeit ist einiges geschehen, Grund genug, aufmerksam zu sein. Meine Bremsen haben nicht ohne Grund versagt, dazu die Nachricht auf der Fahrerscheibe.

Entgegen seiner Ankündigung hat Leon sich in der Iwanow-Sache nicht an James gewandt – zumindest noch nicht. Doch die Uhr tickt, und ich glaube nicht, dass er noch lange warten wird.

Ich wollte es James schon ein paarmal sagen, doch jedes Mal wenn er sich in sein Arbeitszimmer zurückgezogen hat, hat mich der Mut verlassen. Denn mal ehrlich, wenn man nüchtern darüber nachdenkt, ist das verrückt. Iwanow in L.A. – das glaubt doch kein Mensch! Er hat meine Mutter aus Berlin verjagt, warum sollte er uns folgen? Seine Rachegelüste hat er während seiner Rufmordkampagne befriedigt, in Deutschland ist meine Mutter erledigt. Kein Produzent wird sich mit ihr die Finger verbrennen, dafür hat der Russe gesorgt. Der Mann hat uns alles genommen, unsere Freunde, Mamas Job, unser Zuhause. Und jetzt soll er plötzlich hier sein? Sich an meinem Wagen zu schaffen machen und mir Grünzeug an die Scheibe pinnen?

Ich habe übrigens gegoogelt, was welke Rosen bedeuten. Das Weiß steht für Reinheit, aber auch für den Tod. Letzteres wird durch das Verblühen unterstrichen, was so viel sagt wie: Es ist aus.

Unterm Strich läuft es auf eine Frage hinaus: Was, wenn ich mich irre? Lohnt es sich, meine Mutter dafür in Angst und Schrecken zu versetzen? Sie hat gerade einen so guten Lauf. Endlich geht es mit ihrer Karriere bergauf, und das, nachdem sie bereits abgeschrieben war. Es geht ihr so gut, das möchte ich nicht kaputt machen.

Dennoch bin ich kein Idiot. Allein die Tatsache, dass ich mich verfolgt fühle, ist Grund genug, James zu informieren. Sobald wir zurück sind, werde ich mit ihm reden. Vielleicht kann er Mama ja erst mal raushalten. Für den Moment halte ich die Augen offen und hoffe, dass ich mich irre.

Mit einem Seufzer schnappe ich mir ein Paar Killerheels

und mache mich zum Anprobe-Bereich auf, als mir der schwere Moschusduft auffällt. Das Rasierwasser kommt mir nicht zum ersten Mal unter die Nase, doch bevor ich es zuordnen kann, ergreift jemand meinen Arm, und ich spüre etwas Spitzes an meinen Nieren, das nur ein Messer sein kann.

»Zum Aufzug und keinen Mucks!«

Zuerst bin ich perplex. Dann schaltet sich mein Hirn ein, und ich öffne den Mund, um zu protestieren. Eine behaarte Hand legt sich über meine Lippen, gleichzeitig nimmt der Druck des Messers zu. Es schneidet wie Butter durch mein Kleid, bis ich die Klinge auf der Haut spüre und etwas Feuchtes. Mein Blut, um genau zu sein.

Das ist der Moment, als ich begreife, was los ist, und die Angst einsetzt. Oder besser, Panik. Kennt ihr die Redensart, dass einem das Herz in die Hose rutscht? Bei mir ist es nicht nur das Herz, sondern sämtliche Eingeweide. Der Boden öffnet sich unter mir, und ich falle, verliere jeden Halt, während sich etwas Kaltes in mir ausbreitet.

Ich kann meinen Kidnapper nicht sehen, da mein Rücken gegen seinen Bauch gepresst ist – gegen das Messer. Aber trotz der lähmenden Angst nehme ich meine Umgebung wahr und kann nicht fassen, dass niemand in unsere Richtung blickt. Das hier ist zwar nicht Aldi an einem Samstagvormittag, aber ein paar Leute sind dennoch in der Nähe. Wenige Meter von mir entfernt nehmen zwei Mädels ein Selfie von sich und der Schaufensterauslage auf. Touristen. Im Gang links von uns hält eine Mutter ihrem Kind eine Standpauke, während eine Verkäuferin ein paar Meter weiter einer Schaufensterpuppe eine Krawatte umbindet. Warum zum Geier sieht niemand her?

Dann fällt mir mein Handy ein. Nach dem Unfall mit dem BMW hat James mir ein Smartphone mit Panik-Button gegeben. Wenn ich den Einschaltknopf dreimal kurz hintereinander drücke, wird ein Notfallsignal auf Martinez' Piper aktiviert. Wie von selbst greift meine Hand in die Clutch, umfängt das iPhone wie einen Rettungsring und drückt die Taste. Fragt mich nicht, wie oft ich meinen Daumen auf den Knopf ramme, meine Fähigkeit, bis drei zu zählen, ist mir abhandengekommen. In jedem Fall bemerkt mein Entführer das Telefon. Fluchend reißt er es mir aus der Hand, einen Moment später landet es mit einem leisen Knirschen unter seinem Absatz. Mein Herz setzt einen Schlag aus. Oder auch zwei, denn noch immer bemerkt niemand, dass ich zum Fahrstuhl gezerrt werde, ich fasse es nicht!

Ich bin noch hier, ich bin noch hier, bin noch hier…

Als sich die Türen des Aufzugs öffnen, bin ich in vollem Panik-Modus. Ich habe vergessen, wie man schreit – oder wie man atmet, wo wir schon dabei sind, bin wie gelähmt und bringe es kaum über mich, eine Entscheidung zu treffen. Ich muss mich wehren, richtig? Aber wie soll ich das anstellen, ohne dass er mich wie eine Weihnachtsgans ausnimmt? Da meine Sicherungen durchgeschmort sind, übernehmen die Instinkte das Ruder. Mir muss niemand erklären, dass ich nicht mit ihm in diesen Fahrstuhl steigen darf. Sobald sich die Türen hinter uns schließen, ist mein Leben keinen Pfifferling mehr wert.

Noch immer halte ich die Louboutins in Händen. Besser gesagt einen, den anderen muss ich irgendwo im Laden verloren haben. Doch an den verbliebenen Schuh kralle ich mich, als wäre er eine Reißleine, das Einzige, das meinen freien Fall stoppen kann.

Als ich in die Kabine gedrängt werde, reagiere ich automatisch. Mein Ellbogen schnellt zurück und landet im Magen meines Entführers. Gleichzeitig werfe ich den Kopf in den Nacken und krache mit dem Hinterkopf gegen sein Kinn. Kurz sehe ich Sternchen, doch ich habe keine Zeit für Schwindel, hier geht es um mein Leben! Im Umdrehen hole ich aus und ramme dem Typen mit ganzer Kraft den Absatz in die Hand. Er brüllt auf, die Waffe fällt aus seiner Hand und er taumelt einen Schritt zurück. Ein Riesencombatmesser mit gezackter Klinge landet vor meinen Füßen – beinah kommt mir mein Lunch hoch. Was hatte der Typ damit vor, das Teil sieht wie eine Säge aus!

Bevor ich ihm vor die Füße reihern kann, machen die Türen Anstalten, sich zu schließen. Immer noch auf Autopilot, kicke ich meinen Angreifer zurück in den Verkaufsraum, und endlich kann ich sein Gesicht sehen. Er trägt eine Baseballmütze, RayBans und er hat sich einen Bart wachsen lassen. Dennoch erkenne ich das pockennarbige Gesicht darunter, zumal die Sonnenbrille durch meinen Schlag verrutscht ist.

Ich schlucke, denn mein Hals ist raspeltrocken und fühlt sich an, als wäre er mit Wolle ausgestopft.

Was ich noch an Zweifel hatte, verpufft in diesem Moment, denn vor mir steht niemand Geringerer als Dimitri Iwanow, und der Hass, der mir entgegenschlägt, raubt mir für einen Augenblick den Atem.

16

Als sich der Aufzug in Bewegung setzt, schnappe ich nach Luft wie eine Ertrinkende. Einmal, zweimal, dreimal. Es geht abwärts, und als sich die Türen erneut öffnen, befinde ich mich in der Tiefgarage. Hierher wollte er mich bringen? Wahrscheinlich hat er irgendwo einen Wagen geparkt, um mich sonstwohin zu verschleppen. Da er jeden Moment hier aufkreuzen kann, verliere ich keine Zeit. Statt zum Treppenhaus zu laufen, renne ich über die Rampe auf die Straße. Ich habe weder Telefon noch Tasche, nicht mal Schuhe. Ich kann mich nicht erinnern, wann und wo ich die Flip Flops verloren habe, vermutlich im Gerangel vor dem Aufzug.

Kaum bin ich auf der Straße, renne ich gegen jemanden, der mich in die Arme schließt und festhält. Diesmal vergesse ich nicht, wie man schreit, und nicht nur das. Ich kicke, beiße und schlage wie eine Wilde um mich.

»Schhhht«, sagt eine vertraute Stimme. »Ich bin's, Calvin, es ist vorbei, du bist in Sicherheit.«

Calvin ist einer von James' Fahrern. Er hat aschblondes Haar, ist gebaut wie ein Ringer und erkennt eine hysterische Frau, wenn er eine vor sich hat. Also mich. Doch er ist nicht

213

hier, um mich tröstend in die Arme zu schließen. Er klemmt mich an seine Seite und zieht mich zur wartenden Limousine, mit der Mama und ich gekommen sind. Doch nicht er hat uns gefahren, sondern Martinez.

Für einen schrecklichen Moment glaube ich an eine Verschwörung. Was, wenn Iwanow Calvin abgeworben hat, der nun für den Russen arbeitet? Wenn gerade Plan B ihres Einsatzes anläuft und es Calvins Job ist, mich abzufangen und zum Russen zu bringen.

Als Calvin mich in den Wagen schaffen will, wehre ich mich aus Leibeskräften.

»Lass mich los!«, brülle ich, »Mama ist noch da drin!«

»Es ist in Ordnung, Jazz, Martinez ist reingegangen, um sie zu holen. Ich habe den Auftrag, dich sofort in die Zentrale zu bringen.«

»Ohne meine Mutter gehe ich nirgendwohin!«

Sie ist noch in der Mall und fragt sich wahrscheinlich, wo ich bleibe. Was, wenn Iwanow nun auf sie losgeht und meine Mom kidnappt?

Plötzlich schiebt Calvin mich gegen die Seite der Limo und beugt meinen Oberkörper nach vorn.

»Atme auf drei«, sagt er und zählt langsam. Dann holt er zusammen mit mir Luft, und wir wiederholen das Ganze, bis sich mein Atem beruhigt. Schließlich ergreift er meine Hände und sieht mich eindringlich an. »Das ist kein Spiel, Jazz. Du hast den Panik-Button gedrückt. Jetzt lass uns unseren Job machen und für eure Sicherheit sorgen. Ich habe keine Zeit zu diskutieren, wir wissen, was wir tun. Und jetzt steig in den Wagen.«

Nach einem weiteren zittrigen Atemzug nicke ich, was er sagt, macht Sinn. »Wenn wir die Limo nehmen, wie kommen dann Mama und Martinez nach Hause?«

»Ich habe die Zentrale verständigt, Backup ist unterwegs.«

Als wäre damit alles klar, hilft er mir auf den Rücksitz, setzt sich hinters Steuer und fährt los. Die Trennscheibe ist runtergelassen, darum höre ich die Freisprechanlage.

»Wir sind unterwegs, was ist mit Liz?«

»Hab sie.« Martinez' dunkle Stimme hat eine seltsam tröstliche Wirkung auf mich.

»Der Wagen ist unterwegs und muss in T minus fünf bei euch sein.«

»Roger.«

»Irgendwelche Spuren?«, hakt Calvin nach.

»Wir haben das Handy gefunden, die Tasche lag im Lift. Außerdem ein Schuh mit blutigem Absatz.«

»Und der Attentäter?«

»Nur Blutspuren an den Türen zum Notausgang und im Treppenhaus.«

»Roger.«

»Sobald die Polizei eintrifft, sichten wir das Bildmaterial der Überwachungskameras, dann wissen wir mehr.«

»E-Er muss einen W-Wagen in der Tiefgarage haben«, bringe ich zwischen klappernden Zähnen hervor. Allmählich setzt der Schock ein, ich zittere am ganzen Körper.

»Hast du das gehört, Diego?«

»Si, ich lasse das überprüfen«, sagt Martinez. »*Pequeña mia*, das hast du gut gemacht!« Obwohl er mich nicht sehen kann, zucke ich mit den Schultern. »Erinnerst du dich noch an das Parkdeck?«

»D-Die Fahrstuhltüren haben sich im dritten U-Untergeschoss geöffnet.« Mist, ich kann kaum sprechen, so sehr klappern meine Zähne. Falls er den Fluchtwagen benutzt hat, hätten wir zumindest ein Kennzeichen.

»S-Sucht nach einem Typen mit R-Ray Ban, Vollbart und 'nem B-Baseballkäppi.« Was vermutlich sinnlos ist, er ist garantiert bereits über alle Berge.

»Hast du das gehört?«, fragt Calvin seinen Boss.

»Roger, wir sprechen uns nachher.« Damit endet die Verbindung. Ich schließe die Augen und lehne mich im Sitz zurück.

Ich kann nicht fassen, was für ein Vollidiot ich war. Ich hätte auf Leon hören sollen und sofort zu James gehen müssen. Ich hatte es vor, aber dann ist das mit Drake passiert und mein Fokus hat sich verschoben. Ich war durcheinander und aufgewühlt und, und …

Im Geiste verpasse ich mir eine Ohrfeige. Wem will ich etwas vormachen? Ich weiß genau, warum ich nichts getan habe. Wieso ich passiv war und die Dinge habe laufen lassen. Ich wollte es nicht wahrhaben, so war es doch. Wollte mich der Situation nicht stellen, denn das hätte bedeutet, mich der Vergangenheit zu stellen und mit ihr meinem Schmerz.

Und das ist das Problem. Wenn ich die Gefühle zulasse, tut es zu weh. Aber die Alternative ist, nicht zu fühlen, und das bedeutet, nicht zu leben – das habe ich lang genug getan. Dichtgemacht, um genau zu sein.

Eine Zeit lang konnte ich dem Schmerz davonlaufen, so wie

der Tatsache, dass Iwanow zurück ist. Immer wieder habe ich mir eingeredet, dass er verschwindet, wenn ich ihn ignoriere. Um ehrlich zu sein, kann ich es noch immer nicht glauben. Ich meine, wem passiert so etwas? Wir sind in Hollywood, wie kann mein Alltag einen Krimistreifen toppen? Ich habe es meinen Instinkten zu verdanken, dass ich in der Limo sitze und nicht im Kofferraum dieses Psychopathen.

Ich darf gar nicht daran denken, was ich getan hätte, wenn meiner Mutter etwas zugestoßen wäre.

Dass es so weit gekommen ist, ist allein meine Schuld.

* * *

Fragt mich nicht, wie wir nach Hause gekommen sind. Ich klinke mich erst wieder ein, als ich auf der Couch in James' Büro sitze. Ich bin in eine Decke gehüllt und allmählich fühle ich wieder etwas. Das mentale Abschotten stammt noch aus der Zeit nach Lukas' Unfall. Es ist lange her, dass ich so weit abgedriftet bin, dass ich einen regelrechten Filmriss habe.

James hockt vor mir und drückt mir einen Brandy in die Hand. Zumindest schließe ich das aus den Schlieren am Rand des bauchigen Glases. Vorsichtig nippe ich an dem Zeug. Jep, eindeutig Brandy. Mit jedem Schluck breitet sich Wärme in mir aus, erst in meinem Hals, den Wangen, meinem Bauch, schließlich kann ich meine Finger wieder fühlen, zum Schluss die Füße. Letztere brennen höllisch. Als ich nach unten sehe, stelle ich fest, dass sie bandagiert sind. Mann, ich war echt weggetreten.

»Es tut mir leid«, sagt er, während ich am Glas nippe. »Stan hat dir ein Beruhigungsmittel gespritzt, du hast immer wieder

Panikanfälle bekommen. Anscheinend war die Dosis zu hoch, denn du bist kurz eingenickt.«

Das erklärt einiges.

»Stan?«

»Dr. Ashley, unser Hausarzt.«

Den Namen habe ich noch nie gehört, also glaube ich ihm das einfach mal.

»Wo ist Mom?«

»Er hat ihr ebenfalls etwas zur Beruhigung gegeben. Sie hat sich hingelegt, nachdem du versorgt warst und eingeschlafen bist.«

»Hast du ihr gesagt, was …« Ich beende den Satz nicht, doch das muss ich auch nicht.

»Im Moment weiß sie nur, dass du eine Panikattacke hattest.« Die Erleichterung, die ich bei seinen Worten empfinde, ist geradezu greifbar. Ich stoße den Atem aus, von dem ich nicht wusste, dass ich ihn angehalten habe, und lehne mich zurück.

»Viel mehr wussten wir zu diesem Zeitpunkt auch nicht.« Das kommt von Martinez, der in diesem Moment das Büro betritt und James zunickt. Er hält einige CDs in der Hand, die er auf den Schreibtisch legt, bevor er sich zu uns gesellt.

»Wie geht es dir, *querida*?«

»Hab mich schon mal besser gefühlt«, antworte ich wahrheitsgemäß.

»Was hast du herausgefunden?«, fragt James, an Martinez gewandt, der sich neben mich setzt und mir einen Arm umlegt. Der stille Latino ist nicht der Knuddel-Typ, von daher zeigt mir diese Geste, wie miserabel ich aussehen muss. Ich gebe ohne zu zögern nach und lehne den Kopf gegen seine Schulter. Unter uns, ich sehe nicht nur so aus, ich fühle mich auch mies.

»Jazz hatte recht, er ist wirklich nicht der Hellste. Der Fluchtwagen stand in der Tiefgarage, ein weißer Van, der von seinem Partner gefahren wurde. Die Aufnahme zeigt, wie Iwanow aus dem Treppenhaus stürmt und das Messer aus der Aufzugkabine fischt. Statt die Blutspuren zu beseitigen, sucht er die Etage ab. Dann brüllt er seinem Kollegen etwas zu, der startet den Wagen und rammt beim Zurücksetzen ein Fahrzeug.«

Oh Gott, er hat die Tiefgarage nach mir abgesucht? Wäre ich nicht sofort losgerannt, hätte er mich womöglich doch noch in die Finger bekommen. Bei dem Gedanken nehme ich einen großen Schluck Brandy.

»Haben wir ein klares Bild von ihm?«

»Leider nicht. Der Bart, die Sonnenbrille und das Käppi verdecken sein Gesicht. Außerdem scheint er zu wissen, wo sich die Kameras befinden. Er dreht sich so, dass sein Gesicht verborgen ist.«

»Was ist mit den Kennzeichen?«

Martinez seufzt und beugt sich nach vorn, die Unterarme auf die Knie gestützt. »Der Van ist gestohlen, er wurde am Flughafen abgestellt.«

War ja klar.

»Jazz.« Das kommt von James. »Hast du den Mann erkannt, der dich angegriffen hat?«

Das ist der Moment, den ich so lange gefürchtet habe. Doch die aktuellen Ereignisse haben mir gezeigt, wie falsch es war, der Angst nachzugeben und zu schweigen. Bei mir ist Schluss mit lustig, ich mache jetzt reinen Tisch, der Anschiss danach ist mir egal. Trotz des lockeren Verbands an meinen Füßen hält es mich nicht auf der Couch. Ich muss mich bewegen, so kann ich besser denken. Ich stelle das Glas auf den Tisch und stehe vorsichtig auf. Meine Fußsohlen brennen, ansonsten sind sie okay.

»M-hm«, mache ich und tapse Richtung Schreibtisch am anderen Ende des Raums. Obwohl ich aus dem Fenster sehe, spüre ich die Blicke der beiden auf mir. »Ich hatte schon länger einen Verdacht, war mir aber nicht sicher, bis ich ihm heute gegenüberstand.«

Die CDs, die Martinez gebracht hat, stammen bestimmt aus den Sicherheitskameras der Mall. In den Staaten wird so ziemlich alles überwacht, selbst die Aufzüge haben Kameras. Was bedeutet, dass sie gesehen haben, wie ich seine Hand mit dem Absatz gepierct habe.

»Sein Name ist Dimitri …«

»Iwanow«, beendet Martinez den Satz. Mein Herz macht einen Hüpfer und ich wende mich ihm und James wie in Zeitraffer zu.

»Ihr habt das gewusst?«

»Wir hatten ebenfalls einen Verdacht«, sagt James und erhebt sich zusammen mit Martinez.

»Seit wann?«

»Eine Weile.« James tritt zu mir und lehnt mit der Hüfte gegen den Schreibtisch, die Arme vor der Brust gekreuzt. Er ist ein gutaussehender Mann mit haselnussfarbenen Augen, denen wenig zu entgehen scheint. Sein Salz-und-Pfeffer-Haar ist kurz geschnitten und steht leicht nach vorn ab. Eine Aura von Autorität umgibt ihn, die er wie einen Maßanzug trägt.

Es mag seltsam klingen, aber obwohl wir unter einem Dach leben, sind James und ich uns selten so nahe. Meistens sehe ich ihn bloß am Wochenende oder abends, bevor er sich in sein Arbeitszimmer zurückzieht. Ansonsten verläuft man sich in diesem Haus, in dem es wie in einem Taubenschlag zugeht.

In diesem Augenblick bin ich ihm nahe, und die Ähnlichkeit mit Drake ist so markant, dass es sich wie ein Tritt in den Magen anfühlt. Jetzt habe ich es vierundzwanzig Stunden erfolgreich geschafft, nicht an ihn zu denken, da werde ich diese Stunde wohl noch rumbekommen, ohne in Tränen auszubrechen. Zu meiner Schande muss ich gestehen, dass mein Hals eng wird, sodass ich mich ein paarmal räuspern muss, bevor ich sprechen kann. Als ich mich abwende und mein Blick auf den Schreibtisch fällt, bleibt mir das Wort jedoch im Hals stecken.

Neben den Überwachungs-CDs liegen mehrere Mappen, eine davon ist offen und enthält Bilder. Von mir.

»Was zum …«

Ich beuge mich über den Tisch, ergreife das Dossier und gehe die Fotos durch. Das sind Schnappschüsse von mir. Bei Starbucks, auf dem Parkplatz meiner Schule, es gibt sogar ein Bild von unserer Pokerrunde in Raouls Werkstatt.

»Paparazzi?«, frage ich mit rauer Stimme.

»Ich wünschte, es wäre so.« James nimmt mir die Mappe ab und wirft sie zurück auf den Schreibtisch, sodass sich der Inhalt über den Tisch verteilt. Ich mache Zeitungsartikel aus, amtlich aussehende Dokumente und E-Mails.

Ich kann praktisch fühlen, wie das Blut aus meinem Gesicht weicht. Die Mails sind Drohungen, Ankündigungen und immer wieder Bilder von mir.

»Was hat das zu bedeuten?«, frage ich, dann sehe ich mir die Zeitungsartikel genauer an. »Shit«, flüstere ich, umrunde den Schreibtisch und sinke in James' Sessel.

Es handelt sich um die Berichterstattung, die nach Lukas' Unfall die Klatschblätter beatmet hat. Körnige Aufnahmen meiner Mutter mit Riesensonnenbrille beim Trauergottesdienst. Fotos von Max und mir an Lukas' Grab.

Das Schockierende sind allerdings die nächsten Bilder. Lukas nach einem Kartrennen, das er gewonnen hat. Das feuchte Haar klebt an seinem Kopf, den Helm hat er unterm Arm. Ein breites Grinsen ist auf sein Gesicht gepflastert und er zwinkert Max hinter der Kamera zu. Er strahlt mit jeder Pore Glück aus. Ihn so zu sehen, bricht mir beinahe ein zweites Mal das Herz.

Das nächste Foto zeigt ein sommersprossiges Mädchen, das in die Kamera lächelt. Hinter ihr steht eine bildschöne Frau in den Dreißigern. »TOD IN BERLIN«, titelt die Zeitung. »Russische Gemeinde trauert um Irina Iwanow und Tochter Sonja, die in der Nacht von Freitag auf Samstag bei einem tragischen Unfall ums Leben gekommen sind«, lautet der Untertitel.

Dass ich weine, merke ich erst, als Tränen auf den Artikel tropfen. James tritt hinter mich und legt mir eine Hand auf die Schulter.

»Warum hast du eine Akte davon?«

James wühlt in den Artikeln, zieht ein Bild heraus und tippt mit dem Finger gegen ein Foto.

»Ist das der Mann, den du heute gesehen hast?«

Oh ja, das ist er. Das ist eine Aufnahme von Iwanow, allerdings ohne Bart und Sonnenbrille. Auf dem Bild sind seine Lider halb geschlossen, doch dahinter tobt ein Sturm. Dass er uns hasst, ist nichts Neues. Wie sehr, ist mir heute klar geworden.

Ich starre auf das Bild des Mannes, der meinen Bruder in der Presse einen Mörder genannt und Rache geschworen hat. Er hat verlangt, dass meine Mutter die Verantwortung übernimmt, ihre Schauspielkarriere beendet und ihn um Verzeihung bittet. Er hat sie als Medienhure beschimpft und sie monatelang gestalkt. Zunächst haben wir das hingenommen, immerhin befand sich der Mann in Trauer. Jeder geht auf seine Weise mit dem Verlust geliebter Menschen um, doch als er mir an meiner Schule aufgelauert hat, ist Max der Kragen geplatzt. Max hat alles versucht, eine einstweilige Verfügung zu erwirken, um den Mann in seine Grenzen zu weisen. Doch Iwanow ist mit den Unterlagen an die Presse gegangen und hat ein Riesenspektakel daraus gemacht. Die Zeitungen haben meine Mutter als herzloses Miststück dargestellt, die sich von dem Mann, dem sie alles genommen hat, plötzlich bedroht fühlt. Max und meine Mutter haben sich deswegen endlos gestritten, zumal Mama mit den Schuldgefühlen nicht fertigwurde und angefangen hat zu trinken. Anfangs ist das niemandem aufgefallen. Hier ein Glas Martini, dort ein Prosecco. Am Ende hat der Medienrummel dafür gesorgt, dass der Verfügung nicht stattgegeben wurde. In Deutschland ist es unglaublich schwierig, Stalking zu beweisen, und der zuständige Richter hatte kein Interesse daran, dass seine Karriere an diesem

Fall zerschellte. Meine Promimutter gegen einen trauernden Witwer, der seine gesamte Familie verloren hat? Keine Chance.

Ich muss zugeben, dass ich von alldem zunächst nicht viel mitbekommen habe, das meiste hat Max abgekriegt. Irgendwann hat sich meine Mutter mental ausgeklinkt.

Am Ende hat Dimitri gesiegt, wenn man es überhaupt so nennen kann, denn unterm Strich haben wir alle verloren. In Berlin hat meine Mom keinen Fuß mehr auf den Boden bekommen, und das, obwohl sie sich öffentlich bei ihm für etwas entschuldigt hat, für das sie im Grunde nichts kann. Es war Lukas' Entscheidung, in den Wagen zu steigen – ohne Führerschein und trotz des Unwetters. Doch die Medien haben es sich einfach gemacht und meiner Mutter die Verantwortung in die Schuhe geschoben. Ohne Rücksicht auf die Konsequenzen, mit einer denkbar unfairen Berichterstattung.

»Ist das der Mann?«, wiederholt James die Frage.

»Ja«, gebe ich leise zurück.

James dreht den Sessel, sodass ich ihn ansehen muss, und hockt sich vor mich. »Hast du ihn heute zum ersten Mal gesehen?«

In Berlin war er ein paarmal an meiner Schule, bis sie die Zufahrt für Fremde abgeriegelt haben. Aber ich denke nicht, dass James von Deutschland redet.

»Er ist zweimal bei Starbucks aufgekreuzt. Einmal hat er etwas an meine Autoscheibe geschrieben, das nächste Mal steckte eine welke Rose unter meinem Scheibenwischer.«

James und Martinez tauschen einen Blick. Letzterer sieht aus, als hätte er einen Klo-Stein verschluckt. Es muss ihn einiges an Überwindung kosten, mich nicht übers Knie zu legen, weil ich keinen Piep gesagt habe. Kann ich ihm nicht verdenken. Wäre die Situation umgekehrt, würde ich ihn zur Schnecke machen, das steht mal fest.

»Sind die Mails von ihm?«

»Ich fürchte ja.« James richtet sich auf und nickt zu den Schreiben. »Der Mann ist gefährlich. In Berlin hat er das Leben deiner Mutter bedroht, mittlerweile hat er seine Taktik geändert. Er muss zu der Ansicht gelangt sein, dass er sie mehr treffen kann, wenn sie noch ein Kind verliert. Deswegen konzentriert er sich nun auf dich.«

»Wie lange wisst ihr schon davon?«, frage ich ungläubig.

»Nicht so lange, wie wir möchten.«

Was ist das denn für eine Antwort?

»Meine Informationen über eure Situation in Deutschland waren lückenhaft, Liz ist nie in die Details gegangen. Genaueres habe ich erst kürzlich von meinem Security Manager erfahren.« Er deutet zu Martinez, der sich den Nacken kratzt.

»Martinez ist für unsere Sicherheit zuständig. Er überprüft täglich die Wagen und leitet das Außen-Securityteam.«

»Team, im Sinne von mehreren Leuten?«

»Hast du die Kameras am Tor gesehen?«, fragt James.

Wie könnte man die übersehen, die befinden sich praktisch überall auf dem Gelände.

»Wer, glaubst du, befindet sich im Überwachungsraum? Ich habe mehr als ein Dutzend Männer, die in Acht-Stunden-Schichten rund um die Uhr für meinen Schutz sorgen. Und jetzt auch für euren.«

»Ich verstehe das nicht. Habt ihr Iwanow vorher schon mal gesehen?«

»Wir haben ihn auf Band.« Das kommt von Martinez. »Inzwischen kennt er jedoch die Standpunkte der Kameras und meidet ihre Nähe. Wir wissen, dass er nicht allein arbeitet. Er hat mindestens einen Helfer, wahrscheinlich mehr.«

»Wie könnt ihr da so sicher sein?«

»Nachdem dein Mini beschädigt wurde, hatten wir einen Verdacht, doch die Sache mit dem X5 lässt keinen Zweifel zu. Die Überwachungskameras im Parkhaus des Staples Centers zeigen zwei Männer. Einer liegt unter deinem Wagen, der andere behält das Parkdeck im Auge.«

Mir läuft es kalt den Rücken runter. Martinez räuspert sich, und als sich unsere Blicke treffen, macht er ein Gesicht, als hätte er Zahnschmerzen.

»Raoul hat sich für uns umgehört.«

»*Unser* Raoul?«, frage ich wie ein Trottel.

Darauf nickt er. »Durch seine ehemalige Gang hat er Kontakte in die Szene. Darum wissen wir, dass Iwanow Verbindung mit der *Mara Salvatrucha* aufgenommen hat, die in Osteuropa mit der russischen Mafia zusammenarbeitet. In Berlin wollten die Russen ihn nicht unterstützen, da deine Mutter dort zu bekannt war und sie die Aufmerksamkeit nicht gebrauchen können. Hier ist das etwas anderes.«

Keine Ahnung, was ich dazu sagen soll, ich bin wie gelähmt.

Offensichtlich ist Iwanow noch nicht fertig mit uns. Er ist uns von Berlin nach L.A. gefolgt, was unseren Umzug in die Staaten ad absurdum führt, zumal er hier anscheinend bessere Beziehungen hat als in Deutschland.

Also wurde meine Familie für nichts und wieder nichts

zerrissen, denn das Leben meiner Mutter schwebt hier in viel größerer Gefahr als in Deutschland. Nicht zu vergessen meins.

In was bin ich da nur reingeraten? Als James anfängt, mir die neuen Sicherheitsmaßnahmen zu erläutern, hebe ich eine Hand. Allmählich wird mir das zu viel.

»Ich brauch 'ne Auszeit«, verschwinde ich, ohne seine Antwort abzuwarten aus dem Büro und laufe runter zum Strand.

17

Ich weiß weder was ich denken noch was ich fühlen soll. Bisher war die Bedrohung durch Iwanow eher subtil. Wie eine Gewitterwolke, die mich verfolgt und sich ab und zu vor die Sonne geschoben hat. Zugegeben, der Vorfall mit der Bremsleitung letztes Jahr war heftig, aber nach einer Weile sind wir alle wieder zur Tagesordnung übergegangen, und es ist Gras darüber gewachsen.

Zumindest habe ich das angenommen. Wie es aussieht, war das für James der Startschuss, eingehende Erkundigungen einzuholen. Anders kann ich mir die Dossiers auf seinem Schreibtisch nicht erklären. Er ist der Sache auf den Grund gegangen, wahrscheinlich auch, weil aus meiner Mutter nichts Brauchbares rauszubringen ist.

Nicht zum ersten Mal frage ich mich, wie sich James mit einer Familie wie meiner belasten konnte. Wir sind hierhergekommen, um das alles hinter uns zu lassen. Stattdessen haben wir unsere Probleme wie ein Schleppnetz hinter uns hergezogen, das mittlerweile so voll ist, dass die Winden aus ihrer Verankerung reißen.

Wie konnte sich James bei dem Gepäck meiner Mutter in

sie verlieben? Klar, sie ist wunderschön. Naturblond, sexy Kussmund, babyblaue Augen – kein Thema. Aber so was findet man in Hollywood an jeder Ecke. Der Mann muss Herausforderungen zu schätzen wissen, anders kann ich mir seine Zuneigung zu meiner Mom nicht erklären. Dabei ist sie nicht mal sie selbst. Er hat keinen Schimmer, wie sie früher war, strahlend, witzig und total lebendig.

Natürlich habe ich ihren Zusammenbruch verstanden, sie hat ihren Sohn verloren. Doch mir war nicht das ganze Ausmaß der Umstände bekannt, die dazu geführt haben. Es mag brutal klingen, vielleicht auch herzlos, aber so wie ich das sehe, hat Iwanow ihr die Möglichkeit genommen, den Tod ihres Kindes zu betrauern. Sein Hass war ihm wichtiger als der Wunsch nach Heilung. Also hat er ihren Schmerz in die Öffentlichkeit gezerrt und ihr das Recht zu trauern abgesprochen. Alles, was er wollte, war, sie zu bestrafen, immer und immer wieder, bis sein Durst nach Rache gestillt ist. Und das wird, wie es aussieht, nie der Fall sein.

Ein Teil von mir kann ihn verstehen. Ich würde liebend gern jemanden für Lukas' Taten zur Verantwortung ziehen, aber da ist niemand außer Lukas. Es ist ja nicht so, als hätten Max und Mama uns zu verantwortungslosen Hohlköpfen erzogen, die durch die Gegend kurven und Leute umnieten. Auch wenn Iwanow diese Vorstellung gefällt, aber so war das nicht. Lukas hat sich schlicht und ergreifend überschätzt. Ist es gerecht, dass deswegen Menschen ihr Leben lassen mussten? Selbstverständlich nicht. Aber wenn sich jeder Fehler, den wir begehen, so verheerend auswirken würde, wäre die Erde bald entvölkert. Doch es ist passiert, und es gibt bessere Möglichkeiten, damit umzugehen, als die Familie des Jungen zu verfolgen und alles zu tun, ihr Leben zu zerstören.

Nach einer Stunde wird es mir zu kalt am Strand, darum gehe ich auf mein Zimmer und kippe mit dem Gesicht voran ins Bett.

Ich habe eine unruhige Nacht und wache mehrmals schwer atmend auf, nur um festzustellen, dass ich nicht in einem qualmenden Autowrack eingeklemmt bin.

Im Traum hat sich der Wagen in eine Fahrstuhlkabine transformiert und statt Lukas ist Iwanow bei mir. In der blutigen Hand hält er diesmal kein Messer, sondern ein Foto seiner Tochter. Doch es ist nicht das Kind auf der Rückbank des Wagens, dieses Mädchen habe ich noch nie gesehen.

Ich öffne den Mund zu einem Schrei, während ich langsam vor ihm zurückweiche, doch die Kabine bietet keine Rückzugsmöglichkeit. Mein Rücken ist gegen die Stahltüren des Aufzugs gepresst, die wie auf ein geheimes Kommando aufgleiten, und ich falle in den Schacht.

Als ich in meinem Bett hochfahre, haben sich meine Beine im Laken verheddert, mein Shirt ist schweißgetränkt. Ich bin mir sicher, dass meine Mutter im Zimmer ist, doch als ich die Augen aufschlage, hängt bloß der Duft ihres Thierry-Mugler-Parfums in der Luft.

Das ist die längste Nacht meines Lebens. Nie zuvor habe ich mich so verloren gefühlt. So allein. Sobald ich die Augen schließe, erscheint das Gesicht des kleinen Mädchens im Fond der Limousine. Sie will mir etwas sagen, es scheint wichtig zu sein. Aber das ist bloß ein Traum, was kann es groß zu reden geben?

Als ich mich kurz vor Mittag aus den zerwühlten Laken wälze, habe ich das Gefühl, als hätte mich ein Bus überrollt. Nach der Dusche geht es besser, dennoch fühle ich mich ausgelaugt. Nachdem ich meinen begehbaren Kleiderschrank verlasse, finde ich James in meinem Zimmer. Er steht an einem der bodenlangen Fenster und blickt nachdenklich in die Dünen. Als ich den Raum betrete, dreht er sich zu mir um und schenkt mir ein Lächeln, das seine Augen nicht erreicht. Heute trägt er ausnahmsweise keinen Maßanzug, sondern dunkelblaue Jeans und ein himmelblaues Hemd. In den Klamotten könnte er Drakes älterer Bruder sein, ein Anblick, der mir einen Stich versetzt. Wo ist Drake überhaupt? Übernachten er und sein Bruder nicht mal mehr hier?

»Wir müssen noch ein paar Dinge klären.«

»Ich will keinen Fahrer!«, platzt es aus mir heraus. Eigentlich wollte ich das ruhig sagen, aber meine ganze Anspannung entlädt sich in diesem Satz. James bleibt davon unbeeindruckt. Er nickt, als hätte er nichts anderes erwartet. »Calvin wird dich begleiten, egal wohin du fährst.« Was soll das denn bitte schön heißen? James hebt eine Braue. »Dieser Punkt ist nicht verhandelbar.« Mann, kennt der mich gut.

»Ich habe bereits mit Mr Clark telefoniert, er weiß Bescheid«, fügt er hinzu, nachdem er meinen fragenden Gesichtsausdruck sieht. Mr Clark ist der Direktor der Brentwood High.

»Calvin kann mir doch nicht in der Schule hinterherrennen.« Wie soll ich mir das vorstellen? Geht er fünf Schritte hinter mir, die Hand an der Waffe, falls Iwanow aus meinem Spint springt?

»Er ist ein Profi und weiß, wie er sich zu verhalten hat, um nicht aufzufallen. Davon abgesehen wird er auf dem Parkplatz warten und die Umgebung im Auge behalten.«

Damit meint er wohl meinen Wagen. Ich wundere mich, wie ruhig und abgeklärt er das sagt. Als wäre es normal, seinem Kind einen Bodyguard zu verpassen – was in seiner Welt vermutlich sogar zutrifft. In meiner komme ich mir gerade wie Ballast vor, und dann reden wir noch nicht von den Kosten. Was für ein Aufwand, um Mama und mich vor einem Irren zu schützen, der nicht weiß, wann es Zeit ist aufzuhören.

»Jazz.« James' Stimme klingt weich, als könnte er meine Stimmung spüren, mein schweres Herz. Und meinen unterdrückten Zorn.

»Du hast nichts falsch gemacht.«

Darüber lässt sich streiten. Zumindest hätte ich ihm früher von meinem Verdacht erzählen müssen. Von den Vorfällen auf dem Starbucks Parkplatz.

»Aber es wäre eine Erleichterung, wenn du deinen Job kündigen würdest.« Jetzt ist es amtlich, James kann Gedanken lesen. Wie sonst kommt er ausgerechnet in diesem Augenblick auf meinen Lieblingscoffeeshop?

Seine Bitte zu erfüllen sollte das Mindeste sein, um ihm entgegenzukommen. Leider ist das nicht so einfach, wie es klingt.

Ich schüttle den Kopf, doch kein Ton kommt raus. Ich brauche diesen Job. Er gibt mir das Gefühl, unabhängig zu sein und gleichzeitig etwas Sinnvolles zu tun. Außerdem bin ich dort unter normalen Menschen. Leute, die nicht tausend Dollar für ein Abendessen ausgeben oder fünfhundert Mäuse für eine Flasche Champagner auf den Tisch des Hauses legen. Sie erden mich und pusten mir nach einem Schultag voller Glitzer und Glamour die Birne frei.

»Ich bin doch nur noch zweimal in der Woche dort.« Es kommt wie ein Flehen raus, darum räuspere ich mich und versuche es anders. »Ich meine, ich …«

»In Ordnung«, sagt er überraschend und kommt auf mich zu. »Ich habe ohnehin nicht damit gerechnet.«

»Es tut mir leid, ich möchte mich wirklich nicht schwierig anstellen. Es ist nur so, dass ich das brauche.«

Er nickt. »Das verstehe ich.«

Ehrlich? Mit der Erleichterung breitet sich Wärme in meiner Brust aus. James verlangt wirklich nicht viel, nicht mal Freundlichkeit. Vielleicht ist es Zeit, ihm eine echte Chance zu geben, statt mich ständig gegen ihn zu stemmen.

»Danke«, sage ich und lege mein ganzes Herz in dieses Wort.

Danach gehen wir ein paar Sicherheitsdetails durch. Eines davon besagt, dass ich ohne Backup nirgendwo hinfahre. Obendrein gibt er mir ein neues iPhone, das via App ortbar ist. Zusätzlich hat er mir GPS-Sender verpasst, unter anderem an meinem Wagen. Wo die überall sind, möchte ich gar nicht wissen. Schlimm genug, dass ich die Teile brauche.

Da James mir so großzügig entgegengekommen ist, nicke ich den Rest seiner Wünsche ohne Wenn und Aber ab.

Nachdem er gegangen ist, habe ich das überwältigende Bedürfnis, Max anzurufen, doch der ist auf seinem Insel-Set telefonisch so gut erreichbar wie der Mond. Leon kann ich ebenfalls nicht anrufen, denn in Berlin ist es jetzt fünf Uhr

233

morgens. Kurz überlege ich, Pam zu simsen, lasse es dann aber. Sie hat genug eigene Sorgen, sie braucht mein Drama nicht. Außerdem hat sie um diese Zeit normalerweise ihre Therapiesitzung. Käme bestimmt gut, wenn ich sie da raushole, um ihr die Hucke vollzuheulen.

Den Rest des Wochenendes verbringe ich mehr oder weniger am Strand und schreibe an einem Song. Dabei versuche ich, nicht an Drake zu denken, der seit Freitagnacht spurlos verschwunden ist. Ich denke nicht an ihn, als ich nach einem Synonym für Drecksack suche oder mich frage, was sich auf Bastard reimt. Und ich denke auch nicht an ihn, als ich mich später für ein Nickerchen auf dem Bett zusammenrolle und versuche, mir *nicht* vorzustellen, wie sich seine Hände auf meiner Haut anfühlen.

Wahrscheinlich hängen er und Nash mit dem Footballteam ab und feiern das ganze Wochenende durch, weil sie die Carlton Academy plattgemacht haben. Dass Mädels bei ihnen sind, versteht sich von selbst. Was interessiert es mich, ich hab ein Iwanow-Problem und keine Zeit, an Drakes Küsse zu denken, zumal er sich nicht mal die Mühe macht, nach mir zu sehen. Immerhin bin ich beinah gekidnappt worden, für irgendwas muss das doch gut sein.

Was mich zum nächsten Punkt bringt: Ich bin beinah gekidnappt worden! Was hatte Iwanow mit mir vor? Wollte er mich abmurksen oder hätte er irgendwas von Mama verlangt?

Bei der Erinnerung an das Messer möchte ich mich übergeben, doch die Übelkeit vergeht und ich ziehe mir die Decke über den Kopf. Wie von selbst wandern meine Gedanken zu Drake. Seinem sinnlichen Mund und diesen seelenvollen

Augen, die einen direkten Draht zu meinem Herzen haben.
Zu seinem Winterduft sowie der Tatsache, wie sehr ich ihn
vermisse.

Am Abend lasse ich mich von meiner Mutter verwöhnen,
die mir Antoines Köstlichkeiten aufs Zimmer bringt. James
hat sie in die Situation eingeweiht, was mich erleichtert und
gleichzeitig beunruhigt. Äußerlich wirkt sie gefasst, doch ich
traue dem Frieden nicht. Ich nehme an, dass Mama für mich
stark sein möchte, da sie weiß, dass ich das brauche. Das ist
einer der Momente, in denen ich froh bin, dass sie James hat.
Er ist ihr Fels, die Schulter, an die sie sich anlehnen kann. Das
gibt mir eine Verschnaufpause und die Chance, ihr Kind zu
sein. Es ist lange her, seit ich diese Rolle ausgefüllt habe, ich
weiß kaum noch, wie das geht.

Und obwohl die Situation alles andere als schön ist, ist es
eine gute Erfahrung, die mich entspannt und in einen traum-
losen Schlaf gleiten lässt.

* * *

Wenn ich in den letzten Jahren etwas eingeübt habe, dann ist
das eine Überlebensstrategie. Ich habe die gesamte Bandbreite
von Ignoranz bis Mobbing hinter mir. Weiß, wie man sich
unsichtbar macht, aber auch, wie man zuschlägt. Nach der
Kaufhausnummer möchte ich nicht wie ein verängstigtes Häs-
chen aussehen, dafür habe ich zu lange und zu hart gekämpft.
Das hier ist L. A., meine Stadt, wir waren zuerst hier! Weder
lasse ich mich einschüchtern noch vertreiben. Wozu habe ich
gelernt zu meditieren? Stundenlange Atemübungen hinter
mich gebracht, meine Gefühle aufgeschrieben und sie in

Lieder umgewandelt? Bestimmt nicht, um in der Stunde der Krise einzuknicken und meinen Nacken hinzuhalten. Entsprechend kriegerisch fällt meine Garderobe aus. Ich wandle die Schuluniform in eine schwarz-rote Rüstung mit hochhackigen Stiefeln. Mein Haar ist zurückgebürstet und mit Mikadostäbchen in einen straffen Knoten hochgesteckt.

Calvins Gesichtsausdruck ist unbezahlbar, als ich zu meinem Wagen marschiere, grüßend nicke und einsteige. Sein Mund klappt auf, der Autoschlüssel fällt aus seiner erschlafften Hand.

Na also, geht doch! Wahrscheinlich hat er erwartet, dass ich mit rot geschwollenen Augen aufkreuze. Dass ich verschreckt zur Schule husche und wieder zurück, um mich danach unter der Bettdecke zu verkriechen. Ähm, okay, so ähnlich sah mein Wochenende aus, aber das muss ich ihm ja nicht auf die Nase binden.

Trotz meiner kämpferischen Haltung fahre ich mit einem mulmigen Gefühl zur Brentwood. Seit Iwanows Absichten auf dem Tisch sind, gibt es keinen Zweifel mehr, dass mein Leben bedroht ist. Keine Ahnung, wie oft ich in den Rückspiegel schaue, doch außer Calvins grauem Crysler ist niemand hinter mir.

In der Schule ist alles beim Alten, hier sehe ich die Marshall-Brüder das erste Mal seit Tagen, ist das zu fassen! Dabei fällt mir auf, dass sowohl Drake als auch Nash immer in meiner Nähe sind. Nicht, dass ich sie vorher nicht auf dem Radar hatte. Man müsste blind sein, die beiden zu übersehen, die auf Schritt und Tritt von Shellys Clique begleitet werden. Zumindest Nash. Drake hängt eher mit den Sportteams ab. In jedem

Fall kreisen sie wie Satelliten ständig in Sichtweite, egal wo ich bin. Zwei Mal versucht Drake, mit mir zu reden, einmal als ich in der Essensschlange stehe, ein anderes Mal steht er vor meinem Spind. In der Cafeteria werde ich ausgerechnet von Charlize gerettet, die sich an ihn ranwirft. Dabei fällt mir auf, wie nonchalant er ihren Arm abschüttelt, und ich kann nicht verhindern, dass meine Mundwinkel nach oben wandern. Im Flur ist es Tuck, der Drake von mir ablenkt.

Keine Ahnung, warum ich nicht mit ihm reden will. Oder doch. Ich hätte ihn am Wochenende gebraucht und er war wie vom Erdboden verschluckt. Mir ist klar, dass wir kein Paar sind. Dennoch wäre es schön gewesen, wenn er einfach nur da gewesen wäre oder zumindest angerufen hätte. Zweifellos hat James ihn in die Ereignisse von Samstag eingeweiht. Doch anstatt nach mir zu sehen, lässt er sich zusammen mit seinen Kumpel vollaufen. Blödmann.

Wieder zu Hause werde ich von zwei Polizeibeamten erwartet. Das sind nicht irgendwelche Cops, ich kenne die beiden. Der Ältere mit der Glatze ist Johnson, von dem ich mittlerweile weiß, dass er Lieutenant ist. Der andere, der wie Peter Selleck aus Magnum aussieht, ist Detective Coleman. Die zwei haben mich im letzten Jahr befragt, nachdem Raoul auf der Straße von zwei Wagen in die Zange genommen wurde, Typen, die auf Blut aus waren. Die Jungs dachten, sie hätten leichtes Spiel mit ihm, bis sie den Asphalt geküsst haben, nachdem Raoul einen nach dem anderen ausgeknockt hat. Später hieß es, Raoul wäre derjenige gewesen, der sie angegriffen hätte. Ich war die einzige Augenzeugin und habe auf unwissend gemacht. Raoul wollte keine Aufmerksamkeit, schon gar nicht von den Bullen. Also hab ich geschwiegen, auch wenn ich mir beinah die Zunge abgebissen habe. Ich glaube, die beiden wussten, dass ich lüge, haben die Sache aber nicht weiter verfolgt. Dass es bei dem Überfall um Raoul ging, war ihnen nicht bekannt, sie wussten nur, dass ein Wagen abgefackelt wurde.

Als sich Johnsons klare blauen Augen diesmal auf mich richten, lüge ich nicht. Ich packe aus, beschreibe alles bis ins Detail, selbst die Vorfälle auf dem Parkplatz. Im Gegenzug bekomme ich ebenfalls ein paar Infos, zum Beispiel, dass sie durch die Blutspuren einen eindeutigen DNA-Nachweis haben, der den Angreifer mit dem Tatort verbindet. Jetzt brauchen sie nur noch Iwanows Blut oder ein Haar von ihm, dann wäre der Beweis erbracht, dass er mich attackiert hat, und sie können ihn festnageln.

Nachdem sie gegangen sind, wundere ich mich über den Hausbesuch. Läuft das normalerweise nicht so ab, dass ich zur Wache fahren muss, um meine Aussage abzugeben? Vielleicht liegt die Sonderbehandlung an Martinez, einem Excop, der die beiden am Ende der Befragung zur Tür bringt und wie alte Freunde verabschiedet.

Am Abend erreiche ich endlich Leon und wir chatten sage und schreibe drei Stunden. Und Mann, er ist sauer. Ehrlich, ich habe ihn noch nie so angepisst erlebt. Ich hätte gedacht, dass er mir Mitgefühl entgegenbringt, aber Pustekuchen. Er kann nicht fassen, dass ich niemandem von Iwanow erzählt habe, zumal er eine Wagenladung Daten bei ihm abgezapft hat. Von wegen Beweise und so. Im Nachhinein fällt es mir ebenfalls schwer, meine Ignoranz nachzuvollziehen, und das sage ich ihm auch. Nach der Asche-auf-mein-Haupt-Nummer kriegt er sich ein bisschen ein, obwohl er noch eine Stunde grummelig ist. Hab ich ein Glück, dass wir 'ne Flatline haben, sonst wäre ich jetzt pleite.

Um Leon milde zu stimmen, gebe ich ihm Martinez' Mobilnummer und E-Mail-Adresse, so kann er sich mit James' Sicherheitschef in Verbindung setzen. Würde mich nicht wundern, wenn er dabei hilft, belastendes Material gegen Iwanow zu sammeln.

Nicht zum ersten Mal muss ich ihn davon abhalten, in den Flieger nach L. A. zu steigen. Sosehr ich mich darüber freuen würde, ich möchte ihn nicht in Iwanows Nähe haben. Leon ist mein allerbester Freund auf dieser Welt. Wenn ihm etwas zustoßen würde, wäre das mein Ende.

Nachdem ich die Wogen geglättet habe, erzählt er mir von Alex, Nicci, unserer Schule und Berlin. Wer mit wem zusammen ist und bei wem die besten Feten abgehen. Hm, seit wann geht Leon auf Partys?

Während er mir erzählt, wo ein neues Café eröffnet wurde, und was für ein Freak der neue Mathelehrer ist, spüre ich einen schmerzhaften Stich in meiner Brust, und mir wird klar, dass ich mordsmäßiges Heimweh habe. Berlin ist eine Stadt mit Ecken und Kanten, hier dagegen wirkt vieles oft zu glatt und superkünstlich. Und auch wenn ich die Sonne genieße, so vermisse ich die Jahreszeiten. Den Geruch von Herbstlaub und das Geräusch von Fußstapfen im Schnee. Ich meine, wir haben Winter und ich trage Shorts! Nicht, dass ich dem Berliner Regenwetter nachtrauere, aber der Frühling hatte was.

Aber zurück zu Leon und meinen Leuten in Berlin. Wie es aussieht, haben sich Nicci und Alex diesmal so verkracht, dass sie seit sechs Wochen nicht miteinander geredet haben. Leon meint, dass man mit Nicci endlich mal ein Gespräch führen kann, seit sie sich von Alex abgenabelt hat. Falls Nicci in den letzten Monaten kein Rückgrat gewachsen ist, habe ich meine Zweifel, dass das so bleibt. Bisher war es jedes Mal so, dass sie irgendwann bei Alex angekrochen kam. Obwohl ich zugeben muss, dass sie normalerweise nach wenigen Tagen eingeknickt ist. Sechs Wochen sind für ihre Verhältnisse eine Ewigkeit. Ein paarmal deutet Leon an, dass Nicci sich über einen Chat mit mir freuen würde. Sie ist auf YouNow und Facebook und hat mir anscheinend eine Freundschaftsanfrage geschickt. Keine Ahnung, wann ich das letzte Mal auf Facebook war. Das muss nach Weihnachten gewesen sein, als ich mein Konto wieder aktiviert habe.

Oops.

18

Nachdem ich die ganze Woche über die Schulter schaue, komme ich mir am Freitag auf dem Weg zur Schule leicht paranoid vor. Obwohl ich zugeben muss, dass es guttut, nicht mehr allein mit dieser Sache zu sein. Seit die Katze aus dem Sack ist, wird mir klar, wie sehr mich das Ganze belastet hat. Der Knoten in meinem Bauch hat sich gelockert und ich fühle mich insgesamt leichter. Nichts gegen den Verdrängungsmechanismus, aber das Unterbewusstsein lässt sich nicht veralbern. Insgeheim wusste ich, mit wem ich es zu tun habe, und das hat mir eine Heidenangst eingejagt. Die Gefahr zu ignorieren hat Iwanow in die Hände gespielt, und wie das gelaufen ist, wissen wir ja.

Da heute Freitag ist, treffe ich mich vor der Schule mit dem Social Committee. Nachdem so viel Wirbel um diesen Arbeitskreis gemacht wurde, habe ich mir vorgestellt, dass hier weltbewegende Dinge entschieden werden, natürlich alles topsecret. In Wahrheit sind diese Treffen stinklangweilig. Die Leute labern über alles Mögliche, hauptsächlich Privates. Welche Party für die Tonne war, welche Band gerade total angesagt ist, und auf welches Konzert man unbedingt gehen muss. Dass Conalls Name ein paarmal fällt, lässt mich aufhorchen, aber das ist auch schon alles.

Im Grunde gibt es nicht viel zu besprechen. Die eigentliche Arbeit erledigen die Helfer, wir verteilen bloß die Aufgaben und überprüfen die Fortschritte. Als Organisatorin des College-Access-Days muss ich sogar noch weniger machen, da die Leute zu mir kommen. Sie melden ihre Uni an, sagen, wie viele Vertreter teilnehmen und wie groß ihr Stand ist. Meistens handelt es sich um Faltstände, die haben ein Standardmaß. Manche brauchen Strom, viele nicht mal den.

Mein Job besteht darin, Listen anzulegen und die neuen Anmeldungen mit den Namen, Standgrößen und den Sonderwünschen an den Hausmeister weiterzuleiten, der sich um den Rest kümmert. Nur, dass er in den USA nicht Hausmeister heißt, sondern Facility Manager. Ich schwöre, in den Staaten hat jeder einen Titel. Würde mich nicht wundern, wenn die Putzfrau hier der Broom-Manager ist.

In jedem Fall sind diese Meetings erschreckend lahm. Dafür stehe ich morgens eine Stunde früher auf?

Als Peter Callahan das Treffen für beendet erklärt, kann ich nicht schnell genug verschwinden. Doch ich habe die Rechnung ohne Scarlett gemacht. Sie stellt sich mir in den Weg, die Hände in die Hüften gestemmt.

»Wir lassen uns nicht den Mund verbieten«, schnappt sie und wirft das blonde Haar zurück.

»Das ist ... toll«, gebe ich zurück und versuche mich an ihr vorbeizudrängen, doch sie macht einen Ausfallschritt und versperrt mir abermals den Weg. Mann, die Alte nervt. Woher sie ihre Aversion gegen mich nimmt, ist mir schleierhaft. Keine von denen hat je versucht, mich kennenzulernen. Das nennt man wohl Hass auf den ersten Blick. Pam meint, ich würde sie bedrohen, wobei ich nicht verstehe, was das bedeutet. Ich meine, ich bin doch bloß da, wie kann das ein Problem sein?

»Du stehst nicht ewig unter dem Schutz der Marshalls. Irgendwann lassen sie dich fallen und was machst du dann?«

»Scarface, was immer du eingenommen hast, nimm das nächste Mal weniger, okay?«

Die Namensverstümmelung scheint ihr nicht zu gefallen, obwohl ich sie genial finde. Ihr Gesicht wird ganz runzelig, Röte steigt in ihre Wangen, während sie die Lippen aufeinanderpresst, bis sie eine schmale Linie bilden. Eigentlich wäre sie wirklich hübsch, wenn sie sich nicht so zukleistern würde. Zu viel Make-up, zu roter Lippenstift, zu viele Schichten Mascara.

»Wir wissen, dass du festgenommen wurdest«, springt Charlize ihr zur Seite. »Und dass du und deine *Freundin* Drogen vertickt, die sie von deinem Ex-Lover bekommt.« Das Wort Freundin spricht sie aus, als wäre es etwas Unanständiges. Dass sie damit Pam meint, ist mir klar, der Rest des Satzes löst eine Welle der Übelkeit in mir aus.

»Und das interessiert mich, weil …?«, frage ich ruhiger, als ich mich fühle, und dränge mich an ihr vorbei. Im Gang stütze ich mich mit einer Hand an der Wand ab und schließe für einen Moment die Augen.

Raoul würde Pam niemals Gras verkaufen, erst recht nicht um sie als Zwischenhändlerin zu benutzen. Obwohl ich zugeben muss, dass das ein kluger Schachzug wäre. Pam trifft bei Starbucks auf viele Menschen, zudem ist sie nahezu jeden Abend in Klubs unterwegs und Freitags bei den Footballspielen. Sie kommt mit hunderten Leuten zusammen, ist Teil unseres exklusiven Zirkels an der Brentwood, einer Privatschule mit Kids, die nicht wissen, wohin mit ihrer Kohle.

Dennoch, das kann nicht sein. Raoul weiß, dass wir befreundet sind. Außerdem würde Pam damit ihren Hals riskieren – für ihn! Davon abgesehen habe ich gedacht, dass Raoul raus aus der Drogenszene ist. Hat James ihn nicht freigekauft oder was ist hier los?

Tief durchatmen! Bisher habe ich nichts als Scarletts Behauptung. Wahrscheinlich macht sie sich bloß wichtig oder versucht, mir wehzutun. Letzteres ist ihr gelungen und das gefällt mir nicht.

Als es später an diesem Tag zur Lunchpause klingelt, werde ich vor der Cafeteria von Drake abgefangen. Diesmal kommt niemand zu meiner Rettung, doch das ist auch nicht nötig. Scarlett zufolge hat er der Lästerfraktion den Mund gestopft, dafür schulde ich ihm was. Das Letzte, das ich im Augenblick gebrauchen kann, ist ein Nebenkriegsschauplatz in der Schule. Ich hab auch so genug um die Ohren.

Er ergreift mein Handgelenk und zieht mich in einen Raum mit der Aufschrift *Janitor's Office*. Also gibt es doch einen Hausmeister, wer hätte das gedacht.

Bevor ich weiß, was los ist, kickt Drake die Tür zu und presst mich mit seinem Körper rücklings dagegen. Seine Hände liegen links und rechts neben meinem Gesicht, sein Blick ist unergründlich. Der Ansturm meiner Gefühle erwischt mich ohne Vorwarnung. Mein Herz schlägt Rad, und ich habe das Gefühl, in Brausepulver zu baden.

»Ich hab's erst heute Morgen erfahren, wie geht es dir?«

Die korrekte Antwort würde lauten, den Umständen entsprechend, aber das klingt zu banal. Ich hab einen Backstein im Magen und kann mich auf nichts konzentrieren, weil ich zu sehr damit beschäftigt bin, über meine Schulter zu sehen. Doch das spreche ich nicht aus, muss ich auch nicht. Drake liest in mir wie in einem Buch.

»Warum hast du mich nicht angerufen?«

»Du hast du mir nie deine Nummer gegeben.« Das kommt schnippischer raus als gewollt.

Drake schnaubt. »Mein Dad hat sie, warum hast du ihn nicht danach gefragt?«

»Wieso hast *du* mich nicht angerufen?«

Drakes Augen blitzen auf und ein Mundwinkel hebt sich. »Ging nicht, du hast mir deine Nummer nie gegeben.«

Sehr witzig, ich lach mich schlapp.

»Was soll das Versteckspiel? Glaubst du, du kannst mir ewig aus dem Weg gehen?«

Irgendwie schon. Ich drücke die Unterarme gegen seine Brust, um Distanz zwischen uns zu bringen, aber das kann ich vergessen. Drake bewegt sich keinen Millimeter, er scheint meine Bemühungen nicht mal zu bemerken. Der Blick seiner dunklen Augen liegt wie eine Liebkosung auf mir und straft seine harschen Worte Lügen.

»Wovor hast du Angst?«, fragt er mit ungewohnt sanfter Stimme.

Die Frage sollte vielmehr lauten, wovor habe ich *keine* Angst. Ich öffne den Mund, um ihm zu sagen, dass ich klarkomme, als sein Daumen über meine Unterlippe streicht. Obwohl die Berührung zart ist, jagt sie kleine Schauer durch meinen Körper. Sein Fokus liegt nun auf meinen Lippen, die ich ohne nachzudenken befeuchte. Drakes Muskeln an Schultern und Armen spannen sich an, zeichnen sich deutlich unter dem dünnen Stoff seines Shirts ab. Es scheint ihm nicht bewusst zu sein, dass er sich nach vorn gebeugt hat und mich buchstäblich gegen die Tür drückt. Meine Augen gleiten über sein Gesicht, die kleine Narbe, die seine Braue teilt, den Bartschatten und seinen sinnlichen Mund. Die Narbe auf der Oberlippe ist dünner als die der Braue, feiner. Ich habe den irrationalen Wunsch, mit der Zunge darüber zu fahren. Er ist so überwältigend, dass ich beinah lachen muss. Dennoch, Drake ist so nah. Wenn ich mich nur ein klein wenig vorbeuge, würde mein Mund seinen streifen. Bei der Vorstellung beschleunigt sich mein Atem und ich beiße mir auf die Unterlippe.

»Jasmin«, stöhnt er, und mehr braucht es nicht, den Damm zu brechen. Seine Hände umfangen mein Gesicht, dann sind meine Lippen auf seinen und wir küssen uns. Diesmal ist er nicht sanft, sondern fordernd. Es ist ein harter, feuchter, gieriger Kuss, der meinen Körper unter Strom setzt, als wäre ich an eine gigantische Steckdose angeschlossen.

Meine Arme schließen sich um seinen Nacken, als er mich anhebt, schlinge ich die Beine um seine Hüfte. Dabei fällt mir auf, dass er nicht nur mein Feuer geweckt hat, sondern noch etwas anderes, das sich hart gegen mein Becken drückt.

Wenn es überhaupt möglich ist, macht mich das noch mehr an. Ich schmelze gegen seine Brust und küsse ihn mit der ganzen Leidenschaft einer angetörnten Siebzehnjährigen. Mit der Zunge fahre ich über die feine Linie der Narbe seiner Oberlippe und inhaliere seinen Duft nach Harz und Mann.

Drake gibt einen Laut von sich, der klingt, als würde er knurren.

Vorsichtig bewege ich die Hüfte, streife seine Erektion, necke ihn und stelle seine Beherrschung auf die Probe. Da er mich nicht aufhält, sondern den Kuss noch vertieft, bringe ich nach kurzem Zögern meine Hand zwischen uns und gleite mit den Fingern über die Härte, die gegen den Stoff seiner Jeans drängt.

Drake unterbricht den Kuss, um mir in die Augen zu blicken. Im Halbdunkel sieht seine Iris aus, als würde sie glühen. Sein Blick ist forschend, keine Ahnung, wonach er sucht. Falls es Skrupel sind, wird er keine finden. Er durchbohrt mich mit seinem Blick, dann beugt er sich vor und beißt in meine Unterlippe. Erst zart, dann etwas fester, um kurz darauf mit der Zunge über die pochende Stelle zu fahren. Eine Hand liegt auf dem dünnen Stoff meiner Bluse, während sein Daumen über das Zentrum meiner Brust streicht. Lust explodiert wie ein Pulverfass in mir und konsumiert mein ganzes Denken. Als seine freie Hand unter meinen Rock fährt, biege ich mich ihm entgegen. Langsam, als hätte er alle Zeit der Welt, wandert sie nordwärts, bis seine Fingerspitzen in meinem Pantie verschwinden.

Mittlerweile kommt mein Atem wie ein Keuchen raus. Ich winde mich unter seinen kundigen Fingern und stöhne in seinen Mund.

»Du bist so heiß«, grollt er. »Und du willst mich.«

Das kann man wohl sagen. Seine Lippen wandern über meine Schläfe, den nächsten Kuss presst er auf die empfindliche Stelle unter meinem Ohr, den danach auf meinen Hals.

Wie es aussieht, habe ich die Gabe des Sprechens verloren. Denken ist im Moment auch nicht mein Ding. Stattdessen entweichen mir unartikulierte Laute, während sich mein ganzes Sein auf den kleinen pochenden Punkt zwischen meinen Schenkeln richtet, den Drake mit dem Daumen massiert.

»Lass los, Babe.«

Als hätte mein Körper nur auf seine Erlaubnis gewartet, zieht sich alles in mir zusammen. Als Nächstes spüre ich seine Lippen auf der Wölbung meiner Brust – wann hat er meine Bluse geöffnet? –, und ich komme mit einer Wucht, die mich aus dieser Welt katapultiert.

Und dann küsst er mich. Nicht gierig wie vorhin, sondern gefühlvoll, hält mich im Arm, während ich unendlich langsam auf der Erde lande und wieder zu Atem komme. Mein Körper summt, ich fühle mich, als könnte ich über Wasser gehen.

»Ich liebe die Art, wie du dich hingibst«, wispert er gegen meine Lippen. »Du hältst nichts zurück, sondern gibst alles.«

Nach und nach lichtet sich der Nebel in meinem Hirn und ich kann wieder klar denken. Als ich in der Lage bin, auf eigenen Beinen zu stehen, sickert langsam aber sicher die Tatsache durch meine Gehirnwindungen, was wir soeben getan haben. Schon wieder. Das Déjà-vu-Gefühl ist schier überwältigend: Drake und ich in Tucks Bad und nun das. Selbst Alex hätte so was nicht gebracht und das will was heißen.

Habe ich jetzt komplett den Verstand verloren? Ein Quickie im Hausmeisterbüro? Was kommt als Nächstes, Strippen in der Jungenumkleide? Ich bin so entsetzt von meinem Verhalten, dass ich mich am liebsten unterm Schreibtisch verkrochen hätte.

»Hey!« Drake hebt mein Kinn an. In seinen Augen ist weder Spott noch Verachtung.

»Das war …«, beginne ich, doch meine Stimme versagt. Ich räuspere mich und versuche es noch mal. »So was mache ich normalerweise nicht«, bringe ich beim zweiten Anlauf heraus.

»Was du nicht sagst.« Sein Lächeln ist selbstgefällig, als wäre ihm etwas gelungen, das vor ihm niemand geschafft hat. Doch es schmilzt nach wenigen Herzschlägen, wird weich, wie sein ganzer Ausdruck. So habe ich Drake noch nie gesehen.

Er beugt sich vor, seine Lippen berühren meinen Mund, wie man ein Kind küssen würde.

»Kleines, ich weiß nicht, was du mit mir angestellt hast. Aber was es auch ist, ich möchte nicht, dass es aufhört.«

Es braucht einen Augenblick, bis seine Worte bei mir ankommen. Will er damit sagen, dass das für ihn keine einmalige Sache ist? Kein Flirt und kein One-Night-was-auch-immer? Er möchte mich, das ungeschliffene Mädchen aus Good Ol' Germany mit dem drolligen Akzent?

Kein Song, den ich bisher geschrieben habe, beschreibt auch nur ansatzweise das Glücksgefühl, das sich in diesem Moment in mir ausbreitet. Wo eben noch ein Knoten saß, ist plötzlich eine Sonne. Die Bedrücktheit fällt von mir ab und ich blinzle überrascht. Und bevor ich es verhindern kann, sage ich etwas wirklich Dummes.

»Aber du traust mir nicht!«

Darauf grinst er. »Bist du sicher?«

Ähm, ja? Nie weiß ich, wo er ist, schon gar nicht, mit wem – ich hab nicht mal seine Handynummer! Davon abgesehen habe ich keine Ahnung, was er denkt, erst recht nicht von mir.

Drake streicht eine lose Strähne hinters Ohr, die sich aus meinem Mikado-Dutt gelöst hat. Die Geste rührt mich, auch wenn ich nicht sagen kann, warum.

»Vielleicht am Anfang, da war ich mir nicht sicher, ob ihr Goldgräber seid.«

Über Mamas Absichten bin ich mir bis heute nicht im Klaren. Dass sie hierhergekommen ist, um sich einen reichen Mann zu angeln, bezweifle ich. Das ist nicht ihre Art, außerdem ist Mom ein Arbeitstier. Sie liebt ihren Job und verdient ihr eigenes Geld.

»Und jetzt?«

Bevor er meine Frage beantworten kann, läutet die Glocke zur nächsten Stunde. Drake hilft mir, die Bluse zu schließen, dann nimmt er mein Gesicht zwischen die Hände und sieht mich eindringlich an. »Hör auf, vor mir davonzulaufen.«

Nichts lieber als das. Aber Drake hat so etwas, nun ja, Einschüchterndes. Er wirkt älter als seine Klassenkameraden, in jedem Fall reifer. Nicht zum ersten Mal fällt mir die Parallele zu Raoul auf, der früh gelernt hat, auf eigenen Beinen zu stehen. Allerdings hätte ich das von jemandem wie Drake nicht erwartet. Einem Jungen, der nur mit den Fingern schnippen muss, um zu bekommen, was er will.

Mittlerweile lässt es sich nicht mehr leugnen, dass mehr hinter der polierten Fassade steckt, die er nach außen hin zeigt. Jetzt, da ich einen Blick dahinter geworfen habe, will ich mehr. Mehr Einblicke, mehr Antworten – mehr Drake.

Nach der Episode im Hausmeisterbüro bin ich den Rest des Tages von der Rolle. Was etwas Gutes ist, denn es lenkt mich von meinem Stalker ab. Mein Bauch ist voller Schmetterlinge, mein Gang leichter, und ich habe ein breites Lächeln im Gesicht, das mir irritierte Blicke beschert.

Ich weiß, was ihr jetzt denkt, von wegen es sollte mir peinlich sein, wie schnell Drake mich am Haken hatte. Einmal in seine ausdrucksvollen Augen geblickt, eine Berührung seiner magischen Hände und das war's. Trotzdem kann ich mich nicht dazu überwinden, es zu bereuen, dazu war es zu spektakulär. Aber Mann, was, wenn uns jemand erwischt hätte? Obwohl gerade das den Reiz ausgemacht hat, oder? Noch dazu die Tatsache, mich mit Haut und Haaren in Drakes Hände zu geben – buchstäblich. Dennoch, so aufregend diese Nummer war, das darf nie wieder passieren. Drake ist mein zukünftiger Stiefbruder. Was, wenn wir erwischt werden – das würde ich nie wieder loswerden.

Im Stillen frage ich mich, seit wann es mich interessiert, wenn sich andere über mich das Maul zerreißen. Die denken doch sowieso, was sie wollen. Angeblich handle ich jetzt mit Drogen, da ist es nicht weit bis zum Straßenstrich. Ich könnte wie eine Nonne leben, dann wäre ich eine verklemmte Prüde und sie würden im Gang mit Kondomen nach mir werfen. Was ich auch mache, wer mich nicht mag, wird immer etwas gegen mich vorbringen. Das habe ich auf die harte Tour gelernt.

Das heißt nicht, dass ich Drake ab sofort im Gang die Klamotten vom Leib reißen werde. Ich möchte mir bloß nicht von anderen vorschreiben lassen, wie ich leben soll. Und genau das bezwecken Shelly & Co. mit ihren Attacken. Sie wollen mich nach ihrer Pfeife tanzen lassen, mich dazu bringen, mich ihnen und ihren absurden Regeln unterzuordnen. Für sie bin ich unberechenbar, darum möchten sie mich kontrollieren. Doch daraus wird nichts. Was Shelly will, ist Macht, und das ist etwas, das mich nicht die Bohne interessiert. Sie verliert im Moment an Boden und glaubt, ich wäre der Grund dafür. Bei sich selbst zu suchen und der Art, wie sie andere behandelt, auf die Idee kommt sie im Leben nicht.

Woran erinnert mich das bloß?

19

Wie jeden Freitag findet abends das Football-match statt. Heute haben die Jungs allerdings ein Auswärtsspiel in San Clemente, das ist uns zu weit. Darum hänge ich nach der Schule mit meiner Band bei Tyler ab. Selbst nach all den Monaten kann ich mich nicht daran gewöhnen, dass er der Halbbruder von Liv Tyler ist. Obwohl ich seine Promi-Familie noch nie zu Gesicht bekommen habe. Sein Vater ist fast immer unterwegs und seine Schwester dreht derzeit in Neuseeland. Wahrscheinlich den neunten Herr-der-Ringe-Teil, oder war das der Hobbit? Egal.

Es tut gut, mich mit meinen Leuten zu umgeben, das haben wir ewig nicht mehr getan. Insgeheim frage ich mich, ob ich sie mit meiner Gegenwart in Gefahr bringe, immerhin habe ich einen Irren an der Backe. Auf der anderen Seite ist immer einer von Martinez' Leuten in der Nähe.

Man sollte annehmen, dass ich mich mittlerweile an den Personenschutz gewöhnt habe, aber ich glaube, daran gewöhnt man sich nie. Als letzten Herbst der Rummel um Conall und mich losging und die Presse mich wochenlang verfolgt hat, war es ähnlich. Da brauchte ich auch einen Aufpasser, nur ist es diesmal deutlich bedrückender. Heute werde ich nicht von einer Horde sensationslustiger Journalisten gejagt, sondern einem Verrückten mit einem Messer, so groß wie eine Laubsäge. Zum Glück ist Calvin gut in seinem Job und behält nicht nur mich, sondern auch die Umgebung im Auge. Von daher sollten wir einigermaßen sicher sein.

Aber zurück zu Tylers Hütte. Die ganze Band ist da, Zack, Dane, Crush, selbst Dexter ist gekommen, obwohl er eigentlich nicht dazugehört.

Nachdem wir uns durch eine Wagenladung Pizzen gefuttert haben, lässt Crush einen Joint rumgehen, und wir ziehen alle mal daran. Es ist lange her, dass ich etwas geraucht habe. Vor dem Hintergrund, dass ich kürzlich von den Cops angehalten und wegen Autodiebstahl und Drogenbesitz festgenommen wurde, ist das wahrscheinlich keine gute Idee. Was soll ich sagen, das Leben ist kurz und ich bin jung. Außerdem fühle ich mich nach dem Intermezzo mit Drake ein wenig verwegen.

Crush schneidet eines seiner Lieblingsthemen an, Weiber, und wie man sie am schnellsten flachlegt.

»Bist du wirklich nicht an mehr interessiert?« Überraschenderweise kommt diese Frage von Dexter. Crush nimmt sich Zeit, darüber nachzudenken. Er sieht nachdenklich aus, während er Rauchringe in die Luft bläst.

Es ist kein Geheimnis, dass er es nicht nötig hat, Mädels hinterherzulaufen, sie fallen ihm in den Schoß. Mit seinen mitternachtsblauen Augen, dem schiefen Killerlächeln und dem durchtrainierten Surferbody hat er so ziemlich alles, was sich ein Mädchen wünschen kann. Leider hält er nichts vom

Konzept der Monogamie, was bei seinen Freundinnen nicht so gut ankommt.

»Mädels sind kompliziert«, sagt er schließlich, als wäre dies das Ergebnis langjähriger Studien.

Zack schnaubt und nimmt ihm die Kippe ab. Nach einem tiefen Zug reicht er sie an Dexter weiter. »Das glaubst du doch selbst nicht.«

»Dann erleuchte uns mal, du Meister der Verführung«, bemerkt Crush grinsend. Wie immer hat sich Zack nach der Schule in seine schwarzen Klamotten geworfen. Schwarze Jeans, schwarzes Shirt, schwarze Biker Boots. Er lehnt sich auf der Couch zurück, einen Arm hinter dem Kopf verschränkt.

»Weiber suchen nach einem Mistkerl, der sie scheiße behandelt. Wenn sie einen finden, schmeißen sie sich an ihn ran und machen die Beine breit, ohne Fragen zu stellen.«

Dexter verschluckt sich am Rauch und hustet, ich mache beinah das Gleiche mit meiner Cola.

»Er soll es ihnen besorgen, sie im Bett wie 'ne Schlampe behandeln.«

Alle Augen sind auf Zack gerichtet, der sich nicht bewusst zu sein scheint, dass die Jungs gebannt an seinen Lippen hängen. Ich habe den Verdacht, dass er aus Erfahrung spricht. Er klingt nicht überheblich, sondern bitter.

»Irgendwann fangen sie an, sich zu beschweren. Statt des Bad Boys wollen sie plötzlich jemanden, den sie abrichten und ihren Freundinnen wie einen dressierten Affen vorführen können. Was man auch macht, man hat die Arschkarte. Ändert man sich, weil man glaubt, die Tussi sei es wert, jammern sie dir die Ohren voll, weil du nicht mehr der bist, auf den sie abgefahren sind. Gibst du ihnen den Laufpass, heulen sie sich bei ihren Freundinnen aus, was für ein Dreckskerl du bist, sie zu benutzen und dann wegzuwerfen.«

Im Raum ist es mucksmäuschenstill geworden, selbst die Guano-Apes-CD ist verstummt.

»Und genau das sollte man tun. Sie benutzen und weiterreichen, mehr kann man mit ihnen eh nicht anfangen.«

O-kay. Ich würde mal sagen, jemand hat Zacks Herz gebrochen und dabei gründliche Arbeit geleistet. Crush erholt sich als Erster. Er wirft den Kopf zurück und bricht in wieherndes Gelächter aus. »Mann, du hast ja so recht! Deswegen sage ich den Weibern immer, lasst uns Spaß haben, ohne Verpflichtungen und den Date-Mist. Aber kapieren sie das?« Crush fährt sich mit einer Hand durch das blonde Haar. »Ich frage mich, was die daran nicht schnallen. Die kommen immer wieder und wollen Nachschlag.«

Dexter räuspert sich, und Dane weiß nicht, wo er hinsehen soll. Vielleicht gehört er auch zu den Kandidaten, denen ein Mädchen das Herz rausgerissen und in den Mixer geworfen hat. Möglicherweise weiß er auch einfach nicht, was er sagen soll. Dane ist der schüchterne Typ. Ich vermute, dass er deswegen mit Leuten wie Crush und Dexter abhängt, die auf Partys das Eis brechen und mit jedem sofort ins Gespräch kommen.

»Ich weiß nicht«, sagt Tyler gedankenverloren. »Mich nervt eigentlich nur, dass sie ständig kuscheln wollen.«

»Was ist so schlimm daran?« Das kommt von Dexter. Tyler hebt die Schultern. »Keine Ahnung, ich find's irgendwie peinlich.« Er kratzt sich die Stirn. »Und kaum gibt man ihnen seine Nummer, texten sie alle fünf Minuten und kriegen ihre Tage, wenn man nicht sofort zurückschreibt.«

»Mann, das ist so wahr!«, ruft Crush. Er und Tyler machen eine Faust und stoßen die Fingerknöchel gegeneinander. Jungs!

Während sie eine Flasche Bourbon rumgehen lassen und auf die Chauvinisten dieser Welt trinken, muss ich an Drake denken. Bevor ich hierhergefahren bin, hab ich ihm, Nash und Tuck eine Nachricht über WhatsApp geschickt und ihnen Glück beim Spiel gewünscht. Nash hat nach zwei Sekunden geantwortet, dass es nichts mit Glück zu tun hat, wenn sie diese Motherfucker in den Boden stampfen. Seine Worte. Tucks Antwort war ein Smilie, und Drake ... Bei der Erinnerung macht mein Herz einen Satz.

HolyHotness: Wenn ich zurückkomme machen wir da weiter, wo wir heute Morgen aufgehört haben.

Ich bin so was von in Schwierigkeiten.

»Wenn ihr euren Freundinnen zehn Prozent der Aufmerksamkeit geben würdet, die ihr eurer Playstation widmet, wären die meisten schon zufrieden«, sind meine fünf Cent zu diesem Thema.

»Damit hat sie einen Punkt«, sagt Dexter. Zack zieht eine Grimasse, Crush schnappt sich sein Handy und tippt eine Nachricht ein.

»Du hast eine Freundin?« Das überrascht mich.

Dexter lacht. »Eine? Der hat immer mehrere Eisen im Feuer.«

Echt jetzt? Mein Gesichtsausdruck lässt die Bande in lautes Gejohle losbrechen, selbst Zack. Obwohl ich vermute, dass das mehr mit dem Joint zu tun hat als meiner Bemerkung.

»Warum sehen sich Mädels Pornos bis zum Abspann an?«, fragt Crush und reicht den Whisky an Zack weiter. Der nimmt einen Schluck aus der Flasche und hebt eine Schulter. »Weil sie bis zum Schluss darauf warten, dass die beiden heiraten?«

Die Jungs brechen in brüllendes Gelächter aus, dem ich mich nicht entziehen kann.

Danach reden sie über das Spiel. Tyler hat einen Freund im Stadion von San Clemente, der im Minutentakt die Spielzüge twittert. Wer einen Touchdown gelandet und wie oft Drake den gegnerischen Quarterback umgenietet hat. Selbst Zack, der Drake und Nash für Ärsche hält, muss zugeben, dass sie gut sind.

Während sie sich darüber streiten, wer der beste Wide Receiver ist, wandern meine Gedanken zurück zu meinem Linebacker. Wie er mich heute Morgen angesehen, was er getan hat. Bei dem Gedanken spüre ich Hitze in meine Wangen aufsteigen. Ich kann immer noch nicht fassen, dass ich ihm das erlaubt habe. Und dass ich es so sehr genossen habe, dass ich es möglichst bald wiederholen möchte. Das nächste Mal allerdings mit mehr Privatsphäre.

* * *

Am Wochenende erreiche ich endlich Max. Zum Skypen ist die Verbindung zu schlecht, dafür verbringen wir Stunden am Telefon. Er klingt wieder fast wie der alte Max vor der Trennung und wirkt trotz des Drehstresses geradezu euphorisch. Einmal mehr habe ich das Gefühl, dass er mit jemandem vom Set was laufen hat. In jedem Fall klingt er so happy, dass ich es nicht übers Herz bringe, ihm vom Überfall zu erzählen. Das kann ich später immer noch, wenn er zurück ist und wir eine vernünftige Leitung zum Skypen haben.

Nachdem wir aufgelegt haben, versuche ich es bei Leon, bis mir einfällt, dass er übers Wochenende in Hannover ist. Er und die Informatik-Gruppe seiner Schule bereiten ein superduper gigantomanes IT-Projekt für die CeBIT vor, das sie im März auf der Messe präsentieren wollen.

Wie es aussieht, hat jeder an diesem Wochenende etwas vor, denn auch Pam kann ich nicht erreichen. Die Marshall Brüder bekomme ich ebenfalls nicht zu Gesicht, selbst Mom und James sind wie vom Erdboden verschluckt. Offenbar bin ich der einzige Loser, der absolut nichts vorhat, darum werfe ich mich in Laufklamotten und gehe joggen.

In der darauffolgenden Woche muss ich zwei Extraschichten bei Starbucks übernehmen, da mein Kollege Brandon eine Filmrolle ergattert und kurzfristig gekündigt hat. Diese Nummer hat er bereits zweimal abgezogen, darum verstehe ich nicht, warum Marc den immer wieder einstellt. Es ist ja nicht so, als würde Brandon in einem echten Streifen mitspielen. Meistens ist er bloß Komparse in TV-Serien oder wirkt bei einem Werbespot mit. In jedem Fall bedeutet das, dass ich Montag und Mittwoch arbeiten muss, zusätzlich zu meiner Dienstag- und Donnerstagschicht.

Als die Marshalls Montagabend im Café auftauchen, halte ich das für Zufall, wenn auch einen unwahrscheinlichen. Lomita liegt weder am Strand noch an irgendwelchen Brennpunkten, die für die Brüder interessant wären. Davon abgesehen gibt es zig Coffeeshops in unserem näheren Umkreis, bekannte Ketten wie *JuiceLand* oder *Peet's Coffee & Tea*, um nur zwei zu nennen. Spätestens am Mittwoch ist klar, dass Drake und Nash nicht über Nacht ihre Vorliebe für Mochaccino entdeckt haben, sondern meinetwegen im Starbucks abhängen. Während Nash immer eine Traube Mädels hinter sich herzieht, ist Drake mit Tuck Morris und dessen Bruder Jim zusammen, sowie Josh und Jason Harris aus dem Team. Sie suchen sich immer Plätze im Eingangsbereich, von wo aus sie das ganze Café im Blick haben, inklusive Parkplatz. Ich finde das ein bisschen übertrieben, aber mich fragt ja niemand.

Obwohl Drake keine Anstalten macht, mit mir zu reden, spüre ich seinen Blick wie einen Tausend-Watt-Scheinwerfer auf mir liegen. Ich versuche, ihn zu ignorieren, was so einfach ist, wie einen rosa Li-La-Launebär im Tutu auszublenden.

Was ich nicht verstehe, ist, dass Drake in der Schule plötzlich auf Distanz geht, und das, nachdem er mir gesagt hat, ich soll mich nicht länger vor ihm verstecken. Also schön, Schluss mit dem Versteckspiel! Dachte ich zumindest, denn kaum habe ich die Entscheidung getroffen, macht Drake auf unnahbar und hält mich auf Armeslänge entfernt. Wo bitte schön ist da der Sinn?

Als sich am Donnerstag eine von Nashs Bettwärmern an Drake ranwirft, halte ich es nicht mehr aus.

»Kommst du die letzte halbe Stunde allein zurecht?«, frage ich Chloe, meine neue Kollegin, die ich die ganze Woche eingearbeitet habe. Es ist kaum was los und sie macht ihre Sache wirklich gut.

»Kein Problem, Jazz«, zirpt sie und schenkt mir ein strahlendes Lächeln. »Hab alles im Griff.«

Da ist sie besser dran als ich. Ich hab nämlich gar nichts mehr im Griff, schon gar nicht mein Gefühlsleben. Da ich nicht möchte, dass Drake meine Flucht bemerkt, ziehe ich mich im Vorratsraum um und schleiche mich wie ein Dieb durch den Lieferantenausgang zu meinem Wagen. Calvin telefoniert, als ich die Tür aufschließe. Er wirkt überrascht, sagt jedoch nichts, wofür ich dankbar bin.

Zu Hause schäle ich mich aus den Klamotten und gehe unter die Dusche. Unter dem heißen Strahl stelle ich mir vor, wie mein ganzer Frust mit dem Wasser im Ausguss verschwindet. Es wirkt, zumindest für fünf Minuten.

Obwohl es erst halb elf ist, mache ich mich bettfertig, schlüpfe in dünne Shorts und ein rosa Tanktop. Doch an Schlaf ist nicht zu denken. Ich wälze mich hin und her, den Kopf voller Fragen.

Meine letzten beiden Beziehungen waren nicht gerade von Tiefgang geprägt, dennoch fühle ich mich deswegen nicht schlecht. Raoul war gut für mich, er war wichtig für mein Herz und meine Heilung. Conalls Betrug hat Wunden hinterlassen und Raoul war für mich da und hat mir durch diese schwierige Zeit geholfen. Ich vermisse ihn und seine Bande. Meine Sturheit und sein dummer Stolz haben eine Versöhnung verhindert, wobei ich an unserer Trennung wohl den größeren Anteil trage. Conalls Untreue hat dafür gesorgt, dass ich mich Raoul nie wirklich öffnen konnte. Nicht, dass ich vorher besonders offenherzig war. Doch die Tatsache, dass mich meine engsten Freunde hintergangen haben, hat nicht dazu beigetragen, dass ich leicht Vertrauen in andere fasse.

Nicht zum ersten Mal fällt mir die Ähnlichkeit zwischen Drake und Raoul auf. Beide sind undurchschaubar und lassen sich von niemandem in die Karten sehen. Trotz ihres fragwürdigen Images sind sie loyal zu denen, die sie in ihren inneren Zirkel aufnehmen, und das sind nur eine Handvoll Leute. Weder Drake noch Raoul lassen sich Vorschriften machen, nicht mal von ihren Vätern. Drake ist direkt und macht niemandem etwas vor. So was weiß ich nach all den Messern im Rücken zu schätzen. Darum wurmt es mich umso mehr, dass er für mich so undurchschaubar ist. Wer ist Drake, was treibt ihn an? Warum schottet er sich gegen die Außenwelt ab und was läuft zwischen ihm und seinem Vater?

Es gibt zwei Dinge, die er liebt, Football und seinen Bruder. Vielleicht nicht in dieser Reihenfolge, obwohl ich mir manchmal nicht so sicher bin. Er ist diszipliniert, nicht selten sogar stoisch. Er weiß, was er will, und kämpft dafür. Das sieht man auf dem Spielfeld und so verhält er sich im Leben. Zielorientiert, als wüsste er genau, was er tut. Welcher Junge in seinem Alter weiß das schon und ist obendrein derart selbstbewusst?

Was sieht jemand wie er in mir und warum kann ich ihn mir nicht aus dem Kopf schlagen? Seine Nähe verursacht mir regelmäßig weiche Knie, und ich habe wie eine Dreizehnjährige eine Armada Schmetterlinge im Bauch, wenn ich nur an ihn denke. Dabei wollte ich unbedingt Distanz zu ihm halten. Und jetzt macht es mich wahnsinnig, dass *er* plötzlich auf Abstand geht, nachdem ich meine Bedenken über Bord geworfen habe.

Keine Ahnung, wie ich damit umgehen soll, bisher waren meine Pläne, mich von ihm fernzuhalten, jedenfalls für die Tonne. Vielleicht sollte ich das Ganze locker angehen und auf mich zukommen lassen.

Einen Schritt nach dem anderen, wie schwer kann das sein?

20

Der Freitag kommt viel zu schnell, und ehe ich michs versehe, ist es Abend, und ich sitze mit meinen Freunden auf der Tribüne des Schulstadion. Von Iwanow habe ich seit dem Vorfall nichts mehr gehört und gesehen, wahrscheinlich leckt er sich die Wunden und heckt einen neuen Plan aus. Bei dem Gedanken läuft es mir kalt den Rücken runter. Da Calvin Feierabend hat, ist Scott mit Babysitten dran. Martinez hat mir die Jungs seines Teams persönlich vorgestellt, damit ich weiß, wem ich vertrauen kann.

Scott ist ein rothaariger Schotte, der eher wie ein Marathonläufer aussieht als ein Bodyguard. Martinez hat mir versichert, dass er einer der besten Männer ist, wenn es um Nahkampf und Waffen geht, was ich ihm einfach mal glaube. Hauptsache, er sitzt mir nicht im Nacken und hält Abstand, damit ich nicht mehr Aufmerksamkeit auf mich ziehe, als es ohnehin der Fall ist.

Fast all meine Freunde sind gekommen, Crush, Sally, Dexter, Zack und Pam. Einige Sitze weiter unter mir hockt Shelly mit ein paar Mädels aus ihrem Hofstaat, während Charlize und Scarlett in Supermini und Bustier am Spielfeldrand die

Pompons schütteln und die Menge anheizen. Hatte ich erwähnt, dass die beiden zum Cheerleader-Team gehören?

Pam sitzt neben mir und erzählt mir den neusten Klatsch von Brandon, unserem Ex-Kollegen, als sie mitten im Satz aufspringt, die Hände trichterförmig vor den Mund hält und Drakes Namen brüllt. Mittlerweile sollte ich mich an das Spektakel gewöhnt haben, wenn unsere Mannschaft aufs Feld joggt. Aber, Mann, es ist jedes Mal ein Riesenhype. Die Schüler der Brentwood stehen geschlossen auf und brüllen Drakes und Nashs Namen, die irgendwann wie *Drakenash* rauskommen. Die Mädels kreischen und hüpfen klatschend auf und ab, bis unsere Mannschaft vollständig versammelt ist.

Als das gegnerische Team aufläuft, buhen wir, was das Zeug hält, während die angereisten Fans ihre Mannschaft anfeuern.

Das heutige Spiel ist besonders brisant, da wir gegen die berüchtigte Fernández High antreten. Pam hat mir mal erzählt, dass unser Team von denen zwei Mal im Jahr einen Einlauf bekommt und sich gnadenlos blamiert. Zumindest als Brady noch Quarterback war und Jeff sein Wide Receiver. Ein Grund für den traditionellen Siegeszug der Fernández High ist vermutlich, dass deren Jungs wie Marines gebaut sind, noch dazu welche mit einer Stinkwut im Bauch. Ihre Schule ist in Compton, das liegt zwischen Downtown und Long Beach, einer der Brennpunkte von L.A.

Wenn man die Risikogebiete dieser Stadt meiden will, sollte man sich folgende Faustregel merken: Die Gebiete um die Küste sind relativ sicher, je weiter man sich vom Meer entfernt, desto eher riskiert man, in eine der lokalen Gangs zu rennen. Was man auf keinen Fall tun sollte, ist, nachts dort herumzustreifen. Ist man so dumm, eine Kamera zu zücken, kann man sich auch gleich ins Knie schießen.

In jedem Fall müssen wir heute gegen diese Schläger antreten, die Wetbacks gegen die Snobs. Von Pam weiß ich übrigens auch, dass Raoul an der Fernández High gespielt hat und deren bester Linebacker war. Den Gerüchten zufolge soll sein Coach geweint haben, als er seinen Abschluss gemacht hat. In seiner Schule ist er so etwas wie eine Legende. Er hatte zahlreiche Stipendien-Angebote von namhaften Universitäten im ganzen Land. Doch er hat sie allesamt abblitzen lassen, weil er damals zu tief im Sumpf seiner Gang gesteckt hat. So viel zum Thema versaute Chancen.

Bevor ich diesen deprimierenden Gedanken weiter nachhängen kann, ertönt der Pfiff, und die Mannschaften prallen aufeinander.

Was soll ich sagen, das Spiel ist ein Gemetzel. In der ersten Halbzeit werden nicht weniger als sechs Spieler vom Platz getragen, ausnahmsweise nicht bloß unsere. Drake renkt einem *Tackle* die Schulter aus, den *Center* nietet er kurzerhand um. Das ist der Typ, der wie eine lebende Wand aus Muskeln vor dem Quarterback steht. Tuck bekommt auch sein Fett weg. Während sein Bruder Jim in der Offense auf der Position des Wide Receivers spielt, mischt Tuck zusammen mit Drake die Defense auf. In der ersten Hälfte humpelt er vom Feld, kann aber zwanzig Minuten später wieder eingesetzt werden.

Kurz vor der zweiten Halbzeit weiten sich Pams Augen, dann stupst sie mich an und setzt sich eine Reihe vor mich zwischen Dexter und Sally. Bevor ich weiß, was los ist, nimmt jemand ihren Platz ein, den ich nicht erwartet habe. Anderseits hätte ich mir auch denken können, dass Raoul auftaucht, um seiner alten Mannschaft zuzujubeln. Nur, dass er nichts dergleichen tut. Er beugt sich vor, die Unterarme auf die Knie gestützt, und fixiert mich mit seinen dunklen Augen, bis er bemerkt, dass ich zittere. Schweigend zieht er seine Lederjacke aus und legt sie mir um.

Ich habe Raoul seit Monaten nicht gesehen und seit dem Anruf auf dem Revier nicht mehr gesprochen. Tränen schießen mir in die Augen und ich muss wegsehen und ein paarmal schlucken.

Auf einer Hottie-Skala von eins bis zehn ist Raoul eine zwölf. Er ist ein männliches Prachtexemplar und der geborene Schuft. Dunkle Haare, dunkle Augen, dunkle Klamotten. Arme und Oberkörper sind mit Tattoos übersät und natürlich fährt er ein Bike. Er ist Martinez' Sohn und das mexikanische Erbe spiegelt sich in der olivfarbenen Haut, den hohen Wangenknochen und in seinen scharf geschnittenen Zügen.

Jeder normale Mensch würde bei seinem Anblick die Flucht ergreifen, doch ich bin nicht normal. Für einen Moment schließe ich die Augen und atme seinen Duft nach Leder und Motoröl ein. Bei dem Gedanken, was wir das letzte Mal unter dieser Jacke getrieben haben, bei genau der gleichen Gelegenheit, schießt Hitze in meine Wangen.

Als ich die Augen öffne, blicke ich aufs Feld, wo mir ein sehr angepisster Drake einen grimmigen Blick zuwirft. Oder besser Raoul, der viel zu nahe neben mir sitzt und sich in diesem Moment zu mir beugt.

»Schön, dich wiederzusehen, *cariño*.«

Ich wünschte, ich könnte das Gleiche sagen. Doch Raoul ruft zu viele Erinnerungen in mir wach, die ich lieber in der Versenkung lassen möchte. Er hatte Monate Zeit, zu mir zu kommen. Ein paarmal stand ich selbst kurz davor, mich ins Auto zu setzen und zu seiner Werkstatt zu fahren. Doch das letzte Mal, als ich unangemeldet dort aufgetaucht bin, haben er und seine alte Gang um eine Mörderkohle gepokert, während eine halbnackte Stripperin auf seinem Schoß saß und ihm einen Lapdance gegeben hat. Man könnte also ohne Übertreibung sagen, dass das ein ziemlicher Reinfall war.

Ausgerechnet bei einem Heimspiel gegen seine alte Schule taucht er auf, um … ja, was eigentlich? Für eine Aussprache ist es ein bisschen spät.

Ich verpasse den ersten Spielzug, denn plötzlich springt die Menge von den Sitzen und ruft Drakes Namen, der schnell zu einem Sprechgesang wird. Anscheinend hat er den einen der Offensive Tackles flachgelegt und den Quarterback zu Boden geworfen, der dem Anschein nach verletzt ist.

Die Schüler der Fernández High hält es ebenfalls nicht auf den Plätzen. Ein Pfeifkonzert bricht aus, Buhrufe werden laut, und Gegenstände werden aufs Feld geworfen, dem Aussehen nach Feuerzeuge und Bierdosen.

Raoul schnalzt mit der Zunge und schüttelt den Kopf.

»Mateo ist der beste Quarterback, den wir seit Jahren haben. Er wird von unseren Leuten geschützt wie Fort Knox. Dein Linebacker muss eine Mordswut im Bauch haben, sonst wäre er nicht an denen vorbeigekommen.«

»Er ist nicht mein Linebacker!« Was eine dreiste Lüge ist. Dieser elende Mistkerl hat sich durch die Hintertür in mein

Herz geschlichen und dort verrammelt. Was ich auch anstelle, ich bekomme ihn da nicht mehr raus.

Raoul verzieht einen Mundwinkel, ohne die Augen vom Feld zu nehmen.

»Das sieht er aber anders.«

Ich folge seinem Blick. Drake hat den Helm abgenommen und ist zum Spielfeldrand getrabt.

Bei seinem Anblick verschlägt es mir für einen Augenblick die Sprache, ich bin wie paralysiert. Das dunkle Haar ist nass und klebt in seinem Gesicht, den Mund hat er zu einem arroganten Grinsen verzogen, die Augen zu Schlitzen verengt, während er den Helm unter den Arm geklemmt hat.

Von Weitem sieht er wie Lukas aus nach seinem ersten großen Sieg. Langsam, wie in Slomo, stehe ich auf. Mein Hals fühlt sich an, als hätte ich Reißnägel geschluckt, während sich mein Brustkorb schmerzhaft zusammenquetscht. Ich kann mich nicht entscheiden, ob ich davonrennen oder in seine Arme springen möchte.

Drake fixiert mich mit seinem Blick, dann streckt er die Hand aus und zeigt mit dem Finger auf mich. Die Menge tobt, meine Mitschüler flippen aus. Die Bedeutung ist klar: Den Typen hat er für mich plattgemacht. Mit Zeige- und Mittelfinger deutet er erst auf seine Augen, dann auf meine. Entweder will er mir damit sagen, dass er mich im Blick hat, was nicht wirklich Sinn ergibt, oder er möchte, dass ich gleich gut hinsehe, weil das erst der Anfang ist.

Wenn das Spiel vorher schon brutal war, beginnt jetzt ein Blutbad. Nachdem der Ersatzquarterback aufs Spielfeld kommt, wird Mateo am Rand behandelt. Anscheinend hat er sich den Fußknöchel verstaucht, denn der ganze Fuß wird in Eis gepackt.

»*Bastardo astuto.*« Raoul grinst von Ohr zu Ohr. »Der Coach hat zwei neue Tackles eingesetzt.« Er deutet zu den beiden Fleischklöpsen, die die Position vor dem neuen Quarterback einnehmen. »Das sind Héctor und Samuel, besser bekannt als *Crack* und *Fist*.« Er nickt zu dem linken Fleischberg, der mindestens hundertzwanzig Kilo auf die Waage bringen muss. »Crack verteilt gern Kopfnüsse und knockt seine Gegner aus. Fist benutzt dazu lieber seine ...« Statt den Satz zu beenden, zuckt er mit den Schultern. Fäuste, schon klar.

Auf dem Feld haben die Teams ihre Plätze eingenommen. Drake und Tuck geben sich Handzeichen, die ich nicht deuten kann, während der Quarterback kodierte Befehle bellt.

»Roger Blue One! Roger Blue One!«

Als die Mannschaften diesmal aufeinanderprallen, werfen sich unsere Defensive Ends, Mike und Jackson, in Fist und Crack. Offenbar ist unseren Jungs deren Spezialität bekannt, denn Mike weicht der Faust aus, lenkt den Schlag um und nutzt die Fliehkraft, um Fist zu Boden zu werfen. Jackson rammt Crack den Ellbogen in die Seite, bevor dieser seine Kopfnusstechnik anwenden kann.

Das alles geht so schnell, dass ich kaum mitbekomme, wie Drake sich wie ein Bulldozer durch die Offense gräbt, den neuen Quarterback packt und zu Boden reißt, bevor dieser seinen Wurf ausführen kann.

Die Zuschauer in unserem Bereich flippen komplett aus, vor allem als Drake abermals zum Rand trabt und seine Fingerknöchel gegen Nashs ausgestreckte Faust stößt. Nachdem er weitere Fist-Bumps mit seiner Offense ausgetauscht hat, sucht er abermals meinen Blick und macht die gleiche Geste von seinen Augen zu meinen. Offensichtlich ist er noch nicht fertig.

Raoul stupst mich leicht in die Seite und deutet auf eine Gruppe Männer, die in der untersten Reihe sitzen und hektisch auf ihre Klemmbretter kritzeln.

»Das sind die Coaches von Michigan, Stanford, Notre Dame und Alabama. Ich vermute mal, die sind wegen Nash hier, aber ihrem Gesichtsausdruck nach würde es mich nicht wundern, wenn sie nach dem Spiel versuchen, deinen Linebacker für ihre Uni zu begeistern.«

Drake hat bereits ein Stipendium in der Tasche, immerhin findet das Scouting im Junior-Jahr statt. Doch ich gebe Raoul recht, vermutlich sind sie wegen Tuck und Nash gekommen. So wie die beiden heute Abend spielen, würde es mich nicht wundern, wenn sie ein halbes Dutzend Angebote bekommen. Wovon ich allerdings noch nie gehört habe, ist, dass die Scouts versuchen, einen Spieler, der sich bereits entschieden hat, für sich zu gewinnen. Aber bei Drake weiß man nie. Wenn einer die Regeln ändert, dann er.

»Bist du deswegen hier? Um mit mir über Football zu quatschen?«

Raoul lehnt sich zurück, die Arme rechts und links auf die Rücklehnen der Sitze gelegt. Eigentlich müsste diese Pose entspannt wirken, doch sein enormer Bizeps drückt sich durch den Stoff seiner Ärmel und lässt ihn raubtierhaft aussehen.

»Ich bin hier, um dich zu sehen.«

»Warum?« Und wieso jetzt?

»Ich habe gehört, was passiert ist, und wollte sehen, wie du dich hältst.«

Hätte er mir ins Gesicht geschlagen, könnte es nicht mehr wehtun. Er ist wegen Iwanow hier. Als mein Aufpasser, und nicht, weil er sich nicht länger von mir fernhalten konnte. Wahrscheinlich hat Martinez ihn sogar geschickt, da er sich hier besser unters Volk mischen kann als Scott, der immer einige Meter Abstand zu mir hält.

Wie konnte ich so dumm sein zu glauben, er wäre meinetwegen gekommen?

»*Cariño.*« Seine Fingerknöchel streifen meine Wange. »Wir sollten uns zusammensetzen und reden.«

Ach, jetzt will er reden! »Und worüber?«, schnappe ich. »Ich habe bereits einen Babysitter.« Ich umfange mich mit den Armen und starre aufs Feld, ohne etwas zu sehen. Den Buhrufen nach zu urteilen, schlachtet die Defense der Fernández High gerade unsere Offense ab.

Raoul beugt sich vor und streicht mir eine lose Strähne hinters Ohr. »Ich mache mir Sorgen um dich. Davon abgesehen …« Er seufzt leise und reibt sich den Nacken. »Du hast mir gefehlt.«

Er mir auch, aber das spreche ich nicht aus. Mein Blick sagt ohnehin mehr, als mir lieb ist, denn er wendet sich mir zu und drückt seine Lippen auf meine. Nur ganz kurz und unendlich zart. Dennoch stellen sich die kleinen Härchen in meinem Nacken auf und Adrenalin schließt durch meine Adern.

Raoul lehnt sich zurück, ohne mich aus den Augen zu lassen. Er betrachtet mich einen Moment durch halb geschlossene Lider, dann nickt er.

»Ich melde mich, querida.« Mit diesen Worten steht er auf und lässt mich mit pochendem Herzen zurück.

Ich melde mich? Wann? Wenn ich gelernt habe, Verantwortung zu übernehmen, oder er aufhört davonzulaufen, wie in diesem Augenblick? Oder damals im Innenhof von *The Colony*, als er Conall k. o. geschlagen und mich in dem Durcheinander zurückgelassen hat.

Obwohl ich nach der zweiten Pause zunächst nicht bei der Sache bin, entwickelt sich das Spiel zu einem wahren Thriller. Im letzten Viertel habe ich meine Verwirrung so weit abgeschüttelt, dass ich miterlebe, wie ein verletzter Nash den Pass seines Lebens wirft. Nach dem Kickoff steht unser Team auf der 20-Yards-Linie und hat praktisch noch das ganze Feld vor sich. Nash wirft, und der Ball fliegt in hohem Bogen durch die Luft, in Jim Morris' Arme, der ihn in vollem Lauf fängt und zur Zielgeraden prescht. Obwohl Jim ebenfalls angeschlagen ist, setzt er sich gegen den Cornerback der Defense durch, das ist der Typ, der die äußere Ecke des Spielfelds bewacht, und schafft es bis zur Endzone, bevor er vom Gegner zu Boden geworfen wird.

Bei einer Restspielzeit von wenigen Sekunden besiegelt der Touchdown das Spiel, das bei einem Stand von 52:50 zum ersten Mal in der Geschichte beider Highschools für die Brentwood entschieden wird. Als der Schlusspfiff ertönt, tobt die Menge, der Lärm ist ohrenbetäubend. Unsere Leute fallen sich gegenseitig in die Arme und gemeinsam hüpfen wir jubelnd auf und ab. Die Mannschaft trägt ihre Stars auf Schultern aus dem Stadion. Nash, Drake, Tuck und Jim strecken die Faust in die Luft und brechen in Wolfsgeheul aus, in das das Publikum miteinstimmt.

Was für ein Spiel.

* * *

Diesmal findet die After-Game-Party bei uns statt. Offenbar war James ebenfalls beim Spiel, obwohl ich keine Ahnung habe, wo er sich versteckt hat. Wahrscheinlich irgendwo unten bei den Coaches. Jedenfalls war er so angetan vom Spiel, dass er in der Halbzeitpause zu seinen Jungs in die Umkleide gegangen ist und das komplette Team eingeladen hat. Etwas, das ungefähr alle 100 Jahre passiert – also nie. Das behauptet zumindest Dexter.

Damit seine Söhne Partys schmeißen können, ohne das Haus in Mitleidenschaft zu ziehen, hat James den Jungs ein Loft über den Garagen ausgebaut. Hier findet man alles, was zu einer guten Fete gehört: ein superduper Soundsystem, eine gefüllte Bar, zwei Billardtische, eine Tanzfläche und genug Platz für mehr als zweihundert Leute. Über die Lieferantenzufahrt gelangt man auf einem Seitenweg zu den Garagen. Praktischerweise kann man diesen Trakt vom Haupthaus über ein Tor trennen und somit ungebetene Gäste fernhalten. So eine Feier ist vermutlich ein Albtraum für Martinez. Würde mich nicht wundern, wenn das Team eine Nachtschicht einlegen muss.

»Die Marshalls lassen niemanden in ihre Festung!« Dexter ist total aus dem Häuschen und hört nicht auf zu quasseln, während wir zum Parkplatz schlendern, auf dem sich eine Menge zusammengefunden hat. Zuerst denke ich, das ist der übliche Stau, wenn alle gleichzeitig zu ihren Autos strömen. Doch als wir näher kommen, kann ich einen Pulk von Schaulustigen ausmachen, die zwei Jungs eingeschlossen haben, die sich an die Gurgel gehen.

»Oh mein Gott!« Das kommt von Sally. Sie ist stehen geblieben und bedeckt den Mund mit den Händen.

»Baby, ich hatte keine Ahnung, dass der so rangehen kann.« Pam sieht beeindruckt aus.

»Shit, ist das Crush?« Dexter boxt sich unter vollem Ellbogeneinsatz durch die Menge. Crush? Ich kann mir beim besten Willen nicht vorstellen, dass sich unser Mister Sunshine von jemandem aus der Ruhe bringen lässt.

Mit Dexters Hilfe schaffen wir es in den inneren Zirkel, und ich muss ein paarmal blinzeln, bis ich kapiere, was da los ist. Nicht Crush hat sich mit den Fernández-Leuten eingelassen, sondern Zack. Ich habe meinen Drummer noch nie so wütend gesehen, fehlt nur noch, dass ihm Rauch aus der Nase quillt. Sein Gegner ist wie ein Hydrant gebaut, kompakt und kräftig, mit Armen, die dicker sind als meine Oberschenkel. Was er ihm an Kraft voraus hat, macht Zack mit seinem Zorn wett. Er hat den Kerl am Hals gepackt, während der ihm ein Messer an die Seite hält. Ein Messer!

Für einen Sekundenbruchteil befinde ich mich wieder im Aufzug der Mall und erstarre. Glücklicherweise holen mich die Stimmen meiner Freunde zurück in die Gegenwart. Pam ruft etwas, während Sally aufgeregt auf Dexter einredet. Ich balle die Hände zu Fäusten, schließe für einen Moment die Augen und nehme einen tiefen Atemzug. Alles ist gut. Iwanow ist nicht hier, dies ist ein Streit unter Schülern – wenn auch ein ziemlich krasser.

Nachdem ich mich etwas beruhigt habe, scanne ich die

Umstehenden nach Hilfe ab, bis mein Gesicht an Alano hängen bleibt, Raouls rechte Hand und bester Freund. Als hätte er meinen Blick gespürt, wendet er den Kopf und grinst.

Alano sieht schon im Ruhezustand zum Fürchten aus, aber wenn er lächelt, haben die meisten Leute das Bedürfnis, sich nass zu machen. Dabei ist er nicht mal besonders groß. Das muss er bei seinem Aussehen auch nicht. Er hat das dunkle Haar und die olivfarbene Haut der Latinos, wobei seine Augen wie polierte Obsidiane aussehen, bodenlos. Seine Nase wurde ein paarmal gebrochen und ihm fehlt ein Ohrläppchen. Wenn er wie jetzt grinst, blitzen die vergoldeten Schneidezähne auf, die ihn wie einen Rapper aussehen lassen. Dabei hasst er Rap und nicht nur den. Alano hasst Regeln, die Bullen und dumme Fragen. Was er dagegen liebt, sind Mädels, Poker, Autos und, nun ja, einen guten Kampf.

»Hey *gringa*«, ruft er und kommt auf mich zu. Anders als Dexter muss er sich keinen Weg durch die Schaulustigen bahnen. Sie machen freiwillig Platz, springen regelrecht zur Seite.

Fragt mich nicht, warum, aber ich mag diesen hässlichen Kerl, mehr noch, ich vertraue ihm. Als ich mit Raoul zusammen war, habe ich Alano besser kennengelernt. Normalerweise ist er der gutmütigste Typ, den man sich vorstellen kann. Stellt er sich jedoch gegen einen, sollte man die Beine in die Hand nehmen und zusehen, dass man Land gewinnt. Seine Spezialität ist das Messer, und wenn er einmal loslegt, ist er wie besessen und hört erst auf, wenn man ihn von seinem Gegner zerrt. Das hat Raoul mir einmal anvertraut. Ich schätze, das war seine Art, mich zu warnen, damit ich nicht auf die Idee komme, Alano zu reizen. Als ob!

»Hi Kleiner«, sage ich lächelnd, dann verschwinde ich in seiner Bärenumarmung.

»Wie ich sehe, hast du den Boss schon getroffen.«

Zuerst weiß ich nicht, was er meint, dann fällt mir auf, dass ich noch immer Raouls Jacke trage. Oops.

Neben mir schnappt Sally nach Luft, während Dexter flucht. Nicht, weil sie sich vor Alano gruseln, sondern vor dem, was im Kreis stattfindet. Der Typ der Fernández High hat das Messer unter Zacks Kinn gesetzt, den das nicht besonders zu beeindrucken scheint. Statt loszulassen, verstärkt sich Zacks Griff um dessen Hals.

»Der Kleine hat *cojónes*, das muss man ihm lassen. Aber gegen Big M hat er schlechte Chancen. Wenn der 'nen Treffer landet, steht der *chico* nicht mehr auf.«

Na toll.

Als er meinen Gesichtsausdruck sieht, runzelt er die Stirn. »Kennst du den Typen?«

»Zack ist mein Freund!«

Er reibt sich das Kinn, was bei ihm nachdenklich wirkt.

»Ein guter Freund?«, hakt er nach. Ich nicke.

»Braucht er seine Finger noch?«

Was ist das denn für eine Frage? »Er ist Drummer!«

»*Entiendo.*« ruft Big M und seinen Kumpanen etwas auf Spanisch zu, das ich nicht verstehe. Der Typ mit dem Messer zögert einen Moment. Schließlich senkt er zähneknirschend die Klinge, beugt sich vor und flüstert etwas zu Zack, das offenbar nur für ihn bestimmt ist. Im nächsten Moment rammt Zack ihm das Knie in den Magen und schlägt ihm gleichzeitig das Messer aus der Hand. Bevor sich Big M berappeln kann, führt Zack einen mustergültigen Aufwärtshaken aus, der sein Gegenüber am Kinn erwischt und zurücktaumeln lässt.

»Baby, der Kleine hat vielleicht Moves drauf!« Pam sieht kein bisschen besorgt aus.

»Guter Uppercut«, bestätigt Alano und kreuzt die Arme vor der Brust.

Echt jetzt?

»Sollten wir nicht eingreifen?«, fragt Sally. Ganz meine Meinung.

»No, no. Ich will sehen, was der Junge draufhat. Außerdem hat sich Big M einem direkten Befehl widersetzt.«

»Und?«

»Dafür wird er bezahlen, aber ich finde, der Kleine macht das ganz gut, meinst du nicht, *chica*?« Er sagt das, als wäre er Ringrichter beim Tangowettbewerb. Macht sich hier niemand um Zack Sorgen?

Tatsächlich folgt jetzt Schlag auf Schlag, als hätte Zack nur auf eine Gelegenheit gewartet. Er tritt Big M in die Eingeweide und landet einen weiteren Treffer auf seinem Jochbein.

»*Jab, Jab, Jab*. Beweg dich, und achte auf deine Beinarbeit, *compañero*«, ruft er Zack zu. »Boxt der Kleine?«, fragt er, an mich gewandt.

Ähm …

»Ist er Single?« In Pams Stimme schwingt Bewunderung.

Klasse, ich bin von Irren umgeben!

Tatsächlich kann Big M einiges schlucken, denn egal wie viel Zack austeilt, sein Gegner steckt es weg, kommt jedoch nicht dazu, Schläge auszuführen. Als er sich bückt und abermals zum Messer greift, schreitet Alano ein. Es ist wie in einem Comic, fast hätte ich gelacht, obwohl es alles andere als lustig ist. Alano betritt den Kreis, seine Faust landet in Big Ms Gesicht, der sich einmal um die eigene Achse dreht und auf die Bretter geht. Oder in diesem Fall auf den Asphalt.

Wow. Ich meine, WOW!

Zack ist vornübergebeugt, die Hände auf die Knie gestützt, und atmet schwer. Die Knöchel seiner Hände sind aufgeplatzt und bluten. Alano legt ihm eine Hand auf die Schulter und sagt etwas zu ihm. Dabei ist er so leise, dass nur Zack ihn hören kann. Was immer es ist, Zack entspannt sich sichtlich. Er richtet sich auf und kommt mir irgendwie größer als sonst vor, während er Alano antwortet und zu Big M nickt, der allmählich wieder zu sich kommt.

»Wenn du Boxstunden willst, dann komm nächsten Freitag zu *La Habra*, weißt du, wo das ist?«

»Der Boxclub in Fullerton?« Überraschenderweise kommt das von Pam. Alano hebt eine Braue und nimmt sich Zeit, sie in Augenschein zu nehmen. Langsam breitet sich ein Lächeln auf seinem Gesicht aus, das mir eine Gänsehaut beschert.

»Warst du schon mal dort, *pichona*?«

»Was ist hier los?« Die autoritäre Stimme des Trainers zerreißt die Stille, der sich mit der Pfeife im Mund einen Weg durch den Menschenauflauf boxt. Wie auf ein geheimes Kommando zerstreut sich die Menge.

»Elf Uhr!«, ruft Alano über die Schulter. Dann packt er Big M im Nacken und bugsiert ihn Richtung Parkplatz.

Kann dieser Abend noch bizarrer werden?

21

»Wie zum Geier ist das passiert?« Dexter ist total aufgekratzt.

»Hey Mann, komm wieder runter, ist doch alles in Ordnung.« Crushs zitternde Hände strafen seine Worte Lügen. Er ist an Zacks Seite geblieben und hat seinen Rücken freigehalten. Es ist kein Geheimnis, dass die Kids der Fernández High nicht fair kämpfen. Mit mehreren Leuten auf einen Gegner einzutreten, ist für die keine große Sache.

Zack spuckt Blut, darum beantwortet Crush die Frage.

»Wir sind vorausgegangen, um den Rückstau und den ganzen Stress beim Ausparken zu vermeiden. Dabei sind wir in die Gruppe gerannt und die haben einen Streit provoziert. Haben Zack eine Schwuchtel genannt. Total uncool, wenn ihr mich fragt.«

Neben mir schnappt Sally nach Luft. »So nennt sein Vater ihn«, wispert sie mir zu.

»Im Ernst?«

Darauf seufzt sie. »Die beiden sind nie gut miteinander ausgekommen. Aber seitdem er Schwarz trägt und Guyliner benutzt, ist es eskaliert.« Seit ich in L. A. lebe, weiß ich, dass Guyliner Eyeliner für Jungs ist.

280

Ich sehe ihr an, dass sie noch was sagen will, es sich aber anders überlegt. Vermutlich steckt mehr hinter dieser Geschichte, zumal sich die Frage stellt, *warum* Zack auf Emo macht und sich eine Scheißegal-Haltung zugelegt hat, von der wir seit heute wissen, dass sie für die Tonne ist. Offensichtlich ist es ihm nicht egal, wenn er beleidigt wird.

Unnötig zu erwähnen, dass Zack nach diesem Vorfall nicht nach Feiern zumute ist. Der Rest von uns schafft es zu unseren Wagen und ohne weiteres Drama zu James' Palast.

* * *

Als ich in die Auffahrt einbiege, ist das Haus hell erleuchtet. Anders als der Rest der Bande benutze ich nicht den Seitenweg. Bis vor wenigen Wochen wusste ich nicht mal, dass wir einen haben. Ich meine, bei welcher Gelegenheit sollte ich mich über den Lieferanteneingang ins Haus schleichen?

Bei den After-Partys trifft das Team normalerweise als Letztes ein, von wegen duschen und umziehen und so. Doch durch den Zwischenfall auf dem Parkplatz sind die Spieler bereits da, als ich eintreffe. Sowohl Drakes Hummer als auch Nashs Corvette stehen vor dem Haus sowie zwei weitere Luxusschlitten, von denen ich nur Tucks schwarzen SUV kenne.

Als ich aussteige, fliegt mir das Wummern der Bässe entgegen. Das Tor zu den Garagen ist geschlossen, was so gut wie nie vorkommt. Es lässt sich über ein Tastaturfeld öffnen, doch statt rüberzugehen, jogge ich ins Haus und bleibe erst stehen, als ich die Tür zu meinem Zimmer zugeworfen habe. Danach gehe ich zum Bett und lasse mich rücklings darauf fallen. Ich trage immer noch Raouls Lederjacke, die ich wie eine Decke um mich schlinge. Für einen Moment schließe ich die Augen und atme seinen unverwechselbaren Werkstattduft ein.

Die Tränen erwischen mich kalt, und bevor ich weiß, was ich tue, presse ich beide Hände vors Gesicht und krümme mich zu einem Ball zusammen, während ich leise in mein Kissen weine.

Ich weiß nicht, was mich mehr mitgenommen hat, Raouls Auftritt oder Drakes. Okay, das nehme ich zurück. Sobald ich die Augen schließe, sehe ich ihn vor mir, den Helm unterm Arm, das feuchte Haar im Gesicht und dieses siegessichere Lächeln, das vor Arroganz nur so strotzt. Immer wenn ich an diesen Moment in Lukas' Leben denke, zieht sich mein Herz auf Rosinengröße zusammen, und heute ist keine Ausnahme.

Er war noch so jung, hatte sein ganzes Leben vor sich. Und obwohl sich die beiden kein bisschen ähnlich sind, gab es heute diesen Moment, wie eine Fata Morgana, und Lukas war für wenige Sekunden wieder lebendig.

Nachdem ich mich ausgeweint habe, weiß ich, was ich brauche, und das ist Leon. Also wasche ich mein Gesicht – es ist nicht nötig, dass er sieht, dass ich geflennt habe – und rechne. Hier ist es jetzt elf Uhr nachts, also geht in Berlin gerade die Sonne auf. Hm. Normalerweise würde ich Leon nicht um acht aus dem Bett werfen, aber das ist ein Notfall. Ich muss seine Stimme hören und das freche Zwinkern in seinen Augen sehen. Leon ist mein Fels, er erdet mich, wenn mir alles zu viel wird.

Doch als ich Facetime aktiviere, meldet sich kein verpennter Leon, sondern ein total aufgekratzter.

»Hey Süße, das muss Gedankenübertagung gewesen sein, ich wollte es eben bei dir versuchen.«

Bei seinem Anblick blinzle ich ein paarmal. Nicht zum ersten Mal fällt mir auf, wie sehr sich Leon in den letzten Monaten verändert hat. Sein Gesicht ist schmaler geworden, aber nicht, weil er abgemagert ist, sondern weil er den Babyspeck verloren hat. Falls mir meine Augen keinen Streich spielen, hat er einen Bartschatten, wie ist das überhaupt möglich! Ich muss mich regelmäßig daran erinnern, dass Leon jünger als ich ist, was mir im Moment wie ein Gerücht vorkommt. Außerdem hat er was mit seinen Haaren gemacht. Der aschblonde Wuschelschopf ist verschwunden. Leon hat sich einen Undercut verpasst und die Seiten kurz rasiert. Oben trägt er es lang genug, dass er es stylen kann. Aktuell ist es nach vorn gestellt, was ziemlich cool aussieht. Auf diese Weise kommen seine graugrünen Augen besser zur Geltung, die in diesem Moment mehr grün als grau sind. Außerdem trägt er ein weißes T-Shirt, das so eng ist, dass es aufgemalt wirkt. Als ich den Mund öffne, um ihn zu fragen, seit wann er trainiert, kommt er mir zuvor.

»Ich hab dir doch von Oscar, dem Programm, erzählt, das ich geschrieben habe. Das Iwanows Passwörter umgeht und die Daten aus den gesicherten Files zieht.«

Ich nicke. Leon ist etwas auf der Spur, und was es auch ist, er ist deswegen total von der Rolle.

»Oscar frisst sich seit Wochen durch die Dateien und hat ohne Ende passwortgeschützte Files ausgespuckt. Das Problem war bisher, dass der meiste Kram auf Russisch ist, und nun ja…«, er kratzt sich den Kopf, »…wenn du keinen

283

Crashkurs in Russisch gemacht hast, von dem ich nichts weiß, haben wir keine Möglichkeit, das Zeug zu übersetzen.«

»Bestimmt kann Martinez uns dabei helfen …«

»Aber«, unterbricht er mich mit einem breiten Grinsen und hebt einen Finger, um meinen Einspruch zu stoppen, »es hat sich herausgestellt, dass ich jemanden kenne, der jemanden kennt, der Russisch spricht!«

Okay?

»Hör mal, Leon, nichts gegen deine Freunde. Aber das sind supervertrauliche Informationen, die nicht unbedingt an Dritte weitergereicht werden sollten.«

Leon zwinkert mir zu. »Keine Bange, Süße, ich hab hier alles im Griff.«

Hat er getrunken? Ich beuge mich tiefer über mein iPhone und versuche, seine Augen auszumachen, aber seine Pupillen kommen mir nicht vergrößert vor.

»Der Punkt ist, dass wir etwas Wichtiges herausgefunden haben.«

Wir? Im Sinne von er und Oscar, oder er und sein neuer russischer Freund?

»Eine Anleitung, wie er mich am effektivsten abmurksen kann?« Der Witz ist an ihn vergeudet. Leon schüttelt den Kopf, als wäre mein Kommentar ernst gemeint. Er muss wirklich aufgeregt sein.

»Ich hab mich falsch ausgedrückt. Wir haben nicht etwas gefunden, sondern jemanden.«

Schon wieder *wir*. Vom wem redet er die ganze Zeit?

»'tschuldige, aber ich stehe gerade auf dem Schlauch.« Verdammt, ich muss mich konzentrieren. Aber Leons neues Aussehen, gepaart mit diesem *wir* – noch dazu, was heute Abend im Stadion passiert ist –, machen mich ganz kirre.

»Iwanow hatte nicht bloß Frau und Kind. Er hatte auch eine Geliebte und mit der hat er ebenfalls ein Kind.«

Er hat … *was?*

»Jasmin, alles in Ordnung? Du siehst so blass aus.«

»Willst du damit sagen, er hatte *noch* ein Kind?«

Er nickt und ich höre Papier rascheln.

»Anissa Petrow. Sie ist elf Jahre alt und ihrem Vater wie aus dem Gesicht geschnitten. Ich habe dir ein verschlüsseltes Mail geschickt, in Kopie an diesen Martinez. Da steht alles drin, inklusive Fotos.«

»Ich glaub's nicht«, flüstere ich und lehne mich gegen das Kopfende meines Bettes. Die ganze Zeit hatte Iwanow eine zweite Familie und kein Schwein wusste davon. Nicht mal die Presse hat das ausgegraben.

Mit laut pochendem Herzen klappe ich das iPad auf und rufe meine Mails ab, während meine Gedanken Amok laufen. Eine elfjährige Tochter bedeutet, dass Iwanow seine Frau zum Zeitpunkt des Unfalls mindestens neun Jahre betrogen haben musste. Neun Jahre! Was ist das für eine Ehe, in der der Mann ein Doppelleben führt?

Dabei kommt mir ein anderer Gedanke. Was, wenn seine Frau Wind davon bekommen hat und ihn verlassen wollte? Ich habe mich oft gefragt, was sie mit ihrer Tochter mitten in der Nacht da draußen zu suchen hatte. Für mich stinkt das Ganze zum Himmel, darum stelle ich diese Fragen laut und Leon ist sofort an Bord. Wir jonglieren mit Ideen, verwerfen sie wieder, bilden Theorien.

Als wir die weitere Vorgehensweise besprechen wollen, platzt jemand in Leons Zimmer, mit dem ich niemals gerechnet hätte.

»Leeee-on, Baby, warum dauert das so lang? Ich bin an der Reihe und habe *Pflicht* gewählt, und ich will dich kü…«

Leon – *Baby?*

Nicci bleibt wie angewurzelt stehen und starrt in die Kamera. Sie hat sich verändert. Ihr hellblondes Haar hat sie zu einem flotten Pagenschnitt zusammengestutzt, der ihr Gesicht besser zur Geltung bringt. An der Seite hat sie sich blaue und grüne Strähnchen färben lassen, was eigentlich nicht ihre Art ist. Normalerweise muss bei ihr alles perfekt sein. Nur Hippies färben sich die Haare bunt. Das hat sie mir gesagt, als ich in Erwägung gezogen habe, mir die Haarspitzen rot zu färben.

Was sich nicht geändert hat, ist ihre sexy Kleidung, damit würde sie bestens in Shellys Hofstaat an der Brentwood passen. Sie trägt ein pinkfarbenes Paillettenkleid mit einem Ausschnitt, so groß wie Texas. Wenn sie sich noch ein bisschen tiefer über Leons Läppi bückt, steht zu befürchten, dass ihre guten Stücke rauspurzeln.

Und was ihren Kommentar angeht…

»Spielt ihr ernsthaft Wahrheit oder Pflicht?« Das haben wir das letzte Mal mit vierzehn gemacht.

»Oh mein Gott, du bist es wirklich!« Niccis Hände fliegen über ihren Mund. »Oh. Mein. Gott«, kreischt sie. »Jassi, du bist ja so … *blond* geworden! Wie geht es dir?«

Wen interessiert's. Viel spannender ist die Frage, was sie in diesem Nuttenfummel bei meinem besten Freund zu suchen hat, und das um kurz nach acht. Am Morgen. Mein Blick sucht Leon.

»Habt ihr etwa durchgemacht?« Warum klinge ich eigentlich so empört, ich bin schließlich nicht seine Mutter. Es ist alt genug zu wissen, was er macht – und mit wem. Wenn er abfeiern will, nur zu, was stört es mich!

Aber mit Nicci? Miss Superverlogen, die Alex gedeckt hat, während diese hinter meinem Rücken mit Conall rumgemacht und versucht hat, ihn mir auszuspannen!

Obwohl ich um ein Pokerface bemüht bin, verrutscht meine neutrale Maske, als Nicci einen Arm um Leon wirft und sich über die Kamera seines MacBooks beugt. Dass ihre Möpse in meinem Sichtfenster baumeln, ist mehr als irritierend, es macht mich wütend. Ich wünschte, sie würde das lassen und sich aufrichten oder setzen, was auch immer. Schlimmer als der Anblick ihrer Auslage ist jedoch die Tatsache, dass sie sich an Leon randrückt und damit ihre Brüste weiter aus dem Kleid quetscht. Echt jetzt?

Leon scheint das nicht zu entgehen. Er läuft rot an, macht aber keine Anstalten, von ihr wegzurücken. Interessant. Etwas verlegen kratzt er sich die Schläfe, dann räuspert er sich.

»Na ja, wir waren auf der 90er-Party im Move iT.«

»Ihr wart in der Kulturbrauerei?«

»Äh, ja?« Abermals kratzt er sich die Schläfe, was eine neue Macke von ihm zu sein scheint.

»Um halb sechs haben die uns rausgeworfen, aber Nicci kennt diese Karaokebar im Kiez, da haben wir bis kurz vor sieben abgerockt.«

Nicci neben ihm nickt wie ein Wackeldackel.

»Du hättest seine Biebs-Imitation sehen sollen, total krank!«
Während sie lacht, versuche ich mir Leon vorzustellen, der
Justin Bieber channelt.

»Letzte Woche war Elvis-Nacht im 2BE, du hättest Leons
Hüftschwung sehen sollen! In der Schule heißt er deswegen
nur noch The King!« Abermals wiehert sie los, während meine
Augen Leon suchen, der meinem fragenden Blick ausweicht.
Mittlerweile hat sein Gesicht die Farbe überreifer Tomaten
angenommen.

»Und die Woche davor waren wir im …« Leons Räuspern
unterbricht Niccis Redefluss.

Wenn ich das richtig verstanden habe, hat sich mein bester
Freund nicht nur äußerlich verändert. Offenbar hat er seit
meiner Abwesenheit seine Vorliebe fürs Clubbing entdeckt
und sich zu einem Partytiger entwickelt, der Karaoke liebt
und an meiner alten Schule *The King* genannt wird.

Ach ja, und er hängt jetzt mit dem Miststück ab, das mich
monatelang betrogen und belogen hat. Mein Schock schlägt
in Ärger um, heißen, brodelnden Zorn, der sich durch meine
Eingeweide frisst.

»Hey, Jassi, du hast meine Freundschaftsanfrage auf Facebook noch gar nicht beantwortet!«

Den Blick auf Leon geheftet, hebe ich eine Braue.

»Ähm, Nicci, warum gehst du nicht zu den andern, ich hab
noch was mit Jasmin zu bereden.«

Nach Reden ist mir im Moment zwar nicht zumute, aber
wenn es hilft, dass die Trulla 'nen Abflug macht, soll es mir
recht sein.

Nash sucht sich diesen Moment aus, um volltrunken in

mein Zimmer zu torkeln und einen Riesenradau zu veranstalten. Er trägt ausgewaschene Jeans und ein himmelblaues Hemd, das zu seinen Augen passt. Es ist vorn aufgeknöpft und gewährt einen guten Blick auf seinen Waschbrettbauch, was vermutlich Sinn der Übung ist. Sein hellblondes Haar ist nass, ob vom Duschen oder weil er bis eben getanzt hat, kann ich nicht sagen.

Ich finde es faszinierend, dass Nash weder James noch seinem Bruder ähnlich sieht. Er ist einen halben Kopf kleiner als Drake und nicht so muskulös, dafür sind seine Muskeln definierter. Er wäre der perfekte Surfer – oder eben Quarterback.

»Hey, sexy Biest, warum versteckst du dich hier!« Er lacht sein schrilles Lachen und springt zu mir aufs Bett. »Wir haben gewonnen, also schmeiß dich in deine heißesten Aufreiß-Klamotten und komm rüber zur Party!«

Zwei Dinge fallen mir auf. Erstens ist die besoffene Nash-Version ein Akt. Ich schätze mal, er braucht bloß 'ne Entschuldigung, um ohne anzuklopfen in mein Zimmer zu platzen. Er kann wanken und rumbrüllen, wie er will, er lallt kein bisschen, und seine Augen sind hellwach und klar. Sie glitzern unheilvoll, was bedeutet, dass er etwas ausheckt. Wie ich ihn kenne, nichts Gutes.

Insgeheim frage ich mich, ob er vor der Tür stand und das Gespräch, das über den Lautsprecher läuft, mitangehört hat.

Nashs Blick fällt auf das Smartphone in meiner Hand, und ein diabolisches Grinsen breitet sich auf seinem Gesicht aus, während er den Arm um mich legt und mich zu sich zieht. »Hey, Zuckermaus, hast du beim Strip-Poker verloren oder haben deine Nippel heute Ausgang?«

Niccis Mund klappt auf. Dann blickt sie runter auf ihr Dekolleté, gibt einen heiseren Schrei von sich und springt hinter Leon, der sich an seiner Spucke verschluckt und hustend nach Luft schnappt.

Okay, höchste Zeit, das hier zu beenden.

»Ähm, sorry, Leute, ich muss los.« Ich zwinge mich zu einem Lächeln und winke mit der freien Hand. »Ich ruf später noch mal an«, sage ich zu Leon und beende den Chat, bevor er antworten kann.

Leon und Nicci – soll das ein Witz sein? Falls ja, kann ich darüber nicht lachen.

Auf Anhieb fallen mir nur zwei Möglichkeiten ein, meine Schockstarre zu überwinden. Ich verkrieche mich im Bett und ziehe die Decke über den Kopf oder lasse es so richtig krachen und vergesse für ein paar Stunden meinen inneren Tumult. Ich meine, wie würdet ihr reagieren, wenn erst Raoul völlig überraschend beim Spiel aufkreuzt und Drake anschließend diese Nummer auf dem Feld abzieht? Danach zeigt Zack eine ganz neue Seite, die noch niemand an ihm gesehen hat, und verabredet sich mit Alano zum Boxen. Mit *Alano*, ist das zu fassen? Anschließend erzählt mir Leon von Iwanows Zweitfrau, und zum Schluss muss ich mitansehen, wie Nicci vor meinen Augen mit meinem besten Freund rummacht. Der, wie ich eben herausgefunden habe, schon lange kein Nerd mehr ist, sondern der aufsteigende Karaoke-Stern an meiner alten Schule.

Zu viele Informationen in zu kurzer Zeit.

Da an Schlaf nicht zu denken ist, tue ich das einzig Sinnvolle. Ich ziehe mir das kleine Schwarze über, das nicht nur kurz, sondern auch hauteng ist, und schlüpfe in meine silbernen Jimmy Choos, die meine Beine kilometerlang aussehen lassen. Das lange Haar schüttle ich aus und bürste es, bis es glänzt.

Für einen Moment halte ich inne und betrachte mich im Spiegel meines Ankleidezimmers. Nicci hat recht, mein Haar ist wirklich viel heller geworden. Statt kastanienbraun habe ich jetzt einen warmen Goldton und meine Haut hat den typisch kalifornischen Teint angenommen. In Berlin erkennt man daran die Leute, die frisch aus den Sommerferien kommen. Wie es aussieht, steht mir Los Angeles gut.

Nachdem ich mit meiner Inspektion fertig bin, gehe ich ins Bad. Zu diesem Kleid muss man stehen, sonst verpufft die Wirkung, was im Klartext bedeutet: klotzen statt kleckern. Also betone ich meine Augen mit Eyeliner, bis sie riesig wirken, verpasse mir Smokey Eyes und einen roten Kussmund. Perfekt.

Als ich zurück ins Schlafzimmer komme, lungert Nash noch immer auf meinem Bett. Er pfeift anerkennend und leckt sich die Lippen.

»Wen willst du heute Abend flachlegen, Prinzessin?«

»Komm mir nicht blöd!« Ich rausche an ihm vorbei und lasse die Tür hinter mir ins Schloss fallen. Nashs hysterisches Gelächter verfolgt mich bis zur Treppe. Sein Spott ist mir egal, heute Abend will ich mich amüsieren. Und nächste Woche schnappe ich mir Pam, Sally und Dexter und lasse mir ein Make-over verpassen. Ich brauche einen neuen Look, etwas, das besser zu mir passt als langweilige lange Haare. Die Mähne muss ab und ich möchte Highlights. Vielleicht lasse ich mir sogar Ohrlöcher stechen, das will ich schon ewig tun.

An der Haustür holt Nash mich ein und legt mir einen Arm um die Schulter.

»Betrachte mich als deinen Bodyguard der Stunde, Schwesterherz. So wie du aussiehst, brauchst du einen Waffenschein.«

Ich drehe den Kopf, damit er mein Lächeln nicht sieht, aber natürlich entgeht ihm das nicht. Statt mich loszulassen, zieht er mich näher zu sich und küsst meine Schläfe. »Du siehst fantastisch aus, schnapp ihn dir!«

»Keine Ahnung, wovon du sprichst.«

»Lügen musst du noch lernen.«

»Ich wusste, dass du nicht hackevoll bist«, murmle ich und lehne mich einen Augenblick gegen ihn.

»Oh, mach dir keine Illusionen, Prinzessin, wir haben ordentlich gebechert. Aber ich werde dich heute Abend im Auge behalten und auf dich aufpassen. Ich will, dass du Spaß hast.«

Auf meinen fragenden Blick ergänzt er: »Denk nicht nach und lass einfach mal los. Wenn du nicht bald Druck ablässt, brennen deine Sicherungen durch. Ich sorg dafür, dass dir nichts passiert, in Ordnung?«

Ich habe Nash noch nie ohne die ständig amüsierte Fassade gesehen. Das ist das erste Mal, dass ich ihn aufrichtig erlebe. Darum schlucke ich die beißende Bemerkung runter, die mir auf der Zunge liegt, und nicke. Was bei seiner Steilvorlage echt schade ist, von wegen den Bock zum Gärtner machen und so.

22

Es ist nach Mitternacht und die Party ist in vollem Gang. Obwohl das L-förmige Loft über der Garage rappelvoll ist, mache ich Dexter und Sally auf der Tanzfläche am Ende des Raums aus, sowie Scarlett, Charlize und Shelly, war ja klar.

Revolving Door von Crazy Town läuft, ein Song, den ich liebe, auf den man allerdings schlecht tanzen kann. Und Mann, ich will abtanzen, um den ganzen Mist aus dem System zu bekommen. Denn mit einem hatte Nash recht, ich muss dringend Dampf ablassen.

Aber vorher brauche ich Hochprozentiges, darum widerspreche ich nicht, als Nash mich auf direktem Weg zur Bar führt. Zusammen trinken wir drei Shots, als sich Drake, Tuck und sein Bruder Jim zu uns gesellen. Bei ihnen befindet sich der unvermeidliche Pulk Groupies, der ihnen nicht von der Seite weicht. Bevor die Marshall-Brüder aufgetaucht sind, war Tuck bloß eine Sportskanone, die dem Basketball-Team ein bisschen Ruhm verschafft hat. Als Linebacker, der obendrein zu Drakes innerem Zirkel gehört, ist er über Nacht zur Elite aufgestiegen und verweist die Brady-Jeff-Shellys unserer Schule in die zweite Reihe. Während Brady schmollt, kämpft Shelly um ihre Macht, da ihr die Anhänger flöten gehen. Was nützt es einem, die Bienenkönigin zu sein, wenn niemand da ist, um zu applaudieren?

Im Moment ist mir das allerdings ziemlich schnuppe. Heute möchte ich mich austoben und meine Probleme für ein paar Stunden vergessen. Wie zum Beispiel die Iwanows dieser Welt. Nicht zu vergessen die Tatsache, dass Leon jetzt mit Nicci zusammen ist. Darauf trinke ich und spüle meine Bitterkeit mit Sambuca runter.

»Martinez' Sohn ist nichts für dich.« Drakes dunkle Stimme an meinem Ohr verursacht mir eine Gänsehaut. Langsam drehe ich mich um und nehme ihn in Augenschein. Keine Ahnung, wie es ihm gelungen ist, den Pulk schmollmündiger Gänse loszuwerden, denn bei seinem Anblick läuft mir das Wasser im Mund zusammen. Das schwarze Shirt spannt sich über seine Muskeln, und die Jeans sitzt so tief, dass ich einen schmalen Streifen gebräunte Haut ausmachen kann, als er den Arm auf die Theke legt.

Während ich mir den Kopf zerbrochen habe, was ich zur Party anziehen soll, macht er den Eindruck, als hätte er mit der Klamottenfrage keine drei Sekunden vergeudet. Oder seinem Äußeren. Sein schwarzes Haar ist zerwuselt, und dem Bartschatten nach zu urteilen, hat er sich seit Tagen nicht rasiert. Und Mann, das steht ihm gut.

»Und das weißt du, weil …?«, hake ich nach, nicht zuletzt, um mich davon abzuhalten, meine Nase in seinem Shirt zu vergraben und tief einzuatmen.

»Er wird dich mit runterziehen. Der Junge hat mehr Probleme, als du wissen willst.«

»Das mit uns ist seit letztem Herbst vorbei.« Warum habe ich das gesagt? Es ist ja nicht so, als wären Drake und ich zusammen.

»Sieh zu, dass das so bleibt.« Sein Arm legt sich um meine Taille, dann zieht er mich besitzergreifend an sich. Also tue ich das, was ich schon die ganze Zeit tun wollte, schließe für einen Moment die Augen und inhaliere seinen himmlischen Drake-Duft. Die Fingerspitzen seiner freien Hand gleiten über meinen nackten Arm, fahren die Schulter entlang zu meinem Hals, bis er mein Gesicht in die Hand nimmt.

»Du gehörst jetzt zu uns.« Seine Augen sagen nicht *uns*, sondern *mir*.

»Ich gehöre zu niemandem.« Das kommt als Flüstern raus und geht im Lärm der Bässe unter. Ich habe zu Lukas gehört und er zu mir. Aber das scheint Lichtjahre her zu sein. Ich kann mich kaum noch an das Gefühl erinnern, zu jemandem zu gehören.

Vermutlich ist das mein Problem. Was, wenn ich mich ernsthaft auf jemanden einlasse und ihn verliere, wie ich meinen Bruder verloren habe? Zu lieben bedeutet sich zu öffnen, und das macht einen verwundbar. Und wenn man einmal einen geliebten Menschen verloren hat und durch die Hölle und wieder zurück gegangen ist, kommt man nicht ohne Narben davon. Auch wenn das Narben sind, die andere nicht sehen können. Tief in mir ist etwas gebrochen, so gründlich, dass es sich nicht wieder zusammenkitten lässt. Ich weiß das deswegen so genau, weil ich es versucht habe. Doch die Bruchstelle ist zu rau, daran schneide ich mir regelmäßig die Finger auf.

Zögernd löse ich mich aus Drakes Umarmung, obwohl ich

das genaue Gegenteil tun möchte. Wie zum Beispiel mich auf die Zehenspitzen stellen und ihn küssen, bis er seinen Namen vergisst. Sein dunkler Blick verrät mir, dass er ahnt, was mir durch den Kopf geht – höchste Zeit, das Weite zu suchen.

Also begebe ich mich zum einzigen Ort, an dem man sich auf einer Party verstecken kann, der Tanzfläche. Dexter und Sally tanzen immer noch, doch als er mich sieht, streckt Dex die Hand nach mir aus und zieht mich in seine Arme. *20 Years* von The Civil Wars läuft, ein toller Song, der aber nicht zu dem Tango passt, den Dexter mit mir im Arm hinlegt. Doch seine Show verfehlt ihre Wirkung nicht, zumal ich allmählich den Alkohol spüre. Ich werfe den Kopf zurück und lache aus vollem Hals. Ist mir egal, wer mich sieht und ob ich mich vor den anderen zum Affen mache. Dexter ist mein Held, denn zum ersten Mal an diesem Tag kann ich loslassen. Das war es doch, was Nash wollte, oder?

Wie auf ein Stichwort erscheint der blonde Marshall in meinem Sichtfeld und grinst von Ohr zu Ohr. Nash liebt die Aufmerksamkeit, die ihm entgegenfliegt. Im Gegensatz zu seinem Bruder saugt er sie regelrecht auf, was in gewisser Weise zu ihm passt, denn alles an Nash ist hell und laut.

Als der Song in diesem Moment in *Yellow Flicker Beat* von Lorde übergeht, nimmt Nash mich Dexter ab, und wir tanzen zusammen. Und, Mann, er ist gut. Genau die richtige Mischung aus Selbstbewusstsein, sexy Moves und Spaß. Nash kann über sich selbst lachen, und sein Lachen ist ansteckend.

Als der Song endet, hält er die Hand zur Seite, und ein Schnapsglas materialisiert sich darin. Er reicht es mir und ist erst zufrieden, nachdem ich es geleert habe. Dann wiederholt er die Geste, und ein zweites Glas erscheint in seiner Hand, das er in einem Zug wegkippt.

Feelings von Maroon 5 dröhnt durch die Lautsprecher und Bewegung kommt in die Menge. Die Leute johlen aufgedreht, als unser Team die Tanzfläche einnimmt. Tuck pflückt mich aus Nashs Armen, nimmt meine Hände und hüpft mit mir im Takt auf und ab. Drei Songs später bin ich total nassgeschwitzt, das Haar klebt in meinem Nacken, und ich möchte gar nicht wissen, wohin sich meine Schminke verlaufen hat. Nash tanzt hinter mir und drückt sich provozierend in meinen Rücken. Ich drehe mich zu ihm und wische mit dem Zipfel seines offenen Hemds unter meinen Augen, um den schlimmsten Mascara-Schaden zu richten. Bei seiner perplexen Miene bricht Tuck in dröhnendes Gelächter aus.

Als ich den Mund öffne, um etwas Gemeines über seinen Gesichtsausdruck zu sagen, geht Muses *Resistance* in KT Tunstalls *Other Side of the World* über, und zwei Arme legen sich von hinten um mich. Woran ich merke, dass es Drake ist, kann ich nicht sagen, ich weiß es einfach. Meine Haut kribbelt an den Stellen, an denen er mich berührt, das Herz hüpft in meiner Brust, als würde es einen alten Bekannten begrüßen, und mein Atem stockt für einen Augenblick.

Drake scheint auf eine Gelegenheit gewartet zu haben, um mich von Tuck und Nash loszueisen. Und wie er das macht. Als er seine Arme um mich legt und mich an sich drückt, schmelzen die Menschen um uns zu einer bunten Masse zusammen. Ich schließe die Augen und schmiege mich an ihn, während wir uns im Takt des Songs wiegen. Obwohl die Musik voll aufgedreht ist, höre ich Drakes dunkle Stimme an meinem Ohr, der den Text leise mitsingt:

Over the sea and far away
She's waiting like an iceberg
Waiting to change
But she's cold inside
She wants to be like water

Ich erinnere mich nicht mehr, wann wir anfangen, uns zu küssen, das muss irgendwo im Refrain anfangen. Und wir sind nicht die Einzigen. Die Tanzfläche ist voller Paare, die den Slowdance nutzen, um auf Tuchfühlung zu gehen, während sich der Rest um die Billardtische versammelt, und natürlich an der Bar.

Das ist einer dieser Momente, in denen ich eine Entscheidung treffen muss. Stehe ich zu meinen Gefühlen für Drake, oder trete ich den Rückzug an, wie ich das bisher getan habe. Risiko oder Flucht, das ist hier die Frage. Mit dem Kuss hat sich etwas im Raum verschoben. Die Atmosphäre war auch vorher schon aufgedreht, jetzt habe ich das Gefühl, dass sie regelrecht knistert. Das Publikum am Tresen beobachtet unsere Knutscherei mit großem Interesse, den Leuten ist klar, dass etwas Ungewöhnliches vor sich geht. Drake ist nicht für die öffentliche Zurschaustellung seiner Gefühle bekannt, dass er mich auf der Tanzfläche küsst, ist ein Statement. Damit möchte er das mit uns offiziell machen. Gleichzeitig schützt er mich, indem er für jeden erkennbar die Initiative ergreift. Nicht ich werfe mich an ihn ran, sondern er macht seinen Anspruch klar. Ziemlich machomäßig, aber im Grunde ist es ein kluger Schachzug. Auf diese Weise holt er mich aus der Schusslinie der Lästerschwestern. Zudem ist das eine unausgesprochene Warnung, denn niemand legt sich mit den Marshalls an. Dass ich dazugehöre, hat er hier und heute klargemacht.

Entweder spürt Drake die wachsende Aufmerksamkeit, die wir erregen, oder er merkt, dass mich die Glotzerei irritiert. So oder so unterbricht er den Kuss und ergreift meine Hand. Seine Finger fädeln sich durch meine, und nach einem prüfenden Blick in meine Augen führt er mich nach draußen, die Treppe runter über den Hof zum Haupthaus.

Obwohl ich den Alk immer noch spüre, bin ich ganz klar. Das Adrenalin hat eine aufputschende Wirkung auf mich und ich fühle mich zum ersten Mal seit Wochen glücklich. Die spekulativen Blicke meiner Mitschüler sind mir egal, zumal jedem klar sein muss, wohin Drake und ich Hand in Hand verschwinden. Zum Pokern jedenfalls nicht.

Diese und ähnliche Gedanken gehen mir durch den Kopf, bis wir plötzlich in Drakes Zimmer stehen. Dabei fällt mir auf, dass ich noch nie hier war. So lächerlich das klingen mag, aber die Brüder leben im entgegengesetzten Trakt des Hauses. Ob James mein Zimmer absichtlich möglichst weit von seinen Söhnen gewählt hat, um eine Situation wie diese zu vermeiden, kann ich nicht sagen. So wie die beiden drauf sind, würde mich das nicht wundern.

Drakes Zimmer ist genauso groß wie meins, allerdings überwiegen hier gedecktere Töne. Dunkles Parkett statt weißes, eine kastanienfarbene Couch anstelle meiner cremefarbenen. Eine Prinzessinnen-Schlafstätte sucht man vergebens,

299

stattdessen steht ein Kingsize-Bett aus Kirschholz vor drei bodenlangen Fenstern mit Blick in die Dünen. Auf dem Nachttisch neben dem Bett liegen Drumsticks, die meine Aufmerksamkeit erregen. Doch ich komme nicht dazu, mir das genauer anzusehen. Drake tritt hinter mich und fährt mit den Lippen über meinen Nacken. Seine Hände legen sich auf meinen Bauch und ziehen mich gegen seinen festen Körper. Meine Haut prickelt, gleichzeitig breitet sich Hitze in mir aus und meine Knie verwandeln sich in Wackelpudding. Haltsuchend ergreife ich seinen Arm.

»Babe«, wispert er, die Lippen in meinem Haar, »ich hab dich, du kannst loslassen.«

Beim Klang seiner rauen Stimme schließe ich die Augen. Drake nutzt die Gelegenheit und stiehlt sich einen Kuss, und Mann, ich liebe das Gefühl seiner samtigen Lippen auf meinen. Ich knabbere an seiner Unterlippe, beiße ihn, bis sich unsere Zungen begegnen und gegeneinander bewegen. Um mir nicht den Hals zu verrenken, drehe ich mich in seinem Arm, lege meine Hände in seinen Nacken und gebe mich dem Kuss hin, der schnell in etwas anderes umschlägt. Lust pulsiert durch meine Adern, füllt mich aus, bis sie meine Fähigkeit, klar zu denken, deaktiviert.

Mit zitternden Händen fummle ich am Saum seines Shirts, um es über seinen Kopf zu ziehen. Er unterbricht den Kuss, um genau das zu tun, dann hebt er mich auf und trägt mich zu seinem ungemachten Bett. Ich kicke meine Heels in die Ecke und rutsche zum Kopfende, um die Show zu genießen. Doch statt vor mir zu strippen, kriecht er auf allen vieren zu mir. Fasziniert betrachte ich das Spiel seiner Muskeln, bis er über mir ist und seine Lippen abermals meinen Mund finden.

Ich liebe die Art, wie er mich küsst. Er fängt sanft an, spielerisch, und erkundet meinen Mund, als hätte er alle Zeit der Welt. Dabei verrät mir das Vibrieren seines Körpers die Beherrschung, die er aufbringt, seinen wachsenden Hunger zu kontrollieren. Doch erst wenn seine Lust in pures Verlangen umschlägt, kann ich loslassen, mich ihm öffnen. Ihm und meinen Gefühlen, die ich normalerweise hinter einer Panzertür verschanze. Die Kontrolle aufzugeben ist für mich eine Riesenüberwindung, immerhin ist das der Moment, in dem ich am verwundbarsten bin.

Nicht mit Drake. Mit ihm fühlt es sich einfach an, geradezu natürlich und ich genieße das Gefühl des freien Falls. Es ist, als würde ich fliegen. Ich bin frei und kann sein, wer immer ich bin.

Es überrascht mich, dass ich wenige Monate nach Raouls Abfuhr bereit bin, mich auf diese Weise mit jemandem einzulassen. Doch Drake ist nicht irgendjemand, das ist mir schon länger klar.

Meine Hände gleiten über seine Arme, den Trizeps und die definierten Muskeln seines Oberkörpers. Als ich den Bund seiner Jeans erreiche, hält er mit dem Kuss inne und rückt gerade so weit von mir ab, dass er meine Augen sehen kann.

Falls er nach Bedenken sucht, muss ich ihn enttäuschen. Ich will ihn so sehr, dass ich bereit bin zu betteln. Wenn er mich jetzt loswerden möchte, muss er mich mit einer Brechstange von seinem Körper hebeln.

Doch er hat nichts dergleichen im Sinn. Wir atmen beide

schwer, seine Lider sind halb geschlossen, die Augen dahinter glitzern gefährlich. Was immer er in meiner Miene sieht, scheint ihm zu gefallen. Er streift den Spagettiträger meines Kleids von meiner Schulter, küsst die Stelle, und wiederholt das Ganze mit der anderen Seite, während seine freie Hand über meinen Rücken gleitet, den Reißverschluss findet und ihn langsam öffnet.

Abermals mache ich mich an seiner Jeans zu schaffen, öffne die Knöpfe und kann die Härte spüren, die sich gegen den Stoff seiner Boxershorts wölbt. Mein Herz trommelt wild in meiner Brust, ich bin so erregt, dass ich die letzten beiden Knöpfe nicht geöffnet bekomme, da meine Hände so stark zittern. Doch das muss ich auch nicht. Drake schält mich aus dem Kleid und hakt dabei meinen schwarzen Spitzen-BH auf. Beides landet auf dem Boden neben dem Bett, dann lehnt er sich zurück und streift Jeans und Boxers ab, ohne mich aus den Augen zu lassen.

Bis auf das Pantie bin ich nackt, obwohl das Wort unter Drakes brennendem Blick eine ganz neue Bedeutung bekommt. Drake sieht... alles. Meine Lust, die Unsicherheit und die Angst davor, dass er mich aus den falschen Gründen will. Dass ich mich ihm mit Haut und Haaren hingebe, während er nur seinen Spaß haben möchte.

Aber vor allem erkennt er, dass ich das hier brauche. Uns, um präzise zu sein, denn im Moment möchte ich nirgendwo anders sein als in Drakes Armen.

Folie knistert, als Nächstes verschwindet mein Pantie und endlich wird mein Wunsch erfüllt. Drake hält mich, küsst mich, sorgt dafür, dass ich mich entspanne. Und dann ist er in mir, und, Gott, das fühlt sich fantastisch an!

Sex mit Drake ist ein Festmahl der Sinne. Haut auf Haut, Herz auf Herz, nah, ganz nah. Geflüsterte Worte, sein Atem an meiner Wange. Arme, die mich halten, und Lippen auf meiner Haut, die brennende Pfade über meinen Körper ziehen. Wir lieben uns langsam, erforschen den anderen, testen unsere Grenzen. Er berührt mich an Stellen, von denen ich keine Ahnung hatte, dass man dort Lust empfinden kann, zum Beispiel die Kniekehlen.

Wie beim Küssen lässt er sich Zeit, zumal er weiß, dass wir die ganze Nacht haben. Und ich genieße jede Minute davon. Nie zuvor habe ich mich beim Sex so ausgeliefert gefühlt und noch nie habe ich meine Hilflosigkeit so genossen. Sich hinzugeben bedeutet zu vertrauen, und auch wenn ich keine Erklärung dafür habe, ich vertraue Drake.

Obwohl er auf dem Spielfeld auf Hulk macht und mit vollem Körpereinsatz durch seine Gegner mäht, ist er im Bett ganz anders. Er hält mich, als wäre ich zerbrechlich, etwas ganz Besonderes. Diese unerwartete Zärtlichkeit von jemandem wie ihm bringt mich mit einem heiseren Schrei zum Höhepunkt, seiner folgt wenige Herzschläge danach. Drake gibt einen urtümlichen Laut von sich, drückt mich so fest an sich, dass meine Knochen knacken. Vielleicht ist das der Grund, warum mir das Fallen keine Angst bereitet. Drake ist da. Er fängt mich auf und trägt mich, bis sich unser Atem beruhigt. Eine Weile liegen wir eng umschlungen, Arme und Beine miteinander verheddert. Meine Wange ruht auf seiner Brust, und ich lausche seinem kräftigen Herzschlag, bis meine Lider zufallen und ich erschöpft, aber glücklich einschlafe.

Das ist die beste Nacht meines Lebens, doch sie ist noch nicht vorbei.

Wie Rauch schleicht sich der Traum in meinen Schlaf, dringt in mein Unterbewusstsein und bringt mich zurück an einen finsteren Ort.

Es ist Nacht, die Straße regennass. Das Auto und das Mädchen auf der Rückbank. Ein zweiter Wagen. Der Aufprall, Krachen, und die Augen des Mädchens, das im Traum die Hand nach mir ausstreckt. Sie bewegt die Lippen, doch außer meinem wild pochenden Herzen kann ich nichts hören. Neben ihr erscheint ein weiteres Mädchen, das ist neu.

Du musst dich erinnern!

Und dann macht es plötzlich Klick und ich fahre aus dem Schlaf. Wie oft hatte ich diesen Traum schon? Zwanzig, dreißig, fünfzig Mal? Dennoch habe ich bis eben nicht kapiert, dass da noch ein dritter Wagen war. Er hat uns gerammt und gegen die Limousine geschleudert. Vielleicht liegt es daran, dass ich nicht wie üblich in Schuld und Schmerz erwache, die Gedanken bei Lukas und seinen letzten Atemzügen, sondern mit einem Gefühl der Zufriedenheit. Erfüllt.

Und ich begreife noch etwas. Das ist kein Traum, das ist wirklich passiert.

Doch als mich Drakes Arm umfängt und zurück gegen seinen warmen Körper zieht, verblassen die Bilder des Traums mehr und mehr. Die Erinnerung zerreißt wie Spinnweben, zu fein, um sie zu fassen, bis sie sich ganz auflöst und endgültig verschwindet.

23

Als ich das nächste Mal erwache, bin ich allein. Der Anblick von Drakes leerer Seite ist ernüchternd und quetscht mir das Herz zusammen.

Andererseits, was habe ich erwartet? Dass ich aufwache und wir erst mal eine Runde kuscheln? Klar, wo er ja für seine Schmuserei bekannt ist. Obwohl ... gestern Nacht hat er mich im Arm gehalten, mich stundenlang geküsst. Aber gestern war gestern, bei Tageslicht hat er wohl kalte Füße bekommen. Warum verletzt mich das so, war das nicht zu erwarten?

Langsam setze ich mich auf und lehne mich gegen das Kopfende des Bettes, während ich versuche, meine Gedanken zu klären. Ich höre keine Dusche, was bedeutet, dass Drake ohne ein Wort abgehauen ist. Wahrscheinlich war er froh, dass ich noch geschlafen habe, auf diese Weise musste er nicht mal 'ne lahme Ausrede erfinden. Nachdem ich den besten Sex meines Lebens hatte, ist das kein schönes Gefühl, lasst euch das gesagt sein.

Aber da ist noch was anderes. Eine unbestimmte Ahnung, etwas Wichtiges vergessen zu haben. Ich kann mich allerdings nicht erinnern, was. *Erinnern*, da klingelt was ...

Im nächsten Moment verknotet sich mein Hirn. Die Enttäuschung überwiegt und drängt jeden anderen Gedanken beiseite. Drakes Abwesenheit sowie die Tatsache, dass er mich nach dieser unfassbar intensiven Nacht am Morgen danach allein lässt, schmerzt mehr, als ich in Worte fassen kann.

Während ich überlege, wie ich den Walk of Shame zurück in mein Zimmer so würdevoll wie möglich antreten kann, öffnet sich die Tür, und Drake schiebt sich durch den Rahmen. Er trägt nur eine graue Trainingshose, die tief auf seiner Hüfte hängt. Ansonsten sieht er aus, als wäre er eben aus dem Bett gefallen. Verschlafen, mit einem sexy Bed Head.

Der Duft von Kaffee und frisch gepresstem O-Saft flutet den Raum. Da ich zu sehr damit beschäftigt bin, seinen Sixpack anzustarren, brauche ich einen Moment, bis ich kapiere, dass er mit einem Riesentablett beladen ist. Frühstück am Bett?

Anscheinend entgeht Drake mein perplexer Ausdruck nicht, denn seine Mundwinkel zucken.

»Was hast du erwartet? Dass ich mich nach dem besten Sex meines Lebens vom Acker mache?«

Statt zu antworten, schlucke ich, denn ja, genau das habe ich vor nicht mal einer Minute gedacht. Die Antwort scheint mir ins Gesicht geschrieben zu stehen, denn sein Blick verfinstert sich.

»Ist das dein Ernst?«

Er stellt das Tablett auf die leere Seite des Bettes und schüttelt ungläubig den Kopf. »Du hast gedacht, ich hab mich verpisst?«

Vielleicht nicht mit diesen Worten, aber … Moment mal, hat er eben gesagt, dass er auch den besten Sex *ever* hatte? Der

Gedanke lässt mein Herz seufzen und innerlich wird mir ganz warm.

Statt zu antworten, lasse ich meinen Blick über seinen durchtrainierten Körper wandern. Mann, das muss ein Witz sein, kein normaler Mensch sieht so aus, zumindest nicht ohne Photoshop. Anscheinend erwartet er eine Antwort, denn er hat die Arme vor der Brust verschränkt und beobachtet mich.

»Ich wusste nicht, was ich denken soll«, sage ich wahrheitsgemäß. »Ich bin aufgewacht und du warst nicht da.«

Er nickt, dann kommt er zu mir ins Bett und zieht mich auf seinen Schoß.

»Glaubst du wirklich, letzte Nacht hätte mir nichts bedeutet?«

In jedem Fall hat sie mir etwas bedeutet. Drake beugt sich über mich und gibt mir einen zarten Kuss auf die Lippen. Langsam gleitet mein Blick über seine Züge, die kleine Narbe, die seine Braue teilt, die kurzen dichten Wimpern und die schokobraunen Augen. Die feine weiße Linie auf der Oberlippe sowie der Bartschatten, über den ich so gerne mit den Fingern fahre. Da ich das Privileg genieße, ihn berühren zu dürfen, halte ich mich nicht zurück und lasse meine Fingerspitzen über die Stoppeln gleiten. Sie sind samtig. Warum mich das so freut, ist mir ein Rätsel.

Drakes Blick wird weich. Er ergreift meine Hand und fädelt seine Finger durch meine. »Beantworte meine Frage«, sagt er leise.

»Ich habe gehofft, dass es für dich so intensiv war wie für mich.« Dass er die gleiche Verbundenheit gespürt hat. Dass er zum ersten Mal das Gefühl hatte, sich jemandem ohne Wenn und Aber anvertrauen zu können, ohne etwas zurückzuhalten. Dass er keine Zweifel hatte, das Richtige zu tun. Dass er bereit war, ein Risiko einzugehen und alles zu verlieren, indem er sich öffnet. Meinen Stolz, meine Reputation – mein Selbstvertrauen.

Denn sollte er mich nach dem Auftritt auf der Party fallen lassen, wäre ich an meiner Schule Freiwild. Jeder hat uns auf der Tanzfläche gesehen, und alle wussten, was wir vorhatten, nachdem wir Hand in Hand verschwunden sind. Würde er mich am nächsten Morgen abschießen, kann ich die Schule wechseln, das steht mal fest.

Drakes Arme schließen sich fester um mich, als er mich küsst und auf den Rücken rollt.

»Darauf kannst du deinen süßen Zuckerhintern verwetten.«

Und dann küsst er meine Bedenken fort, meine Sorgen und die Reste des Traums, der wie eine dunkle Wolke über mir hängt, und macht da weiter, wo er gestern Nacht aufgehört hat.

* * *

Der Montag kommt viel zu früh und nach einer Stunde Homeroom hat mich der Schulalltag verschluckt. Allerdings sind meine Gedanken nicht beim Unterricht, sondern hängen dem letzten Wochenende nach. Drake und ich, das ist so, so … *wow*!

Ich meine, wir passen überhaupt nicht zusammen, dennoch kann ich nicht aufhören, an ihn zu denken. Das ist einer der wesentlichen Unterschiede zwischen Drake und Raoul. Zu Letzterem habe ich mich körperlich hingezogen gefühlt, aber wenn er nicht bei mir war, habe ich ihn nicht wirklich vermisst. Traurig, aber wahr.

Drake dagegen besetzt mein ganzes Denken, rund um die Uhr. Das ist wohl auch der Grund, warum ich in den Pausen wieder unter meinem Baum im Garten verschwinde. Einerseits weil ich nicht weiß, wie ich mich ihm gegenüber in der Schule verhalten soll. Und ich kann sowohl auf Nashs Spott verzichten als auf eine Befragung durch meine Freunde.

Nach der Schule nehme ich mir die Zeit, meine Gedanken zu glätten. Statt zum Parkplatz zu gehen, sende ich Calvin eine Nachricht über den Messenger. Danach wandere ich zum Footballfeld, lasse mich in einen der Tribünensitze fallen und sehe den Jungs beim Training zu.

Falls ich geglaubt habe, mich hier vor meinen Freunden verstecken zu können, lag ich falsch. Es dauert keine fünf Minuten, bis sich Dexter, Sally, Zack und Tyler zu mir setzen und wie ich aufs Feld starren. Sally spricht als Erste.

»Wir haben dich in der Pause allein gelassen, um dir Raum zu geben.« Ich sehe auf und unsere Blicke treffen sich. »Wir haben auch Drake und Nash gesagt, sie sollen dich in Ruhe lassen. Dass du das manchmal brauchst, dich zurückzuziehen.« Ich sehe jeden einzelnen von ihnen an und sie erwidern meinen Blick. »Aber wir sind deine *Freunde*.«

»Wir wissen, was du für Pam getan hast.« Das kommt von Dexter. Meine Brauen wandern fragend in die Höhe.

»Sie hat es mir gesagt.«

»Dass sie nichts mehr trinkt, war auch mehr als auffällig«,

309

murmelt Zack und reibt mit den Fingerspitzen über die Bandagen seiner Knöchel. Bei dem Anblick muss ich an den Kampf Freitagabend denken und unterdrücke einen Fluch, weil ich mich nicht bei ihm gemeldet habe.

»Wo ist eigentlich Crush?« Keine Ahnung, woher die Frage kommt, aber sie ist raus, bevor ich sie aufhalten kann. Zack und Tyler prusten los, doch es ist Sally, die meine Frage beantwortet.

»Er hat zwei Wochen Detention bekommen, nachdem er die ganze Woche nicht zu PE gegangen ist.«

PE steht für Physical Education und ist das amerikanische Pendant zum Sportunterricht.

»Und warum nicht?« Crush ist Ganztagssurfer. Welchen Grund sollte er haben, nicht zum Sport zu gehen?

Zack gibt einige Ts-Laute von sich und zündet sich eine Kippe an. »Nicht vom Thema ablenken, Schätzchen. Wir wissen, dass bei dir was im Busch ist. Wir haben dir Zeit gegeben, zu uns zu kommen, aber da können wir ja warten, bis unsere Eier blau anlaufen.« Er nimmt einen Zug und pustet mir Rauch ins Gesicht. »Du brauchst gar nicht auf unschuldig machen, die Nummer zieht nicht.« Er nickt zu Calvin, der im Tor zum Footballfeld steht und uns beobachtet.

»Der schräge Vogel dahinten wartet seit Wochen jeden Tag auf dem Parkplatz. Er ist da, wenn du kommst, und fährt dir hinterher, wenn du verschwindest. Und wenn er es nicht ist, sitzt dieser Rotschopf hinterm Steuer des grauen Cryslers.«

O-kay. Hier geht es nicht um Drake und mich, doch die neue Richtung gefällt mir sogar noch weniger als mein aktueller Beziehungsstatus.

»Ich hab die Kennzeichen checken lassen«, meldet sich Tyler zu Wort. »Der Wagen gehört zu einer Sicherheitsfirma, der MSS.«

»MSS?«

»Martinez & Partner Security Service.«

Für einen Moment weiß ich nicht, was ich sagen soll. Zack hat Calvin seit Wochen im Auge und Tyler hat sogar den Wagen überprüfen lassen?

»Wirst du bedroht?« Sallys Stimme ist sanft. Dexter rückt näher zu mir und ergreift meine Hand.

»Rede mit uns, Jazz, wir machen uns Sorgen«, sagt er leise. Unten auf dem Feld bricht Jubel aus, anscheinend hat jemand gepunktet. Doch meine Aufmerksamkeit ist auf meine Freunde gerichtet und mir geht das Herz auf.

Abgesehen von Leon war es meinen Leuten in Berlin piepegal, wie es mir geht oder ob meine Familie durch die unfaire Presse zerstört wird. Nachdem Lukas verunglückt ist, haben nur wenige Anteilnahme gezeigt. Die meisten hielten ihn für den Täter, nicht das Opfer, doch auch wenn das zutrifft, so hatte er etwas Besseres verdient. Nicht die Art, wie er gestorben ist, hat ihn ausgemacht, sondern der Mensch, der er war.

»Jazz?« Sally legt ihre Hand auf Dexters, die meine fest umschlossen hat. »Vertraust du uns nicht?«

Ich schüttle den Kopf und muss ein paarmal schlucken, bevor ich sprechen kann. »Das ist es nicht«, bringe ich schließlich heraus.

»Hat das was mit dem Unfall zu tun?« Zuerst weiß ich nicht, was Tyler meint. Von meinem Bruder kann er nichts wissen, ich habe Lukas nie erwähnt. Dann fällt mir die angeritzte

Bremsleitung meines BMWs ein und der Blechschaden, den das verursacht hat.

»Dir passieren ständig abgefuckte Sachen«, meldet sich Zack wieder zu Wort. »Ich glaub keine Sekunde, dass Shelly deinen Mini mit roter Farbe beschmiert hat. Ist nicht ihr Stil.«

Das Gleiche habe ich damals auch gedacht. Da wusste ich auch noch nicht, dass Iwanow in der Stadt ist.

»Pam hat erwähnt, dass dir ein Typ was auf die Autoscheibe gekritzelt hat«, bemerkt Dexter leise. »Sie hat gesagt, dass du deswegen ziemlich durch den Wind warst.«

Ich glaube, ich muss mal ein Wörtchen mit Pam reden, die eine richtige Plaudertasche geworden ist. Dummerweise nie, wenn wir zusammen sind. »Sie hat nicht getratscht oder so, sondern sich bloß Sorgen gemacht«, ergänzt Dexter hastig.

Ich beuge mich vor, die Augen auf dem Spielfeld, aber in Wahrheit sehe ich nichts. Mein Blick ist nach innen gerichtet, auf die Ereignisse der letzten Wochen. Langsam stoße ich den Atem aus und schüttle den Kopf.

Sie haben ein Recht, es zu erfahren, theoretisch begeben sie sich jedes Mal in Gefahr, wenn sie mit mir zusammen sind. Irgendwo da draußen wartet Iwanow auf eine Gelegenheit, mir wehzutun. Und wenn er nicht an mich herankommt, nimmt er sich vielleicht als Nächstes meine Freunde vor. Sie nicht einzuweihen, könnte sie in Gefahr bringen.

»Was ich euch erzähle, muss unter uns bleiben«, sage ich zögernd.

Zack schnaubt. »Klar, wo wir privaten Kram auch immer ausplaudern.«

Seufzend rubble ich mir die Stirn und dann erzähle ich es

312

ihnen. Erst stockend, schließlich immer schneller. Von Mamas Stalker in Berlin und warum wir hierhergezogen sind. Von den Drohmails, den Anschlägen auf meinen Wagen – den Teil kennen sie ja bereits – sowie dem Gekritzel auf der Autoscheibe und was es bedeutet.

Nachdem ich fertig bin, sieht niemand wirklich überrascht aus, was mich wundert.

»Jazz, das meiste wissen wir längst«, sagt Dexter.

Ähm …

Er zuckt mit den Schultern. »Was erwartest du? Wenn man deinen Namen googelt, sind die ersten zehn Seiten voll davon.« Seine Stimme wird sanft, als er leiser fortfährt. »Das mit deinem Zwillingsbruder tut mir leid, ehrlich.«

Geschockt blicke ich in die Runde, doch statt mich zu verurteilen, nicken die anderen ihre Zustimmung. Ich muss die lästigen Tränen wegblinzeln, bevor ich fortfahren kann.

»Tja, also, dann wisst ihr ja auch, dass es gefährlich sein kann, mit mir befreundet zu sein.«

Darauf brechen Dexter und Zack in schallendes Gelächter aus.

»Wir sind in L.A., schon mal was von Drive-by-Shootings gehört?«

»Äh, ja, aber ihr wisst schon, dass ihr nicht gerade im Ghetto wohnt, oder?« Das monatliche Schulgeld der Brentwood ist höher als ein durchschnittliches Angestelltengehalt in Deutschland.

»Spielt keine Rolle«, sagt Zack und drückt die Ziggi auf dem Beton aus. »Die knallen dich überall ab. Zäune und Kameras ändern daran nichts. Irgendwann musst du auf die

313

Straße, dann kriegen sie dich. Und warum? Weil ihnen deine Hautfarbe nicht passt, dein Akzent oder die Art wie du sie ansiehst. Bei den Gangs kann man das nie wissen.«

»Schön, dass ihr das so locker seht, aber ich möchte nicht dafür verantwortlich sein, dass ihr meinetwegen in Iwanows Feldzug gegen meine Mom reingezogen werdet.«

»Habt ihr schon mal an eine Restraining Order gedacht?«, fragt Zack. Eine Restraining Order ist die US-Version einer einstweiligen Verfügung, die Stalker von Promis fernhalten soll.

»Daran arbeiten wir.« Das ist nur zum Teil gelogen, denn über dieses Stadium sind wir längt hinaus. Dimitri Iwanow wird als *person of interest* wegen versuchter Entführung gesucht sowie in fünf weiteren Delikten. Um ihn als Täter zu überführen, benötigen wir einen DNA Vergleich, doch dazu müssen wir erst mal wissen, wo er sich aufhält.

»Falls ihr mit mir nichts zu tun haben wollt, verstehe ich das. Aber wenn wir zusammenbleiben, dürft ihr die Drohungen nicht auf die leichte Schulter nehmen. Er könnte euch benutzen, nur um mir oder meiner Mutter wehzutun.«

Und dann erzähle ich die Sache mit dem Kaufhaus. Diesen Teil wollte ich eigentlich aussparen, aber ihre laxe Reaktion macht mir klar, dass ihnen nicht bewusst ist, wie ernst die Situation ist. Jetzt kommt alles auf den Tisch, sonst kann ich es auch lassen.

Als ich fertig bin, herrscht Schweigen.

»Shit«, flüstert Dexter.

Zack schüttelt den Kopf und Sally sieht blass aus.

Als ich schon damit rechne, dass sie einen Rückzieher machen, ergreift Sally meine Hand und drückt sie.

»Ich lass dich nicht allein. Was der Mann durchmachen musste, ist furchtbar, aber das gibt ihm nicht das Recht, dich zu verletzen.«

Dexter legt seine Hand auf ihre. »Sehe ich auch so, Kleines. Ich bin dabei.«

»Ich auch«, sagt Tyler. Alle Augen liegen nun auf Zack.

»Mein Onkel ist Richter, weißt du. Dad hasst ihn, weil er einen seiner Fälle versaut und ihm seinen besten Klienten gekostet hat. Aber wenn du Hilfe mit der Verfügung brauchst, bin ich dein Mann.«

Damit landet seine bandagierte Pranke auf Tylers, und ich platziere meine freie Hand auf seine, um den Kreis zu schließen.

»Einer für alle, alle für einen!«, ruft Dexter und schenkt mir ein verschmitztes Lächeln. Die anderen wiederholen seinen Ruf, auf dem Spielfeld jubelt das Team.

»Hast du die Hand des Typen echt mit deinen Stilettos durchlöchert?«, fragt Tyler und blickt skeptisch auf meine Heels. Heute trage ich eher zahme Schuhe, schwarze Peeptoes mit einem sieben Zentimeter Absatz.

Wie auf Kommando prusten wir los und die Spannung verpufft in unserem eruptiven Gelächter.

»Was ist so witzig?«, ruft Nash, der in seiner Footballmontur zu uns gejoggt ist. »Hast du ihnen etwa von den letzten beiden Nächten erzählt und dass du nur eine Mütze Schlaf abbekommen hast?« Er fächert sich mit einer Hand Luft zu und zirpt mit hoher Stimme: »Oh Gott, Drake, ja, nicht aufhören, oh Gott, oh mein Gott, Drake, oh ja, hör bloß nicht auf…«

Drake, der mit Tuck und Jim neben ihm auftaucht, packt

seinen Bruder an der Schulter, dreht ihn zu sich und boxt ihm in den Magen. Hart.

»Uhmpff.« Nash krümmt sich zusammen und röchelt.

»Hast du sonst noch was zu sagen?« Drakes Stimme ist sanft, doch die Drohung darin verfehlt ihre Wirkung nicht, denn von Zacks Schnauben abgesehen, ist es einen Moment lang totenstill.

Shit! Klinge ich wirklich so beim Sex? Ich kann mich nicht erinnern, überhaupt etwas gesagt zu haben, schon gar nicht so was.

»Sollten wir vielleicht etwas tun?«, fragt Sally in die Stille, da Nash nicht aufhört, nach Luft zu schnappen.

Tuck winkt ab. »Keine Sorge, der ist das gewohnt.«

»Motherfucker«, röchelt Nash, der sich auf Jim stützt und auf einen der freien Plätze fallen lässt. Ich hab keine Ahnung, was ich tun oder sagen soll, doch Drake nimmt mir die Entscheidung ab. Er zieht mich in den Arm und murmelt so leise, dass nur ich ihn hören kann:

»Mit dem Versteckspiel ist es ab sofort vorbei. Du und ich, das ist jetzt offiziell.« Wie um das zu untermauern, küsst er mich vor meinen Freunden, dem Team – Calvin. Und wir reden hier nicht von einem Küsschen, sondern das ganze Programm mit vollem Lippenkontakt, Zunge und einer Hand auf meinem Po.

Holy Moly!

Obwohl mir die Aufmerksamkeit unangenehm ist, bin ich irgendwie auch erleichtert. Drake hat seinen Punkt klargemacht. Nicht nur scheut er keinen Körperkontakt in der Öffentlichkeit, er fordert ihn ein.

Und dann sind da noch meine Leute. Ich kann nicht sagen, wie glücklich ich bin, Freunde wie diese zu haben. Dass ich sie einweihen kann, nimmt mir eine Riesenlast von den Schultern. Es ist verdammt hart, den ganzen Iwanow-Kram mit mir rumzuschleppen. Damit aufzuwachen und jede Nacht mit dem Wissen einzuschlafen, dass mich jemand genug hasst, mir den Tod zu wünschen.

Natürlich war ich vorher nicht ganz allein damit, immerhin habe ich Leon. Aber er ist in Berlin und meine Freunde sind hier. Sie halten zu mir und unterstützen mich, was eine angenehme Abwechslung zu Miststücken wie Nicci und Alex ist.

24

Eben diese Freunde lassen mich danach nicht mehr in Ruhe. Sie fragen mir Löcher in den Bauch, wollen wissen, wie ich mich gegen Iwanow wehren will, und welchen ausgeklügelten Plan ich ausgeheckt habe, ihn zu überführen. Ähm, welcher Plan? Das sind Fragen, die ich mir bisher nicht gestellt habe, vielleicht sollte ich langsam damit anfangen.

Dexter hat versprochen, Dane und Crush auf den neusten Stand zu bringen, während ich mich um Pam kümmere. Ich rufe sie am Abend nach ihrer Schicht an und erzähle ihr alles. Ursprünglich hatte ich vor, ihr eine abgespeckte Version zu servieren, doch nachdem sie mich ein paarmal unterbricht und Zwischenfragen stellt, lege ich die Karten auf den Tisch.

»Baby, und ich dachte, ich habe Probleme«, sagt sie, nachdem ich fertig bin. »Du sitzt ja ganz schön in der Scheiße.«

Seht ihr, darum liebe ich Pam. Kein Drama, kein peinliches Schweigen und erst recht keine *Ach-du-liebe-Güte!*-Kommentare.

Und das ist der Moment, als sie sich öffnet. Zuerst verstehe ich nicht, was passiert. Normalerweise redet Pam über Knack-

318

ärsche, Klubs und wen sie zuletzt abgeschleppt hat. Seit uns die Cops angehalten haben, spricht sie nicht mal mehr darüber. Ich hab sie in Ruhe gelassen, weil ich befürchtet habe, dass sie sich von mir zurückzieht, wenn ich sie unter Druck setze. Also, noch mehr als bisher. Es ist schließlich kein Geheimnis, dass Pam niemanden an sich heranlässt, darum wäre es hirnrissig, sie mit Fragen zu bedrängen.

Doch plötzlich fängt sie an zu reden. Von ihrer Alki-Mutter, die den Namen nicht verdient hat, und einem Vater, der verschwunden ist, bevor sie geboren wurde. Zumindest das haben wir gemeinsam. Mein biologischer Erzeuger hat sich ebenfalls vom Acker gemacht, als er den Schwangerschaftstest gesehen hat. Was damals genau passiert ist, weiß ich nicht. Mom meidet das Thema, und wenn ich dennoch bohre, wechselt sie das Thema. Von daher nehme ich an, dass er sie hat sitzen lassen. Warum sonst wollte er nicht Teil unseres Lebens sein?

Wie dem auch sei. Als Pam anfängt, sich den ganzen Mist von der Seele zu reden, wird mir klar, dass sie davon ausgegangen ist, dass ich ein Bilderbuchleben führe – das der Reichen und Schönen in Hollywood. Dass ich wie sie ein paar harte Nüsse zu knacken habe, macht es einfacher für sie, mir von ihrer Therapie zu erzählen. Den Leuten in ihrer Gruppe und wie kaputt sie sind.

»Baby, ich gehe da sechsmal die Woche hin, um mir einen Haufen Loser anzusehen, die beschissener dran sind als ich. Das allein baut mich auf. Denn seien wir mal realistisch. Ich bin eine Schulabbrecherin mit zwei Jobs, die in einem Loch im Valley lebt. Die keine feste Beziehung hat, weil sie niemanden mit nach Hause nehmen kann. Denn dann würde mein Prinz Charming auf dem Absatz kehrtmachen und zusehen, dass er Land gewinnt.«

Ich schlucke und versuche, keinen Laut von mir zu geben, obwohl sich mein Hals anfühlt, als wäre er mit Holzwolle ausgestopft. Pam hat noch nie so viel über sich preisgegeben. Dass ihre Lebenssituation so schlimm ist, wusste ich nicht. Und ich glaube auch nicht, dass die anderen einen Schimmer davon haben. Wie kann es sein, dass einer unserer Freunde in solcher Armut lebt, und wir sind komplett ahnungslos?

Ich darf jetzt absolut nichts Falsches sagen, denn das kleinste Zeichen von Mitleid, selbst Mitgefühl, würde sie zurück in die Isolation katapultieren. Pam hasst das.

»Bist du denn auf der Suche nach Prinz Charming?«

Darauf seufzt sie, was ebenfalls nicht ihre Art ist.

»Sind wir das nicht alle?«, sagt sie schließlich. Gute Frage.

Damit hat sich ihr Bedürfnis, sich auszusprechen, erst mal erschöpft. Ich möchte sie nach den Drogen fragen, woher sie die hat, aber ich will mein Glück nicht überstrapazieren.

Da sie danach schweigt und wir uns ohnehin morgen bei Starbucks sehen, beenden wir das Gespräch. Ich falle erschöpft ins Bett, den Kopf voller Fragen. Eine davon lautet, wie ich Pam helfen kann, ohne dass es wie Hilfe aussieht.

Bevor ich ins Land der Träume drifte, schlingen sich zwei Arme um meinen Körper. Ich werde gegen eine feste Brust gedrückt und atme Drakes himmlischen Winterduft ein, ehe ich einschlafe.

***

Dienstagabend kommen meine Freunde in den Coffeeshop, inklusive Crush und Dane, und halten Kriegsrat. Sie diskutieren, bis Pam und ich Schichtende haben und uns zu ihnen setzen. Pam hat die Ärmel ihres Shirts hochgekrempelt und entblößt zwei Schmetterlinge, die mit Edding auf den Unterarm gemalt sind. Zack ergreift ihr Handgelenk und schnaubt.

»Nicht auch du, Brutus!«

Zu meiner Überraschung läuft Pam scharlachrot an, was bei ihrem blassen Teint und dem roten Haar ziemlich krass aussieht. Krasser ist allerdings die Tatsache, dass sie überhaupt rot wird. Immerhin reden wir hier von Pam, Miss Übercool, deren Shirts so weit ausgeschnitten sind, dass man den Inhalt ihres BHs sehen kann. Was uns die Hälfte unserer männlichen Stammkundschaft einbringt, aber das ist ein anderes Thema.

»Erzähl mir nicht, dass du bei *Promises* in West L.A. bist.«

»Jep.«

Zack schüttelt angewidert den Kopf. »Diese Nummer haben sie bei mir auch versucht, gleich nach dem Kumbaya-Gesang.«

»Die sind gar nicht so übel. Haben gute Programme. Nur dieser Gruppenmist ist nichts für mich.«

Zack nickt zu ihrem bemalten Arm. »Hätte nie gedacht, dass die dich mit dem *Butterfly-Projekt* einwickeln.«

Darauf hebt Pam die Schultern. »Eigentlich finde ich es ganz gut.«

»Wenn's funktioniert«, murmelt Zack und kippt seinen Espresso runter.

»Was ist das Butterfly-Projekt?« Sally hat sich vorgebeugt

und betrachtet die Schmetterlinge. Einer ist blau mit grünen Flügeln, der andere rot mit gelben Schwingen.

Verlegen zieht Pam den Ärmel über die Zeichnungen.

»Das soll dich davon abhalten, deiner Sucht nachzugeben, was immer das ist. Alk, Gras, dich ritzen.« Überraschenderweise kommt das von Crush, der sich was zum Rauchen dreht. Offenbar ist Pam nicht die Einzige mit Reha-Erfahrung.

»Und wie funktioniert das?«, meldet sich Dexter zu Wort. Diesmal antwortet Zack.

»Wenn du glaubst, es nicht mehr aushalten zu können, und zur Flasche greifen willst – oder was auch immer dein Gift ist – malst du mit Permanent-Marker einen Schmetterling auf deinen Unterarm.«

»Du vergisst das Wichtigste, Mann!« Crush steckt sich die Ziggi hinters Ohr. »Du benennst deinen Schmetterling nach jemandem, der dir viel bedeutet. Du darfst ihn nicht abwaschen, er muss von allein verblassen.«

»Wenn du in dein altes Verhalten zurückfällst, killst du ihn«, ergänzt Zack und verdreht die Augen.

»Aber wenn nicht, Baby, dann lebt er.« Das kommt von Pam und sie klingt hoffnungsvoll.

»Und was passiert, wenn du den Arm voller Insekten hast und dir dann doch 'ne Line ziehst?«, bringt Tyler sich ein, der wie Dane bisher geschwiegen hat. Zack verzieht einen Mundwinkel.

»Dann bist du nicht nur ein Junkie, sondern auch ein Serienkiller, denn dann sterben alle Schmetterlinge.«

»Und nach wem hast du die Viecher benannt?«, fragt Dexter.

»Nah-ah, nicht cool, Mann!« Crush zieht Dexter die Karte mit den Spezialangeboten über den Kopf. »So was fragt man nicht, *dude*!«

Wenn es überhaupt möglich ist, läuft Pam noch mehr an und weiß nicht, wohin sie sehen soll. Wer ist die Frau und was hat sie mit meiner Freundin gemacht?

Crush räuspert sich. Anscheinend bin ich nicht die Einzige, die bemerkt hat, dass es Zeit für einen Themenwechsel ist.

»Also, Jazz, was diesen Irren angeht, der hinter dir her ist. Tyler, Dex und ich haben nachgedacht.«

Zack stöhnt, Dane kichert, doch Crush ignoriert beide. »Anfang März findet im Playhouse ein *Battle of the Bands* statt. Ich weiß, das ist verdammt knapp, aber mit deinen Beziehungen kommst du bestimmt noch rein.«

»Welche Beziehungen?«

»Conall?« Dexter wirft mir einen Blick zu, als wäre ich schwer von Begriff.

»Und was hat das mit Iwanow zu tun?«

»Jetzt kommen wir der Sache näher«, sagt Dexter und lässt die Fingerknöchel knacken. »Du postest auf Facebook, dass du im Playhouse auftreten wirst, den Rest erledigt das Netz. Sally twittert sich die Finger wund, Pam quatscht auf YouNow darüber, während du auf YouTube mit deinem Song schon mal einen kleinen Vorgeschmack auf den Battle gibst. Auf diese Weise wird der Russe innerhalb von Stunden davon erfahren.«

Tyler, Dexter und Crush werden richtig warm und werfen sich die Bälle zu, als hätten sie das vorher geübt.

»Im Moment heckt der Typ einen neuen Plan aus«, fährt

Crush fort, »wir müssen ihm nur die Gelegenheit geben zuzuschlagen, Mann!«

»Und dafür ist es wichtig«, nimmt Dexter den Faden wieder auf, »dass du Ort und Zeit bestimmst. Er muss versuchen,
dich auf deinem Feld zu tackeln, damit du vorbereitet bist.
Wenn er dann beim Battle aufkreuzt und sein Stalker-Ding
durchziehen will, schalten wir ihn aus und übergeben ihn den
Cops.«

Dexter, Crush und Tyler klatschen sich ab, offensichtlich
finden sie ihre Idee genial. Pam schlägt nach kurzem Zögern
ebenfalls ein, anscheinend stimmt sie ihnen zu. Sally schüttelt
energisch den Kopf, und Dane sieht so begeistert aus, wie ich
mich fühle. Als mein Blick auf Zack fällt, zieht er eine Grimasse.

»Der Plan ist für die Tonne«, sagt er schließlich. Ganz
meine Meinung! Erleichtert stoße ich den angehaltenen Atem
aus, doch er ist noch nicht fertig. »Aber solange wir keinen
besseren haben, sollten wir das durchziehen.«

»Yeah!«, ruft Dexter und streckt die Faust in die Luft.

»Kommt nicht infrage!« Endlich finde ich meine Stimme
wieder. »Dass ihr überhaupt darüber nachdenkt! Was, wenn
euch etwas passiert? Falls ich euch erinnern darf, der Kerl
hatte ein Combatmesser. Mit Sägezähnen!«

»Da warst du allein.« Das kommt von Dane und alle wenden sich zu ihm. Das scheint ihm nicht zu gefallen, denn er
sinkt in sich zusammen und vermeidet unseren Blick.

»Er hat recht, Baby.« Pam pustet sich eine rote Locke aus
dem Gesicht. »Das letzte Mal hat er dich überrascht. Darum
ist es wichtig, dass du die Zügel in die Hand nimmst und die
Initiative ergreifst.«

»Tschakka«, ruft Dexter und stupst ihr den Ellbogen in die Seite. »Das ist mein Mädchen!«

»Welchen Teil von *Der-Typ-ist-gefährlich* habt ihr nicht verstanden?«

Zack seufzt. Kopfschüttelnd beugt er sich vor und legt die Unterarme auf den Tisch.

»Wie oft wurdest du im letzten halben Jahr angegriffen?«, fragt er mit ruhiger Stimme. »Zwei Mal wurde dein Mini demoliert.« Er hält Zeige- und Mittelfinger in die Luft. »Dann der BMW.« Es folgt der Ringfinger. »Dazu das Gekritzel und zum Schluss die Kaufhausnummer.« Er hält mir fünf Finger entgegen. »Glaubst du, das endet einfach so? Der Kerl steigert sich und das nächste Mal hast du vielleicht nicht so viel Glück.«

»James' Sicherheitsleute sind an ihm dran. Sie haben seine DNA.«

»Das ist gut, um ihn zu überführen. Aber das reicht nicht, dich zu schützen. Mein alter Herr ist Anwalt und mein Onkel Richter, ich weiß, wovon ich rede.« Er wirft mit einem Zuckerpäckchen nach mir, das ich mit einer Hand auffange. »Hör auf, sein Punchingbag zu sein, und wehr dich. Tue, was du am besten kannst, schreib Songs, rock beim Battle und lass uns diesem Wichser in die Eier treten.«

»Ich dachte, du hältst die Idee für bescheuert.«

Zack grinst. »Ich steh auf bescheuert, ist dir das noch nicht aufgefallen?« Er lehnt sich zurück und fixiert mich mit seinem Blick. »Außerdem wüsste ich gern, wann du deinen letzten Song geschrieben hast.«

Jetzt bin ich es, die rot anläuft. Hitze strömt in meine Wangen und ich blicke auf meine ineinander verschlungenen

Hände in meinem Schoß. Keine Ahnung, wann ich das letzte Mal getextet habe, es kommt mir wie Jahre vor.

»Dacht ich mir«, brummt Zack und tritt gegen mein Stuhlbein. »Du musst deinen Kopf aus dem Hintern ziehen, aber dazu brauchst du Kraft. Und was gibt dir Kraft?«

»Das Schreiben«, flüstere ich.

»Na also, geht doch.« Zack sieht in die Runde.

»Da draußen ist ein Kerl, der nicht mehr alle Latten am Zaun hat. Unser Job ist es, ihm eine Falle zu stellen. Den Rest erledigt die Schwerkraft.«

»Die Schwerkraft?« Sally wirkt verwirrt. Dexter seufzt und dreht sich zu ihr. »Die Bullen!«

»Oh.« Sally schiebt ihr Frappuccino-Glas zurück und stützt die Ellbogen auf den Tisch. »Ich komme nicht darüber hinweg, dass er die ganze Zeit noch eine zweite Familie hatte. Er hat seine Frau jahrelang betrogen, wer macht so etwas?«

»Mann, du solltest mal deine Prioliste überarbeiten«, sagt Crush. »Der Typ will unserer Jazz ans Leder, und du bist sauer, weil er seine Frau verarscht hat?«

Sally schüttelt den Kopf. »Was ich damit sagen will, ist, dass man ein bestimmter Typ Mensch sein muss, um so etwas durchzuziehen. Denkt mal darüber nach. Die ganzen Lügen, die Heimlichtuerei, und das über Jahre. Er muss einen echt langen Atem haben, um seine Frau auf diese Weise zu hintergehen. Und dann hat er auch noch ein Kind mit seiner Geliebten!«

Damit hat sie einen Punkt, das ist ein Fakt, der für diesen lächerlichen Plan spricht. Nicht nur während seiner Ehe, sondern auch bei seiner Rache hat Iwanow Geduld bewiesen.

In Berlin hat er Mamas Untergang akribisch geplant, hier in L.A. muss er uns wochenlang beobachtet haben, bevor er zugeschlagen hat. Was bedeutet, dass er nicht aufgeben wird, bis er sein Ziel erreicht hat.

Ich scheine nicht die Einzige zu sein, der diese Erkenntnis kommt, denn an unserem Tisch ist es still geworden.

»Damit eines klar ist«, durchbricht Zack das Schweigen, »wir werden keinen Stunt hinlegen und mit Baseballschlägern bewaffnet hinter der Bühne auf ihn warten. Das wird 'ne saubere Aktion, bei der wir Jazz keine Sekunde aus den Augen lassen.« Langsam sieht er jeden von uns der Reihe nach an.

»Wir haben unseren Auftritt, Jazz schmettert ihren Song, während der Russe irgendwo in der Menge ist. Wir finden ihn, die Bullen schnappen ihn, EOS.«

»EOS?«

Dexter wirft Sally einen irritierten Blick zu, doch es ist Crush, der ihre Frage beantwortet.

»End of Story, Mann!«

»Da die Band hier ist, können wir auch gleich abstimmen«, fährt Zack fort. »Wer ist dafür, zu rocken und diesem Idiotowitsch mit Anlauf in den Arsch zu treten?«

Alle Hände fliegen nach oben, außer meiner.

»Kann ich vielleicht eine Nacht darüber schlafen?«

»Du hast genug geschlafen«, würgt Pam meinen Einwand ab. »Die Jungs haben recht. Wenn sich etwas ändern soll, musst du deinen Hintern bewegen.«

»Genau so ist es, Mann!« Crush und Pam machen einen Fistbump und grinsen von Ohr zu Ohr. »Bisher hast du den Kerl nur abgewehrt. Wenn du in ein anderes Fahrwasser willst,

musst du das Ruder übernehmen und den Kurs setzen.«
Typisch Crush und seine Surfersprache.

»Wie soll das eigentlich gehen, der Battle ist doch schon in
drei Wochen«, bemerkt Sally. Noch einmal: Ganz meine
Meinung!

»Das heißt dann ja wohl, dass wir keine Zeit zu verlieren
haben.« Pam sieht zufrieden aus, Zack entschlossen, während
der Rest von einer fiebrigen Betriebsamkeit gepackt wird.
Ohne ein weiteres Wort zu verlieren, fangen wir an zu planen.
Wann, was, wo und wie.

Keine Ahnung, wie ich das Leon erklären soll. Wenn er von
unserem hirnrissigen Vorhaben erfährt, flippt er aus. Doch wieder zu Hause erreiche ich ihn nicht. Wahrscheinlich tourt er
gerade mit Nicci, seiner neuen besten Freundin, durch die Berliner Nachtszene, um Lady Gaga zu imitieren oder so was ...

Verdammt, was ist nur mit mir los? Nachdem ich ein paarmal durchgeatmet und die Enttäuschung abgeschüttelt habe,
rechne ich die Stunden vor. Dabei fällt mir auf, dass es in Berlin zwei Uhr Nachmittags ist und er noch anderthalb Stunden
in der Schule festsitzt. Stöhnend krieche ich unter die Laken.
Ich bin nicht wirklich eifersüchtig. Aber manchmal ist es hart,
wenn mein bester Freund achttausend Kilometer entfernt ist
und ein Leben führt, an dem ich nicht teilnehmen kann.

Als Drake nach Mitternacht zu mir ins Bett steigt, bin ich
nach einer schlaflosen Stunde mehr als bereit, mich von ihm
ablenken zu lassen. Ich lehne mich in seine Umarmung und
lasse mich gegen seinen festen Körper drücken. Küsse ihn, erst
zögernd, dann hungriger, und helfe ihm dabei, mich von dem
überflüssigen Stoff zu befreien, der uns trennt.

Hemdchen und Pantie landen auf dem Boden neben dem Bett, gefolgt von seiner Boxershorts. Einen Moment später wälzen wir uns in den Laken und genießen die Hitze des anderen. Ich halte mich an ihm fest, inhaliere seinen Duft, während er meinen Namen flüstert, der in ein langgezogenes Stöhnen übergeht. Ich öffne mich ihm, lasse die überwältigenden Gefühle zu, die mich wie eine Flutwelle forttragen, bis wir zusammen über die Klippe fallen und ich nichts anderes höre als meinen Herzschlag und unseren stoßartigen Atem.

Drake stellt seltsame Dinge mit mir und meinem Herzen an. Ich habe den Eindruck, mich neu zu entdecken, meine Gefühle, aber auch meinen Körper. Als würde ich mich mit seinen Augen sehen. Es ist überwältigend, aber macht mir auch Angst. Die Kraft, die ich spüre, kann etwas Neues hervorbringen, etwas Großartiges. Aber sie hat auch das Potenzial zu zerstören. Mich, um genau zu sein. Dennoch begreife ich, dass ich zum ersten Mal seit langer Zeit glücklich bin.

Das ist mein letzter klarer Gedanke, bevor wir Arm in Arm in einen tiefen Schlaf driften.

* * *

Ich erwache mit einem Lächeln auf den Lippen, das verblasst, als ich feststelle, dass Drakes Seite leer ist. Dafür hat er etwas hinterlassen. Eine braune Papiertüte steht auf dem Kopfkissen, die einen himmlischen Duft verbreitet. Das ist vermutlich der Grund, warum ich aufgewacht bin. Eine genauere Inspektion bringt eine meiner Lieblingsleckereien zutage, Blueberry Muffins, die noch warm sind. Außerdem hat er mir einen Karamell-Latte besorgt, *yum*! Er muss in aller Herrgottsfrühe joggen gewesen sein, die Tüte hat das Logo der French Bakery in unserer Nähe.

So kann er mich jeden Morgen wecken, obwohl ich es vorgezogen hätte, in seinen Armen zu erwachen. In jedem Fall zeigt mir seine Geste, dass ich dringend etwas für mein angeschlagenes Ego tun muss. Ich möchte gepampert werden, und es gibt nur einen Ort, wo man innerhalb weniger Stunden von null auf Hochglanz poliert wird: der Spa.

Da Mamas Assistentin nirgendwo zu finden ist, lasse ich James' PA für den Nachmittag einen Termin arrangieren. PAs sind in den Staaten persönliche Assistenten, von denen jeder, der etwas auf sich hält, ein bis zwei in petto hat.

So kommt es, dass Pam, Sally, Dexter und ich nach der Schule eine Auszeit nehmen und den Nachmittag in einer Wellnessoase verbringen. Mama hat dort einen Standby-Bereitschaftsdienst, darum haben wir so kurzfristig einen Termin bekommen. Ich lasse mich waxen, pediküren, maniküren und mit Zeug einreiben, dessen Namen ich nicht aussprechen kann. Am besten gefällt mir die Massage. Bruno, ein Hüne mit haarigen Schaufelbaggerhänden, knetet die Anspannung aus meinen Muskeln und sorgt nach einem schmerzhaften Anfang dafür, dass ich mich unter seinen kundigen Griffen mehr und mehr entspanne. Während alle anderen Mitarbeiter ohne Punkt und Komma schnattern, ist er der schweigsame Typ, und es dauert nicht lang, bis seine Ruhe auf mich übergeht.

Dexter hat sich auf der Liege neben mir lang gemacht und wirft Bruno Schmachtblicke zu. Auch er wird durchgeknetet, allerdings von einer energischen Thailänderin, die deutlich ruppiger zur Sache geht als mein sanfter Riese. Sally und Pam haben die Sauna der Massage vorgezogen, danach treffen wir uns im Stylingsalon eine Etage tiefer.

Ursprünglich hatte ich vor, mir die Mähne absäbeln zu lassen. Ich dachte an einen Pagenschnitt oder irgendwas Drastisches, bis ich festgestellt habe, dass Drake auf meine langen Haare steht. Also lasse ich mir von Bambi (jep, sie heißt wirklich so) jede Menge Ideen unterbreiten, wie ich mein Äußeres ändern kann, ohne mich von meinen Zotteln zu trennen.

Es ist schwer zu erklären, warum diese Veränderung so wichtig für mich ist. Ich meine, es sind bloß Haare. Tatsache ist jedoch, dass ich nicht mehr die Gleiche bin, die Berlin vor neun Monaten verlassen hat. Wenn ich ehrlich bin, kann ich mich kaum noch an das Mädchen erinnern, das ich damals war. Zu vieles ist seitdem geschehen, ich komme kaum noch hinterher, das alles zu verarbeiten.

Die wütende Jasmin ist in den Hintergrund getreten, die Nähe zum Meer hat mir geholfen, gelassener zu werden. Überhaupt hat sich ein großer Teil meines Zorns gelegt. Ich bin nicht mehr das verletzte Mädchen, dem Conall das Herz gebrochen hat. Ich bin stärker geworden, reifer.

Natürlich macht es mir Angst, dass mich ein Verrückter mit seinem Hass verfolgt. Aber anders als in Berlin bestimmt er nicht mehr meinen Alltag. Allmählich habe ich das Gefühl, Herr über mein Leben zu werden, nicht länger den Launen meiner Mutter ausgeliefert zu sein oder der Bosheit falscher Freunde.

Darum muss ich Pam recht geben, wenn sie sagt, dass es Zeit ist, die Initiative zu ergreifen. Dazu gehört, dass ich mein Äußeres meinem inneren Befinden angleiche, immerhin ziehe ich in den Krieg. Soldaten beschmieren sich mit Tarnfarbe, bevor sie losziehen. Meine Camouflage ist ein neuer Hairstyle, also lasse ich mir von Bambi das Haar zehn Zentimeter kürzen und vorn durchstufen. Jetzt ist es immer noch ziemlich lang, hat aber mehr Form und eine sichtbare Kontur. Obendrein färbt sie mir Highlights ins Deckhaar, sodass ich am Ende richtig blond bin. Die helle Farbe passt perfekt zu meinem goldenen Teint und zu meinen jadegrünen Augen, die seit Neustem wieder strahlen. Nachdem meine Brauen gezupft und gefärbt sind, glänze ich wie ein neuer Cent. Den Spa-Tag hat meine Mutter springen lassen, was so viel bedeutet, dass der ganze Kram mit ihrem Kundenkonto verrechnet wird. Das habe ich meinen Freunden vorher klargemacht, damit sie sich nicht zurückhalten.

Sally hat sich trotzdem nur ihren hellblonden Pixieschnitt in Form bringen lassen und die Wimpern dunkel gefärbt. Dexter war mutiger. Er hat sich das Haar durchsträhnen und in der Wartezeit eine Gesichtspackung verpassen lassen.

Pam hat ebenfalls einiges machen lassen. Ihre rote Wallemähne wirkt gezähmter, in jedem Fall ist sie gestutzt. Dem satten Rot wurden dunkle Kupferpaintings zugefügt, Brauen wie Wimpern hat sie schwarz färben lassen, was fantastisch aussieht. Sie wirkt zuversichtlicher und strahlt wie ein Honigkuchenpferd, während sie sich im Spiegel betrachtet.

Pam macht den Eindruck, als hätte jemand ein Licht in ihr angeknipst, und dieser Anblick lässt mein Herz aufgehen. Jetzt müssen wir nur noch einen besser bezahlten Job und eine Bleibe für sie finden.

Kann doch nicht so schwer sein, oder?

Der Nachmittag ist wie ein Kurzurlaub für mich. Mein neuer Look bleibt nicht unbemerkt und am nächsten Tag in der Schule drehen sich die Köpfe nach mir um. Drake bringt mich zu meinen Klassen und holt mich zu den Pausen ab. Unterwegs kann er die Finger nicht von mir lassen, ein Fakt, der ein Dauergrinsen in mein Gesicht pflastert.

Zu Hause kann ich mich nicht schnell genug aus der Schuluniform schälen. Das Haar binde ich zu einem hohen Zopf zusammen und werfe mich in meine Joggingklamotten. Danach gehe ich runter ans Meer und renne den Strand entlang, um meinen Kopf freizupusten. Die frische Brise und die Lauferei tun mir gut. Ich renne und renne und lasse all die Gedanken, die mich blockieren, vom Wind und den Wellen forttragen.

Ich spüre eine neue Kraft in mir, habe das Gefühl, dass etwas Bedeutsames geschieht. Die äußere Wandlung macht meine innere erst sichtbar, es ist, als würde ich mich zum ersten Mal seit Jahren wieder in meiner Haut wohlfühlen.

Mit jedem zurückgelegten Kilometer tauchen Fragen auf, Gedanken, die ich mir nie zuvor gemacht habe: Wer bin ich und was will ich mit dem Rest meines Lebens anfangen? Worte formen sich in meinem Geist, Emotionen bauen sich auf, Wut und Angst, die ich mit dem Atem abfließen lasse. Nach zwei Stunden Raserei fühle ich mich nicht nur leichter, sondern auch, nun ja, happy. Ich habe mich so daran gewöhnt, vom Schlimmsten auszugehen, dass ich darüber das Gute in meinem Leben nicht mehr sehe. Ich meine, von Iwanow abgesehen, habe ich ein tolles Leben, oder? Ich hab loyale Freunde, wohne in einem Palast und habe mir einen Typen an Land gezogen, der mich will, wie ich bin. Darauf werde ich mich ab sofort konzentrieren, nicht auf den Mist, der mit Iwanow schiefläuft.

Wieder im Haus, nehme ich eine brüllend heiße Dusche und schlüpfe anschließend in bequeme Klamotten. Hellgraue Baumwollleggins, ein rosa Shirt und dicke Socken. Danach schnappe ich mir was zum Schreiben, meine Gibson und setze mich auf die Terrasse mit Blick auf den Pazifik.

Das Lied, das ich im Kopf habe, widme ich Raoul, ein langsamer, seelenvoller Song. Die Melodie habe ich schon lange im Kopf, was mir fehlte, waren die Worte – buchstäblich.

Dieses Ding mit Raoul schwebt schon zu lange im Raum, das möchte ich mit diesem Lied ändern. Es ist kein Rachesong, dazu gibt es keinen Anlass. Vielmehr geht es darum, mich zu reinigen, joggen für den Geist, wenn ihr wollt. Unsere Beziehung war von Leidenschaft geprägt, entsprechend schmerzhaft war das Ende, und es ist Zeit, dass ich das aus meinem System bekomme.

You said to me I should be honest
Said I should be straight
You wanted me to be that girl
But then you were afraid

You said you want responsible
Said you want the truth
But once you got it in your face
All I get is your blues

Whatever you want
Whatever you say
Don't bullshit me around
Cause you don't love me, never did
And this is why I quit
Cause you don't love me, never did
And this is why I quit

Nachdem ich den Anfang gemacht habe, kann ich gar nicht mehr aufhören. Worte quellen aus meinen Fingern, wollen raus in die Welt, wo sie sich in Schwingungen transformieren und vor meinen Augen in Musik wandeln. Bilder entstehen, in Klang gebrachte Emotionen, die über sich hinauswachsen, sich zu etwas ausdehnen, das berührt.

Als ich das Lied im Kasten habe, schreibe ich den nächsten Song und den nächsten. Nachdem ich fünf Lieder in der Rohfassung vorliegen habe, wird mir klar, dass sich nicht nur die Worte wandeln möchten. Meine bisherigen Texte haben von meinem Zorn gelebt. Sind auf meiner Wut gesurft, die ich wie eine Heckwelle hinter mir hergezogen habe. Nach dem Umzug bin ich Stück für Stück von meiner Gewitterwolke runtergekommen. Auch wenn es immer mal regnet oder auch hagelt, wie in Iwanows Fall, werde ich nie wieder die alte Jasmin sein. Jemand, der schweigt, obwohl er schreien möchte.

Verletzt bin ich noch immer, aber ich fühle mich nicht mehr wie ein Opfer, sondern wie eine Überlebende. Und zum ersten Mal seit langer Zeit kann ich mir vorstellen, wie es ist zu heilen.

25 Nachdem ein kühler Wind aufkommt, packe ich meinen Kram zusammen und mache Anstalten, ins Haus zurückzugehen. Doch der Anblick des Ozeans ist so friedlich und spendet gleichzeitig Kraft, dass ich die Arme um mich lege und den Blick über den Horizont gleiten lasse.

Nach einer Weile öffnet sich die Glasschiebetür, und meine Mutter betritt die Terrasse. Sie hat eine Decke in der Hand, die sie mir umlegt.

»Es ist kalt hier draußen, Spätzchen, gib acht, dass du dich nicht erkältest.« Sie ist in einen Poncho gehüllt und setzt sich zu mir, einen dampfenden Kaffeebecher in der Hand. Ihr Blick ist auf mich gerichtet, mit der freien Hand streicht sie mir eine lose Strähne hinters Ohr. »Du siehst bezaubernd aus, dein neuer Haarschnitt steht dir gut.«

Ich schenke ihr ein Lächeln. »Danke.« Ich mag mein Haar auch. Mit den goldenen Highlights glänzt es jetzt und hat durch die Stufen mehr Volumen.

»Ich bekomme Max nicht ans Telefon«, sage ich nach einer Weile. Falls es meine Mutter überrascht, dass ich das M-Thema anschneide, lässt sie es sich nicht anmerken. Doch allmählich mache ich mir Sorgen. Ich hab es schon x-mal versucht, und nie hebt er ab – wenn der Ruf überhaupt durchgeht.

»Ende Mai ist er zurück in der Zivilisation, dann ist er besser zu erreichen.«

»Hast du zwischendurch von ihm gehört?«

»Nicht seit Weihnachten.«

Dann weiß er immer noch nichts vom Überfall in der Mall. Bei unserem letzten Telefonat konnte ich mich nicht dazu durchringen, er klang so glücklich. Max hatte lange mit der Trennung zu kämpfen, er soll sich nicht auch noch um mich sorgen.

Wir schweigen eine Weile, während wir den Wellen dabei zusehen, wie sie auf dem feinen Sand brechen. Eine Schar Strandvögel pickt nach Krabben, die ans Ufer gespült werden.

»Was ist wirklich zwischen euch passiert?«, frage ich schließlich.

Ich kenne nur die offizielle Trennungsversion, aber den wahren Grund hat mir keiner von beiden verraten. Als ich schon glaube, dass sie nicht antwortet, seufzt sie leise.

»Ich habe einige Dinge gesagt, die sich nicht zurücknehmen lassen.«

Kann ich mir vorstellen, subtil war meine Mutter noch nie. Zumindest nicht, als sie mittags mit Martini angefangen hat und am Abend mit Jack Daniels ins Bett gegangen ist.

»Er hat als Einziger die Iwanow-Situation richtig eingeschätzt, mich gedrängt, in die Offensive zu gehen.« Nachdenklich nippt sie an ihrem Becher. »Damals war ich nicht so weit. Ich stand an einer anderen Stelle in meinem Leben und hatte entsetzliche Angst – habe sie immer noch.«

»Ich hab auch Angst«, sage ich leise und ergreife ihre Hand.

»Ich weiß, Spätzchen.«

Eine Pause entsteht, in der wir beide stumm aufs Meer blicken.

»Bereust du die Trennung?«

Wieder zögert sie, bevor sie antwortet. »Nicht die Trennung.« Sie drückt meine Hand und setzt sich auf. »Es ist mehr die Art, wie ich unsere Beziehung beendet habe.«

Im Streit. Davon kann ich ein Lied singen. Conall und ich haben uns so getrennt, genau wie Raoul. Anfang der Woche habe ich seine Lederjacke an den Knauf von Martinez' Büro gehängt, damit er sie ihm zurückgibt. Das ist meine Art zu sagen, dass es vorbei ist. Bevor Drake und ich zusammengekommen sind, mag da noch ein Fragezeichen gewesen sein, doch das ist jetzt verschwunden. Ich habe Raoul immer noch gern und hoffe, dass wir Freunde bleiben.

Als mein Handy *This Love* von Maroon 5 summt, muss ich nicht auf die Caller-ID sehen, um zu wissen, wer es ist. Ich habe Conalls Klingelton nie geändert.

»Hey du!« Ich wollte ihn gestern ebenfalls anrufen, um ihn zu bitten, auf superwichtigen Rockstar zu machen, damit ich noch in den Battles of the Bands komme. Doch die Idee schmeckt mir nicht. Ich meine, die anderen Teilnehmer haben auch niemanden, der sie in die Show schmuggelt. Nicht dass ich vorhabe zu gewinnen. Es geht darum, Iwanow eine Falle zu stellen, alles andere ist bloß Feenstaub, um meinen Gegner zu blenden. Dennoch kann ich mich nicht dazu überwinden, Conall um einen Gefallen zu bitten.

Er erzählt von seiner Tour und dass er und Mitch in Oslo

einen gigantischen Streit hatten. Aus eigener Erfahrung weiß ich, dass die beiden immer wieder aneinandergeraten. Mitch hasst die kommerzielle Richtung der Band, die Art, wie sie sich von Independent Rock mehr und mehr in eine Pop-Band wandeln. Ihre unterschiedliche Ansicht über die Ausrichtung ist seit Jahren ein Reizthema, von daher wundert es mich nicht, dass Mitch regelmäßig explodiert.

Solange der Rubel rollt und die Band in ausverkauften Konzerten spielt, wird er sich anpassen. Nach der Tour sieht Conall allerdings keine Möglichkeit, weiter mit ihm zusammenzuarbeiten, womit er vermutlich recht hat. Wie ich das sehe, war es immer eine Frage der Zeit, bis sie sich trennen.

Das Gespräch entspannt mich. Es ist schön, mit ihm zu plaudern und nebenbei zu erfahren, wie meine Songs beim Publikum ankommen. Immerhin stammen vier Lieder seines neuen Albums *RockShock* aus meiner Feder.

»Honey, ich muss Schluss machen«, sagt er schließlich. »Ich wollte dich eigentlich nur wissen lassen, dass dein Scheck unterwegs ist. Nicht, dass du denkst, wir hätten dich vergessen.«

Ein Lächeln breitet sich auf meinem Gesicht aus. Wie cool ist das denn? Das erste Geld für meine Songs! Keine Ahnung, was ich damit machen soll. Vielleicht schmeiße ich 'ne Riesenparty und investiere die Kohle in Tequila … Ähm, okay, streicht das, da fällt mir bestimmt was Besseres ein.

Nachdem wir das Gespräch beendet haben, gehen Mom und ich ins Haus und essen. James musste nach New York und kommt erst morgen zurück. Wo Drake und Nash sind, weiß mal wieder kein Mensch.

In der Schule zerbreche ich mir am nächsten Morgen den Kopf darüber, wie ich meiner Band erklären soll, dass ich Conall nicht darum bitten kann, mich in die Battles zu bringen.

Im unserer Musikstunde stelle ich ihnen zunächst die Sachen vor, die ich gestern geschrieben habe, und die Jungs sind total aus dem Häuschen. Danach versuche ich, ihnen die schlechte Nachricht schonend beizubringen, doch Tyler überrascht mich.

»Vergiss Conall! Mein Dad hätte dich so oder so reingebracht.« Sein Dad aka Steven Tyler aka Aerosmith. Warum habe ich nicht selbst daran gedacht? »Aber das wird nicht nötig sein.« Er zwinkert mir zu. »Ich hab den Papierkram für dich ausgefüllt und denen den Link deiner YouTube-Seite geschickt. Allein *Sorry Ass* hatte im letzten halben Jahr zwei Millionen Klicks, das reicht als Referenz.« Er hebt beide Daumen und grinst von Ohr zu Ohr. »Du bist drin, Jazz! Heute Morgen hab ich per Mail grünes Licht bekommen.«

Wow, das war einfach.

Danach konzentrieren wir uns auf die neuen Songs und gehen den Text und die verschiedenen Klangfarben durch. Dane hat Superideen, was das Tempo angeht, genau wie Zack, der sich hinters Drum setzt und den Rhythmus vorgibt, während wir unterschiedliche Varianten ausprobieren.

Nach der Stunde verabreden wir uns für morgen Abend in Tylers Studio. Eigentlich wollten wir schon heute üben, aber ich muss arbeiten, und danach büffle ich mit Nash für seinen nächsten Deutschtest. Ich hatte versucht, kontinuierlich mit ihm zu arbeiten, doch er gehört zu den Leuten, die sich kurz vor der Prüfung hinsetzen und pauken. Er behauptet, er würde den Kram sonst wieder vergessen. Ich dagegen glaube, dass er bloß zu faul ist, was schade ist. Nash ist klug und könnte viel besser dastehen, wenn er sich mehr Mühe geben würde. Aber verklickert ihm das mal.

Morgen ist Freitag, und da unser Team ein Auswärtsspiel in Santa Barbara hat, haben wir für unsere Proben nicht nur den ganzen Abend, sondern das komplette Wochenende.

* * *

Freitagabend im Studio erlebe ich eine böse Überraschung – die ganze Band, um genau zu sein. Tyler hat sich beim Surfen mit Crush zwei Finger gebrochen und jetzt ist seine ganze Hand eingegipst. Was bedeutet, dass uns eine Bassgitarre fehlt. Keine Ahnung, woher wir auf die Schnelle eine neue bekommen sollen, doch Tyler hat bereits eine Idee. Er streckt die gesunde Hand nach meinem Smartphone aus und sieht dabei aus wie ein Arzt, der auf den Tupfer wartet.

Ich reiche es ihm mit hochgezogenen Brauen. »Warum nimmst du nicht deins?«

»Weil er nicht rangehen würde, wenn ich ihn anrufe. Davon abgesehen hab ich seine Nummer nicht.«

»Das kannst du vergessen!« Zacks Ärger ist wie ein Messer, das durch die Stille schneidet.

»Er ist verdammt gut, also schluck's runter!«

»Er ist außerdem ein narzisstischer Wichser!«

Tyler zuckt mit der Schulter. »So wie er mit den Saiten umgeht, kann er von mir aus Saddam Hussein sein.«

»Er hat seit Jahren nicht gespielt!«

Wieder Schulterzucken. »Das ist wie Radfahren.«

»Ich will diesen Arsch nicht in unserer Band!«

Tyler kreuzt die Arme vor der Brust. »Hast du eine bessere Idee?« Das darauffolgende Schweigen ist ihm Antwort genug. Zack stößt eine Reihe Flüche aus und tritt gegen eine Metallkiste.

»Bleib cool, Mann, das ist doch nur vorübergehend.« Das kommt von Crush. Anscheinend weiß jeder, von wem die Rede ist. Ich dagegen verstehe nur Bahnhof.

Als ich Tyler über die Schulter sehe, um herauszufinden, wen er anruft, verlässt er das Studio und schließt die Tür hinter sich. Zumindest versucht er es. Ein ziemlich angepisster Zack blockiert sie mit dem Fuß und schiebt sich durch den Spalt, um ihn zu begleiten.

Es dauert eine Ewigkeit, bis sie wieder auftauchen. Während Tyler wie ein Tannenbaum strahlt, sieht Zack sogar noch geladener als vorher aus und würdigt uns keines Blickes.

»Na schön«, brummt er und setzt sich hinters Drum. »Lasst uns noch mal die Tonlage durchgehen. Für Jazz' Stimme sollten wir den Song tiefer spielen.«

»Ähm, und was ist jetzt mit der Bassgitarre?«, frage ich, verwirrt über Zacks Stimmungsschwankung.

»Kommt nach Mitternacht«, ist alles, was er dazu sagt. Damit ist das Thema für die nächsten Stunden gegessen. Zack schweigt sich aus, und Tyler sieht aus, als wäre das Ganze witzig, denn er hat während der restlichen Probe ein breites Grinsen im Gesicht.

Nachdem wir stundenlang am ersten Song feilen, sind wir alle unterzuckert und bestellen eine Runde Pizza. Als es klingelt, erwarte ich den Boten, doch vor der Tür stehen Nash,

Tuck und Drake, beladen mit zahlreichen Schachteln. Offenbar sind sie mit dem Boten gekommen und haben ihn um seine Fracht erleichtert.

Wie üblich ist Nash in Bestlaune. Wundert mich nicht, immerhin haben sie die San Marcos High mit einem Endstand von 37:6 vom Platz gekickt. Er wirft mich über die Schulter und bricht in wildes Wolfsgeheul aus.

»Du hättest dabei sein und uns anfeuern sollen, Schwesterherz«, ruft er und gibt mir einen deftigen Klaps auf den Hintern.

»Nash!« Ich hänge kopfüber und blicke in Drakes finstere Miene. Sein dunkles Haar ist noch feucht von der Dusche. Sieht so aus, als wären sie direkt nach dem Spiel hergekommen. Aber woher wussten sie, wo ich bin? Oder sind sie gar nicht meinetwegen hier?

»Warum …«, setze ich an, doch weiter komme ich nicht. Drake nimmt mich seinem Bruder ab und boxt ihm in die Seite oder versucht es jedenfalls. Nash sieht den Schlag kommen und weicht ihm aus.

»Ich hab dir schon mal gesagt, du sollst deine Griffel von ihr lassen«, grollt er und wirft ihm einen Blick zu, der mir die Haare zu Berge stehen lässt.

»Mach dir nicht ins Hemd! Sie ist auch meine Schwester. Ich hab das gleiche Recht, sie zu begrabschen, wie du.« Drake verzieht einen Mundwinkel, woraufhin Nash in sein typisches schrilles Lachen fällt.

»Krieg dich wieder ein, du Pussy. Ich geh ihr nicht an die Wäsche, ich will nur spielen.« Mit einem Zwinkern in meine Richtung nimmt er Tuck eine Pizzaschachtel ab und marschiert in die Küche. Kann mir mal jemand erklären, wieso er sich hier so gut auskennt?

Als ich mich Drake zuwende, fällt mir die Bassgitarre auf, die über seiner Schulter hängt.

»Das ist …« Ich schüttle den Kopf, um meine Gedanken zu sortieren. So ein Mist, ich brauche was zu futtern, ich kann keinen geraden Satz mehr formulieren.

»Du spielst Gitarre?«

Drake schüttelt den Kopf. »Nash spielt.«

»Ich spiele nicht, du Loser«, kommt es aus der Küche. »Ich bin ein Rockgott!«

Nash kommt zurück, ein Stück Pizza im Mund, und legt eine irre komische Luftgitarren-Nummer hin. Er rutscht auf Knien über den Boden und krümmt sich, als würde ein Alien aus ihm herausbrechen. Meine Band und ich brechen in Gelächter aus, alle, bis auf Zack, der aussieht, als hätte jemand auf seine Pizza gespuckt.

Als sie sich mit großem Getöse in die Küche zurückziehen, stehen Drake und ich plötzlich allein in der Eingangshalle.

»Wann wolltest du mir vom Battle erzählen?«

Mir ist klar, dass er nicht die Veranstaltung meint, sondern die Falle, die wir Iwanow stellen wollen.

»Wann soll ich denn mit dir reden? Etwa in der Schule, wenn du von der Silikonfraktion umringt bist? Zu Hause sehe ich dich nur nachts, wenn du von wer-weiß-woher kommst. Nicht mal am Wochenende bist du da.« Was treibt er bloß die ganze Zeit? Dass er mit anderen Mädels rummacht, glaube ich nicht, dazu ist sein Appetit im Bett zu groß. Dennoch wüsste ich gern, womit er seine Zeit verbringt.

»Hattest du vor, Martinez darüber zu informieren?«

Oh toll, er umgeht die Frage. Kann er haben.

»Selbstverständlich!«

»Wann?«

»Rechtzeitig.«

Drake fährt sich mit einer Hand durchs Haar. Zu meiner Schande muss ich feststellen, dass es schwer ist, sauer auf ihn zu sein, wenn er zum Anbeißen aussieht. Oder mir Muffins ans Bett bringt. Oder mich im Arm hält, bis ich einschlafe.

»Ich hatte keine Ahnung, dass Nash ein Instrument spielt«, sage ich etwas milder.

»Wir waren mal in einer Band.« Er reibt sich den Nacken und sieht aus, als wäre ihm das peinlich. »Ist lange her.«

»Lass dich von dem nicht vollquatschen. Dein Loverboy ist ein verdammt guter Schlagzeuger.« Tyler steht in der Tür zur Küche, ein Stück Pizza in der Hand.

»Drummer, hm?« Ich stupse ihn spielerisch mit der Hüfte an, während ich mich frage, worin Drake nicht gut ist. In der Schule schreibt er Bestnoten, dann ist er die totale Sportskanone und ein Instrument spielt er auch noch. Wie von selbst wandern meine Gedanken zu den Drumsticks auf seinem Nachttisch. Dass sie in Griffweite liegen, macht nicht den Eindruck, als hätte er sich das Spielen abgeschminkt.

»Ich habe mit sechzehn das letzte Mal hinter einem Drum gesessen.« Das ist zweieinhalb Jahre her, eine lange Zeit.

»Warum hast du aufgehört?«

»Mein Dad hat angefangen, uns zu vermarkten, das hat uns nicht gepasst.«

Wie seltsam. Träumt nicht jeder mit sechzehn davon, ein

Rockstar zu sein? Auf mich trifft das jedenfalls zu. Warum sollte ihn das derart abtörnen, dass er gleich mit dem Spielen aufhört?

Dann fällt mir ein, dass sich seine Eltern in der Zeit getrennt haben. Damals waren die Jungs alt genug, dass ein Richter bei einer Scheidung ihre Wünsche einbezieht. Da sie offensichtlich bei ihrer Mutter bleiben wollten, kann das Verhältnis zu ihrem Vater nicht besonders gut gewesen sein. Und wenn James sie promoten wollte, kam das bei den Brüdern vermutlich nicht so gut an. Das war zudem der Zeitpunkt, als sie anfingen, überall Streit zu suchen. Sie wurden mehrmals suspendiert, bis ihre Mom nach Boston gezogen ist und sie aus ihrem alten Umfeld genommen hat.

Im Grunde hat sie das Gleiche getan wie meine Mutter. Einen Neuanfang in einer neuen Stadt. Nur ist sie von der West- zur Ostküste geflogen und hat nicht gleich das Land gewechselt. Oder den Kontinent.

»Wohin verschwindet ihr eigentlich nach dem Unterricht?« Falls ihn der Themenwechsel irritiert, zuckt er nicht mit der Wimper. Wahrscheinlich ist er sogar erleichtert darüber, was im Grunde meine Absicht war.

»Wir haben bis fünf Training. Danach fahren wir normalerweise zu Tuck, Josh oder Jason. Manchmal hängen wir im *Tap House* ab oder in der *Southland Bar* und spielen Billard.« Er steckt die Hände in die Taschen seiner Jeans und sieht mit einem Mal wie ein kleiner Junge aus. Ich beiße mir auf die Innenseite meiner Wange, um nicht zu lächeln.

»Und warum fragst du mich nie, ob ich mitwill?«

Das scheint ihn zu überraschen. Seine Brauen wandern

nach oben, für einen Moment wirkt er um Worte verlegen. »Würdest du mitkommen?«

»Na klar, warum nicht?«

»Du hast dein Social Committee, den Nebenjob und gibst Nash Nachhilfe. Und vor den Battles wirst du jede freie Minute mit deiner Band verbringen.«

Schon wieder weicht er meiner Frage aus. Ich treffe mich bloß freitagmorgens mit den Leuten des Social Committees, gebe Nash eher sporadisch Nachhilfe und bei Starbucks bin ich an zwei Nachmittagen in der Woche. Big Deal! Was die Proben angeht, trifft das erst seit Kurzem zu, davor hatte ich ohne Ende Zeit. Doch ich lasse ihm das durchgehen. Einerseits weil ich froh bin, ihn zu sehen. Ich meine, er ist direkt nach dem Spiel ohne Siegesfeier unter die Dusche, hat sich seinen Bruder und die Bassgitarre geschnappt und ist hierher gekommen. Und das ohne Fragen zu stellen. Nur weil er gehört hat, dass wir einen E-Bass brauchen. Das ist so ... *süß*.

Ich stelle mich auf die Zehenspitzen und gebe ihm einen sanften Kuss auf die Lippen.

»Danke«, flüstere ich und lächle bei seinem perplexen Gesichtsausdruck.

»Hast du was mit deinem Haar gemacht?«

Seine Frage bringt mich zum Lachen. »Gefällt's dir?«

»M-hm«, macht er und streicht mir eine Strähne zurück. »Sehr.«

Mit einem breiten Lächeln schnappe ich mir seine Hand und ziehe ihn in die Küche. Meine Leute haben sich um die Kücheninsel versammelt und veranstalten ein Fressgelage. Als sie sich über die letzte XXL-Pizza hermachen wollen, geht

Drake dazwischen und sichert unseren Anteil. Er setzt sich auf einen Hocker und zieht mich zwischen seine Beine, einen Arm locker um meine Taille geschlungen. Während wir essen, erklärt Tyler den Brüdern die Art der Songs, und beide hören aufmerksam zu. Manchmal stellt Nash Fragen zum Tempo, der Tonlage und zur Gewichtung. In meinen Liedern steht normalerweise die Gitarre im Vordergrund, immerhin habe ich mit einer angefangen. Nash sieht aus, als hätte er dazu eine Meinung, doch er behält sie für sich, bis wir runter ins Studio gehen. Dort angekommen setzen sich Drake und Tyler hinters Mischpult, während die anderen ihre Position an den Mikros einnehmen.

Keine Ahnung, warum ich so erstaunt bin, wie gut sich Nash in die Band einfügt, immerhin ist er ein Teamspieler. Beim Football kommt es darauf an, dass sich jeder auf den anderen verlassen kann. Nash baut seine Spielzüge darauf auf, dass die Leute genau dort stehen, wo sie sein sollen, wenn er seinen Pass wirft. Die Jungs müssen sich blind vertrauen. In einer Band ist es im Grunde genauso. Wir sind hier, weil wir Musik lieben. Sie gibt uns die Freiheit, die wir brauchen, ist unsere Luft zum Atmen.

In dieser Nacht passiert nicht mehr viel. Nach dem Soundcheck spielen wir die beiden fertigen Songs einmal durch, und sowohl Nash als auch Drake haben gute Vorschläge, wie wir sie verbessern können. Danach besprechen wir Nashs Zeitplan, denn im Gegensatz zu mir hat er eine Tonne Verpflichtungen. Der Sport hält die Brüder täglich bis fünf in der Schule, meistens länger. Freitags kann Nash im Grunde nie, dann spielt das Team und er ist bis in die Puppen unterwegs, erst recht bei den Auswärtsspielen. Dass sie heute aufgekreuzt sind, ist eine Ausnahme, das ist jedem klar. Doch bis zu den Battles werden wir uns täglich treffen müssen, um an den Songs, aber auch am Plan zu arbeiten, Iwanow ein für alle Mal auszuschalten. Das ist Drakes Bedingung.

Nicht besonders viel, wenn man bedenkt, dass uns ab sofort seine Abende gehören, nicht zu vergessen die Wochenenden. Denn die Brüder gibt es nur im Doppelpack. Das bedeutet für beide, drei Wochen keine Partys. Theoretisch klingt es machbar, aber nach den Spielen steigt immer irgendwo 'ne Fete, das ist Tradition und gehört dazu. Doch auch wenn er freitags nicht mit uns im Proberaum ist, brauchen wir Nash am nächsten Tag nüchtern und konzentriert, nicht verkatert. Ich frage mich, ob er das durchhält.

Aber ich habe noch ein anderes Problem. Auch wenn der Battle für uns eine Farce ist, die Bühne für Iwanows Festnahme, so möchte ich dennoch einen Knallersong schreiben. *Den* Song. So, wie ich Conall *Sorry Ass* gewidmet habe, werde ich Iwanow ein Lied fürs Finale schreiben. Was mir fehlt, ist die zündende Idee. Dabei gibt es eine Menge, was ich Iwanow sagen möchte. Genaugenommen ist es so viel, dass eigentlich nur Hip Hop daraus werden kann, und das ist nun wirklich nicht mein Ding. Falls mich in den nächsten Tagen nicht die Muse küsst, fehlt mir fürs Finale ein Song. Aber hey, nur keinen Druck!

26

Von da an proben wir täglich nach der Schule, denn der Battle findet in nicht mal drei Wochen statt. Wie beim letzten Mal sind Dexter und Crush für die visuellen Effekte zuständig, die bei diesem Song einen besonderen Stellenwert einnehmen. Die Fotos im Hintergrund müssen mit dem Text übereinstimmen, eine perfekte Symbiose von Wort und Bild.

Insgesamt brauchen wir vier Lieder. Zwei zum weiterkommen, ein weiteres, um in die Top Fünf zu gelangen, und den bereits erwähnten Finalsong, den ich noch liefern muss. Für mich bedeutet das, dass ich in jeder freien Minute schreibe, und wenn ich nicht texte, bin ich mit den Jungs im Studio. Pam ist als zweite Stimme mit an Bord, Tyler und Drake sitzen am Mischpult, und Sally sorgt dafür, dass wir während der Proben nicht verhungern.

Dexter hat sich zu meinem Manager erklärt und postet rund um die Uhr Beiträge zu unserem Auftritt Anfang März. Er stellt Fotos von den Proben auf Twitter, Instagram und Pinterest ein und fordert meine Follower auf, zahlreich zu erscheinen, um für *seine* Band abzustimmen. Auf Facebook gründet er unter meinem Namen eine JazzMin-Fangruppe sowie eine Bandseite mit Bildern von allen Mitgliedern. Was ein bisschen seltsam ist, immerhin haben wir nicht mal einen Namen. Bei den Battles bin ich mit meinem YouTube-Kanal eingetragen, also als JazzMin. Doch das war vor meiner Zeit als Band, da war ich noch solo. Da niemand einen Geistesblitz hat, beschließen wir, das Namensproblem zu vertagen.

Zwei Wochen vor den Battles besucht mich meine Mom, während ich im Bad stehe und meine Zähne putze. Sie streicht mir das Haar zurück, als ich mich nach vorn beuge, um mir den Mund auszuspülen.

»Bist du schon aufgeregt?« Zuerst denke ich an den Musik-Battle und will schon nicken. Dann fällt mir ein, dass ich die Veranstaltung ihr gegenüber nie erwähnt habe. Also wovon zum Henker redet sie?

»Dein Kleid ist wunderschön, du wirst wie ein Star aussehen.«

Ähm … okay, ich stehe gerade tierisch auf dem Schlauch. Welches Kleid?

»Um die Schuhe musst du dir keine Sorgen machen. Valentino hat uns ein Paar in deiner Größe geschickt, das perfekt zu deiner Robe passt. Die Heels sehen fantastisch aus.«

Oh shit, die Oscars habe ich komplett vergessen! Wann waren die noch mal?

»Du glaubst gar nicht, wie stolz ich auf dich bin!« Meine Mutter ist stolz auf mich? Warum das denn?

»A-aber ich bin doch nicht nominiert. Das ist deine Veranstaltung.«

Sie macht eine wegwischende Handbewegung. »Nicht wegen der Oscars.« Unsere Blicke treffen sich im Spiegel.

»Manchmal erkenne ich dich nicht wieder. Du bist so stark geworden, so selbstständig.«

Selbstständig war ich schon immer. Seit wir hierhergezogen sind, habe ich allerdings deutlich mehr Unterstützung erfahren als in den letzten Jahren in Berlin.

»Du hast dich auch verändert«, erwidere ich. Und es stimmt. Mamas Augen strahlen wieder und sie wirkt glücklicher. In Berlin hätte sie den Iwanow-Rückschlag nicht so leicht weggesteckt wie hier. »Liebst du James?«

Wie auf Kommando werden ihre Augen feucht, doch sie blinzelt die Tränen fort. »Wie verrückt.« Ihre Stimme ist kaum mehr als ein Flüstern und plötzlich muss ich lachen. Meine Mutter ist verliebt! Das klingt so normal und doch… Ich möchte wütend darüber sein, das wäre jedoch ein bisschen verlogen. Ich kann schließlich nicht Wasser predigen und Wein trinken, wo ich mit Drake gerade im siebten Himmel schwebe.

Max ist raus, da führt kein Weg zurück. Mama liebt jetzt James, die beiden werden heiraten. Nach dem Drama der letzten Wochen ist der Gedanke nicht mehr halb so beängstigend. Stattdessen werde ich innerlich ganz ruhig.

Womöglich hilft uns allen diese neue Ordnung. Meine Mutter braucht jemanden, der für sie da ist und sie durch ihre Tiefs begleitet.

Ich dagegen brauche eine Struktur, auf die ich mich verlassen kann. Und wenn sich jemand als zuverlässig entpuppt hat, dann ist das James. Dass Drake mein Stiefbruder wird, ist nicht so prickelnd, das gebe ich zu. Wie soll das werden, falls wir uns trennen und uns danach ständig sehen müssen?

Aber ich greife mal wieder vor. Erst muss ich mich um

Iwanow kümmern. Meine Mutter hat zugegeben, dass ihre Passivität Iwanow in die Hände gespielt hat. Max wollte in die Offensive gehen, doch dazu war Mama nicht in der Lage. Ihr Sohn war tot, ihr Herz gebrochen. Alles andere war wie Hintergrundrauschen für sie, bis sie irgendwann aufgewacht ist und ihre Karriere den Bach runtergegangen war. Nicht zu vergessen die Familie. Heute sind wir beide stärker, erwachsener, wenn man so will. Wir haben aus unseren Fehlern gelernt und sind besser gewappnet als vor drei Jahren. Meine Mutter hat gelernt, ihr Herz zu öffnen, und ich bin dabei, das Gleiche zu tun.

Apropos. Kaum hat Mom die Tür hinter sich geschlossen, spaziert Drake in mein Zimmer. Er trägt ein eng anliegendes T-Shirt und Ripped Jeans. Das dunkle Haar ist zerzaust, ein Mundwinkel ist leicht nach oben gebogen, und seine Augen leuchten, als würde ihm gefallen, was er sieht. Sein Blick ist so intensiv, dass ich an mir herabsehe, um herauszufinden, was ihn so fasziniert. Ich trage meine Schlafhose, hellblaue Boyshorts und ein pastellfarbenes Tanktop. Letzteres überlässt wenig der Fantasie, da es hauchdünn ist. Nicht, dass ich eine Riesenoberweite habe, mehr als 80C ist nicht drin. Doch es reicht, um Drakes Augen glasig werden zu lassen.

Also sage ich das Erste, das mir durch den Kopf geht.

»Weißt du, wann die Oscarverleihung stattfindet?«

»Hm?« Drake sieht aus, als würde er aus einem Traum erwachen. Einem feuchten, um präzise zu sein.

»Die Oscars!« Ich schnippe mit zwei Fingern vor seiner Nase, um seine Aufmerksamkeit zu bekommen.

»Fünfter März«, murmelt er und zieht mich in seine Arme.

Er ist warm und weich und duftet nach Espresso und dem Meer. Ich schließe die Augen und atme tief ein, lecker! Seine Hand gleitet unter mein Top und wandert meinen Rücken entlang. Puh, es ist echt schwer, sich zu konzentrieren, wenn Drakes Berührung kleine Elektroschocks durch meinen Körper jagt, der unter seinen Fingern summt.

Doch als seine Worte zu mir durchdringen, macht es klick, und ich lehne mich fluchend zurück.

»Fünfter März?«

»M-hm«, macht er, zieht mich wieder gegen seine Brust und fährt mit den Lippen über meine Nase.

»Aber da finden die Battles statt!« Ich schließe die Augen und zähle bis zehn. »Ich kapier das nicht, die Oscars sind doch immer im Februar!«

»Meistens, aber nicht immer.« Seine Stimme klingt rau. »Wegen der Winterolympiade wurde die Verleihung schon mal in den März verschoben. Keine Ahnung, was es dieses Jahr ist.«

»Was machen wir denn jetzt?«

»Was du machst, kann ich nicht sagen.« Er beugt sich vor, eine Hand in meinem Rücken, die andere unter meinen Kniekehlen, hebt er mich auf, als würde ich nichts wiegen, und trägt mich mit einem raubtierhaften Lächeln zu meinem Bett. »Ich weiß nur, was ich gleich tun werde.« Vorsichtig legt er mich auf die Laken und rahmt mein Gesicht mit den Händen ein.

»Drake!« Ich drücke beide Hände gegen seine Brust und versuche, ihn wegzuschieben. »Ich hab Mom versprochen, mit ihr hinzugehen. Das ist wichtig für sie …« Weiter komme ich nicht. Drake versiegelt meinen Protest mit einem

Kuss, im nächsten Moment verschwindet erst mein Top, dann die Shorts und ich liege in meinem Geburtskostüm unter ihm.

Ich verrate euch jetzt mal was. Die Sache mit Drake ist die, dass, wenn wir zusammen sind, all meine Probleme wie durch Zauberhand verschwinden. Ich sehe die Welt mit seinen Augen, und das ist ein unbeschreibliches Gefühl, denn mit einem Mal bin ich frei. Frei von Zwängen, von Erwartungen und der Anspannung, die der Kleber ist, der mich zusammenhält.

Nachdem wir uns geliebt haben, legt Drake sich mit mir im Arm auf die Seite. Es fällt mir schwer, seinen Blick zu deuten. Er ist fragend und irgendwie auch sanft. Wie ein Lovesong. Dann beugt er sich vor und seine Lippen finden meine. Selbst beim Küssen konzentriert er seine ganze Aufmerksamkeit auf mich. Eine Hand wandert zur Wölbung meines Pos, und ich kann seine wachsende Erregung spüren, ein Fakt, der mich einmal mehr antörnt. Ich rolle ihn auf den Rücken und habe nun die Oberhand. Und er lässt mich. Lässt mir die Freiheit herauszufinden, was mir Lust bereitet. Und im Moment macht mich die Art an, wie er mich mit den Augen verschlingt. Unter seinem glühenden Blick fühle ich mich schön und unfassbar sexy. Davon abgesehen, dass Drake Viagra für mein Selbstbewusstsein ist, ermutigt er mich zu experimentieren. Er gibt, statt zu fordern, und auf unerklärliche Weise macht mich das unglaublich glücklich.

So und so ähnlich verbringen wir die meisten Nächte. Wenn er und Nash nach der Probe noch unterwegs sind, schlüpft Drake später zu mir ins Zimmer. Kriecht nackt unter die Laken, zieht mich in seine Arme und befreit mich aus meinem inneren Käfig. Er hilft mir, den Alltag hinter mir zu lassen, denn nachdem unser Hunger gestillt ist, reden wir.

Wann es genau passiert ist, kann ich nicht sagen, aber irgendwann während der Proben ist mir klar geworden, dass ich mich mit Haut und Haaren in ihn verliebt habe. Zwischen uns ist eine Vertrautheit entstanden, die ich in dieser Form noch nicht erlebt habe. Drake ist nicht nur mein Lover, er wird mehr und mehr zu meinem Vertrauten. Das hat möglicherweise mit seinem Part in der Band zu tun, sowie der Tatsache, dass wir jetzt täglich zusammen proben. Drake ist ein Ass am Mischpult und holt tontechnisch alles aus den Songs heraus.

Und Nash hat nicht übertrieben, als er sich Rockgott genannt hat, denn Mann, er ist einfach genial. Die Bassgitarre hat eine wichtige Aufgabe in der Band. Während der Schlagzeuger das Tempo vorgibt, ist der E-Bass die Brücke zwischen Melodie und Drum und hat eine harmonisierende Aufgabe. Er ist der Klebstoff der Songs, das Instrument, das alles zusammenhält.

In gewisser Weise kommunizieren wir untereinander über die Musik. Als Gruppe sind wir abhängig vom anderen, denn ohne Zusammenspiel fällt das fragile Gerüst aus Melodie, Rhythmus und Gesang auseinander, das von unserer Liebe für die Musik getragen wird. Drake ist jetzt ein Teil davon, doch nicht jeder in der Band ist glücklich darüber.

»Diese Arschgeigen gehen mir vielleicht auf den Sack!« Zacks Toleranz gegenüber den Marshall-Brüdern ist bereits nach einer Woche dahin. Er und Nash liegen sich permanent in den Haaren, bis Zack bei der letzten Probe irgendwann aufgestanden und für eine Stunde verschwunden ist. Nachdem er zurückgekommen ist, hat er kein Wort mit Nash gesprochen, der diese Behandlung mit einem Augenrollen quittiert, ansonsten jedoch keine Rücksicht auf die miese Laune unseres Drummers genommen hat.

Zack zieht einen Stuhl zurück und lässt sich darin fallen. Es ist die zweite große Pause, bis zu den Battles sind es noch anderthalb Wochen. Seit dem letzten Überfall war Iwanow auffällig still. Keine Schmierereien an meinem Wagen, keine Blumen und erst recht keine wilde Verfolgungsjagd durch irgendwelche Einkaufsmalls. Ob das ein gutes Zeichen ist, kann ich nicht sagen, in jedem Fall macht es mich nervös.

Was ein bisschen seltsam ist. Sollte ich nicht froh sein, Ruhe vor ihm zu haben? Aber es ist eine trügerische Ruhe. Je mehr Zeit vergeht, desto wahrscheinlicher ist es, dass er wieder zuschlägt. Von daher bin ich froh, dass ich mich entschieden habe, in die Offensive zu gehen. Dieses Warten auf die nächste Katastrophe macht mich allmählich mürbe, und ich habe es satt, ein Opfer zu sein.

»Mir nicht«, reißt Tyler mich aus meinen Gedanken und beißt in einen Apfel. »Drake versteht 'ne Menge von der Studiotechnik. Mein Dad ist ein Superstar, aber von dem Technikkram hab ich nur halb so viel drauf wie Drake.«

»Das liegt daran«, sagt Zack mit düsterer Stimme, »dass seinem Vater mehrere Produktionsfirmen gehören. Die Marshalls sind praktisch im Studio aufgewachsen.«

»Na ja, das war eher ein Filmset …«, setzt Tyler an, als ein

Rucksack auf den Tisch geworfen wird und Crush sich mit einem breiten Grinsen zu uns setzt.

»Mann, ich hab den perfekten Bandnamen für uns!« Er streicht sich das blonde Haar aus dem Gesicht und sieht erwartungsvoll in die Runde. »Die *Brentwood Bitches*!«

Sally kichert und hält sich die Hand vor den Mund, während sich Tyler am Apfel verschluckt.

»Hast du ein Rad ab?« Das kommt von Dexter. »Nie im Leben mach ich Promotion für eine Band mit so einem Namen!«

»Wie wäre es mit *Brent-Bitches*?« Typisch Sally. Sie versucht immer zu vermitteln, aber auch der Name ist daneben.

»Banditches«, werfe ich ein.

Crush pfeift anerkennend. »Das ist die perfekte Mischung zwischen Bitches und Bandits, klingt cool.« Wir klatschen uns ab und warten auf die Reaktionen der anderen. Dexter wirkt skeptisch, Dane zuckt mit den Schultern und Tyler nickt seine Zustimmung. »Könnte funktionieren. In jedem Fall besser als unsere Initialen. Dabei kommt nur Mist raus, egal, wie wir sie zusammensetzen.«

Wo er recht hat. Dexter kräuselt die Nase, dann seufzt er übertrieben und lehnt sich zurück.

»Da wartet eine Menge Arbeit auf mich, das muss ich unseren Fans erst mal verkaufen!«

»*Unseren* Fans?« Tyler hebt vielsagend die Brauen, doch Dexter winkt ab.

»Mach dich nicht nass. Deine, unsere, wo ist da der Unterschied?«

»Hey, da fällt mir ein Witz ein!« Crush beugt sich vor und

stützt die Unterarme auf den Tisch. »Kommen zwei Groupies ins Altersheim. Fragt die eine …«

»Wo gibt's denn hier den Einlauf?«

Obwohl das kein bisschen lustig ist, brüllen wir los, alle, bis auf Tyler. »Du erzählst ihn schon wieder ganz falsch.«

»Hey, Mann, würdest du dich mal entspannen?«

»Dass es Groupies sind, macht überhaupt keinen Sinn! Und die fragen nach einem *Eintopf*, und dann sagt der Typ hinterm Empfangstresen, dass es hier nur einen Einlauf gibt …«

Abermals brüllen wir los und diesmal kann sich Tyler unserem Gelächter nicht entziehen.

Na also, endlich sind wir mal einer Meinung.

27

Montagabend der darauffolgenden Woche bereite ich mir in der Küche ein Sandwich. Mom und James sind auf einer Gala, wo Drake und Nash sind, weiß mal wieder niemand. Vermutlich spielen sie Billard im Tap House oder rauben 'ne Bank aus, was weiß ich. Natürlich könnte ich Drake anrufen, aber um ehrlich zu sein, bin ich froh, mal eine Minute für mich zu haben. Im Moment besteht mein Leben aus Schule, Proben und Starbucks. Abends bin ich meistens so erledigt, dass ich wie ein gefällter Baum ins Bett falle.

Da wir alle kurz vorm Durchdrehen waren und Nash und Zack sich zuletzt buchstäblich an die Kehle gegangen sind, haben wir heute in der ersten großen Pause beschlossen, einen studiofreien Tag einzulegen. Nicht, dass wir uns das leisten könnten. Die Songs klingen grausam, und die von Dexter und Crush geplante Slideshow im Hintergrund funktioniert nicht, da die Bilder nicht im Rhythmus der Lieder ablaufen. Was vermutlich daran liegt, dass wir den dauernd ändern. Mir ist der Takt zu schnell, Zack dagegen zu lahm. Allmählich nähern wir uns einem gemeinsamen Tempo, aber als Schlagzeuger sitzt Zack am längeren Hebel und rast mit den Drums dauernd davon. Deswegen sind er und Nash das letzte Mal aneinandergeraten. Nash nervt, dass Zack sich als Boss aufspielt, was er nicht ist. Im Grunde haben wir keinen, doch Nash ist der Ansicht, dass ich den Job übernehmen sollte, immerhin sind das meine Songs.

Es stimmt, in einer Band muss jemand das Zepter in die Hand nehmen und den Ton angeben. Ich muss jedoch gestehen, dass ich bisher froh war, dass Zack mir das abgenommen hat. Ich bin kein Leader, ich schreibe und singe die Sachen bloß. Zack dagegen hat das Charisma und die nötige Durchsetzungskraft, die Band zu führen. Dass es dabei Reibereien gibt, ist normal.

»Endlich erwische ich dich einmal, *pequeña mia,* ich bekomme dich kaum noch zu Gesicht.«

Martinez steht in der Küchentür. Er trägt eine schwarze Hose und ein dunkles Hemd ohne Krawatte und steuert auf das Monstrum von einer Kaffeemaschine zu.

»Im Moment ist es ziemlich hektisch.« Ich schenke ihm ein schwaches Lächeln und sehe ihm dabei zu, wie er sich seinen Espresso braut.

»Gehst du mir aus dem Weg?«

Vielleicht ein bisschen, aber das sage ich nicht laut. Ich mochte Martinez vom ersten Moment. Als wir hierhergezogen sind, war er mein erster Freund in diesem Land. Dass er Raouls Vater ist, habe ich erst später erfahren, obwohl die Ähnlichkeit verblüffend ist. Ihr Verhältnis ist allerdings mindestens so kompliziert wie meins zu meiner Mutter. Kein Wunder, Martinez war Polizist und Raoul Mitglied einer Gang.

Von Drake weiß ich, dass Martinez über unser Vorhaben

361

informiert ist. Mir ist klar, dass ich es ihm selbst hätte sagen sollen, doch um ehrlich zu sein, hatte ich vor seiner Reaktion Angst. Als James' Sicherheitschef kann er mir einen Strich durch die Rechnung machen und das Ganze abblasen. Dann hätte ich eine andere Möglichkeit gefunden und ihn getäuscht. Und ich hätte es gehasst. Mich, um genau zu sein, weil ich Freunde nicht belüge. Schon gar nicht Martinez, der nur mein Wohl im Sinn hat.

Das Aroma frisch aufgebrühten Espressos füllt die Küche, ein Duft, den ich liebe, darum schließe ich die Augen und nehme einen tiefen Atemzug.

»Dann hast du dir meinen Sohn also aus dem Kopf geschlagen?«, fragt er im Plauderton und setzt sich auf den Hocker neben mich. Von allen Fragen, die er hätte stellen können, ist das so ziemlich die letzte, die ich erwartet habe.

Ich schätze, er spielt auf Raouls Lederjacke an, die ich an den Türknauf seines Büros gehängt habe. Meine stumme Bitte, sie seinem Sohn zurückzugeben. Zu Raouls Werkstatt wollte ich nicht fahren, obwohl ich die Jungs gern wiedersehen würde. Doch ich bin jetzt mit Drake zusammen und nach Raouls Auftritt beim Footballspiel könnte eine Begegnung peinlich sein.

Da er auf eine Antwort wartet, nicke ich.

»Gut«, sagt er und bedeckt meine Hand mit seiner. Sein Handrücken sieht ledrig aus, die Innenfläche ist rau. Er drückt meine Hand kurz, dann lehnt er sich zurück und zieht eine Grimasse.

»Ist dieser haarsträubende Plan auf deinem Mist gewachsen?«

Ich bedecke das Gesicht mit beiden Händen und schüttle den Kopf.

»Ich weiß, er ist grauenhaft, aber zwing mich bitte nicht, das Konzert zu canceln. Wir werden so oder so einen Weg finden, Iwanow in die Ecke zu drängen, mit oder ohne dein Einverständnis.«

Ich spreize die Finger und sehe ihn nicken, als hätte er nichts anderes erwartet.

»Mit dir als Köder.«

»Der bin ich doch sowieso! Nur diesmal bestimme ich Zeit und Ort.«

Abermals nickt er. »Ich sage nicht, dass die Idee schlecht ist, aber sie hat zu viele Lücken. Davon abgesehen sind viele Menschen dort, auf diese Weise kann er gut untertauchen und ungesehen verschwinden.«

»Nicht, wenn ihr an den Türen steht und ihn abfangt. Außerdem sind die Menschen auch ein guter Schutz. Er wird ja wohl kaum mit dem Messer auf mich losgehen, wenn hundert Leute um mich stehen, jeder mit 'ner Handycam, die auf die Bühne gerichtet ist.«

»Das stimmt, *niña,* aber du stehst nicht dauernd im Scheinwerferlicht. Irgendwann musst du von der Bühne und das Durcheinander von Ab- und Aufbau bietet eine gute Gelegenheit für ihn zuzuschlagen.«

»Wenn wir das wissen, können wir uns darauf vorbereiten.«

Ein Lächeln flackert über seine Züge.

»Hat dir schon mal jemand gesagt, dass du das Herz einer Löwin hast, *pequeña?*« Die Wärme in seiner Stimme schnürt mir den Hals zu und ich muss ein paarmal schlucken.

»Warum muss es ausgerechnet dieses Wochenende sein?«

Innerlich seufze ich. »Ich hatte keine Ahnung, dass die Oscars dieses Mal im März stattfinden, ehrlich.«

Martinez nippt an seiner Tasse. »Das bedeutet, dass ich das Team aufteilen muss, statt jeden verfügbaren Mann ins Playhouse zu senden.«

»Hast du mal daran gedacht, dass ihn das irritieren könnte?« Iwanow wird selbst nicht wissen, wohin er gehen soll, zur Oscarverleihung oder zum Konzert. »Außerdem sind Playhouse und Dolby Theatre bloß fünf Minuten voneinander entfernt.« Beide befinden sich am Hollywood Boulevard. »Wenn er tatsächlich zu den Battles kommen sollte, kannst du deine Männer abziehen und dahin schicken, wo die Action stattfindet.«

»Dann könnte es bereits zu spät für Backup sein.« Als ich den Mund öffne, um zu widersprechen, schüttelt er den Kopf. »Bist du sicher, dass du das durchziehen willst?«

»Hundertprozent.« Das kommt wie aus der Pistole geschossen. Im Stillen wundere ich mich über meine Entschlossenheit. Auf der anderen Seite habe ich diese Iwanow-Sache zu lange ignoriert. Höchste Zeit, diesen Typen in seine Grenzen zu weisen und das Ganze zu beenden.

***

In der Schule weiß mittlerweile jeder, dass ich am Sonntag einen großen Auftritt mit meiner Band habe. Doch wir leben in L. A., da dreht sich wenige Tage vor der Verleihung alles um die Oscars, die heißesten Neuerscheinungen, die Gewinner und Verlierer. In den Pausen nimmt Crush Wetten entgegen, darum weiß ich, dass meine Mutter als Außenseiterin gehandelt wird, die froh sein darf, dass sie überhaupt nominiert wurde.

Zugegeben, Mom und ich sind nicht immer einer Meinung … ähm, okay, so gut wie nie. Doch ich weiß ohne den Hauch eines Zweifels, dass sie eine verdammt gute Schauspielerin ist. Bis zum Unfall war sie ständig ausgebucht und hat eine Tonne Preise gewonnen, unter anderem die Goldene Palme bei den Filmfestspielen in Cannes. Davon abgesehen ist James Unternehmer. Er würde niemals einen seiner Filme mit seiner neuen Flamme besetzen, nur weil sie mit den Wimpern klimpert und ihn freundlich darum bittet. Hier geht es ums Geschäft. Mama musste alle überzeugen, die Produzenten, James' Partner, sogar den Regisseur. Sie wurde wie alle anderen gecastet und am Ende als beste Wahl befunden. Deswegen hat sie die Rolle bekommen. Und auch wenn ich es ihr nie gesagt habe, freue ich mich riesig für sie und bin verdammt stolz.

Also setze ich bei einer Quote von 4:1 meinen gesamten Monatslohn auf Moms Oscarsieg und bringe Crush damit ins Schwitzen. Sollte ich gewinnen, muss er mir das Vierfache meines Einsatzes zurückzahlen. Verliert Mama, bin ich meine Kohle los.

Unter uns, das ist es mir wert.

* * *

Am Tag vor unserem Auftritt bin ich kurz davor zu verzweifeln. Die Probe ist das Allerletzte, Nash und Zack fauchen sich in einer Tour an, und mittlerweile hält es Drake auch nicht mehr hinter der Trennscheibe.

Zack ist immer ein bisschen zu schnell und lässt es so aussehen, als würde ich meinen Einsatz verpassen. Irgendwann ist Nash der Kragen geplatzt und Zack lag mit blutender Nase neben dem Drum. Zum Glück ist sie nicht gebrochen. Anschließend mussten wir ihn von Nash schälen. Wie es aussieht, hat Alano ihm in der Zwischenzeit ein paar dreckige Tricks beigebracht, denn Zack hat nicht nur gelernt, wie man seine Fäuste benutzt, sondern weiß den ganzen Körper einzusetzen.

Danach war an Proben nicht mehr zu denken. Ich weiß nicht mal, ob Zack morgen zum Battle aufkreuzt. Oder Nash. Die ganze Band hat sich verkrümelt, und ich hab zugesehen, dass ich nach Hause komme.

Im Moment gibt es nur einen Menschen, den ich sehen möchte, darum hocke ich mit dem iPad im Bett und wähle Leons Facetime-Kontakt.

»Hi Süße!«, meldet er sich mit einem strahlenden Lächeln. Plötzlich wird mir das alles zu viel. Ich vermisse meinen besten Freund mehr, als ich in Worte fassen kann. Seinen Witz, sein Lächeln, die positive Einstellung. Und seinen Duft nach frisch gemähtem Gras. Bevor ich ein Wort rausbekomme, breche ich in Tränen aus.

»Jasmin?« Leon klingt geschockt. Ich hebe einen Finger, um ihm zu signalisieren, dass ich eine Minute brauche.

»Hey.« Seine Stimme ist sanft und legt sich wie eine warme Decke um mich. »Lass es raus.«

»Ist schon wieder gut.« Mein Hals ist so eng, dass meine Stimme bricht. »Heute war einfach nicht mein Tag und ich …« Ich muss mich räuspern, bevor ich weitersprechen kann. »Du fehlst mir so!«

Zu meiner Überraschung leuchten seine Augen auf. Dann

beugt er sich zur Seite und kramt in einem Stapel neben seinem Schreibtisch, flucht und zieht schließlich einen Ausdruck aus seinem Laserprinter hervor.

»Delta Airline, Flug Nummer 8569. Ich komme, Süße, und kein Eisberg, Unwetter oder sonstige Naturkatastrophe hält mich davon ab.«

Für einen Moment verschlägt es mir die Sprache. »Im Ernst?«, bringe ich schließlich hervor.

»Das war ja wohl überfällig. Hätte mich meine Mutter nicht gezwungen, in diesen dämlichen Winterurlaub zu fliegen, wäre ich schon Weihnachten gekommen.«

Ich muss zugeben, dass ich deswegen echt sauer auf Linda war. Es ist schließlich kein Geheimnis, dass Leon Schnee und alles, was man damit machen kann, hasst. Doch seine Mutter muss gewusst haben, dass Max uns in L. A. besucht und dass ich diese Zeit mit ihm brauche. Wahrscheinlich wäre sich Leon wie das fünfte Rad am Wagen vorgekommen, was ihm gegenüber nicht fair gewesen wäre. Obwohl ich echt enttäuscht war, dass er mich nicht besucht hat, muss ich Linda insgeheim danken. Ich hätte es gehasst, Leon nicht meine ganze Aufmerksamkeit widmen zu können, und wäre deswegen innerlich total zerrissen gewesen.

»Seit wann hast du das Ticket?«

»Deine Mutter hat es mir vor zwei Wochen online geschickt, zusammen mit der Einladung zu ihrer Hochzeit. Die Karte war heute in der Post.«

Oh Mist, das hatte ich ganz vergessen, Mama und James heiraten ja diesen Sommer. Nicht zu fassen, dass ich nicht mal das Datum kenne.

»Es sollte eine Überraschung werden, darum hat sie mich gebeten, dir nichts zu sagen. Aber ich kann nicht hier rumsitzen und dir dabei zusehen, wie du dir die Augen ausheulst, wenn ich das Ticket bereits in der Tasche habe.«

Apropos heulen. Eine neue Welle drückt gegen meine Tränendrüsen, doch ich schlucke sie tapfer herunter.

»Ich verbringe praktisch den ganzen Juli bei euch«, fährt Leon unbeeindruckt von meinem Ausbruch fort. »Am Siebten lande ich, die Hochzeit ist am Zweiundzwanzigsten, eine Woche später fliege ich zurück.«

Am 22. Juli geben sich Mama und James das Ja-Wort? Ich warte auf die bekannte Bitterkeit, die sich bei Mamas Betrug an Max jedes Mal bei mir einstellt. Doch stattdessen fühle ich … nichts. Irgendwo zwischen ihrer Ankündigung und heute hat sich der Schmerz aufgelöst. Ich weiß noch immer nicht, was ich davon halten soll, aber der Gedanke hat seinen Schrecken verloren.

Im Grunde mag ich James. Und Max hat jetzt sein eigenes Leben. Wahrscheinlich hat er deshalb diesen Insel-Job angenommen, um innerlich Abstand zu gewinnen. Die schlechte Telefonverbindung gibt ihm zudem Gelegenheit, Distanz zwischen uns zu bringen. Auch wenn es wehtut, kann ich Max verstehen. Er braucht das wahrscheinlich, um weiterzumachen. Erst hat er Lukas verloren, dann die Liebe seines Lebens und mit ihr mich. Ich bin das Bindeglied zu Mama, und ich kann mir gut vorstellen, dass der Kontakt für ihn ganz schön hart sein muss. Zumindest im Augenblick … äh, Moment mal!

Ich blinzle irritiert, meine Gedanken springen zurück auf Anfang, und ich begreife, was mir Leon eben mitgeteilt hat.

Er kommt. Im Juli. Wir haben einen ganzen Monat zusammen.

»Oh mein Gott!« Ich schlage die Hände vor den Mund und diesmal lasse ich den Tränen freien Lauf. Sie kommen weder aus Frust noch aus Wut. Es sind Freudentränen und die fühlen sich verdammt gut an. Als hätte jemand die Klammer um mein Herz entfernt, kann ich zum ersten Mal an diesem Tag tief durchatmen.

»Das war eigentlich nicht die Reaktion, die ich mir erhofft habe. Ich dachte, du hüpfst auf deinem Bett auf und ab und schreist Wu-huu!«

Das bringt mich zum Lachen, was vermutlich seine Absicht war.

Danach hält er das Gespräch bewusst leicht. Er möchte wissen, wie das Wetter im Juli ist, was man in L. A. alles unternehmen kann, und schlägt tausend verrückte Sachen vor, die wir anstellen können. Er wäre nicht Leon, wenn er nicht schon längst gegoogelt hätte, was es bei uns zu tun gibt. Darum weiß er, dass wir ein Observatorium in der Nähe des Griffith Park haben, davon hab ich vorher noch nie gehört.

So verbringen wir eine Stunde, bis er sich räuspert.

»Hör mal«, beginnt er, dann stößt er frustriert den Atem aus und zerwuselt sich mit einer Hand das aschblonde Haar.

»Immer raus damit«, sage ich und lege mich bäuchlings aufs Bett.

»Wegen morgen …« Abermals bricht er ab, schließt kurz die Augen und atmet tief durch. »Pass auf dich auf, okay? Mach nichts Verrücktes, und versuche auf keinen Fall, den Typen auf eigene Faust zu fassen. Dieser Martinez hat mir versichert, dass Leute aus seinem Sicherheitsteam im Saal sein werden, außerdem Bullen in Zivil, die draußen die Türen im Visier haben.«

Da weiß er mehr als ich.

»Ich muss dir noch was sagen.« Seine Stimme ist eindringlich, als er leiser fortfährt. »Mittlerweile bin ich mir sicher, dass Iwanow seine Frau loswerden wollte.«

Fragend hebe ich die Brauen. Er stößt den Atem aus und schüttelt den Kopf. »Laut der Unterlagen auf seinem Rechner gehörte seiner Frau die Immobilienfirma. Er hat zwar den Big Boss gespielt, aber im Grunde war er bloß ihr Angestellter. Irina kommt aus einer stinkreichen Familie, der in Berlin und Umgebung ganze Häuserblocks gehören. Nach ihrem Tod ist ein Großteil ihres Vermögens auf ihren Mann übergegangen.« Er nimmt einen tiefen Atemzug. »Was, wenn sie von seinem Verhältnis erfahren hat und ihn in dieser Nacht verlassen wollte? Wenn er mit dem Unfall die Notbremse gezogen hat, um sie davon abzuhalten.«

»Aber Leon, wenn das wahr ist, was ist dann mit dem Kind!« Seine Tochter saß im Wagen.

»Ich sage nicht, dass er es wusste. Auf der anderen Seite ist der Kerl so gestört, dem würde ich alles zutrauen. Davon abgesehen …«, Leon seufzt, »Irina Iwanow hatte für ihre Tochter einen millionenschweren Treuhandfonds eingerichtet. Wer, glaubst du, erbt den, wenn die Kleine stirbt?«

»Aber sie war doch sein Kind!«

»Wissen wir das sicher?« Einmal mehr fährt er sich mit der Hand durchs Haar, sodass es in alle Himmelsrichtungen absteht. »Jasmin«, beginnt er leise. »Hast du dich nie gefragt, warum die Frau nach Mitternacht mit ihrer Tochter im Auto durch sintflutartigen Regen rast?«

So oft, dass ich aufgehört habe zu zählen.

»Und warum hatte sie es so eilig?«, ergänzt er nach kurzem Zögern. »War sie auf der Flucht vor ihrem Mann? Hat sie sich bedroht gefühlt?«

»Wenn er wirklich so reich ist«, flüstere ich, »warum hat er niemanden damit beauftragt? Warum es selbst tun und das Risiko eingehen, erwischt zu werden?«

Leon hebt die Schultern. »Vielleicht hat seine Frau es in der Nacht rausgefunden und er hatte keine Zeit, zu planen.«

»Aber jetzt ist er hier. Er hatte genug Zeit sich einen wasserdichten Plan auszudenken. Warum macht er sich die Hände schmutzig?«

»Sieh es mal so: Je mehr von der Sache wissen, desto größer das Risiko, dass einer plaudert oder erwischt wird.« Er beugt sich näher zur Kamera. »Außerdem muss er so weniger zahlen, Helfer kosten Geld. Und in Berlin ist er doch gut allein zurechtgekommen. Wer weiß, vielleicht ist ihm das zu Kopf gestiegen.«

Ein Schauder schüttelt mich und lässt meine Härchen auf den Armen zu Berge stehen. War der Tod von Irina und Sonja wirklich ein kaltblütiger Mord? Und Lukas bloß Mittel zum Zweck? Musste er als Bauernopfer sterben, damit man jemandem die Verantwortung in die Schuhe schieben konnte?

Ich bin die einzige Überlebende, die einzige Zeugin, die sich erinnern könnte. Nach dem Unfall war ich jedoch so traumatisiert, dass ich bis heute unter einer retrograden Amnesie leide. Was im Klartext heißt, dass meine Festplatte gelöscht ist, zumindest was diese Nacht betrifft. Die Ärzte behaupten, das wäre der Schock, und dass ich mein Gedächtnis wiedererlangen werde, wenn ich dazu bereit bin. Sie sagten auch, dass es jeden Tag passieren kann, nach Jahren oder auch nie.

Für Iwanow bedeutet das, dass ich eine tickende Zeitbombe bin. So gesehen würde sein Verhalten sogar Sinn ergeben. Angenommen er hat seine Frau aus dem Weg räumen wollen und dabei versehentlich seine Tochter umgebracht. Dann hat er nicht nur eine Mordswut im Bauch, sondern auch Angst, dass ich meine Erinnerung zurückbekomme.

Das heißt aber auch, dass er sicher ist, dass ich ihn in der Nacht gesehen habe. Ihn, nicht irgendeinen Typen hinterm Steuer oder einen Wagen. Was erklären würde, warum er mich so dringend loswerden möchte.

Ich nehme einen tiefen Atemzug und lasse die Luft langsam aus. Zum ersten Mal fühlt sich diese Iwanow-Sache stimmig an. Als würden sich die losen Puzzleteile ineinanderfügen und ein sinnvolles Gesamtbild ergeben. Wenn unsere These stimmt, ist Iwanow kein Verrückter, dem die Sicherungen durchgeschmort sind. Dann wäre er ein Mörder, der die Tat rücksichtslos geplant hat und nun die Spuren verwischen will. Und ich bin ein loser Faden.

Und wir wissen ja, was mit losen Fäden gemacht wird. Von wegen abschneiden und so.

Iwanow muss verzweifelt sein. In Berlin hat er einen Riesenwirbel veranstaltet, wahrscheinlich damit niemand in seine Richtung ermittelt. Solange der Fokus auf Lukas und meiner Mutter lag, konnte er den trauernden Witwer spielen. Doch wegen des von ihm inszenierten Medienrummels konnte er mich auch nicht abmurksen. Heute kommt er nicht an mich heran, weil Mama mit einem Medienmogul zusammen ist, der sich ein erstklassiges Sicherheitsteam leisten kann. Dazu kommt der Rummel um Conall, *Sorry Ass* und meinen YouTube-Erfolg, der mich ebenfalls zu einem lokalen Promi gemacht hat, wenn auch nur für kurze Zeit.

Dass Iwanow keine halben Sachen macht, zeigt die Nummer mit der perforierten Bremsleitung. Dann der Überfall im Kaufhaus. Da hat er seine Taktik geändert und ist von subtil zu geradeheraus übergegangen, was zeigt, wie sehr er unter Strom steht. Aber warum? Woher kommt auf einmal dieser Druck?

Innerlich schüttle ich den Kopf. So viele Fragen, so wenig Antworten. Morgen werden wir sehen, wie weit er gehen wird, um mich aus dem Weg zu räumen. Dann ist nicht nur Mamas großer Abend, sondern auch mein Auftritt im Playhouse.

Ich hab noch immer keinen Schimmer, wie ich in einer Nacht an zwei Orten gleichzeitig sein kann. Und selbst wenn ich es nach dem Auftritt auf dem roten Teppich rechtzeitig zu den Battles schaffen sollte, weiß ich nicht, ob ich überhaupt eine Band habe. Zack reagiert nicht auf meine WhatsUp-Nachrichten und weder Nash noch Drake kommen in dieser Nacht nach Hause.

28 Eigentlich hätte es mich nicht wundern dürfen, dass mich der Albtraum in dieser Nacht heimsucht. Ich hatte Schwierigkeiten einzuschlafen, habe auf das kleinste Geräusch geachtet in der Hoffnung, dass Drake noch kommen würde. Kurz vor Sonnenaufgang bin ich endlich eingenickt, nur um kurz darauf mit einem Schrei aus dem Schlaf zu fahren.

Für einige Herzschläge kann ich immer noch das Blut riechen und höre Lukas' sterbende Atemzüge. Kurz glaube ich, mich übergeben zu müssen, doch nachdem ich ein paarmal tief durchgeatmet habe, geht es wieder. Ich rutsche zur Bettkante, stelle die Füße auf den Holzboden und umfange mich mit beiden Armen.

Ich bin noch hier. Einatmen. *Bin noch hier.* Ausatmen. *Ich bin hier.* Einatmen.

Das Herz trommelt in meiner Brust, ich wippe vor und zurück, während ich mein Mantra runterbete. Keine Ahnung, wie lange ich so dasitze. Irgendwann geht die Sonne auf und lässt mein Zimmer in zahllosen Rosa- und Goldtönen erstrahlen. Von zart bis kräftig ist alles dabei. Der Anblick lässt mein Herz aufgehen und endlich beruhige ich mich.

Heute ist ein wichtiger Tag. Für mich. Meine Mutter, die ganze Familie. Falls Iwanow meinen Bruder umgebracht hat, muss der Fall neu aufgerollt werden. Ich möchte dieses Dreckschwein in Handschellen und einem orangefarbenen Jumpsuit vor einem Richter sehen. Will, dass er gesteht und der Welt mitteilt, was er getan hat. Doch bis dahin ist es ein langer Weg und erst mal müssen wir ihn fassen.

In jedem Fall hat mich der Wunsch nach Gerechtigkeit aus dem Tief des Traums gerissen. Bis zum Frühstück sind es noch Stunden, darum schlüpfe ich in Yogapants und Sweatshirt und laufe runter an den Strand. Mit den Füßen im Sand kann ich besser denken, also gehe ich den Tag in Gedanken durch.

Wegen der bevorstehenden Preisverleihung kann ich heute nicht aus dem Haus – hier wird es nachher superhektisch werden. Mamas Stylist rückt gegen elf mit einem Beautyteam an, meiner kommt zum Glück erst am Nachmittag. Ihr habt richtig gehört, ich bekomme einen eigenen Stylisten, kein Scherz! Unterm Strich heißt das für mich, dass sich meine Band (zumindest der Teil, der noch übrig ist) ohne mich in Tylers Studio trifft, was angesichts der letzten Probe wie ein schlechter Witz klingt.

Bei der Aussicht auf unseren Auftritt müsste ich einer Panik nahe sein. Doch hier unten am Strand kann ich meine Ängste wie eine alte Haut abstreifen und den Fokus auf die Dinge richten, die wichtig sind. Ich meine, selbst wenn unser Gig heute Abend in die Hose geht – was soll's? Es ist ja nicht so, als hätten wir vor zu gewinnen. Im Grunde reichen mir eine Gitarre und die Slideshow im Hintergrund. Mehr brauche ich nicht, um Iwanow so lange abzulenken, bis wir ihn in der

Menge ausmachen und schnappen können. Um meine Botschaft rüberzubringen.

Und dass wir ihn schnappen, wünsche ich mir mehr als alles andere. Ich will endlich mein Leben zurück, und dieser Russe ist wie ein Geisterfahrer, der mir ständig irgendwo entgegenkommt. Nur diesmal fahren wir auf *meinem* Highway.

***

Wenn man vor der Glotze sitzt, sind die Oscars irgendwie glamouröser. Das ist das Erste, das ich feststelle, als wir die Absperrung zum Eingang des Dolby Theatres passieren. Mit wir meine ich James, Mama und mich. Drake und Nash sind vorausgegangen. Nash hat vor laufender Kamera einer *E! Online*-Reporterin einen Schmatzer auf den Mund gegeben und mit zwei weiteren Journalistinnen der Yellow Press geflirtet. Drake dagegen hat nicht auf die Zurufe der Presse reagiert, sondern ist zum Ärger seines Vaters, ohne anzuhalten, ins Innere des Theaters verschwunden.

Ursprünglich hatte ich vor, mich den beiden anzuschließen. Doch Mama hat sich in der Limo an meinen Arm geklammert und nicht losgelassen. Während des Catwalks über den roten Teppich hat sie meine Hand so fest gedrückt, dass ich mir nicht sicher bin, ob ich nachher Gitarre spielen kann. Dass sie nervös ist, muss mir niemand sagen, allerdings ist sie Profi darin, es mit einem strahlenden Lächeln zu überspielen.

Mama sieht, das muss ich einfach sagen, wie ein Engel aus. Ihr goldblondes Haar ist hochgesteckt, die blauen Augen wirken riesig. Sie trägt eine himmelblaue Abendrobe von Chanel mit silberner Schleppe, die aus Tüll und bunten Federn besteht. Dekolleté und Arme wurden mit einer speziellen Lotion eingerieben, sodass ihre Haut wie Perlmutt schimmert. Im Scheinwerferlicht sieht es aus, als hätte sie jemand mit Feenstaub bestreut.

Ich bin aber auch eine Augenweide. Das Valentino-Kleid ist der Hammer! Die silbernen Sternchen auf dem hauchzarten Chiffon schimmern bei jeder Bewegung, als wäre ich ein wandelnder Nachthimmel. Ich bin froh, dass ich ein Bolero-Jäckchen trage. Auch wenn wir in Hollywood sind, geht Anfang März ein guter Wind, der um diese Zeit auffrischt.

Vor dem Theater wurde eine Zuschauertribüne für die Fans errichtet, die sich ebenfalls rausgeputzt haben und in einer Tour Namen brüllen. Allerdings nicht den meiner Mom, sondern Emma Stones, Nicole Kidmans, und, oh Mann, Bradley Cooper ist hier! Das ist das eigentlich Coole am Catwalk, dass man die heißesten Promis diesseits des Äquators trifft.

Aber glamourös ist anders. Ich meine, es ist zu kalt für die Jahreszeit, der rote Teppich ist an vielen Stellen fleckig (so was sieht man im Fernsehen nie), Edward Norton hat Mundgeruch, und die ganze Deko ist aus Plastik und Styropor.

Eine Reihe Entertainment-Magazine bitten um ein Interview mit Mama, unter anderem der Hollywood-Reporter. ProSieben ist auch dabei, aber Mamas Publizistin, die vorausgegangen ist, um die Anfragen vorher zu überprüfen, hat abgelehnt. Die Promi-Gossip-Sendung »Red!« hat Mama während ihrer Krise zerrissen, darum steht der Sender jetzt auf der schwarzen Liste. Ziemlich peinlich für ProSieben, denn sollte Mom gewinnen, stehen die ganz schön blöd da.

Der Rest der Presse konzentriert sich auf die A-Lister, wie

Jared Leto und Cameron Diaz. Ich muss gestehen, dass es irre aufregend ist, so nah bei all den angesagten Leuten zu sein, die man normalerweise nur auf der Leinwand oder in Hochglanzmagazinen zu sehen bekommt. Ein paarmal komme ich nicht umhin zu glotzen und kann mich nur unter Aufbringung meiner ganzen Willenskraft davon abhalten, Jennifer Lawrence um ein Autogramm zu bitten. Ich meine, hallo, Jennifer Lawrence! Hand aufs Herz, ihr hättet sie auch angegafft, oder?

Das Innere des Theaters ist schön, aber irgendwie auch muffig. Alle Nominierten sitzen im Parkett, damit sie im Falle eines Siegs schnell auf die Bühne kommen. Hier ist jede Minute getaktet, immerhin sehen heute Abend rund 40 Millionen Menschen aus aller Welt zu, und die Werbeblöcke müssen zu fest definierten Zeiten laufen. Das bedeutet, dass Mamas und James' Gäste, also Drake, Nash und ich, in der Loge Platz nehmen. Was praktisch ist, denn in zwanzig Minuten müssen wir ohnehin verschwinden.

Als das Licht gedimmt wird und die Gäste aufgefordert werden, ihre Plätze einzunehmen, spüre ich allmählich meine Nerven. Himmel, ich bin aufgeregt! Meine Hände sind schwitzig und das Herz flattert in meiner Brust. Statt uns zu setzen, nutzen wir das Durcheinander und verschwinden durch den Seitenausgang, so bleibt uns der Rückzug über den roten Teppich erspart.

Verdammter Mist, so viele Berühmtheiten in einem Saal, und ich habe nicht mal Zeit, ein Selfie mit Matthew Bellamy aufzunehmen, den Leadsänger von *Muse*.

In der Nebenstraße, die zum Hollywood Boulevard führt, schickt Drake seinen Bruder voraus, der alles andere als begeistert von dem Vorschlag ist. Nachdem er sich fluchend vom Acker gemacht hat, drückt Drake mich gegen die Hauswand und küsst mich. Seine Initiative trifft mich unvorbereitet, denn seit uns die letzte Probe um die Ohren geflogen ist, haben wir so gut wie nicht miteinander geredet. Davon abgesehen habe ich ihn den ganzen Tag nicht gesehen. Erst in der Limo war mir ein Blick auf ihn vergönnt, da sind mir fast die Augen rausgefallen. In Jeans ist er eine Augenweide und in seiner Footballuniform mutieren die Mädels zu Kreischfans. Aber Drake im Smoking ist einfach nur anbetungswürdig. Das Teil muss Maßarbeit sein, anders kann ich mir nicht erklären, dass er wie eine zweite Haut an ihm klebt.

Im Moment klebe *ich* allerdings an ihm, denn sein Linebacker-Körper presst sich so fest gegen meinen, dass kein Blatt zwischen uns passt. Zum ersten Mal seit wir zusammen sind, komme ich mir in seiner Gegenwart winzig vor. Er benutzt sein Gewicht, um mich an Ort und Stelle zu halten. Ein Arm liegt in meinem Rücken und schützt mich vor der kalten Wand. Der andere zieht mich besitzergreifend an sich, während er mich küsst, als wollte er hier und jetzt eine Nummer schieben.

Also tue ich das Einzige, das mir in dieser Situation übrig bleibt. Ich schlinge eine Hand um seinen Nacken, die andere lege ich auf sein Revers, spüre seinen kräftigen Herzschlag durch den Stoff, und dann erwidere ich den Kuss, den ich bis in die Zehenspitzen spüre. Hatte ich erwähnt, dass Drake ein fantastischer Küsser ist? Mir fällt nur eine Sache ein, die er besser kann, und das ist ... ähm, okay, Themenwechsel.

Als wir den Kuss nach ein paar Stunden (oder waren es Minuten?) unterbrechen, um Luft zu holen, fühle ich mich zum ersten Mal seit meinem Morgenspaziergang wieder wie ein Mensch. Im Grunde habe ich den ganzen Tag wie eine gut geölte Maschine funktioniert, während ich mich innerlich auf den Abend vorbereitet habe. Obwohl gewappnet vermutlich besser passt.

Dass Drake nicht bei mir war, hat mir einen Stich versetzt, zumal er weiß, was heute auf dem Spiel steht. Ganz zu schweigen von der Tatsache, wie nervös ich bin. Jetzt allerdings macht er es wieder wett. Ich schmelze in seiner Umarmung und bade in der Wärme seiner Hingabe, bis meine Finger ganz runzlig sind.

»Du bleibst heute Abend an meiner Seite, verstanden?« Er klingt so atemlos, wie ich mich fühle. »Egal was passiert, ich will dich zu jeder Zeit in Reichweite haben.« Sein dunkler Blick bohrt sich in meinen. »Versprich es.«

Ich nicke, da ich meiner Stimme nicht traue, doch so leicht lässt er mich nicht von der Angel.

»Sag es, Baby.«

Ich muss mich räuspern, bevor ich antworten kann. »Versprochen.« Obwohl es wie ein Flüstern rauskommt, scheint ihn das zufriedenzustellen. Er nickt knapp, tritt zurück und ergreift meine Hand, die er nicht mehr loslässt, selbst als wir das Playhouse betreten.

Pam hat versprochen, mir Sachen zum Wechseln zu bringen, doch als wir dort ankommen, will mich niemand aus dem Kleid lassen. Sallys Augen werden rund, Dexter pfeift anerkennend und Tyler nickt mit einem breiten Grinsen.

Der Szenenwechsel vom Dolby Theatre zum Playhouse könnte nicht krasser sein. Ein bisschen komme ich mir wie ein Schmetterling vor, den ein Luftzug in die Kanalisation befördert hat. Obwohl das nicht unbedingt wie ein Kompliment klingt, ist es dennoch so gemeint.

Die Preisverleihung besteht aus Schein und jeder Menge Pappkulissen, hier dagegen verstellt sich niemand. Das Playhouse ist eine schmucklose Halle im Fabrikstil, die sich über zwei Ebenen erstreckt. Unten ist die Hauptbar, in der Mitte eine riesige Tanzfläche, ganz hinten die Bühne. Oben befindet sich eine zweite, kleinere Bar, den Rest kann ich durch den Menschenpulk nicht erkennen. Im Theater lag Teppich, hier ist der Betonboden klebrig. Es riecht nach Bier und Schweiß und die meisten Leute sind schwarz gekleidet. Sie tragen Tattoos und multiple Piercings. Statt Champagner wird Budweiser in Flaschen gereicht, und wenn man sich hier so umsieht, weiß man genau, wer oder was so muffig riecht. Während das Theater total künstlich gewirkt hat, sind die Leute hier echt. Sie wollen 'ne Rockshow und einen heißen Battle sehen und pfeifen auf das Drumherum, den Smalltalk und die Ansprachen.

Bei unserem Eintreffen spielt eine Metallband namens *Fuckhead* und so klingt auch die Musik. Abgefuckt, um genau zu sein. Glücklicherweise hat sich meine Band bereits um alles gekümmert. Die Anmeldung hat Pam in die Hand genommen, Dexter die Koordination, Sally hat die Backstage-Pässe abgeholt, und der Rest hat die Instrumente aus Crushs Van hierher transportiert und ist bereits hinter der Bühne. Was *Fuckhead* zu viel hat, ist bei uns auffällig abwesend, denn Zack, unser Drummer, ist noch nicht da. Ein Fakt, der nicht dazu beiträgt, meine Nerven zu beruhigen, die ich immer stärker spüre. Mein Magen fühlt sich an, als würden dort Ameisen hausen, und mein Hals ist supertrocken.

Drake, dem meine wachsende Unsicherheit nicht entgeht, drückt meine Hand und beugt sich zu mir.

»Er wird kommen.« Beinah höre ich ihn nicht über den Lärm der Metallband. Fragend ziehe ich die Brauen zusammen.

»Woher weißt du das?«

»Ich war heute bei ihm.«

Falls mich das beruhigen soll, ist er auf dem Holzweg. Drake und Zack sind wie Nitro und Glycerin. So was mixt man nicht, sonst fliegt einem das Ganze um die Ohren.

»Er weiß, dass er zu schnell für dich spielt, meint jedoch, der Song würde zu ihm sprechen.« Drake hebt die Schultern, nach dem Motto: Was soll ich dazu sagen?

»Und was nun?«

»Ich hab ihm klargemacht, dass er nicht der Einzige ist, zu dem der Song spricht. Dir würde er sagen, dass der verdammte Drummer einen Gang runterschalten soll, und du musst es wissen, du hast ihn schließlich geschrieben.«

Ein Lächeln breitet sich auf meinem Gesicht aus. Besser hätte ich es nicht formulieren können.

»Glaubst du, er wird sich daran halten?«

»Zumindest wird er sich für die Show zusammenreißen.«
Besser als nichts.

Die nächsten Minuten kriechen wie Kaugummi dahin und ich werde immer hibbeliger. Ich komme mir wie eine Mischung aus Aschenbrödel und Alice im Wunderland vor, jemand, der sich vom königlichen Ball in den Kaninchenbau verlaufen hat. Dieser Tag ist total surreal. Eben stand ich noch mit Chris Hemsworth und Natalie Portman auf dem roten Teppich, jetzt kauere ich hinter einer abgewrackten Bühne und warte darauf, dass *Fuckhead* endlich zum Ende kommt. Und alles wegen Iwanow.

Ursprünglich hatte ich vor, auf die Bühne zu gehen, meinen Song zu trällern, und danach die Aufmerksamkeit auf den Russen zu lenken, der sich irgendwo im Publikum befinden wird. Zumindest hoffe ich das. Ich wollte die Scheinwerfer auf ihn richten und die Leute wissen lassen, wer er ist und dass er mir nach L.A. gefolgt ist. Damit er nicht mehr im Dunkeln agieren und mein Leben ruinieren kann. Ich wollte ihm seine Anonymität nehmen und dem Licht der Öffentlichkeit aussetzen. Ich meine, wenn alle über ihn Bescheid wissen, kann weder meiner Mutter noch mir ein tragischer Unfall zustoßen, ohne dass Iwanow eine Untersuchung an der Backe hat, oder? Das zumindest war die Idee. Dass ihn jeder sieht und weiß, mit wem er es zu tun hat.

Ich weiß, was ihr jetzt denkt, der Plan war lausig, und ich gebe euch recht. Aber das ist sowieso hinfällig, denn was wir vorhaben, ist besser und hoffentlich effektiver. Ein Mann, der nichts zu verlieren hat, ist unberechenbar. Mittlerweile weiß ich jedoch, dass Iwanow eine Menge zu verlieren hat. Wenn Leons letzte Info korrekt ist, ist der Russe kein durchgeknallter Spinner, sondern ein kaltblütiger Killer. Jemand, der mich loswerden will, um sein Geheimnis zu bewahren. Der seine Familie beschützen möchte, nicht zu vergessen sein Vermögen.

Falls er kein Alibi für die Nacht des Unfalls nachweisen kann und sich herausstellen sollte, dass er ein Motiv hatte, seine Frau loszuwerden, ist beides in Gefahr.

Ich komme nicht dazu, meinen Gedanken weiter nachzuhängen, denn *Fuckhead* hat seine letzte Hasstirade rausgeschrien, und ich werde vom Treiben der Band verschluckt, die hastig die Instrumente abbaut. Als Nächstes ist *Rainbow Shitting Unicorns* an der Reihe, eine Girlband in Strapsen, die wie eine Straßenstrich-Version von Pippi Langstrumpf aussieht. Danach sind wir dran. Gegen den Protest meiner Freunde schlüpfe ich in schwarze Leggins, Ballerinas und ein Tanktop. So schön das Kleid auch ist, wenn es darauf ankommt, kann ich darin weder rennen noch jemandem in die Kronjuwelen treten. Und das hat heute Abend Vorrang.

Unser bevorstehender Auftritt treibt mir mittlerweile Angstschweiß auf die Stirn. Zack ist noch nicht aufgekreuzt und von hier hinten kann ich das Publikum nicht sehen. Was, wenn Iwanow gar nicht da ist, sondern meiner Mutter bei den Oscars auflauert? Und was, wenn er doch auftaucht und meine Freunde verletzt? Sollte er wirklich Frau und Kind abgemurkst haben, lasse ich mich auf einen skrupellosen Mörder ein, der einen gewaltigen Sprung in der Schüssel hat. Was, wenn er seinen Hass nicht nur gegen mich richtet, sondern gleich die ganze Bude abfackelt? Es wie einen Unfall aussehen lässt, damit ist er schließlich schon einmal durchgekommen.

Wieso hat niemand daran gedacht? Oder haben sie das? Verdammt, ich hätte mich mit Martinez zusammensetzen und mir seine Vorgehensweise erklären lassen sollen. Jetzt ist es dafür zu spät.

Während sich die Rainbow-Girls die Seele aus dem Leib kreischen, stehe ich kurz vor dem Hyperventilieren. Dann taucht Zack wie aus dem Nichts auf und verhindert, dass ich einen Herzklabaster bekomme. Abgesehen von Crush spricht er mit niemandem und vermeidet jeden Augenkontakt. Keine Ahnung, was ich davon halten soll, normalerweise ist Zack superzuverlässig und loyal. Ich kann mir sein Verhalten nicht erklären, habe aber auch nicht die Zeit, dem hier und jetzt auf den Grund zu gehen. Das muss bis nach der Show warten. In jedem Fall hat er mich vor dem Ausflippen bewahrt. Wir sind jetzt vollzählig, unserem Auftritt steht nichts mehr im Weg.

Jedes Bandmitglied bereitet sich auf seine Weise auf den Auftritt vor. Crush und Dexter gehen auf ihrem Läppi ein letztes Mal die Bildsequenzen durch, Dane sitzt in einer Ecke, die Augen geschlossen, als würde er meditieren, Zack schüttelt sich die Hände aus, Nash flirtet mit Pam und Drake steckt sich etwas ins Ohr …

Moment mal! Er murmelt etwas, dann sieht er auf und begegnet meinem Blick. Er sagt ein Wort, das ich über den Radau im Playhouse nicht hören kann. Das muss ich auch nicht, seine Lippen formen *Martinez*. Das bedeutet dann ja wohl … mein Blick sucht Nash, der sich ebenfalls etwas ins Ohr steckt.

Allmählich dämmert es mir, wo die beiden in letzter Zeit gesteckt haben. Billardspielen im Tap House? Wer's glaubt! Eher im Crashkurs bei *Martinez & Partner*.

Nash grinst und zwinkert mir zu. Dann wendet er sich an Pam, die ihm einen großzügigen Blick in ihr Dekolleté gewährt. Pam sieht umwerfend aus. Das rote Haar ist eine flammende Löwenmähne, sie ist wie ein Vamp geschminkt, trägt Skinny Jeans und ein Top, das ihre Oberweite kaum zähmen kann. Sehr zur Freude der Rowdies – und Nash, der einen Narren an ihr gefressen hat. Als ich Pams Unterarme sehe, verblasst mein Lächeln. Er ist voller kleiner Schmetterlinge, alle mit Permanent-Marker auf ihre blasse Haut gemalt.

Mann, wenn das heute vorbei ist, werde ich mit ihr reden, ob sie will oder nicht. Ihre Therapie ist nächste Woche abgeschlossen, es folgt ihre Anhörung bei Gericht. Was kommt danach?

Ohne Vorwarnung beendet die Girl-Punkband ihren Song, die Rowdies springen auf die Bühne und helfen, die Instrumente abzuräumen.

Showtime.

29

Im Rampenlicht zu stehen, war schon mal lustiger. Obwohl Drake mich vor dem Auftritt küsst, bis mir Rauch aus den Ohren quillt, bin ich ein Nervenbündel, als ich die Bühne betrete. Zugegeben eines mit kleinen Herzchen als Pupillen, dennoch zittere ich wie ein Halm im Wind.

Einmal mehr stelle ich fest, dass ich nicht der Typ bin, der sich vor ein Publikum stellt. Ich bin Songwriterin und liebe die Sicherheit hinter den Kulissen. Aber da bin ich nicht mehr sicher, dafür hat Iwanow gesorgt.

Kaum bin ich auf der Bühne, scanne ich die Menge, suche jeden Winkel nach ihm ab. Doch entweder ist er zu gut versteckt oder er ist nicht da. Der Gedanke ist wie ein Schlag in die Magengegend. Was, wenn er doch bei den Oscars auftaucht? Innerlich schüttle ich den Kopf. Die Filmverleihung ist viel zu gut gesichert, da kommt er niemals durch. Selbst die After-Show-Partys sind mit einer Security ausgestattet, als würde der Präsident der Vereinigten Staaten vorbeischauen. Hier ist der Ort, an dem er zuschlagen wird, immerhin bin ich seine Achillesferse. Er will mich, nicht meine Mom.

Wegen der Sucherei bin ich nicht bei der Sache und singe

wie ein Zombie. Mein Hals fühlt sich an, als hätte ich rostige Nägel geschluckt, so mies war ich nicht mal bei den Proben. Von unserem Auftritt bekomme ich praktisch nichts mit, da ich im Lala-Land bin. Immer wieder gleitet mein Blick über die Menschenmenge auf der Suche nach dem Russen, stattdessen entdecke ich Calvin vor dem Gang zu den Toiletten, der mit seinen tätowierten Armen perfekt hierher passt. Scott ist an der Bar, und zu meinem Schrecken mache ich Tuck Morris und das halbe Footballteam unter den Zuschauern aus, die mich gegen jeden Musiksinn mächtig anfeuern. Oben an der Bar hockt Scarlett, die offenbar ohne ihre Freundinnen hier ist und Nash Schmachtblicke zuwirft. Echt jetzt?

Viel zu schnell ist der Song vorbei, ich weiß nicht mal, was ich gesungen habe. Statt im Backstage-Bereich abzuhängen, will ich raus, meinen Stalker finden. Ich bin schließlich als Köder hier und nicht, um mich wie ein Hase im Bau zu verstecken. Das habe ich lange genug getan. Also hake ich Pam und Sally unter und marschiere mit ihnen zur Bar.

Es folgen fünf weitere Gruppen, von denen mir nur eine gefällt, *Laundry & Dishes*. Ihr Song ist flott, frech und verbreitet gute Laune. Ich hoffe, sie gewinnen den Battle, denn anders als der Rest der Bands, hat die Sängerin eine ungewöhnliche Stimme und ein Gefühl für den Rhythmus. Sie spielt mit dem Publikum, feuert es an und lässt sich von den Leuten feiern.

Während wir die Zeit bis zu unserem nächsten Auftritt totschlagen, überkommt mich mehr und mehr Übelkeit. Mein Magen scheint nur aus Knoten zu bestehen, und mit jeder Minute, die ergebnislos verstreicht, begreife ich, wie löchrig unser Plan ist. Zwar fühle ich mich mit Martinez' Sicherheitsleuten im Nacken einigermaßen sicher, doch das Ziel ist schließlich, den Russen zu schnappen.

Falls er den Braten gerochen und sich vom Acker gemacht hat, war alles umsonst. Dann geht das Bangen weiter, die Fragen, wann und wo er das nächste Mal zuschlägt.

Umso wichtiger ist es, den Schein zu wahren. Falls er hier irgendwo ist, muss er mich sehen, live und in Farbe, wie ich frech wie Oskar vor seinen Augen Schampus schlürfe und über dämliche Witze lache. Ganz der Star eben.

Also spiele ich meine Rolle, mache auf gute Laune und lasse mich mit Prosecco volllaufen, während mein Stalker wie ein Wolf um den Käfig tigert und sich überlegt, wie er am besten an seine Beute kommt. So zumindest stelle ich es mir vor.

Keine Ahnung, wie wir es in die zweite Runde schaffen, als unsere Band aufgerufen wird, könnte ich nicht überraschter sein. Beim zweiten Song bin ich fokussierter, singe mit mehr Gefühl. Was nicht zuletzt meinem Alkoholspiegel geschuldet ist.

> *You said to me I should be honest*
> *Said I should be straight*
> *You wanted me to be that girl*
> *The one you'd like to date*

Was immer ich an der Bar gekippt habe – es funktioniert. Innerlich fühle ich mich warm und flauschig und bin endlich bei der Sache. Die Wärme lasse ich in meine Stimme fließen und kann praktisch dabei zusehen, wie ich die Aufmerksamkeit des Publikums erobere. Der erste Song war laut und schnell, das hier ist intensiver.

> *You said you want responsible*
> *Said you want the truth*
> *But once you get it in your face*
> *All I get is your blues*

Für einen Moment schließe ich die Augen und lasse den Ballast von mir abfallen, meine Furcht und die Anspannung, die meine Eingeweide zusammenkrampft.

> *Whatever you want*
> *Whatever you say*
> *Don't bullshit me around*
> *Cause you don't love me, never did*
> *And this is why I quit*
> *Cause you don't love me, never did*
> *This is why I quit*

Als ich die Augen öffne, bleibe ich an einer Gestalt hängen, die aus den Schatten unter der Empore hervorgetreten ist. Für einen Moment stockt mein Atem und mein Magen geht auf Tauchstation. Doch es ist nicht Iwanow, sondern Raouls finsterer Blick, der mich wie ein Faustschlag trifft.

Heilige Scheiße, er ist auch hier? Seinem Gesichtsausdruck entnehme ich, dass er weiß, wem dieser Song gewidmet ist. Ihm, um genau zu sein. Der Text scheint ihm nicht zu gefallen, genauso wenig wie der Titel, »You Don't Love Me«. Obwohl ich mich frage, warum, schließlich hat er mich nach meinem letzten Konzert abserviert.

> *You said I should be honest*
> *That I should be myself*
> *But once I am*
> *You call me sham*
> *And leave me with a slam*
> *And leave me with a slam*

Er hat Schluss gemacht, nicht ich. Hätte ihm etwas an mir gelegen, wäre er zu mir gekommen, oder? Ich meine, ich hab mich bei ihm entschuldigt, was hat er erwartet? Dass ich auf Knien zu ihm rutsche?

> *Whatever you want*
> *Whatever you say*
> *Don't bullshit me around*
> *Cause you don't love me, never did*
> *And this is why I quit*
> *Cause you don't love me, never did*
> *This is why I quit*

Als die letzten Töne verebben, startet ein Pfeifkonzert, was bei den Battles ein gutes Zeichen ist. Hier wird nicht applaudiert, sondern gepfiffen, geflucht und geschrien. Vorwiegend Beleidigungen à la: »You're the shit!« oder »You rock, bitch!«

Nach mir tritt wieder *Fuckhead* auf – jep, die sind ebenfalls weitergekommen. Bei seinem zweiten Lied klingt der Lead-sänger sogar noch angepisster als zuvor. Laut seinem Song scheißt er auf seine Ex, seine Mom und die Welt an sich. Stellt sich die Frage, warum er dann so wütend ist. Anscheinend bin ich die Einzige, die so denkt, denn das Publikum liebt seine Jammerei und pfeift ihn in die nächste Runde. Uns übrigens auch, und als ich zum dritten Mal auf der Bühne stehe, bin ich verzweifelt.

Wo zum Henker ist Iwanow?

Mein nächstes Lied ist ein Duett mit Pam. Im Hintergrund läuft eine Slideshow, ein Film aus Bildmaterial, das Crush und Dexter zusammengestellt haben. Dabei handelt es sich um Facebookprofile, die während der Ballade ein- und ausgeblendet werden.

Zum hundertsten Mal lasse ich den Blick durch den Saal gleiten – keine Spur von meinem Stalker. Raoul sehe ich übrigens auch nicht mehr. Als sich der Spot auf Pam und mich richtet, schließe ich die Augen und atme tief durch.

Ich bin noch hier, noch hier. Bin noch hier.

Ich denke an die Menschen, die mir wichtig sind, die ich liebe. Meine Mutter, Max und Leon. Drake. Pam und meine Freunde, die mir in dieser Minute beistehen und ohne deren Unterstützung ich das hier niemals hätte tun können.

Als ich an meinen Bruder denke, erfüllt mich tiefe Dank-barkeit, denn von ihm handelt dieser Song. Seinetwegen habe ich ihn »The Ones We Love« getauft.

Once there was a time we laughed
Smiled the shades away

Living in a blur so fast
We wouldn't pause or stay

Ich lege meine Seele in jedes Wort, Schmerz und Bedauern. Ich bedaure, nicht erleben zu können, wie wir beide unseren Abschluss machen. Ihn nicht mit seiner ersten festen Freundin zu sehen. Bei seinem nächsten Rennen.

Und ich bedaure den Tod von Irina und Sonja Iwanow, deren Schicksal unwiderruflich mit meiner Familie verwoben ist. Weder kenne ich die genauen Hintergründe, noch weiß ich, was tatsächlich zu ihrem Tod geführt hat.

Aber das werde ich herausfinden.

The night you died I broke apart
A piece of me was gone
My soul was ripped, so was my heard
And still my life went on

Die Facebook-Profile, die auf der Leinwand hinter mir rasend schnell eingeblendet werden, laufen nun immer langsamer, bis man einzelne Personen ausmachen kann, Namen und Gesichter. Ich weiß genau, welche Bilder bei welcher Strophe in meinem Rücken ablaufen, das haben wir ja bloß hunderttausend Mal geübt.

Je mehr sich das Lied dem Ende nähert, desto langsamer werden die Profilaufrufe. Schließlich bleibt es bei einer Seitenansicht stehen.

Und das ist der Moment, als ich ihn sehe. Er tritt aus dem Schatten einer Säule, den Mund leicht geöffnet, Schock über das ganze Gesicht geschrieben, der schnell von etwas anderem abgelöst wird. Furcht?

Das mit der Zeit ist eine seltsame Sache. Wenn man auf etwas wartet, scheint sich jede Minute quälend langsam hinzuziehen. Hat man aber vor etwas Angst, ist es, als würde einen die Zeit nach vorn katapultieren, und ehe man sichs versieht, ist man am letzten Ort, an dem man sein möchte. In diesem Moment gibt es keine Zeit, sie scheint einfach stehen zu bleiben. Der Raum um mich verblasst, wie durch einen Weichzeichner, und ich blicke in ein Augenpaar, das so dunkel ist, dass es schwarz wirkt.

Dimitri Iwanow ist ein attraktiver Mann Anfang vierzig. Wie James ist er groß und durchtrainiert, doch da endet die Ähnlichkeit, zumal er sein Äußeres nach unserem letzten Zusammentreffen stark verändert hat. Das dunkle Haar ist nun wasserstoffblond, der Bart ist ab. Außerdem trägt er ein Bandera und eine verspiegelte Radler-Sonnenbrille, die er auf den Kopf geschoben hat, vermutlich um das Bild hinter mir zu betrachten. Mit dem ärmellosen Flanellhemd passt er perfekt in seine Umgebung und wirkt gut zwanzig Jahre jünger.

Doch sein Schock hat ihn verraten, die Art, wie er auf die Leinwand hinter mir starrt. Als wäre es persönlich.

Und Mann, es *ist* persönlich.

Jetzt kann ich ihn nicht nur sehen, sondern spüre seinen Blick wie einen brennenden Schürhaken auf mir liegen. Die Intensität lässt mich schwanken. Ich umklammere den Mikroständer und verpasse meinen Einsatz, sodass Pam unseren Part solo singt. Das beschert mir die Aufmerksamkeit meiner Aufpasser. Langsam breite ich die Arme aus, das Zeichen für das Team, und beuge den Kopf in Iwanows Richtung.

> *The ones we love will never die*
> *They stay at our side*
> *I'll never be alone again*
> *The tears I cried will dry*

Iwanow bemerkt nicht, wie sich Calvin, Scott und Marcus ihm von drei Seiten nähern und ihn in die Zange nehmen. Sein Blick ist auf das Bild hinter mir geheftet, das Facebook-Profil von *Ann Nissa*, ein elfjähriges Mädchen, das der Kamera die Zunge rausstreckt. Sie ist ein dunkelhaariges Kind mit heller Haut und schokobraunen Augen. Leon hatte recht, sie ist das Abbild ihres Vaters. Nicht zu fassen, dass er ihr Profil in den sozialen Medien gefunden hat. Leon ist und bleibt ein Genie!

Iwanow macht einen Schritt nach vorn und greift in die hintere Tasche seiner Jeans. Zum Teufel, will er mich vor allen Leuten abknallen, oder was? Für einen Augenblick bleibt mein Herz stehen, fragt mich nicht, wie ich die nächste Strophe rausbekomme. Dass meine Stimme bricht, passt zum Song, von daher nimmt niemand Notiz davon. Abgesehen vom Sicherheitsteam, das sich unter vollem Körpereinsatz durch die Menge pflügt. Und wenn mir meine Augen keinen Streich spielen, haben sowohl Calvin als auch Scott ihre Waffe gezogen.

> *The more I cried the more I died*
> *Swallowed by my fears*

I didn't even realize
I lost most of these years

Ich starre auf den Russen, der zu meiner Erleichterung ein Handy aus der Tasche zieht. Obwohl ich kein Lippenleser bin, erkenne ich, was er mit hochgezogenen Brauen fragt... *Anissa?* Warum zum Geier ruft er seine Tochter an, glaubt er vielleicht, ich lasse sie kidnappen?

Nun kommt der heikle Teil der Bildershow. Jetzt, da ich seine Aufmerksamkeit habe, folgt eine Reihe von Fotos, die so schnell hintereinandergeschaltet sind, dass sie für Außenstehende keinen Sinn ergeben. Iwanow ist jedoch kein Außenseiter. Dokumente von seinem PC blitzen auf und verschwinden wieder, verschmelzen mit Anissas strahlendem Lächeln. Namen, E-Mail-Adressen, Iwanows Kontoauszüge, Grundbucheinträge, Telefonrechnungen und, und, und.

The ones we love will never die
They stay at our side
I'll never be alone again
The tears I cried will dry

Die Slideshow ist so schnell, dass es für die Zuschauer wie eine Performance rüberkommt. Iwanow dagegen erstarrt. Die Hand mit dem Smartphone sinkt, während sein Blick auf die Leinwand geheftet ist.

Ganz genau, Freundchen, sieh gut hin. Wir haben dich bei den Eiern! Wenn er noch einen Moment länger Löcher in die Luft starrt, haben wir sogar mehr als das.

Iwanow scheint zu dem gleichen Schluss zu kommen, denn mit einem Mal erwacht er aus seiner Starre, duckt sich und taucht ab – buchstäblich.

»Drei Uhr, Ostausgang, rotes Bandera!«, brülle ich ins Mikro und deute auf die Stelle, wo er verschwunden ist.

Plötzlich kommt Bewegung in die Menge. Die Musik bricht ab, ich höre Walkie-Talkies, dann steigt dichter Rauch auf.

Ich erstarre auf der Bühne, die Augen vor Schreck geweitet.

Oh Gott, er hat tatsächlich die Halle in Brand gesteckt, wir werden alle sterben! Dann umhüllt mich plötzlich Winterduft, ein kräftiger Arm legt sich um meine Taille und zieht mich vom Podium. Bevor ich einen überraschten Schrei ausstoßen kann, erkenne ich Drake, der mich an seine Seite geheftet hat, und Nash, der uns den Rücken freihält.

»Es brennt!« Es soll ein Warnruf sein, kommt aber als Krächzen raus.

»Fuck nein, das ist bloß Tränengas«, ruft Nash. Er versucht locker zu klingen, als wäre diese Aktion einer ihrer Football-Streiche. Doch ich nehme die Anspannung in seiner Stimme wahr. Davon abgesehen habe ich ihn noch nie so humorlos gesehen. Kein Wunder, eine Massenpanik ist kein Witz. Menschen können zu Tode getrampelt werden, wir haben Glück, dass die Zuschauer nicht so schnell aus der Ruhe zu bringen sind. Hätte jemand bei den Oscars Rauchgranaten geworfen, würde jetzt blankes Chaos herrschen. Hier jedoch johlen und buhen die Leute, anscheinend sind sie Zwischenfälle dieser Art gewohnt.

Jemand schnappt sich das Mikro und fordert die Leute auf,

Ruhe zu bewahren und den Saal durch die Notausgänge zu verlassen. Im nächsten Moment gehen die Sprinkler los und das Durcheinander ist perfekt.

Martinez hat vermutet, dass Iwanow hinter der Bühne zuschlagen würde. Dass er das Kuddelmuddel des Auftrittwechsels nutzen könnte, mich aus dem Verkehr zu ziehen. Dass er für ein Riesenchaos sorgen würde, damit hat wohl niemand gerechnet. Eine Rauchbombe nach der nächsten geht los, während wir im Pulk vorwärtsgeschoben werden. Ich habe keinen Schimmer, wohin es geht, wo vorne oder hinten ist. Das einzig Reale in dem Durcheinander ist Drakes Arm, der wie ein Eisenring um meine Taille liegt, und Nashs Stimme hinter uns, die mich davor bewahrt, den Verstand zu verlieren.

Wenn Iwanow oder seine Komplizen hier irgendwo auf mich lauern sollten, ist es unmöglich, sie auszumachen. Umgekehrt übrigens auch. Falls die Rauchgranaten auf seine Rechnung gehen, was ich schwer annehme, ist der Schuss nach hinten losgegangen.

Nach minutenlangem Geschubse und Gedränge schwappt frische Luft zu uns und ich kann endlich besser atmen. Meine Augen tränen, der Hustenreiz ist quälend, und wie sich mein Hals anfühlt, wollt ihr gar nicht wissen. Als wir die Tür erreichen, schnappe ich nach Luft wie ein Fisch auf dem Trockenen. Obwohl wir draußen sind, werden wir weiter in den Innenhof geschoben, der Menschenstrom reißt nicht ab. Die Leute keuchen, husten und sind vom Löschwasser der Sprinkleranlage durchtränkt. Die Kälte, die mir entgegenschlägt, spüre ich kaum. Ich zittere innerlich, bin geschockt vom Verlauf des Abends sowie der Tatsache, dass ich absolut nichts unter Kontrolle hatte. Iwanows Ablenkungsmanöver hat nicht nur meine Freunde in akute Gefahr gebracht, sondern jeden Gast im Playhouse.

Als ich mich umsehe, wird mir noch etwas klar. Meine Band umgibt mich wie ein Schutzwall, und darum hat sich ein zweiter Ring gebildet, das Football- und Basketball-Team der Brentwood High. Das bestätigt meine Vermutung, dass Drake und Nash die letzten Wochen nicht damit verbracht haben, in Bars abzuhängen. Sie haben sich mit Martinez und den Schul-Teams zusammengesetzt und einen Plan ausgeheckt, meine Band und mich vor Iwanow zu beschützen. Als ich den Jungs einem nach dem anderen in die Augen sehe, zeigen mir ihre Mienen, dass ich richtigliege. Sie haben das geplant.

Zum Glück sind meine Augen vom Reizgas gerötet und geschwollen, dadurch fallen meine stummen Tränen nicht weiter auf. Ich kann nicht mal sagen, warum ich weine. Aus Dankbarkeit, aber auch weil ich total fertig bin. Und gerührt. Ich meine, viele der Jungs kenne ich nicht mal, dennoch haben sie sich bereiterklärt, sich heute Abend vor mich und meine Band zu stellen. Wie ich Drake und Nash einschätze, haben sie nichts beschönigt. Sie würden ihre Freunde niemals in einen Kampf ziehen lassen, ohne alle Fakten auf den Tisch zu legen.

Aus den Augenwinkeln sehe ich einen jungen Sanitäter, der auf uns zukommt und Drake anspricht. Er hält eine papierdünne Aludecke in Händen, reicht sie Drake, der mich darin einhüllt. Langsam registriere ich meine Umgebung und nehme das zuckende Licht der Krankenwagen und Feuerwehr wahr, das den Innenhof in eine unwirkliche Landschaft verwandelt.

Für einen Augenblick komme ich mir wie in einem meiner Träume vor, doch Drakes Arme, die sich schützend um mich legen, holen mich zurück in die Gegenwart.

Allmählich lässt der Strom der Menschen nach. Sie sind blass, manche weinen, andere rufen Namen. Es grenzt an ein Wunder, dass keine Massenpanik ausgebrochen ist, dennoch ist das Durcheinander groß.

Von Martinez' Sicherheitsteam sehe ich niemanden, ich schätze, die sind hinter Iwanow her. Etwas sagt mir, dass er entkommen ist, was bedeutet, dass es noch nicht vorbei ist.

Ein Gedanke tröstet mich allerdings. Was auch immer geschehen wird, heute Nacht habe ich Iwanow eine Botschaft geschickt. *Komm mir und den Meinen noch einmal zu nahe, und ich sorge dafür, dass dein Geheimnis die Runde macht: Schulden, Affären und Kontakte zur Mafia.* Das wird seine Kunden bestimmt interessieren, vom BKA ganz zu schweigen. Und erst Irinas Eltern. Sie haben ihre Tochter und die Enkelin verloren und hatten mit Sicherheit keine Ahnung von Iwanows Doppelleben.

Damit habe ich mir lediglich Zeit erkauft, das ist mir klar. Doch Iwanow ist gewarnt. Ab sofort ist er nicht mehr der Jäger, sondern der Gejagte.

Epilog

Wie vermutet ist Iwanow im Chaos des Playhouse entkommen. Er hat vier Rauchgranaten geworfen, der Schaden, den die Sprenkleranlage verursacht hat, ist astronomisch. Dennoch hatten wir Glück im Unglück. Außer Reizhusten, Prellungen und ein paar verknacksten Knöcheln ist niemand zu Schaden gekommen.

Den Battle haben wir übrigens nicht gewonnen, sondern *Fuckhead*, kein Scherz.

Wer jedoch mit Glanz und Gloria gewonnen hat, ist meine Mom. Sie hat den Oscar als beste Hauptdarstellerin eingesackt und war alles andere als begeistert zu erfahren, dass ich nicht mal im Publikum saß. Vermutlich ist das der Grund, warum sie mir eine Abfuhr erteilt hat, als ich sie gefragt habe, ob sie Pam als PA einstellt. Obwohl ich zugeben muss, dass sie gute Argumente hatte. Eine persönliche Assistentin muss mindestens drei Fremdsprachen beherrschen, Kontakte in der Branche haben, sich in der Film- und Musikbranche bestens auskennen und ein absolutes Organisationstalent sein. Nichts davon trifft auf Pam zu.

Letzte Woche ist der Scheck von Conalls Management eingetrudelt. Meine Tantiemenabrechnung für *Sorry Ass* sowie sechs weitere Titel, die aus meiner Feder stammen, haben mir nicht weniger als 175.000 Dollar eingebracht. Und das ist bloß die Anzahlung!

Wou-houuuuu! Nach einem Kreischanfall und minutenlangem Rumgehopse auf dem Bett habe ich Pam angerufen und sie überredet, für mich zu arbeiten. Irgendwer muss sich schließlich um meine sozialen Netzwerkseiten kümmern, damit ich mich dem Songschreiben widmen kann. Fanpost beantworten und die ganzen Anfragen von Bands aussortieren, die mich als Texter engagieren wollen. Denn, Mann, als ich mich nach dem Battle auf meine Facebookseite eingeloggt habe, hatte ich nicht weniger als 4.987 Freundschaftsanfragen, 453 ungelesene Nachrichten und bin 149 Gruppen hinzugefügt worden.

Ich habe nichts dagegen, Kohle zu scheffeln, vor allem, wenn man dafür nur das tun muss, was einem ohnehin eine Riesenfreude bereitet. Aber das ganze Drumherum ist nicht so mein Ding.

Da Moms neuer PA ein Condo in der Nähe bezieht, das für eine Person zu groß und obendrein zu teuer ist, wird Pam mit ihm dort einziehen. Die Wohnung gehört James, der von Pam eine lächerlich geringe Miete verlangt, immerhin befindet sich das Condo in bester Lage in Inglewood. Doch wer kennt sich schon mit Mietpreisen aus. Mamas Assistent heißt Brian, ist stockschwul und ein echter Gentleman. Er kommt mit jedem gut aus und hat sich bereits nach wenigen Tagen als unentbehrlich entpuppt. Außerdem hat er Pam unter seine

Fittiche genommen. Die beiden tun sich gut. Zum ersten Mal hat Pam es mit einem Mann zu tun, der nicht darauf aus ist herauszufinden, was sich in ihrem Wonderbra befindet. Auch sonst kann sie ihn nicht bezirzen, um zu bekommen, was sie will, da Brian ihren Charmeoffensiven gegenüber immun ist. Umgekehrt bringt sie Pfeffer in sein geordnetes Leben, das eine Prise Chaos und etwas Aufregung vertragen kann. Brian ist ein Workaholic und lebt praktisch im Büro. Während er Pam Disziplin beibringt, hilft sie ihm, lockerer zu werden. Das nenne ich mal eine Win-Win-Situation.

Heute, knapp vier Wochen nach den Battles, stehe ich am Infostand des College-Access-Day, dem Uni-Orientierungstag der Brentwood High. Es ist ein warmer Apriltag, die Sonne scheint, und Drake und Nash leisten mir Gesellschaft. Viel muss ich nicht tun, bloß Flugblätter und Broschüren verteilen und den Leuten erklären, wo sich welcher Stand befindet. Drake möchte mir nicht verraten, für welche Uni er sich entschieden hat. Von Nash weiß ich, dass er zig Stipendien in der Tasche hat und gehen kann, wohin er will. Selbst Eliteunis wie Harvard und Stanford haben ihm ein Angebot gemacht, ist das zu fassen? Football öffnet hier wirklich Türen, das ist mal klar.

Von Iwanow haben wir nichts mehr gehört, allerdings wird er jetzt offiziell gesucht. In dem Chaos hat er die Sonnenbrille verloren, auf der seine Fingerabdrücke waren. Das Beste ist jedoch, dass er sich das auffällige Bandera vom Kopf gerissen, und weggeworfen hat. Darin befanden sich Haare von ihm. Auch wenn es gebleicht war, ist das ein perfekter DNA-Beweis, der den Russen mit dem Tatort der Mall in Verbindung bringt. Bingo!

Nach unserem Stunt in der Oscarnacht lagen Mamas Nerven blank. Ich musste ihr versprechen, meinen Starbucks-Job zu kündigen, was mir nach Conalls Scheck nicht wirklich schwergefallen ist. Zum Frappuccinomixen hab ich auch keine Zeit mehr. Die Episode im Playhouse hat eine regelrechte Schreibflut bei mir ausgelöst, ich kann gar nicht mehr aufhören. Texte über Freundschaft, Hoffnung und die große Liebe mischen sich mit schrägen Melodien, die mutiger sind als der Kram, den ich vorher geschrieben habe, in jedem Fall gefühlvoller. Meine Band ist begeistert.

Tylers Hand ist aus dem Gips und wieder einsatzbereit, was Nashs Anwesenheit in der Band überflüssig macht. Ich hatte den Eindruck, dass er seinen Platz nicht gerne geräumt hat. Nash ist ein Naturtalent und der Hammer auf der Bühne. Zack hat sich zwar wieder einbekommen. Doch seit er mit Alano boxen geht, gepaart mit seinem Verhalten vor den Battles, habe ich den Eindruck, dass die Musik bei ihm nicht mehr an erster Stelle steht. Wir haben nie so richtig darüber geredet, was mit ihm während der Proben los war und warum er die Marshalls so sehr hasst. Ich hoffe, das kommt noch.

Nachdem ich mir am College-Access-Day den ganzen Samstag die Beine in den Bauch gestanden habe, bin ich froh, gegen vier nach Hause fahren zu können. Ich habe mir Prospekte von einem Dutzend Unis mitgenommen, die Auswahl in den Staaten ist riesig. Jedes College hat eigene Schwerpunkte und bietet unterschiedliche Programme an. Doch anders als in

Deutschland kostet das Studium in den USA eine Mörder-kohle. Zum Glück hat Mama mir versprochen, dass sie mir die Uni bezahlt, wenn ich ein Jahr in L.A. aushalte, und das ist in zwei Monaten um.

Als ich am Nachmittag mit Calvin im Kielwasser zurück nach Hause fahre, nehme ich in Gedanken eine heiße Dusche und stelle mir vor, wie ich danach mit meiner Gibson auf die Terrasse verschwinde und an einer Melodie feile, die mir den ganzen Tag nicht aus dem Kopf geht. Da Drake und Nash gegen drei zum Gewichtheben verschwunden sind, habe ich das Haus für mich.

Dachte ich zumindest, bis ich die Eingangshalle betrete und von meiner Mutter in Empfang genommen werde. Für die Akte: Mama wartet nie auf mich, schon gar nicht an einem Samstag. Wenn sie nicht dreht, sind James und sie auf einer dieser tödlich langweiligen Veranstaltungen und sammeln Geld für einbeinige Pinguine in der Antarktis.

Dass sie zu Hause ist, bedeutet, dass etwas im Busch ist. Dass sie on top nervös ist wie ein Truthahn kurz vor Thanks-giving, ist ebenfalls kein gutes Zeichen. Die Tatsache, dass sie mich in den Salon führt, wo James auf mich wartet, sorgt bei mir für feuchte Hände und einen erhöhten Puls.

Ist jemand gestorben? Hat Iwanow wieder zugeschlagen und einen meiner Freunde verletzt?

»Ist Leon etwas passiert?«, platzt es aus mir heraus, bevor ich es verhindern kann.

Meine Mutter stößt ein nervöses Kichern aus, das viel zu hoch ist und komplett gekünstelt.

»Niemandem ist etwas geschehen, Spätzchen. Dass wir

405

etwas mit dir besprechen wollen, muss doch nicht automatisch etwas Schlechtes sein.«

Sagt wer?

Sie deutet auf den Sessel gegenüber von James, der sich sichtlich unwohl fühlt. Seine Beine sind überkreuzt und er trommelt ungeduldig mit den Fingern auf seinem Bein. Oder ist er ebenfalls nervös? Statt mich zu setzen, verschränke ich die Arme vor der Brust.

»Was ist los?«

Mama und James tauschen einen Blick. Nicht gut.

»Also, Spätzchen, die Sache ist die …«

Bevor sie den Satz beenden kann, steht James auf. »Ich, äh, glaube, ich höre mein Handy.«

»James!«

Er schüttelt den Kopf. »Das ist eine Sache zwischen dir und deiner Tochter.«

Damit verlässt er mit langen Schritten den Salon, und jetzt bin ich diejenige, die meganervös ist.

»Mama, ich sterbe hier gerade, sag mir, was passiert ist.«

Sie klopft auf die freie Stelle neben sich. »Setz dich.«

Diesmal gehorche ich, nehme neben ihr Platz und lasse sie meine Hand ergreifen. Ihre ist eiskalt und zittert.

»Ich habe Kontakt zu deinem Vater aufgenommen. Er möchte dich sehen.«

»Du hast Max angerufen? Wann?« Nachdem er endlich von dieser blöden Insel zurück in Berlin war, haben wir erst mal einen halben Tag auf Facetime gequatscht. Mama hatte ihn vorher über die Ereignisse der letzten Wochen in Kenntnis gesetzt, von daher hatte er Zeit, den Schock einigermaßen zu verdauen.

406

»Nicht Max, Richard.«

»Wer ist Richard?«

Mama hat den Anstand, rot anzulaufen. Sie räuspert sich.

»Dein biologischer Vater.« Beim letzten Wort bricht ihre Stimme.

Mein Mund klappt auf, doch kein Ton kommt raus, was meine Mutter zum Anlass nimmt weiterzureden.

»Er lebt in Washington D.C. Als ich ihm von dir erzählt habe, hat er den ersten Flug hierher gebucht.« Sie blickt auf die Uhr und räuspert sich. »Seine Maschine ist vor einer Stunde gelandet, wir erwarten ihn jede Minute.«

Wie auf ein Stichwort klingelt es an der Tür und ich erwache aus meiner Schockstarre.

Habe ich das richtig verstanden? Mein biologischer Vater hat vor nicht mal vierundzwanzig Stunden von meiner Existenz erfahren und steht in diesem Augenblick auf der Matte?

»Warum?«, bringe ich mühsam hervor. Weshalb erzählt sie mir das und wieso jetzt?

»Richard leitet eine Sicherheitsfirma in Washington. Er ist der Beste auf dem Gebiet und arbeitet für die Regierung.« Meine Mutter nimmt einen tiefen Atemzug. »Dimitri Iwanow ist noch auf freiem Fuß und du bist in Gefahr.«

Na toll, jetzt habe ich es meinem Stalker zu verdanken, dass ich meinen Bio-Dad kennenlerne? Doch der muss warten, denn bevor sich die Tür zum Salon öffnet und der gute Richard in mein Leben spaziert, flüchte ich durch die offene Terrassentür in die Dünen.

Also ehrlich, gerade als ich glaube, dass mein Leben etwas einfacher wird, zieht meine Mutter diese Nummer ab!

Keine Ahnung, was ich denken soll, ich weiß nicht mal, was ich fühle. Wie in Trance laufe ich runter an den Strand, bis ich bis zu den Knien im Wasser stehe.

Mein Vater ist hier, ich fasse es nicht! Es heißt Richard. Unglaublich, dass ich bis eben nicht mal seinen Namen kannte. Wie oft habe ich Mom nach ihm gefragt und nie eine Antwort bekommen? Und nun ist er hier, in L.A. In James' Haus!

Ohne nachzudenken, gehe ich tiefer ins Meer und werfe mich in voller Montur der nächsten Welle entgegen. Das Wasser ist eiskalt und besser als eine Dusche. Es belebt mich auf multiplen Ebenen, und mir wird klar, dass ich seit unserer Ankunft nicht ein einziges Mal im Meer war.

Drake hatte recht. Der Ozean macht mir Angst, weil er sich nicht kontrollieren lässt. Aber so ist das Leben, oder? Wahre Sicherheit gibt es nicht, wir haben nur das Hier und Jetzt. Und ich will endlich anfangen zu leben, ich habe viel zu lange damit gewartet.

Nachdem ich diese Entscheidung getroffen habe, fange ich an zu lachen und kann minutenlang nicht mehr aufhören. Gott, das fühlt sich gut an. Das Salz auf meinen Lippen, die durchnässten Klamotten und die Kraft des Ozeans.

Das ist das Leben, denke ich abermals und werfe mich der nächsten Welle entgegen.

Fortsetzung folgt

Danksagung

Ich bin so vielen Menschen zu Dank verpflichtet, die dazu beigetragen haben, Jasmins Geschichte in die Buchhandlung zu bringen, allen voran meinen Lesern. Ich hoffe, der 2. Rock My World-Teil hat euch gefallen, und ihr bleibt bis zum großen Finale dabei.

Mein Dank gilt auch den vielen Bloggern und Rezensenten, wie Nadine, Johanna, Stefanie, Leni, Susanne, Andrea, Marion, Julia, Petra & Inge. Vielen Dank für eure großartige Unterstützung! Danken möchte ich auch Jana und Sabrina sowie Berenike und Jasmin, den Fangemeinden auf Facebook, wie den »Sammys«, der Beautiful Disaster German Fanpage sowie Bücherwelt-World of Books.

Ka vom Happy-End-Magazin (Happy-End-Buecher.de) gilt mein besonderer Dank. Liebe Ka, ich danke dir für deine humorvollen Kolumnen, Interviews und Helden-Salons – du bist meine persönliche Heldin und die Königin der hausgemachten Apfelstrudel!

Phillip von »The Most Sophisticated of the Apes« [soundcloud.com/ape-music] danke ich für seine einzigartigen Songs, die ich für die Buchtrailer verwenden durfte. Ich hoffe, dass wir bald ein Album von dir kaufen können!

Mein besonderer Dank gilt Jan Schaefer, der mir regelmäßig aus der Patsche hilft, wenn mein Mac komische Sachen mit Word anstellt (ich schwöre, mein Computer hasst Word!). Merci, dass du immer zur Stelle bist, wenn das Programm einen eigenen Willen entwickelt und lauter Zeilensprünge ausspuckt oder meine E-Mails frisst. Du bist und bleibst mein SuperJan!

Ein Riesendankeschön geht an zwei starke Frauen, meine Agentin, Gerlinde Moorkamp, sowie meine Lektorin Martina Imkeller. Noch nie hat Lektorat so viel Spaß gemacht, vielen Dank für die tolle Zusammenarbeit!

Zum Schluss danke ich meiner Mom und meinem Schatz, den beiden Menschen, die mich über Jahre hinweg unterstützt und mir durch die unruhigen und steinigen Zeiten geholfen haben. Ohne eure Hilfe wäre ich heute nicht hier.

Jetzt trinke ich erst mal einen Karamell-Latte und überlege mir, wie ich die Geschichte um Jasmin, Leon, Raoul und Drake enden lasse. Irgendwelche Wünsche? Dann schreibt mir: heartbeat-books.blogspot.de | facebook.com/author. jc.thomas | twitter.com/AutorJC_Thomas

Auf meinem Blog könnt ihr übrigens Banner für euren Blog sowie kostenlose Desktop-Hintergründe runterladen. Buchtrailer findet ihr auf meiner YouTube-Seite: youtube. com/user/HeartbeatBooks

Playlist

Landing in London ~ 3 Doors Down
(Den Song hab ich ungefähr 500x während der Korrekturen
gehört!)
Psycho ~ Muse
English Town ~ Matchbox Twenty
Hey ~ Andreas Bourani
Fair ~ Football, etc.
Other Side of the World ~ KT Tunstall
Chandelier ~ Sia
Aftermath ~ Muse
Calling All Angels ~ Jane Siberry
Poison & Wine ~ The Civil Wars
Run, Run, Run ~ Tokio Hotel
Strong Shoulders ~ Caroline Smith & The Goodnight Sleeps
One4 ~ The Most Sophisticated of the Apes
Drones ~ Muse
The Worry List ~ Blue October
20 Years ~ The Civil Wars
Sunrise ~ Yeasayer

My Body Device ~ The Most Sophisticated of the Apes
Let me Be Myself ~ 3 Doors Down
Disease ~ Matchbox Twenty
Auf anderen Wegen ~ Andreas Bourani
Here for You ~ Maraaya

Christine Thomas
Rock My World –
Ein heißer Sommer

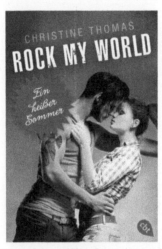

Ca. 350 Seiten, ISBN 978-3-570-30992-6

Als Jasmin (17) auf ihrer Geburtstagsparty ihren Freund Conall beim Fremdgehen mit ihrer besten Freundin erwischt, ist sie dankbar, nach L.A. flüchten zu können. Ihre Mutter hat beschlossen, dort als Schauspielerin neu durchzustarten. Während ihr bester Freund Leon ihren Rachesong „Sorry Ass" zum You Tube-Hit macht, jobbt Jasmin in L.A. bei Starbucks und verliebt sich dort in den geheimnisvollen Raoul. Doch mit dem Erfolg von „Sorry Ass" tritt Conall, der mit seiner Band ebenfalls immer bekannter wird, wieder auf den Plan. Wird Jasmin auf seine medienwirksamen Versöhnungsversuche eingehen oder sich für Raoul entscheiden?

www.cbt-buecher.de

Lauren Barnholdt
Heat of the Moment

ca. 320 Seiten, ISBN 978-3-570-31058-8

Lyla McAfee kann die Klassenfahrt nach Florida kaum erwarten: Sommer, Sonne und Boyfriend Derrick. Mit dem sie „das erste Mal" in Angriff nehmen will. Aber dann läuft rein gar nichts wie geplant. Erst muss sie mit Bad Boy Beckett zum Flughafen fahren, dann liefert sie sich einen schlimmen Streit mit Derrick und stellt nach der Ankunft fest, dass sie ein Zimmer mit Aven und Quinn teilt, ihren ehemals besten, inzwischen entfremdeten Freundinnen. Als Lyla dann noch eine E-Mail von sich selbst erhält, mit der Botschaft: „Lerne zu vertrauen!", kommt sie ins Grübeln. Nicht nur über Aven und Quinn, sondern auch über Beckett ...

www.cbt-buecher.de